영원한 정치가의
롤 모델
저우언라이 周恩來

-품성편-

영원한 정치가의
롤 모델
저우언라이周恩來

초판 1쇄   발행 2017년 06월 20일

재판 1쇄   발행 2020년 12월 24일

지 은 이   덩자이쥔(鄧在軍) · 저우얼쥔(周尔均)

옮 긴 이   김승일(金勝一)

발 행 인   김승일(金勝一)

디 자 인   조경미

펴 낸 곳   경지출판사

출판등록   제2015-000026호

판매 및 공급처   경지출판사

주소 서울특별시 도봉구 도봉로 117길 5-14

Tel : 02-2268-9410 **Fax** : 0502-989-9415 **e-mail** : jojo4@hanmail.net

ISBN 979-11-90159-38-8

      979-11-90159-37-1 (04820) (세트)

영원한 정치가의
롤 모델
저우언라이 周恩來

덩자이쥔(鄧在軍)·저우얼쥔(周尔均) 지음

김승일(金勝一) 옮김

-품성편-

경지출판사 Korea Wisdom China

「깊이 생각 중인 저우언라이」 – 이탈리아의 유명한 사진작가 조르지 로디(焦尔乔·洛迪)가 1973년 1월 9일 북경인민대회당에서 촬영하였다.

　　이 사진을 촬영할 때 저우 총리는 방광암(膀胱癌)을 앓고 있었고, 병세는 점점 가중되고 있었다. 이때 마침 그는 적극적으로 덩샤오핑의 복권을 위한 일을 추진하던 역사적인 시기였다. 사진은 다른 사람을 초월하는 풍채와 근엄한 모습을 잘 보여주고 있다. 그의 깊고 그윽한 눈 빛 속에 국가 운명에 대한 사색과 미래에 대한 강한 신념이 포함되어 있음을 볼 수 있다. 이 사진이 발표되자 중국의 수많은 집에 널리 걸리게 되었다. 그의 부인 덩잉차오 여사는 "언라이 동지의 생전에서 가장 좋은 사진 중 하나"라고 말했다. 1997년 7월 저우 총리 탄신 100주년을 기념하기 위해 로디 선생은 몸소 파리로 가서 이 사진의 원판을 이 책 앞면에 넣기 위해 이 책을 편집한 덩자이쥔 부부에게 보내왔다. 이 사진에 "백년 언라이–세기적 위인"이라는 제사(題詞)를 써서 보냈다. 이 사진은 국내 유일의 작가 서명과 제사가 들어있는 원판 작품이다.

조르지 로디가 덩자이쥔 부부에게 증정한 「깊이 생각 중인 저우언라이」 원판 사진 뒷면에 친히 쓴 서명과 그 본인의 인지표(印花票).

사랑하는 마음(愛心).

탁구 치는 모습.

"말 없는 가운데 마음과 마음으로 뜻이 서로 통
한다(心心相印)"

어린아이 같은 흥취.

노동하던 중의 모습.

경기하는 장면을 보는 모습.

헤엄치는 것을 배우는 모습.

덩잉차오는 징쥐(京劇) 보는 것을 좋아할 뿐만 아니라, 유명한 단락 여러 곳을 잘 부를 수 있었다. 사진은 저우언라이와 징쥐의 대 스승인 메이란팡(梅蘭芳)이 시화청(西花廳)에서 덩잉차오의 즉흥적인 창을 바라보고 있는 모습(60년대).

출판설명

20세기의 위인 저우언라이 총리 탄신 115주년을 기념하기 위해 이 책을 편집 출판하였다. 저우 총리 탄신 100주년을 기념하기 위해 텔레비전 연출가인 덩자이쥔이 대하 다큐멘터리 『백년 은래(百年恩來)』를 제작했었다. 1995년에서 1998년 3년간에 걸친 제작과정에서 300여 명이나 되는 저우 총리 주변에 있던 각계의 저명인사들을 인터뷰하면서 상세한 기록을 남겨놓았었다.

그 후 저우 총리 탄신 110주년을 위해 『당신은 이런 사람이었습니다』라는 주제로 대형 문예 만찬회를 주최하면서 이를 전후하여 관련 인사들을 인터뷰하였다. 이 책은 이러한 취재기록 400편 중에서 63편을 정선하여 취재한 인사들의 역사적 순서에 의한 내용에 따라 편집하여 출판하게 된 것이다.

이 책은 전체적으로 취재한 인사들의 개성과 내용의 특징을 기본적으로 유지하면서 독자들이 이 책을 통해 그의 인생 중에서 최고로 값지게 기억하고 있는 그에 대한 진지한 정감을 느낄 수 있도록 편찬하였다. 이 책에서 취재했던 사람들 대부분은 이미 작고하여 이 세상에 없다.

그렇기 때문에 이 책에 기록되어 있는 대량의 자료들은 매우 진귀한 것이라고 할 수 있다.

저우 총리 일생동안의 사적은 바다와도 같아서 이 책에서 소개하고 있는 내용은 극히 일부분에 지나지 않는다. 그렇지만 저우 총리를 생각할 수 있는 마음은 이 책을 통해 충분히 독자들도 인식하게 될 것이다. 저우 총리의 정신은 중화민족 정신의 정화라고 할 수 있고, 그러한 정신은 영원히 중국인들 마음 가운데 남아 있게 될 것이다.

이 책은 덩자이쥔 본인이 스스로 편집을 담당했고, 저우 총리의 조카인 저우얼쥔(周爾均) 장군과 저우언라이에 대한 전문 연구가인 랴오신원(廖心文) 선생이 고문을 맡아 완성했다. 여기서 이 책이 출판 하는데 많은 공헌을 하신 세 분께 감사를 드린다.

인민출판사
2013년 8월

CONTENTS

CONTENTS

나는 저우 총리를 나의
스승과 형님으로 생각했다.

노로돔 시아누크

(캄보디아 전 국왕)

나는 저우 총리를 나의
스승과 형님으로 생각했다.

노로돔 시아누크
(캄보디아 전 국왕)

1955년 인도네시아 반둥회의에서 나는 저우 총리를 처음 만난이래, 우리의 관계는 항상 매우 친밀했다. 1970년 당시의 캄보디아 수상 겸 총사령관인 론논 장군이 정변을 일으켜서 나를 불법적으로 몰아냈다. 설령 이러한 상황이라도 저우 총리는 여전히 중화인민공화국과 위대한 중국인민, 중국공산당을 대표하여, 특히 존경하는 마오쩌둥 주석을 대표하여 우리가 캄보디아 민족해방투쟁에서 승리할 때까지 전력으로 지지해주었고, 나의 명예를 보호해 주었다. 나와 나의 아내는 우리에 대한 저우 총리의 온정을 잊지 않았으며 우리는 저우 총리를 매우 존경했다.

저우 총리는 일찍이 나에게 다음과 같이 말했다. "작은 나라가 용감하게 자신의 독립을 지킨다는 것은 매우 가치가 있는 것으로 나를 탄복하게 합니다. 우리는 마오 주석이 제시한 '세계의 모든 국가는 대소, 빈부를 떠나서 당연히 일률적으로 평등하다. 전 세계 인류의 정의, 평화와 발전 중에서 당연히 평등한 권리와 의무를 누려야 한다'와 같다고 생각합니다." 이 국제관계의 준칙은 현재와 미래를 막론하고 21세기에 들어선 후에도 여전히 매우 정확한 것이다. 만약 저우 총리 각하가 말한 국제관계의 준칙에 따를 수 있으면, 세계의 모든 문제는 모두 매우 빠르게 해결될 수 있을 것이다.

반둥회의에서 저우 총리는 인도네시아 수카르노 대통령과의 관계가 매우 좋았으며 나와의 관계도 매우 가까웠다. 이 역사적 의의를 가지고 있는 아시아·아프리카 단결회의에서 우리는 함께 어떻게 투쟁을 전개하고 독립을 보위하고 쟁취하여 신제국주의와 식민주의 통치를 종결시켜야 하는지 등에 대한 대사를 토론했다.

저우 총리는 그가 투숙한 곳에서 연회를 개최하고 나를 초대했다. 연회 중에 우리는 캄·중 양국의 관계와 국제, 특히 아시아의 형세에 대하여 의견을 교환했다.

반둥회의 이후, 우리는 사이가 매우 좋아졌다. 저우 총리가 중병에 걸려서 중국의 의사들이 이미 모든 방법을 동원하여 치료했지만, 저우 총리가 계속 세상에 머물기 힘들다는 소식을 듣고 나는 매우 걱정하였다. 그러나 그 어른은 병마를 전혀 두려워하지 않고, 여전히 덩잉차오(鄧穎超) 부인과 함께 열정적으로 우리를 대접했다. 그는 여전히 국가건설과 보위를 위하여, 인민을 위하여, 중·캄 양국의 우의 및 중국과 세계 각 우호국 간의 우의를 위하여 있는 힘을 다해 마지막까지 의무와 책임을 다하였다. 1955년 반둥회의 기간에 총리 각하는 그가 머무르는 곳에서 우리들을 위하여 연회를 열었는데, 연회 중에 우리는 비교적 긴 시간 동안 담화를 나누었다. 저우 총리가 나에게 말했다. "나는 친왕 당신이 캄보디아 국가의 영수로서 용감하게 당신의 인민을 이끌고 투쟁하여 1955년 국가의 완전한 독립을 쟁취한 것에 대하여 탄복했습니다."

나는 프랑스 식민주의자의 수중에서 캄보디아의 독립을 되찾아 왔던 것이다. 캄보디아는 천년의 유구한 역사를 가진 독립된 문명 고대국가이다. 그러나 프랑스 식민주의가 캄보디아를 점령하자 캄보디아 인민은 식민주의의 통치를 진심으로 달가워하지 않았고 단호하게 독립을 요구했다. 고통스러운 담판을 통하여 프랑스는 마침내 1953년 캄보디아의 완전한 독립에 동의했던 것이다.

연회에서 저우 총리는 마오쩌둥 주석과 중국 인민의 이름 및 그 본인의 이름으로 나와 캄보디아 인민이 흔들림과 굽힘이 없는 투쟁을 거쳐 취득한 독립에 대하여 축하를 표해주었다. 그가 나에게 말했다. "친왕, 당신이 캄보디아 독립을 공고히 하기 위해 우리의 원조가 필요하다고 하기 만 하면 중국 인민은 반드시 전력을 다해 도와줄 것입니다."

저우 총리는 특별히 캄보디아 민족공업의 자립적 발전을 위한 원조에 대하여 관심을 가졌다. 그는 중화인민공화국을 대표하여 캄보디아에 원조하여 6개의 대공장을 건설케 했다.

당시 캄보디아의 경제적 기초는 매우 부실했다. 저우 총리의 말은 매우 훌륭했다. 경제를 공고히 해야지 정치적 독립을 비로소 공고히 할 수 있다는 것이었다. 캄보디아의 농업 기초는 비교적 안정적이지만 공업은 각 방면에서 모두 좋지 않았고, 발전을 이룩하지 못했다. 이 때문에 중국은 곧 공업, 문화교육위생, 여행 등의 방면에서 캄보디아에 감격스러운 원조를 제공했다. 중국은 우리를 도와 대학, 실험실 등을 세워주었고 우리에게 교육 실험용 각종 기계를 증정했다. 이 밖에 또 씨엠립에 현대적인 공항 건설을 하는데 원조를 해줘 이 공항은 지금도 여전히 사용되고 있다. 비록 이런 원조가 마오 주석과 류샤오치(劉少奇) 주석 동지의 동의를 거쳤지만 원조 항목에 대한 방침과 제정은 총리 각하로부터 나온 것이었다. 캄보디아 인민은 지금까지 중화인민공화국이 제공한 이런 원조에 대하여 감사하고 있으며, 이미 세상을 떠난 총리 각하에게 감사하고 있다. 중국의 원조는 매우 모범적인 지원이라는데 그 의의가 있다고 본다. 그 이유는 다음과 같다. 먼저 이 원조 항목은 모두 독립한 캄보디아의 가장 부실하고 가장 필요한 영역으로, 캄보디아가 정치적으로 이미 획득한 독립을 공고히 하는데 유리하도록 캄보디아의 경제적 독립을 촉진시켰다는 점이다.

둘째, 중국의 원조는 무조건적이었다. 미국도 캄보디아에게 원조를 제공했는데 그러나 그 나라의 원조는 수많은 정치적 조건이 덧붙여져 있었다. 그러나 중국은 어떠한 조건도 덧붙이지를 않았다. 총리 각하는 중국은 캄보디아가 실행하는 독립자주정책을 지지한다고만 표명했다. 캄보디아는 비록 작은 나라지만 다른 국가의 존중과 칭찬을 얻었는데, 그것은 국가의 독립을 유지하였을 뿐만 아니라 또 국가의 존엄을 보호했기 때문이다. 국가는 대소를 구분해서는 안 되고, 대국은 소국을 무시하고 억압해서는 안 되며, 대국과 소국 사이의 관계는 일률적으로 평등해야 한다. 이는 국제관계 속에서 매우 중요한 원칙인 것이다.

중·캄 양국은 1955년에 우호관계를 건립한 후, 나의 요청에 응하여 저우 총리는 천이(陳毅) 원수를 대동하고 캄보디아를 국빈 방문하였다. 우리는 매우 영광스럽게 캄보디아 국토 위에서 저우 총리를 맞이할 수 있었다. 나와 저우 총리는 반둥회의에서 처음으로 회견하고 이어서 캄보디아는 중화인민공화국을 인정한다고 선포했다. 당시 동남아에서는 몇 개의 국가만이 중국을 인정했는데, 당시는 지금처럼 중국의 친구들이 천하에 널리 퍼져 있지 않았던 때였다. 그러나 그때 어떤 국가는 미국의 압력을 두려워하여 감히 중국을 인정하지 못하는 경우도 있었다. 그러나 캄보디아는 오히려 용감하게 중국의 승인을 정식으로 선포했다. 비록 중·캄 양국의 제도가 같지는 않지만, 우리 양국 사이의 관계는 매우 밀접하여 우의의 모범이라고 할 만 했다. 저우 총리는 유쾌하게 캄보디아와 서로 대사를 파견할 것을 결정했다. 저우 총리의 1956년의 방문은 역사적으로 의의가 있는 방문이었다. 나는 친히 프놈펜 성동공항에서 그를 영접했다. 캄보디아의 10만여 명 군중이 공항에 모여 왕국까지의 도로변에서 열렬하게 저우 총리 등 중국 귀빈을 환영했다. 당시 총리는 내가 살고 있는 카마린궁에 머물렀다.

1956년 와병중인 부왕 수라마트리와 모후 코사마크 네아리라트, 그리고 나는 함께 금란전(金鑾殿)에서 정식으로 의식을 거행하여 저우 총리와 천이 원수 등 귀빈들을 환영했다. 이어서 나와 나의 아내는 총리 각하를 위시한 중국 귀빈을 모시고 씨엡립성의 앙코르와트와 빈해(濱海)시 캄포트를 유람하고 함께 유람선을 타면서 백마해변 및 해변의 풍광을 감상하였다. 저우 총리는 캄보디아 방문을 끝낸 후, 중·캄 양국이 역사적 의미를 담은 공동 협의서를 발표했으며, 양국의 우호관계를 위하여 견고한 기초를 다졌다. 그 연합 협의사항은 지금까지 여전히 계속 그 작용을 발휘하였다. 1960년 저우 총리는 재차 대표단을 인솔하여 캄보디아를 방문했다. 왕궁을 포함하여 수도 프놈펜과 일부 도시에서 모두 영광스럽게 중국의 위대한 정치가 저우 총리를 영접했다. 당시 캄보디아 전국에서 수라마트리 국왕의 국상이 거행 중이었다. 저우 총리 등 중국 귀빈은 별세한 국왕에 대한 깊은 우정을 품고 있어서 친히 금란전을 방문하여 조문하였다. 총리 각하는 조문에 참가한 대표단원 모두 캄보디아 관습에 따라 검은 완장을 차게 했고 부왕의 관 앞에서 묵념을 했다. 저우 총리의 이번 방문은 우리들에게 매우 깊은 인상을 남겼다.

캄보디아 어느 곳을 막론하고 저우 총리는 중국에서와 같이 그런 열정과 친절로 우리의 관원들, 학생들과 일반 군중들을 대하였다.

내가 중국을 방문했을 때, 운 좋게도 저우 총리와 함께 참관을 한 적이 있었다. 저우 총리와 일반 백성들과의 관계는 매우 친밀하여 거리가 없었다. 캄보디아 인민도 저우 총리가 온화하고 친절한 분이라는 것을 느꼈다. 중국의 총리는 그 어떤 국가의 대인물처럼 형식적이지 않았는데 총리는 친히 군중과 접촉하고 그들을 깊게 이해했다. 예를 들어 캄보디아 캄포트를 참관할 때, 저우 총리는 그곳의 농민과 친절하게 한담을 나누었고, 프놈펜 대학에서 그는 대학생들과 폭넓게 대면했다. 저우 총리는 온화하고 정겨운 분으로 밀접하게 군중들과 관계를 가졌으며, 국제적으로 숭고한 성망을 누린 위대한 정치가였다. 나는 그를 롤모델로 삼으려고 노력했으며, 국왕이든 다른 직무를 맡든 나는 여전히 군중들과의 소통에 매우 주의를 기울였다. 당연히 저우 총리는 각국 지도자를 위하여 좋은 본보기가 되었다.

위대한 중국은 나에게 매우 아름다운 추억을 남겨 주었다.

내가 처음 중국을 방문한 것이 1956년이었는데, 그 후 1958년, 1960년, 1963년, 1964년 이렇게 여러 번 중국을 방문하였다. 방문 횟수가 너무 많아서 나는 셀 수가 없을 정도였다. 그러니 거의 매년 갔다고 할 수 있다. 그때의 중·캄 양국의 관계는 매우 밀접했다. 중국을 방문할 때마다, 저우 총리는 매번 미리 나와 나를 환영하는 군중들에게 말했다. "시아누크 국왕은 우리의 위대한 친구로, 모두가 친왕의 중국 방문을 매번 중요하게 생각하길 바랍니다." 수십 년이 지났으나, 당시에 자리했던 수많은 젊은이들이 지금도 여전히 중요한 직무를 담당하고 있다. 그들은 아직도 자신들이 그때 중·캄 양국의 국기를 들고, 꽃을 흔들며 거리에서 나를 환영하던 감동적인 장면을 기억하고 있다.

저우 총리는 접대 방면의 예절을 매우 중요하게 생각했다. 중국을 방문할 때마다 비행기를 타든 열차를 타든 그는 모두 친히 공항이나 기차역에 나와 영접했다. 저우 총리 각하처럼 이렇게 편하게 사람들과 가까이 하는 국가 지도자는 많지 않다. 나는 총리 각하의 모든 행동을 세밀하게 관찰하고 그에게 배우려고 노력했으며, 각국 수뇌가 캄보디아를 방문하기만 하면 나는 모두 친히 나가서 맞이했다.

나는 저우 총리를 나의 스승이나 형님으로 생각했다. 그는 나를 지목한 적은 없었으나 그의 행위의 근본은 바로 무형의 역량으로 그는 나의 롤 모델이 되었다.

저우 총리는 동료들과의 관계도 매우 좋았다.

한 번은 난징(南京)을 참관했는데, 당시 총리 각하가 군중들 속에 나타났을 때 학생이나 보통 백성을 막론하고 모두 자신들의 총리를 빽빽하게 둘러싸고 그를 환호하고 껴안았는데 이런 광경은 사람들을 감동시켰다. 캄·중 양국 인민은 나의 중국 방문에 대하여 긍정적이었고, 그것은 우리 양국과 양국 인민의 우의를 증진시켰다고 생각한다.

류샤오치, 천이 원수, 리셴녠(李先念) 부총리도 대표단을 이끌고 캄보디아를 방문한 적이 있었다. 캄·중 양국 지도자들은 서로 자주 방문하고 빈번한 활동을 통하여 더 많이 총리 각하와 접촉할 수 있게 하였다. 그리고 또한 그의 국가를 위한 봉사, 군중과의 밀접한 소통, 국가 수호와 건설이라는 좋은 경험을 배웠다. 론논이 정변을 일으키기 전에 나는 이미 수차례 대표단을 이끌고 위대한 중국으로 국빈방문을 행했었다. 1970년 3월 나는 소련을 정식으로 방문하고 있을 때, 수상 겸 총사령관인 론논 장군 및 그 무리가 프놈펜에서 정변을 일으켜 나를 축출했다.

1970년 론논이 정변을 일으킨 이후에는 지금과 같이 사람들이 빈번하게 찾아와 예를 올리고 나에게 존경과 칭찬을 표하는 그런 국왕은 아니었다. 캄보디아에는 속담이 하나 있는데, "어려울 때 맺은 친구가 진정한 친구이다"라는 말이다. 내가 축출당하고 권력을 잃고 매우 큰 곤경에 처했을 때, 중화인민공화국, 조선민주주의인민공화국, 루마니아, 알제리아, 알바니아, 남슬라브의 티토, 모리타니 등 극히 적은 수의 국가가 나를 지지해주었다. 특히 단호하게 우리를 지지한 것은 위대한 중국뿐이었다.

저우 총리는 중국을 대표하여 각 방면에서 전력으로 우리를 지지하고 원조해 주었다. 이뿐만 아니라 그는 또 폭넓게 아시아와 아프리카 및 세계 기타 국가와 접촉하여 열심히 일을 전개하였다. 중화인민공화국은 다른 국가를 향한 무상원조의 기회를 이용하여 지원국의 일을 하고, 그들이 캄보디아 인민이 시아누크의 지도하에 제국주의의 침략에 반대하는 민족해방의 투쟁을 지지하여 승리를 취할 수 있게 해주기를 희망한다고 했다. 저우 총리가 지원국의 지도자들에게 말했다. "중국은 결코 귀국에게 캄보디아를 경제적으로 원조해달라고 요구하는 것이 아닙니다. 중국은 이미 캄보디아에게 병력에서부터 무기, 탄약, 외교, 제정, 물자 등 방면에 원조를 책임지고 있습니다. 다만 당신들이 정치적으로 연합국대회에서 캄보디아를 지지하기를 희망하는 것뿐입니다." 저우 총리가 이렇게 우리를 위하여 노력하자 비로소 적지 않은 국가가 저우 총리의 호소에 호응했다. 캄보디아의 대표자격에 대하여 투표로 결정하는 연합국대회에서 미국을 포함하여 54개 국가가 론논 정변집단을 지지했고, 중국을 포함하여 52개 국가가 우리를 지지했지만, 그 결과 2표의 차이로 연합국에 가입할 수 없었다. 그러나 1975년 우리는 승리를 했고 나는 대표단을 인솔하여 연합국회의에 참가하였으며 론논은 이미 연합국에서 쫓겨나 있었다. 이때 과거의 10여 개 국가가 아니라 80여 개 국가의 수뇌 혹은 대표가 뉴욕 국제공항에서 우리를 환영해주었다.

과거 내가 권력을 잃고 가장 곤란한 처지에 있을 때 나의 국가를 인정한 국가는 매우 적었지만, 우리는 지금 승리했고, 그들은 분분히 나를 향하여 존경과 칭찬을 표했다. 하지만 나는 누가 우리의 진정한 친구인지 아니면 누가 일반적인 친구인지를 분명히 알고 있었다. 우리의 진정하고 위대한 친구는 중화인민공화국이고 저우 총리 각하였다. 그는 밤낮으로 전 중국과 전 세계를 위하여 열심히 일했다. 그의 친구인 시아누크를 지지해 주었을 뿐만 아니라 캄보디아 인민을 포함한 제국주의의 능욕을 당한 세계 각국 인민의 정의로운 투쟁을 지지했다.

베이징에 머물렀던 5년 동안, 나는 그 어떤 사유재산도 없었다. 론논 세력의 전복 이후 나는 매우 가난했다. 저우 총리와 그의 부인은 우리에게 매우 큰 관심을 보였으며 친히 나의 관저까지 찾아와 내가 부족한 것이 무엇인지를 확인해 주었다. 중국정부는 베이징에 나를 위하여 호화로운 관저를 세워 주고, 내부에 수영장, 운동장, 사무실 등의 시설을 만들어 주어 우리에게 좋은 사무환경과 생활조건을 제공해 주었는데 왕궁과 같았다. 총리 각하 이후 덩샤오핑 각하, 장쩌민 주석이 여전히 마오 주석과 저우 총리처럼 그렇게 대우해 주었다.

이 때문에 지금까지 베이징에는 나의 관저가 있다. 매번 나는 중국에서 치료를 할 때 그곳에 머물렀다. 중국의 기타 유관 부문도 여전히 저우 총리의 방침에 따라 일을 처리해주었고 우리를 위해 각 방면의 원조를 제공해주었다. 중국은 또 우리와 세계 각국과의 관계를 위한 조건을 마련해 주고 우리에게 비행기 두 대를 제공해 주었다. 한 대는 나와 나의 수행인원이 움직일 때 이용하는 비행기이고, 다른 한 대는 국외 방문을 할 때, 각국 지도자들에게 줄 선물을 운반하는 용도로 사용하는 비행기였다. 예를 들면 내가 방문을 할 때 쌀을 증정한 일도 있었다.

내가 아프리카 세네갈을 방문할 때, 마침 이 나라에는 쌀이 부족했다. 세네갈 대통령이 나에게 쌀을 원조해 줄 것을 희망했다. 캄보디아는 과거 일찍이 이 나라에 쌀을 수출한 적이 있었는데, 당시 캄보디아는 평화로운 섬으로 전쟁이 없어 쌀을 대량 생산하는 국가였다. 그러나 캄보디아에 전쟁이 일어난 후 우리가 먹을 것조차도 없었는데 어떻게 다른 나라에 원조할 수 있었겠는가! 나는 세네갈에서 저우 총리에게 전보를 보내 말했다. "총리 각하, 현재 이곳 사람들이 나에게 쌀을 원조해 줄 것을 요청하고 있습니다. 나는 어떻게 처리해야 할지 모르겠습니다." 저우 총리가 회답하기를 세네갈 대통령에게 다음과 같이 말하라고 했다. "걱정하지 마십시오. 설사 캄보디아가 현재 전란에 처해 있어 어렵다면 우리가 쌀을 구해 당신들에게 드리겠습니다." 저우 총리는 유관 부문에 통지하여 시아누크 국가 원수의 이름으로 5,000톤의 쌀을 세네갈에 보냈다.

당시 내가 세네갈에 쌀을 원조한 사실을 알고는 인접국인 잠비아 지도자가 나에게 말했다. "시아누크 친왕 만약 당신에게 쌀이 더 있다면 우리에게도 원조를 해주십시오!" 저우 총리가 이 사실을 알고는 또 시아누크의 이름으로 중국에서 2,000톤의 쌀을 잠비아에 원조를 해주었다. 이런 일화는 사람들을 감동시킨다. 이런 진정한 친구는 얻기 어려운 귀중한 것으로 어디에도 찾을 수 없는 것이다. 우리를 버린 국가들조차 있었는데 말이다. 예를 들면 소련과 같은 나라이다. 소련 등의 국가들, 그들은 이전에 우리를 버리지 않겠다고 밝혔었다. 그러나 1970년 3월 8일 론 논 무리가 나를 축출한 그날 나는 모스크바를 방문 중이었다. 소련 총리 코시긴이 나에게 말했다. "친왕, 프놈펜에서 이미 당신을 축출했습니다. 그러나 당신은 믿으십시오. 소련은 친왕을 버리지 않을 것입니다."

내가 소련을 떠나 중국에 도착했을 때, 저우 총리는 여전히 내가 캄보디아 국가의 원수임을 인정하고 국가원수로서의 의식으로 나를 환영해주었다. 중국은 각국 중국 주재 사절을 초청하여 베이징 수도공항에서 영접하고 중국 유관부문에 통지하여 열렬하고 성대한 연회를 거행했다. 그럼 소련은 어떠했는가? 내가 이미 쫓겨났고 권한도 없음을 알고 나에게 가망이 없다고 생각하고 나를 포기했다. 당시 소련, 프랑스, 영국 등 수많은 국가 모두가 나를 포기했었다. 그러나 저우 총리는 나를 포기하지 않았을 뿐만 아니라 반대로 각 방면으로 우리를 원조해 주었다. 나로 하여금 순리적으로 계속 나의 국가와 인민을 위해 일할 수 있도록 하였으며, 결국 그들을 이끌고 구국 투쟁을 행하여 마지막에 승리를 거두었다. 1970년 3월부터 1975년까지 중국에서 5년 동안 머무르는 동안, 나는 저우 총리와 그의 부인의 깊은 배려와 보살핌을 받았다. 그가 우리와 관련 있는 좋은 소식을 듣기만 하면 밤에도 찾아와 알려주었다. 내가 저우 총리에게 말했다. "당신은 일이 그렇게 바쁘고 피곤할 텐데도 매일 서너 시간만 주무신다면서요?" 저우 총리는 다섯 시간 이상 잘 수 없었는데 나는 의사가 매일 7시간을 자라고 하였다. 저우 총리는 국내 사무뿐만 아니라 대량의 국제사무도 처리해야 해서 매우 바빴다. 그의 족적은 전 세계에 퍼져 있는데, 그는 국내외에서 숭고한 명성과 명예를 얻었다.

한번은 내가 저우 총리의 사무실에다 영접하러 나오지 않아도 된다고 제의한 일이 있었는데 그가 동의하지 않았다. 저우 총리는 외교적 예절을 매우 중요하게 생각했기 때문이었다. 그는 나를 축출당한 사람으로 대우하지 않았으며 여전히 나를 캄보디아 국가의 원수로 대우하면서 저우 총리가 나에게 말했다. "나는 총리이고 당신은 국가 원수입니다. 내가 당연히 당신을 방문해야 합니다." 비록 나는 이미 쫓겨났고 힘이 없었지만 그러나 매번 중국 각 지역을 돌아본 후 베이징에 돌아왔을 때 저우 총리가 항상 내가 당시 국가 원수로 있었던 때(1957~1969년)처럼 비행장 혹은 기차역에서 나를 맞이해주었다. 그는 접대의 격식을 바꾼 적이 없었을 뿐만 아니라 오히려 과거보다 더 나를 대우해 주었다. 내가 정권을 잡았을 때 그는 나를 소중히 여기고 존중해 주었으며, 현재 내가 곤란에 처하고 국가가 곤란에 처하고 나의 인민이 곤란에 처하자 저우 총리는 더욱 나에게 관심을 가지고 잘 보살펴 주었다. 저우 총리는 이렇게 고상한 품덕의 소유자로 세계에서 유일한 분이었다. 이 5년 동안 저우 총리와 그의 부인은 나를 존중하고 소중히 여기고 관심을 가져 주었으며 나에게 겸손한 예로써 대해주었다. 나와 나의 부인은 총리 각하 내외의 은정을 잊지 않았으며, 그들은 가장 훌륭한 사람들이기 때문에 그 5년을 추억할 때마다 우리는 매우 감격해 하곤 했다.

저우 총리는 가능하기만 하면 바로 인력, 물자, 재정에서부터 무기, 탄약에 이르기까지 전면적으로 캄보디아의 민족 해방투쟁을 지지, 원조해 주었으며 외교방면에서도 크게 지지해 주었다.

1972년 미국 대통령 닉슨, 키신저 박사 등이 중국을 방문했다. 중미 양국 수뇌는 친절하고 우호적인 분위기 속에 회담을 진행했다. 회담이 끝난 후 저우 총리가 매우 진실되게 나에게 회담 중 언급된 캄보디아와 관련된 내용을 말해 주었다. 당시 저우 총리가 닉슨에게 다음과 같이 말했다. "론논 집단을 척결해야 하고 미국이 시아누크 원수의 명예를 회복시켜 친왕이 캄보디아로 돌아가 계속 국가 원수를 맡고 캄보디아 각파 간의 화해를 진행시켜야만 캄보디아의 내전이 완전히 끝날 수 있습니다." 그러나 당시 미국 대통령 닉슨과 키신저는 "안 됩니다. 동의할 수 없습니다. 우리는 시아누크를 받아들일 수 없습니다"라고 막무가내였다고 했다. 미국 대통령이 총리 각하의 의견을 받아들이지 않았기 때문에, 본래 1972년에 끝날 수 있었던 전쟁이 1975년까지 계속되었던 것이다.

1973년 3~4월 나는 위대한 중국을 떠나 캄보디아 해방구역으로 돌아왔다. 당시 캄보디아 인민과 캄보디아 국가 군이 캄보디아 80%의 국토를 해방시키고 있었다. 나의 동포들이 나를 보기를 희망했던 것이다. 오랫동안 떠나있던 옛 땅에 돌아갈 수 있어서 나는 매우 감격했다. 저우 총리는 우리 일행이 안전하게 돌아갈 수 있도록 하기 위해 세밀한 준비를 하였다. 나는 캄보디아의 합법적인 국가 원수로서 캄보디아 내지를 시찰하고 나의 인민, 간부, 전사 및 캄보디아 각급의 지도자들과 친절하고 폭넓게 회담을 가졌다. 그때의 시찰은 매우 성공적이었다. 시찰을 끝내고 베이징으로 돌아 왔을 때, 저우 총리가 나를 만나 매우 기뻐했는데, 이는 그가 나를 도와 하나의 세계를 진동시키는 위대한 사명을 완성한 것에 대한 긍지이기도 했던 것이다. 중국정부가 나의 개선을 경축하기 위하여 인민대회당에서 관련된 전람회를 거행했고, 각국의 중국 주재 사절 및 중국의 유관 부문의 책임자들 등 수백 명을 초청하여 참관케 했다. 동시에 중국정부는 또 성대한 환영 연회를 거행하고 전람회의 성황을 기록하는 영화를 찍었다. 이밖에 나는 또 덩샤오핑 부총리가 저우 총리의 노력 하에 다시 복귀한 것에 대해 매우 기뻐했다. 우리는 일찍이 1956년과 1958년에 서로를 알게 되었다. 그는 저우 총리의 장기적인 혁명투쟁의 위대하고 친밀한 전우로서 몸소 많은 전투를 겪은 혁혁한 전공을 세운 위대한 혁명가였다. 연회에서 나와 덩샤오핑 부총리는 포옹을 했다. 저우 총리가 나와 이 장소에 있는 외교사절 등 중국 외의 손님들에게 덩샤오핑 부총리를 소개하였는데, 어떻게 자신의 국가와 인민에게 충성을 했는 지와 그가 장기간 중국혁명전쟁과 해방전쟁 중에 사회주의를 보호하고 건설한 많은 공적을 소개했다. 이어서 저우 총리가 또 덩샤오핑 부총리의 활동 재개 문제에 대하여 다음과 같이 말했다. "덩샤오핑 동지가 내려간 것(하방)은 불공정한 것이다. 그러나 누구나 어떤 때는 불행을 만날 수 있으며, 불공정한 대우를 받을 수 있는 것이다. 현재 샤오핑 동지는 명예를 회복했다." 이에 그 자리에 참석했던 국내외 친구들은 감동을 금치 못했다. 당시 나와 나의 왕비는 주빈석에서 저우 총리, 그의 부인, 덩샤오핑 부총리 및 중국 기타 고급 지도자들 및 그들 부인들과 함께 앉아 있었는데, 이는 기념할 만한 의미가 있는 장면으로써 나의 기억 속에 깊게 남아 있다. 나와 저우 총리 간의 관계는 형제와 같았다. 저우 총리가 위중했을 때, 나와 나의 아내는 운이 좋게도 문병을 할 수 있었다. 처음 만났을 때부터 저우 총리가 위중하기 전까지 우리는 줄곧 서로 우호적이었고 친밀했고 서로 신임했다. 캄·중 양국 사이의 관계도 서로 가장 우호적으로 지지했다. 나는 나와 저우 총리의 이런 나날이 커지는 형제와 같은 우의에 대하여 매우 자랑스럽게 생각했다.

1975년 4월 캄보디아의 항미 구국투쟁이 승리한 후, 나는 베이징에서 캄보디아로 돌아왔다. 동년 9월 나는 또 중국을 방문했다. 이번은 연합국대회의 출석요청에 응하여 가는 도중에 베이징에 들렸던 것인데, 덩샤오핑 총리가 와병중인 저우 총리를 대신하여 친히 수도공항에서 나를 영접해주었다. 덩샤오핑과 나의 관계는 매우 밀접했다. 연합국회의에서 캄보디아로 돌아오는 길에 베이징에서 짧게 머문 후, 베이징을 떠날 때 덩샤오핑 부총리가 저우 총리를 대신하여 퍼레이드카를 타고 나의 관저에서 출발하여 수도공항까지 수행해 주었고 중국 전용기를 동원해 캄보디아로 보내 주었다. 베이징 도서관(현재 국가 도서관)에는 당시 나와 덩샤오핑 각하와 함께 퍼레이드카를 타고 베이징 수백만 군중의 열렬한 환송을 받는 감동적인 장면의 사진이 보존되어 있는데, 이 장면도 나의 기억 속에는 깊이 남아 있다. 1979년 월남이 캄보디아를 침입하기 몇 시간 전에 중국은 비행기를 프놈펜으로 보내 나를 베이징으로 데려와 주었다.

덩샤오핑 부총리는 비행장에 나와 나를 영접했다. 이후 그가 이끄는 중국정부는 지난날과 다름없이 단호하게 내가 이끄는 월남 침입자에 대해 항거하는 구국투쟁을 지원해주어 우리가 승리를 거두었다. 현재 캄보디아는 이미 새롭게 독립을 얻었다. 우리는 이 역사의 흐름 속에서 중화인민공화국, 저우 총리, 덩샤오핑 부총리 등이 우리에게 보내준 은정은 위대하며, 무엇과도 비교할 수 없다는 것을 영원히 잊지 않을 것이다.

1965년 방문 때에는 저우 총리가 나와 나의 왕비, 그의 가족들을 데리고 여객선을 타고 창장을 유람했다. 옌안의 그 수려한 풍경은 나의 창작 욕망을 불러일으켰는데, 나는 선상에서 바로 한 수의『중국을 회상 하다(懷念中國)』라는 가곡을 써서 나의 위대한 중국에 대한 열애와 존경이 농후한 감정을 토로했다.

『중국을 회상하다』의 마지막 가사는 다음과 같다. "중국은 캄보디아와 캄보디아 인민의 영원한 친구이다." 내가 자랑스러워하는 것은 이 노래가 1965년 창작되어 지금까지 그 가사가 어떠한 수정도 없이 여전히 의의와 가치를 지닌 채, 현재에도 이후에도 여전이 예찬될 것이라는 점에서 중·캄 양국과 양국 인민 간의 우의와 감정은 영원히 변하지 않을 것이라는 점을 증거해주리라 믿고 있다.

당시 저우 총리는 내가 창작한 이 작품을 군악대에 보내 배경음악을 넣었다. 나를 초대한 모든 연회에서 군악대의 예술가들은 모두 자주 우리를 위하여 중·캄 양국의 음악 프로그램을 공연하곤 했다. 나의 이 가곡은 전문적으로 대악단의 공연을 위하여 창작한 것이 아니라, 단지 개인의 독창적인 곡이었지만 저우 총리는 군악대에 요청하여 나를 위해 음악으로 만들었던 것이다. 후에 나와 캄보디아 국경일을 경축하거나 혹은 다른 중대한 기념일을 위하여 성대한 연회가 열리면 항상 군악대의 예술가들이 중·캄 양국의 언어로『중국을 회상하다』를 제일 처음 노래하곤 했다. 그 공연은 매우 성공적이었고 연회에 참석한 각국 중국 주재 사절, 중국의 유관 부문의 책임자들 및 각계 인사들이 열렬하게 환영해 주었다. 공연이 끝난 후, 저우 총리와 나 그리고 내 왕비가 군악대 지휘자와 악수를 하면서 감사를 표시했다. 저우 총리는『중국을 회상하다』를 노래책으로 만들고 테이프로 만들어서 각 우호국가에 증정하기를 바랐다. 이때부터 중·캄 양국의 경축행사 혹은 내가 거행한 연회에서 예술가들이 항상 이 가곡을 같이 불렀고, 저우 총리는 연회에서는 음악을 들으며 박자를 맞추면서 따라 불렀는데, 그는 이 가곡을 매우 좋아했다.

저우 총리 이후, 캄보디아의 중요한 경축일에는 덩샤오핑, 리셴녠, 장쩌민 등 중국 지도자들이 항상 나를 위해 연회를 열었다. 이런 연회에서 항상 정식 군악대가 수많은 공연을 했는데 매번 모두 이 가곡을 공연에 포함시켰다. 1972년 내가 톈진에서 휴가를 보낼 때 한 수의『중국 나의 제2의 고향』이라는 곡을 창작했다. 저우 총리는 유명한 예술가를 초청해 서둘러 연습을 시켜 공연을 준비했다. 톈진에서 처음으로 나의 두 번째 곡을 공연했을 때, 총리 각하는 친히 중국을 방문한 아프리카 모 국가의 총리를 데리고 톈진을 방문하여 나와 함께 공연을 관람했다.

프놈펜의 금란전을 저우언라이 각하는 두 번 방문한 적이 있었다. 금란전은 캄보디아 역사의 증거로써 내가 가장 존경하고 위대한 친구 저우언라이와 친밀한 우호관계를 쌓은 장소이다.

부친은 저우언라이를
성인이라고 생각했다

오카자키 아키라(岡崎彬)
(전 일본 항공공사 총재 오카자키 가헤이(岡崎嘉平)의 아들)

부친은 저우언라이를
성인이라고 생각했다

오카자키 아키라(岡崎彬)
(전 일본 항공공사 총재 오카자키 가헤이(岡崎嘉平)의 아들)

 1963년 인민대회당에서 저우 총리는 우리를 처음으로 만났다. 나는 무역 중국방문단과 무관하기 때문에 가장 뒤에 있었다. 저우 총리는 내방한 모든 사람과 악수를 한 후 나의 면전에 서서 처음으로 물었다. "중국어를 할 수 있습니까?" 내가 말했다. "못합니다." 두 번째는 프랑스어를 사용하며 물었다. "영어를 할 수 있습니까?" 나는 대답했다. "영어는 조금합니다." 그런 후에 그는 일어를 사용하며 말했다. "나는 일어를 모두 잊어버렸습니다." 그는 또렷한 일어로 나를 놀라게 하였다. 그는 말을 마친 후 소리를 내어 웃었다. 나는 결코 그에게 일어를 할 줄 아는지 묻지 않았는데도 그가 스스로 일어를 사용하여 그렇게 말했던 것이다. 그 후 나는 그에게 광둥어를 할 줄 아는지를 묻자 그는 웃으면서 대답하지 않고 랴오청즈 선생을 불렀다.
 당연히 그는 광둥어를 할 줄 알았던 것이다. 당시 나의 부친은 저우언라이 뒤에 서서 매우 기뻐했는데 왜 그랬는지 후에 말씀하셨다. 자기가 가장 존경하고 가장 좋아하는 사람이 자신의 아들과 이야기를 나눴다는 사실 때문이라고 했다. 나의 부친은 약간 수줍은 듯한 모습의 천진한 얼굴을 하고 있었는데, 솔직히 말하자면 나는 태어난 이래 처음으로 잠깐 아버지를 본 것뿐이었다. 나는 부친이 나에게 휴가를 내게 하여 같이 베이징에 온 이유를 알았다. 저우 총리가 나에게 말했다. "당신 부친은 자신을 위해서는 아무것도 할 줄 모르면서 우리와 나를 위해서는 많은 일을 했습니다. 우리 중국은 그에 대하여 그렇게 평가하고 있습니다. 그래서 그를 대신해서 내가 말합니다. 나는 당신의 부친에게 매우 의존합니다. 그런 종류의 신임은 자신의 이익을 희생하여 타인을 위하여 전력으로 행동하는 것에서 나타납니다. 당신의 부친은 일본과 중국을 위하여 전심전력으로 자신을 희생했습니다. 그래서 우리는 그를 매우 신임합니다." 당시 나는 30대 후반이었는데, 청년이라고 할 수 있었다. 이미 수많은 지위가 높은 사람들, 외국의 대통령이나 미국의 국무장관 등과 같은 사람들을 만나 봤었다. 그러나 저우 총리는 그런 사람들과는 달랐다. 먼저 그는 사람들을 위협하지 않고 빛나고 생기가 넘치는 눈으로 온유한 시선을 보냈다. 그리고 그는 나와 같은 젊은 사람들에게도 친구처럼 친절하게 말했다. 그는 12억 인구 중에서 뛰어난 인물로 다른 사람들과는 달랐던 것이다.

비록 짧은 시간이었지만 오히려 잊기 어려운 첫 대면이었다. 저녁에 성대한 연회가 열렸는데, 연회에서 저우 총리의 연설을 들었다. 그 연설은 나에게 깊은 영향을 주었는데, 그것은 내가 중국을 이해하는데 도움이 되었기 때문이다. 이 연설을 대략적으로 설명하면 다음과 같다.

> "중일 국교의 역사는 기록에 의하면 2천 년이 넘으며 기록되지 않은 것까지 포함하면 더욱 오래되었을 것이다. 그러나 중일의 사이에는 줄곧 양호한 관계를 유지해 왔다. 단지 근대 70여 년 동안 중일전쟁이 시작한 이래 형세가 아주 나쁘게 변했다. 이 몇 십 년과 양호했던 관계의 역사를 서로 비교하면 단지 한순

간일 뿐이다. 이 때문에 우리의 임무는 바로 양호한 관계를 회복하는 것이며, 함께 번영의 길로 가는 것이다. 양호한 관계를 보호 유지하는 것은 천리(天理)로써 하늘이 원하는 것이다. 우리가 하는 노력은 단지 천의를 집행하는 것일 따름이다."

나는 어렸을 때부터 일본문화의 원천은 중국문화에 있다는 것을 알고 있었다. 저우 총리의 연설을 들은 후, 나도 일중 양국의 우호관계가 천의라는 것을 인식하고 있었는데, 그의 인식도 마찬 가지였다는 것을 알게 되었다. 이후 이러한 관점은 내가 중국을 바라보는 기초가 되었다. 저우 총리와 접촉하는 가운데 나의 부친은 큰 영향을 받았다. 나는 부친에게서 그와 저우 총리 간의 고사를 들은 적이 있었다. 그중 항상 언급하는 것이 '저우 총리의 성인론(聖人論)'이었다. 이 말은 부친이 나에게만 말했을 것이다. 그는 말했다. "세계에 4대 성인이 있는데, 예수, 석가모니, 공자, 모하메드이다. 그러나 저우 총리를 이들 성인에 넣어야 한다." 이 말 뜻을 부친은 후에 나에게 말했는데, 만약 성인 중에 중국인이 두 명이 있으면 다른 사람들이 이의를 제기할 것이기 때문에, 부득이 하게 공자만을 넣었던 것인데, 이제는 그 지위를 저우 총리에게 넘겨주어야 한다는 것이었다. 부친이 말씀한 바에 의하면 그와 저우 총리는 정식회담을 18차례나 했지만, 그러나 비공식 회담은 그 수를 셀 수가 없다고 했다.

어떤 때는 저우 총리의 사무실에서 회견을 하기도 했다고 했다. 정식회담 시에 저우 총리는 잘 다려진 중산복을 입었지만, 일상적인 사무를 볼 때에는 덧댄 의복을 입고 있었다고 했다. 이 일이 나의 부친에게 미친 영향이 매우 컸는데, 이때부터 나의 부친도 더 이상 새로운 옷을 추가로 구입 하지 않았다. 나이가 드신 후 의복이 확실히 헐렁해 졌는데도, 그러나 그는 변함없이 옛날의 옷을 입고 세상을 떠났다. 나는 부친이 이렇게 한 것은 스스로 더 저우 총리와 가까워지려고 했기 때문이라고 생각한다. 나의 모친이 부친의 그런 헐렁한 의복을 보고 그에게 새 옷을 사라고 몇 번을 권유했지만 그는 말을 듣지 않았다. 일상의 사소한 부분에서도 나의 아버지는 저우 총리의 인품을 따르고자 했던 것이다. 아버지는 사람들은 종종 일반적으로 권세를 얻은 후에는 스스로에게 어떻게든 엄격하고자 하지만 무의식중에 오만함이 나오는 것을 피할 수는 없다고 했다. 태도를 표현하는데 있어서 어느 국가의 사람을 막론하고 지위가 높으면 무의식중에 그런 면이 나올 수 있다는 것인데 저우 총리의 몸에서는 조금도 찾아볼 수가 없다고 했다.

저우 총리가 세상을 떠났다는 소식을 들었을 때 부친의 비통함은 형용할 수 없을 정도로 참담해 했다. 나는 심지어 내가 죽고 모친이 죽어도 그는 그처럼 비통해 하지 않을 것이라고 생각했다. 부친은 1989년에 병으로 입원한 후 8시간 만에 세상을 떠나셨다. 그는 준비한 자료를 들고 계단을 내려가다가 헛발을 디뎌 굴러 떨어지는 바람에 돌아가셨다. 당연히 부친의 갑작스러운 죽음은 우리들에게 큰 충격이었다. 장례가 끝난 후 나의 모친을 포함한 우리 형제들이 함께 이야기를 나누었을 때 나의 모친이 말했다. "너희 부친은 92세까지 사셨다. 그리고 저우 총리의 신변에 계실 것이다. 나는 오히려 그가 저우 총리의 신변에 있게 되어서 기쁘다. 그러니 어찌 아버지 죽음을 슬프다 말할 수 있겠니? 이건 기쁜 일이다." 우리 형제들도 그 말이 옳다고 생각했다. 부친의 사후 모습을 보면 고통스런 모습은 찾아볼 수가 없고 오히려 약간의 웃음기를 머금기까지 하고 있는 듯했다. 당시 나는 누가 일깨워 준 것인지는 잊었지만 아무튼 약속이나 한 듯이 저우 총리의 사진을 부친의 유해 위에 놓고 화장을 하였다. 나의 부친이 평상시 항상 저우 총리의 사진을 몸에 지니고 다니셨기 때문이다. 골육이 세상을 떠나서 당연히 슬프긴 하지만, 부친이 저우 총리의 곁으로 가서 아무런 구속도 받지 않고 이야기를 나누고 계시고 있으며, 그들이 천상에서 우리를 보호해 주고 있다고 생각했다. 이렇게 생각하니 마음이 한결 안정되었다. 당시 나의 모친은 나의 부친이 천국에서 저우 총리와 이야기를 나눌 수 있을 것이라고 말하실 때, 나는 갑자기 1963년 처음으로 저우 총리를 만났을 때의 정경을 회상했는데, 저우 총리의 뒤에 서 있던 내가 저우 총리와 이야기를 나눌 때의 부친이 부끄러운 듯한 천진난만한 표정이 생각났다. 마치 그들이 천국에서 우리를 바라보는 것이 그때의 방문활동과 같을 것이라고 느껴졌다.

나는 중국 친구로부터 화이안(淮安)에 있는 저우 총리의 고향에 나의 부친이 남긴 필적이 있다고 들었다. 그것은 바로 "저우 총리의 고향을 방문하니 눈물이 멈추지 않는다"라는 내용이었다. 낙관에는 "아우 오카자키 가헤이"라고 쓰여 있었다. 거기는 항상 수많은 중국 친구들이 방문하는 곳이다. 내가 아는 중국 친구들 중에 그곳에 다녀와서는 내게 항상 묻곤 했다. "저우 총리에게 일본에서 온 동생이 있었느냐?"고 말이다. 그러면 나도 전력을 다해 설명을 하곤 했다. 사실 나의 부친은 총리보다 약간 나이가 많았음에도 말이다.

그러나 인격적인 면에서 말하면 그는 자신이 동생이라고 생각했다. 나는 저우 총리 면전에서 나의 부친은 단지 스스로 그와 비교하여 나이가 많이 적은 아우라고 인정했던 것이라고 생각하고 있다. 일생 중에 저런 친구를 만날 수 있다는 것은 대체로 세상을 잘못 산 것이 아니라는 것을 대신해준다. 우리 집에는 저우 총리의 필적은 없다. 당시 오히려 수시로 만날 수 있었기 때문인데, 저우 총리가 그렇게 바쁘게 세상을 떠날 줄은 미처 예상하지 못했던 나의 부친은 이를 매우 후회했다. 저우 총리의 이야기를 할 때마다 나의 부친은 거의 소년이 되었다. 나와 그러했을 뿐만 아니라 그가 사무실 사람들과 저우 총리에 대하여 이야기만 하면 표정이 변했고, 늘 아름다운 기억에 심취해 있곤 했다.

저우 총리와의 만남은 한 폭의 명화와 같아,
영원히 머릿속에 머물러 있다.

이케다 다이사쿠(池田大作)
(일본 소가학회(創價學會) 명예회장)

저우 총리와의 만남은 한 폭의 명화와 같아,
영원히 머릿속에 머물러 있다.

이케다 다이사쿠(池田大作)

(일본 소가학회(創價學會) 명예회장)

나의 입장에서 말한다면 저우 총리를 만년에 만날 수 있었던 것은 내 일생에서 가장 잊기 어려운 일이다. 당년에 저우 총리와의 만남은 현재에도 한 폭의 명화와 같이 깊게 나의 머릿속에 남아 있다.

나는 지금도 분명하게 기억하고 있는데, 우리의 만남은 1974년 12월 5일 저녁이었다. 나는 그날 저녁 베이징호텔에서 내가 주최하는 연회에 참가하고 있었다. 연회 중에 랴오청즈 선생이 갑자기 매우 긴장하여 뛰어와서는 어떤 일을 나와 상의해야 한다고 말한 후에 나를 옆방으로 데리고 갔다. 랴오청즈 선생과 그리고 손핑화 선생이 그 작은 방에서 매우 긴장해서 말하길 "저우 총리가 당신을 기다립니다. 우리 바로 가야 합니다." 당시 나는 그가 나를 데리고 저우 총리를 만나러 가야 한다고 들었을 때, 덩샤오핑 선생에게 이미 저우 총리의 현재 건강상태가 좋지 않다고 들었기 때문에 입원해 있을 것이라고 생각했다. 나는 저우 총리의 건강이 좋지 않을 때 나와 만난다면 그의 건강 면에서 매우 큰 부담이 될 것이라고 생각했기 때문에 나는 당시 바로 거절했다. 나는 저우 총리에게 폐를 끼치고 싶지 않고 그의 건강에 부담을 주고 싶지 않다고 말했다. 그러나 손핑화 선생이 말했다. "이는 저우 총리가 요청한 것으로 우리는 거절할 수 없습니다. 당신은 가야 합니다." 나는 그가 그렇게 말하자 더 이상 거절할 방법이 없었다. 이후 나는 함께 그들을 따라서 출발했다. 그날 저녁은 매우 추웠고 우리는 두 대의 소형차에 나눠 탔는데 나의 기억에는 랴오청즈 선생과 함께 탔다. 그리고 통역인 린리윈(林麗韞) 여사는 앞 차에 탔고 손핑화 선생은 뒷 차에 탔다. 날씨가 추웠기 때문에 중국 측은 나와 나의 아내를 위해 파오즈(袍子, 솜을 넣어 만든 외투)를 준비하여 우리에게 주었다. 차를 타고 15~20분 정도 가자 우리는 저우 총리가 입원한 병원에 도착했다. 모두 말이 없었으며 모두 긴장을 하였다. 그곳은 아주 특수하고 소박한 건물이었다. 대문을 열자 나는 꿈에 그리고 항상 만나고 싶었던 저우 총리를 보았는데, 그는 그 대청에서 나를 기다리고 있었다. 저우 총리는 나의 손을 꽉 잡으면서 나에게 말했다. "이번이 두 번째 중국 방문입니까?" 그가 나의 손을 꽉 잡고 손을 놓지 않고 총총한 눈빛으로 나를 주시한 것을 나는 지금까지 모두 기억하고 있다. 그의 눈빛에는 매우 위엄이 있었지만 너무나 온화하고 형용하기 어려운 감동을 주는 그런 눈빛이었다. 이후 나는 그의 몸이 이전보다 약간 마른 것을 알았지만 매우 활력이 있어 보였다. 그는 나를 옆의 휴식실로 청했는데, 그 방은 크지 않고 매우 소박했다.

나는 그때를 지금까지도 잊을 수 없다. 저우 총리가 말했다. "벚꽃이 만개하던 50년 전에 나는 일본을 떠났습니다." 나는 곧바로 그의 말을 끊고 말하길 "총리께서 건강이 빨리 회복되어 벚꽃이 만개했을 때 일본에 다시 오셔서 벚꽃을 감상하시길 희망합니다"라고 말했다. 그러자 저우 총리가 바로 말씀하길 "나도 그러고 싶지만, 아마도 그럴 기회는 없을 것 같습니다." 나는 저우 총리의 몸을 매우 걱정하고, 그의 건강을 걱정하였다. 그래서 단지 한번 뵙겠다는 생각에 저우 총리에게 말할 그 어떤 특별한 것을 준비하지 않았고, 그가 잘 쉴 수 있게 우리는 빨리 자리를 뜨려고 했다. 그러나 그는 자리에 앉자 우리에게 말하기 시작했다. 그는 현재 중국의 상황이 아직 좋지는 않지만 지금부터 시작하여 이번 세기의 남은 25년은 중국뿐만 아니라 중국에만 그치지 않고 전 세계적으로 가장 중요한 25년이라고 했다. 이 말을 시작으로 그는 나와 국제문제를 이야기하기 시작했다.

내가 그와 만나고 그가 이야기를 시작하면서 나는 저우 총리의 생각이 매우 넓으며 그의 역사관이 매우 넓다고 생각했다. 그러나 그는 인간의 심리에 대하여 현미경 같이 분명하게 볼 수 있었고 세밀하게 사람들의 사상과 심령을 볼 수 있는 능력의 소유자라고 생각했다.

이 밖에 그는 내가 이야기한 세계의 동향에 대해 완전히 옳다고 말해주었다. 그것은 이 세계의 마지막 25년은 전 세계적으로 전쟁의 여지가 충분히 있고, 전 세계적으로 가장 중요한 25년의 시간을 경험할 것이라는 저우 총리의 예언과도 같았기 때문이었다. 저우 총리는 마지막 25년은 매우 중요한 의미가 있다고 하면서 이러한 생각은 언제나 자신의 마음속에 담겨 있으며, 25년 동안, 그리고 새로운 세기에 들어서기 전에 어떻게 중국 국가 전체와 인민의 생활, 인민의 행복, 인민의 번영을 잘 이뤄야 할지를 생각하고 있었다고 말했다. 저우 총리는 항상 그렇게 생각해 왔다. 그러한 그의 마음으로부터 전염된 것인지는 몰라도 앞으로 남은 25년에 대한 의구심은 우리도 저우 총리의 당시의 그런 심정과 같았다. 우리는 현재 중국의 발전을 보면 저우 총리가 왜 그렇게 남은 25년을 중시했는지를 이해할 수가 있다.

그러는 가운데 매우 중요한 점을 하나 꼽으라면, 저우 총리가 나에게 마지막 25년은 세계 각국이 상호 존중해야 한다고 한 말이었다. 본래 그와 담화를 나누기 전에 나는 가장 중요한 것이 우리 중일 양국 간의 우호라고 생각했었다. 그러나 저우 총리의 이번 이야기는 나의 좁은 생각을 크게 뛰어넘은 것이었다. 그의 눈은 전 세계를 보고 있었고, 그런 위에서 세계의 공존, 공영의 방면을 말하고 있었던 것이었다.

마지막에 그는 매우 중요하고 매우 예리한 말을 한마디 했는데, 그는 되도록 일찍 중일 양국 간의 우호조약이 체결될 수 있어야 한다고 했던 것이다. 그의 이 말에서 그가 우리 양국 간의 이런 관계와 국제적인 관계에 대하여 얼마나 중요하게 생각했는지를 알 수 있었다. 마지막으로 나는 그와 약속을 했는데, 나는 반드시 저우 총리의 이런 견해를 바탕으로 활동하고 실행할 것이며, 반드시 관련이 있는 인사와 부문에 대하여 열심히 일을 해서 그런 일들을 실현하겠다고 약속했다. 본래 나는 총리의 건강을 매우 걱정하여 저우 총리와 5분내지 10분 정도만 이야기를 나누려고 준비했었는데 결국 헛일이 되었다. 그러나 대화를 나누면서 저우 총리가 우리와의 회견을 끝내고 싶어 하지 않는다는 것을 느꼈다. 나는 옆에 앉아 있던 랴오청즈 선생에게 우리가 일찍 일어나야 하는지, 혹은 우리가 일찍 실례했어야 했는지를 물었다. 랴오청즈 선생은 나를 보면서 저우 총리께서 그렇게 재미있어 하시니 그리 조급해 할 필요는 없다고 말해주었다. 그래서 우리와 저우 총리의 회견은 30분 정도로 연장되었다. 다만 속으로 30분의 만남으로 인해 저우 총리의 건강에 영향을 미치지나 않을지 매우 걱정했다.

저우 총리와의 만남을 제외하고 나는 저우 총리의 부인인 덩잉차오 여사와도 깊은 교류를 나누고 있었다. 이전에 나는 그들의 정원 안에 한 그루의 벚꽃나무가 있다는 것을 들은 적이 있었다. 덩잉차오 여사는 일찍이 저우 총리 생전에 가장 아쉬워하던 것이 저우 총리와 함께 그 나무 아래서 기념사진을 찍지 못한 것이라고 말한 적이 있었다.

중일 양국의 국교회복 이후 내가 창립한 소가(創價)대학에서는 처음으로 6명의 중국의 국비 유학생을 받아들였다. 이후 저우 총리와 덩잉차오 여사를 기념하기 위해, 그리고 덩 여사의 그런 마음을 위해서 나는 유학생 6명과 함께 소가대학 교정에 여덟 그루의 벚꽃나무를 심어 저우 총리를 기념했다. 이 여덟 그루의 벚꽃 나무는 우리 대학 중심의 문학연못(文學之池)에 심어져 있는데, 바로 연못 옆의 가장 좋은 장소이다. 현재 그 나무들은 이미 자라서 매우 큰데, 그 벚꽃나무 앞에 나는 비석을 세웠고 비석에다 '주앵(周櫻)'이라는 두 글자를 써넣었다. 비문 위에도 우리가 왜 '주앵'이라고 썼는지 그에 대한 뜻을 풀이해 놓았다. 나아가 나는 비석을 중국방향으로 세워 중국과 마주보게 했다. 나는 비석이 저우 총리를 향해 있기를 희망했는데, 이는 내가 특별히 그렇게 배치했던 것이다. 이밖에 저우 총리와 덩 여사 그들 부부간의 은애의 정을 기념하기 위해 '문학의 연못' 아래 일본식 정원을 세우고 평안정원이라고 불렀으며, 또 나는 그 안에 두 그루의 벚꽃나무를 심어 '주부처앵(周夫妻櫻)'이라고 명명했다. 한 그루는 저우 총리를 다른 한 그루는 덩 여사를 나타낸 것이었다. 이 두 그루 역시 현재 잘 자라서 매우 크다. 매년 벚꽃이 만개할 때마다 나는 벚꽃 감상회를 열고 각계 유관인사들을 초청하여 '주앵' 및 '주부처앵'을 감상하고 있다. '문학연못' 이 네 글자는 우리가 중국의 둔황(敦煌) 학자인 창수훙(常書鴻) 선생에게 요청하여 그가 직접 지어준 글자이다.

일본 소가대학 앵화원 내의 '주앵'과 '등앵' 나무와 비석

 작년 나는 쿠바를 처음으로 방문하여 카스트로를 만났다. 우리는 많은 이야기를 나누었는데 저우 총리에 대해서도 이야기했다. 내가 저우 총리에 대하여 이야기를 할 때, 그는 만면에 미소를 지으면서 나에게 말하기를 저우 총리는 매우 위대한 지도자라고 했다. 이 일은 나에게는 잊을 수 없는 일이었다. 나에게는 한 명의 오랜 친구가 있는데, 미국의 전 국무장관인 키신저 박사이다. 우리가 만나 저우 총리에 대해 이야기를 나눌 때 그도 칭찬에 칭찬을 거듭했다. 본래 그는 자신에 대하여 매우 자신하는 사람으로 다른 사람을 칭찬한 적이 별로 없는 사람이었다. 그러나 그가 저우 총리에 대하여 이야기 할 때는 그가 만난 모든 사람들 중에 최고의 지식인이고 최고의 정치가이며 가장 뛰어난 지식인이라고 평

했다. 그리고 저우 총리가 사람들에게 주는 인상이 얼마나 큰지와 저우 총리의 인격이 얼마나 위대한지를 말했다. 그리고 또 한 가지 일화가 있는데 중국과 소련의 관계가 가장 안 좋았던 시기에 나는 베이징을 방문했었고, 또 같은 해에 소련의 초청으로 소련에 가기도 했다. 그 때 나와 소련의 코시킨이 크레물린궁 에서 만났는데 여기서 우리는 저우 총리에 대하여 이야기를 나누었다. 그는 나에게 다음과 같이 말했다. "저우 총리는 매우 총명한 사람으로, 만약 저우 총리가 살아 있었다면 나는 양국이 싸우지 않았을 것이라고 생각합니다." 나도 저우 총리가 살아 있었다면 소련이 절대로 함부로 하지 못했을 것이라고 생각했다. 비록 당시 수많은 사람들이 그들을 매우 두려워했지만 그들 두 사람이 살아 있는 한은 중소 간에 절대 싸움이 일어나지 않았을 것이라고 예견했다. 그런 나의 생각은 적중했다. 저우 총리와 코시킨 이 두 사람은 모두 영웅이었기에 충분히 상통할 수 있었던 것이다. 그들은 공통의 견해와 공동의 생각을 가지고 있었기 때문에 절대로 그렇게 어리석은 일을 할 수 없었다는 것을 나는 확신할 수 있었다. 나는 아직도 코시킨이 비록 저우 총리가 그에게 있어서 적이기는 했지만, 마음속으로는 존경하고 있었던 것을 기억하고 있다.

저우 총리가 일중 국교회복 전에 이미 소가대학을 중요하게 생각하고 미리 사람을 청하여 우리와 연계하기 시작하였다고 들었다. 우리와의 우호관계를 그는 매우 중요하게 생각했다는 것이다. 바로 누구도 주의하지 못했을 때 그는 이미 대국방면에서 출발하여 소가학회를 이해하고 우리 사이의 우호가 얼마나 중요한지를 인식했던 것이다. 그의 생각은 매우 예리했고 매우 깊이가 있었던 것이다. 그는 매우 정확하게 볼 수 있었고, 인민과 인민 간의 우호의 중요성을 알고 있었다. 이런 점에서 그는 매우 현명한 정치가이자 매우 우수한 사람이 었다는 것을 알 수가 있다. 또 매우 불가사의한 일이 있었으니 그것은 바로 사회주의 혹은 공산주의를 싫어하는 일부 사람들도 설령 사회주의 혹은 공산주의를 싫어할지라도 그들은 마음속으로 저우 총리를 존경하고 좋아했다는 점이다. 저우 총리는 매우 교양이 있는 사람이었으며 그의 인격 또한 매우 고상했다. 그는 줄곧 온힘을 다하여 인민을 위해 봉사했고 세계평화를 위해 노력했는데, 이 방면에 대한 그의 태도는 단호했다. 그는 봄바람처럼 사람을 대하였고 상대방을 편하게 해 주어 만나는 모든 사람들이 유쾌해 했다. 그는 모든 사람들에게 자애로우며 자상했다. 그래서 그를 만난 모든 사람들이 자상한 보살이나 부처와 같다고 느꼈다. 그는 이런 자상한 일면도 있었지만, 반대로 적에 대해서는 매우 엄격하고 매우 단호했다. 그의 단호함은 철과 같아서 절대로 어떠한 적에게도 굴복하지 않았다. 그는 위대한 정치가이자 인격이 고상한 사람이었다. 현재 혹은 근대에 이렇게 뛰어난 사람은 다시 찾아보기 힘들다고 나는 생각한다. 나는 또 옥으로 조각한 저우 총리의 반신 흉상을 소가대학의 가장 중요한 곳에 놓았다. 그 이유는 바로 모든 소가 대학의 학생이든, 이곳에 온 모든 사람들이 저우 총리의 이런 위대한 인격을 학습하기를 희망했기 때문이다.

나는 그의 도제(徒弟)이자
학생이었다.

기무라 이치조(木村一三)
(전 일중경제무역센타 회장)

나는 그의 도제(徒弟)이자
학생이었다.

기무라 이치조(木村一三)
(전 일중경제무역센타 회장)

나는 저우 총리의 좋은 친구라고 말하고는 있지만 사실 감당할 수 없는 말이다. 나는 저우 총리의 도제이자 학생이다. 나는 저우 총리에게 단지 존경의 정만을 가지고 있을 뿐이다.

나는 1955년에 저우 총리를 처음으로 만났는데, 만나기 전에 나는 이미 그에 대한 준비를 하고 있었다. 그래서 당시 미 국무장관이 귀국 후에 한 기자회견에서의 연설에 관심을 가졌다. 그는 "저우 총리는 세계에서 손꼽을 정도의 신사이다. 그리고 만약 나와 저우 총리를 비교한다면 나는 야만인이다"라고 했다. 그 정도로 그는 매우 겸손하게 저우 총리에 대한 인상을 담론했다.

나와 저우 총리를 처음 만났을 때의 광경이 지금까지도 선명하게 나의 눈앞에 떠오른다. 처음의 인상은 저우 총리가 준엄하기는 하나 상냥하고 친절한 사람이라는 것이었다. 이 두 가지는 적당하게 융합되어 있어 만나기만 하면 사람들에게 친절함을 느끼게 했다. 그러했기에 그의 면전에서는 저절로 심사를 토로하게 되었고, 이러한 느낌은 매우 강렬했다. 몇 번을 만난 끝에야 겨우 나는 그와 말할 수 있는 기회가 있었는데, 그는 나에게 말하기를 "중국어를 공부해야 합니다. 가장 좋은 것은 통역을 통하지 않고 직접 이야기를 나누는 것입니다"라고 했다. 그래서 나는 "저는 이미 40살이 넘었습니다. 지금 중국어를 공부한다는 것은 쉬운 일이 아닙니다"라고 대답했다. 그러자 저우 총리가 말했다. "아닙니다. 마오 주석을 보십시오. 그는 나보다 영어를 더 잘합니다." 그 말의 의미는 결심을 하기만 하면 중국어도 배울 수 있다는 것으로 생각하기 나름이라는 것이었다. 그와 회견할 때마다 자주 자정을 넘겼는데, 그때마다 나는 매우 걱정스러워 하며 그에게 물었다. "저우 총리님, 언제 휴식을 취하십니까? 몸에 해롭지 않습니까?" 그러나 저우 총리는 이 문제에 대해 직접적인 대답은 하지 않고 "일본 친구와 담화하는 것은 매우 유쾌하기 때문에 몸에 해롭지 않으니 걱정하지 않아도 됩니다"라고 에둘러서 말하곤 했다. 후에 나는 저우 총리가 매일 새벽 세 시까지 일한다는 것을 들었다. 결재해야 할 서류가 모두 처리되어야 부장들이 출근했을 때 일할 수 있기 때문이라는 것이었다. 이는 옌안시기에 길러진 솔선수범하는 습관이라서 그런 것이라고 하는 말도 들었다.

나는 중국 친구로부터 저우 총리가 공사에 대한 구분이 매우 분명하다는 것을 들었다. 그는 단호하게 특권과 권력의 남용을 반대했다. 그래서 저우 총리 주변의 사람들 중에는 많은 사람들이 승진을 하지 못했다. 그런 사람들 가운데 나는 한 명을 거론할 수 있는데, 곧 중국국제무역촉진회의 부비서장이다. 그는 경제학 방면의 권위자임에도 시종 그 위치에 있었고, 더구나 비교적 젊었을 때 세상을 떠났다. 저우 총리는 그의 죽음을 매우 애석해 하며 추모연설을 했다. 저우 총리 주변의 사람들은 승진을 하지 못하는 것에 불만이 없었으며 그에 대한 어떤 의견도 없었다. 그들은 모두 아주 기분 좋게 일을 했다. 여기서 나는 저우 총리의 풍격이 모든 간부에게 스며들어 있다는 것을 느꼈다. 저우 총리는 스스로 훙치(紅旗) 자동차를 타지 않고 상하이에서 생산한 보통 차를 탔다.

그는 솔선수범하여 모범이 되었다. 그는 직권을 남용하고 관료주의를 내세우는 것을 가장 싫어했다. 저우 총리는 눈을 사방에 두고 국면 전체를 돌봤던 사람이었다. 그러나 그는 어떤 때는 사소한 개인적 정에 대한 것도 분명하게 기억하고 있었다. 나는 여러 번 그러한 점을 경험하였다. 이것은 그가 군중에 대해 배려가 깊었다는 것을 의미하는 것이다. 바꿔서 말하면 배려심이 깊었기 때문에 대국적으로 문제를 바라볼 수 있었고, 원대하게 문제를 생각할 수 있었다고 말할 수 있는 것이다. 저우 총리의 군중에 대한 배려는 바로 기본이었다. 중국 친구는 저우 총리의 좋은 기억력을 자주 언급했다. 그러나 나는 그렇게만 보지 않고, 그는 기억력이 좋을 뿐만 아니라 정도 깊었다는 것을 말하고 싶다. 정이 깊지 않았으면 그렇게 사소한 일을 기억할 수 없었을 것이다. 이는 나 본인의 일을 예로 들 수 있는데, 그가 나의 출생 년 월 일을 기억하고 있었다는 사실이다. 후에 내가 알아보니 내가 출생한 그 해와 저우 총리가 일본으로 유학을 갔던 해가 같았다는 것이었다.

한번은 경축행사에 참가한 적이 있었는데, 우리는 대회에서 부득이하게 연설을 해야 했다. 당시 통역은 저우빈(周斌)이 했다. 연설 전에 우리는 어디까지 통역을 할 것인지를 미리 상의하고 나도 표시를 해 두었다. 그러나 연설시작 후 흥분한 나는 사전에 상의했던 단락을 잊어버려서 일단 중요한 부분만을 말하기 시작했다. 저우빈 군이 한순간 당황하여 통역을 잘하지 못했다. 그러자 저우 총리가 나를 대신하여 기무라 선생의 요구가 너무 커서 저우빈군이 제대로 역량을 발휘하지 못하게 되었다고 위기를 수습해 주었다. 쌍방이 곤란하지 않게 잘 무마시켰던 것이다. 당시 나는 이것이 바로 지도의 기술이고 쉽게 배울 수 없는 리더십이라고 생각했다. 나는 이번 연설에서 일본의 민간 무역단체를 대표하여 국교

정상화 실현에 노력을 하신 마오쩌둥, 저우 총리 및 중국 측 간부들에게 감사한다는 마음을 전했다. 이와 동시에 일본 정부의 다나카 가쿠에이 수상과 오히라 외상의 노력에 대해서도 감사를 전했다. 여기까지 말하자, 저우 총리가 혼자 일어나 박수를 치면서 동의를 표시했고 저우 총리의 박수를 시작으로 회장에는 우레와 같은 박수소리가 울려 퍼졌다. 당시 나는 이번 회의에서 일본정부가 들인 노력을 언급해야 한다고 생각했었기에 저우 총리의 박수에 나는 마음속으로 기뻐했다.

극우단체는 나의 가족까지 위협을 했는데, 이는 단기적인 것이 아니고 몇 년 동안이나 지속되었다. 후에 그들이 대만의 특수부대까지 고용했다는 것을 알게 되었다. 그들은 나에게 그렇게 하였을 뿐만 아니라 수상, 외상에게까지도 그러했다. 용기가 없으면 그런 결심을 할 수 없었던 것이다. 다음으로 나는 저우 총리가 나를 사소한 것까지 보살펴 준 두 가지 작은 일화를 이야기 하고자 한다.

한 번은 내가 베이징에서 일을 마무리하고 귀국을 준비할 때인데, 베이징호텔에서 공항까지 차를 타고 갔는데 공항에 도착하여 랴오청즈 선생을 만나게 되었다. 나는 그가 어떤 관원을 영접하러 나온 줄 알았다. 그래서 나는 그에게 물었다. "공항에 누구를 맞이하러 오셨습니까?" 그러자 그가 나를 배웅하러 왔다고 말해 나는 그가 농담을 하는 줄로만 알았다. 그는 이어서 "정말 당신을 배웅하러 온 것입니다. 저우 총리의 명령입니다." 그러자 나는 오히려 깜짝 놀라서 갑자기 긴장하기 시작했다. 그래서 내가 말했다. "나 같은 사람을 배웅할 필요까지는 없습니다." 그러자 랴오청즈가 말했다. "저우 총리는 그런 분입니다. 그는 사람에 대한 배려가 세심하고 주도 면밀하답니다."

정치적 입장에서도 미묘한 점이 있었다. 한번은 일본에서 나와 대립하던 대표단이 왔는데 저우 총리가 그들을 만났다. 접견 당일 저우 총리가 나를 불렀기에 나는 인민대회당에 도착했다. 도착하자 자리를 가리키면서 나를 앉게 했는데 바로 저우 총리의 옆이었다. 나를 중국 측에 배치한 것으로 나와 대립하는 상대의 맞은편에 앉게 했던 것이다. 이와 같은 배려에서 저우 총리의 고심을 이해할 수 있었다.

일중 국교정상화를 경축하는 기념대회에서 나는 연설을 한 후 1,000명이 참가한 경축연회가 거행되었다. 나는 주빈석에 앉아 있었는데 저우 총리가 테이블 위에 놓여있던 꽃다발에서 꽃 한 송이를 뽑아 나에게 주며 말했다. "가져가서 당신의 딸에게 주십시오." 누가 저우 총리에게 나에게 딸이 있다는 것을 알려주었는지 모르지만, 저우 총리의 배려는 이와 같이 세심하였던 것이다. 그는 또 두 송이를 뽑더니 일서서서 뒤쪽으로 걸어갔는데 거기에는 두 명의 유명한 일본 여배우가 있었다. 한 사람은 스기무라 하루코(杉村春子)였고, 다른 한 사람은 다카미네 미에코(高峰三枝子)였다. 그녀들은 저우 총리의 꽃을 받고는 매우 기뻐했다. 연회장 전체의 눈이 모두 그녀들에게 집중되었다.

사토 내각 시대에 일본과 미국은 오키나와 반환문제에 관하여 공동성명을 발표하고, 성명에서 한국, 월남과 중국 대만은 일본의 생명이라고 언급했다. 이에 대하여 중국정부는 엄중한 비판 성명을 발표했다. 이후 수개월이 지나 저우 총리와 예젠잉(葉劍英)이 우리를 만났다. 그때, "기왕 이렇게 되었으니 우리의 무역은 좋은 친구사이에서만 진행할 뿐입니다." 당시의 형세는 확실히 좋지 않아서 중소기업은 별 문제가 없었지만 몇몇 대기업은 대만과 관계가 밀접했기 때문에 문제가 있었다. 그리하여 마쓰무라 선생을 청하여 금후 이 원칙에 따라 일을 처리할 것임을 알렸다. 이후 저우 총리는 나에게 이 원칙에 따라 일을 하게 했다. 나는 저우 총리의 단호한 원칙과 단호한 정책에 근거하여 더 많은 기업의 일을 시작했다. 나는 일본 대기업의 99%를 관여하게 되었으며 나의 추천에 근거하여 중국정부가 승인해주었다.

그때가 마침 사토내각 말기였는데, 일중 국교정상화의 전야로 당시 연합국에서 미국과 일본이 사방으로 뛰어다니면서 중국의 합법적 지위의 회복을 방해하고 있었던 시기였다. 연합국회의에서 중국의 합법적 지위를 부정하는 결의가 통과되었다. 그리고 다음해에 대만의 중국을 대표하는 합법적 지위를 갖는다는 제안이 알바니아 등의 국가에 의해 부결되었다. 대만은 연합국에서 쫓겨났고 중국은 연합국의 합법적 지위를 회복했다. 이는 역사적인 일이었다. 이 때 다나카 내각이 탄생했고, 이 기간에 다나카 선생이 자민당 총재가 되었다. 다나카, 오히라 두 분을 나는 이전부터 접촉하고 있었기 때문에, 그들의 생각을 잘 이해하고 있었다. 나는 자민당 내에서 그들이 사토에게 승리할 것이며, 다나카 내각이 출범할 것이라고 판단했다.

당시 나는 일본의 재단, 관동 그리고 관서의 재단은 바로 이때 용감하게 나서야 하며 국교 정상화 방면에서 응분의 역할을 해야 한다고 생각했다. 일본의 재단은 일본 경제건설에 매우 큰 작용을 했으며, 정부의 국교정상화 실현의 행동에 대해 지지를 보내고 격려해주었다.

나는 독자적으로 베이징을 방문하여 저우 총리를 만나서 나의 견해를 제시했다. 현재 일본재단 중 손꼽히는 재단이 사토내각의 정책에 불만을 표시하고 있으며 행동으로 그들의 입장을 표명하기 시작했다고 전했다. 나는 중국 측이 일본재단의 중국방문을 환영하기를 희망한다고 했다. 하지만 당시 인선문제에서 네 가지 조건을 관철시켜야 했다. 나는 저우 총리 면전에서 인선문제에 있어서는 내가 책임질 것이며, 이 네 가지 조건을 지키겠다고 보증했다. 당시 관동과 관서지역의 재단을 조직하여 대표단을 파견해야 했는데 실현하지를 못하여, 관서지역의 재단을 먼저 파견하기로 결정했다. 도쿄의 재단과 정부의 관계가 매우 밀접해야 했기 때문에, 정부와 비교적 소원한 관서지역의 재단을 중국에 먼저 보내는 것으로써 도쿄의 재단을 움직이고자 했던 것이다. 그리하여 관서지역의 재단회의를 개최하고 1971년 9월 관서지역의 재단을 중국으로 파견하였다. 같은 해 11월 도쿄재단을 파견하고 그 다음 해 미츠비시그룹(三菱集團)을 중국으로 파견하였다. 이렇게 재단은 행동으로 태도를 보였는데, 이 모든 것은 저우 총리가 친히 주도하여 나의 건의를 받아들여 주었기 때문이었으며, 중간에서 랴오청즈 선생이 매우 큰 역할을 하였다. 모든 과정 중에 저우 총리가 강조한 것은 원칙을 지키는 것이며 탄력성이 있는 정책을 실행한 덕분이었다. 이처럼 저우 총리는 국내외를 가리지 않고 솔선수범하여 군중 속으로 깊이 들어가 군중의 추대를 받았다. 이 점은 저우 총리가 세상을 떠났을 때의 반응을 보면 바로 알 수가 있다. 나는 저우 총리의 조문 행렬에 참석하였다. 저우 총리가 세상을 떠난 지 일주일 후에 나는 베이징호텔에서 여종업원들이 이층의 어느 방에서 크게 우는 것을 보았는데 매우 비통해 했다. 무슨 일이 일어났는지 몰라 조용히 들어가 보았는데 그녀들은 저우 총리를 생각하면서 울고 있었던 것이다. 군중의 마음속에 있는 저우 총리의 위치를 알 수 있었다.

나는 중국의 지도자 중에 저우 총리와 같이 이렇게 인민 군중의 추대를 받은 영수는 많이 볼 수 없을 것이라고 단언할 수 있다.

저우 총리는 군중 속으로 깊이 파고들었으며 군중을 이탈하지 않았다. 예를 들면 '문화대혁명' 중에 호위병이 몰려 왔을 때에도 그는 흐리고 맑음을 가리지 않고 몇 시간을 들여 설득을 하였고, 최후에는 홍위병의 이해를 얻어냈으며, 그들이 기쁘게 고향으로 돌아가게 하였다. 이런 일이 한 번뿐이 아니었다. 중국인뿐만 아니라 매우 많은 일본 청년들도 '문혁' 중에 중국을 방문하여 저우 총리를 만나 '문혁'의 문제에 관하여 논했다. 첫 번째로 이야기를 마친 후 그는 말이 명확하지 못했다고 생각하여 그 날 저녁 친히 베이징호텔로 찾아가 일본 청년들을 소집하여 다시 이야기를 했다. 저우 총리의 이와 같은 가슴 가득한 열정을 품고 군중을 배려하고 군중 속으로 깊게 들어갔던 것은 그의 귀중한 풍격에서 나온 것이었다. 저우 총리의 풍격에 관하여 내가 다시 보충하자면 그는 직권을 남용한 적이 없으며 공사가 분명하고 솔선수범하여 일하는 중에 선두에 서서 전심전력으로 군중을 이탈하지 않았다는 것인데, 한마디로 말해서 그것은 곧 옌안(延安)풍격이었던 것이다. 저우 총리는 자신의 행동으로 옌안풍격을 실천하였다. 나는 항상 현재의 중국 친구들이 저우 총리의 이런 풍격을 배울 필요가 있다고 생각한다. 당과 군중의 관계를 물고기와 물의 관계로 만들어야 한다. 그 관건은 바로 옌안풍격을 관철시키는 것으로 저우 총리의 풍격을 관철하는데 가장 중요한 것이라 생각한다.

　대일관계 문제의 처리는 저우 총리가 직접 주도하였다. 저우 총리의 한쪽 팔인 랴오청즈 선생이 있었기 때문에 언제든지 찾아가도 그를 만날 수 있었으므로 어떤 문제라도 바로 해결할 수 있었다. 랴오청즈 선생과 이야기를 나누면 어떤 때는 그 자리에서 결정을 내리기도 하고, 어떤 때는 요청서를 저우 총리에게 보내 다음날 만나면 이미 답이 나와 있었다. 일중관계를 좋게 처리하기 위해 나는 양국 간의 채널을 강화해야 할 필요가 있다고 생각하였다. 그때는 일중 국교정상화 전후에 있던 정재계의 많은 사람들이 이미 모두 세상을 떠났을 때였다. 그래서 나는 이런 힘이 있는 채널을 건립하는 것이 중요하다고 생각 하였기에 그렇게 한 것이고,

중국 측도 저우 총리의 직접적인 지도 아래 순조로운 체계를 건립함으로써 양국관계는 잘 소통될 수 있었던 것이다.

한마디로 말해서 저우 총리의 대국관은 형세적인 판단을 관통하고 있었다. 대국관이 있었기 때문에 겸허한 풍격을 잃지 않았으며, 군중을 이탈하지 않았고, 군중에 대하여 매우 깊은 감정을 가지고 있었다. 그는 중국의 미래에 대하여, 중국의 국제적인 작용에 대하여 믿음이 충만해 있었다. 예를 들면 대외정책에서는 원칙을 지키는 동시에 탄력성도 있었다. 또 매우 대범하여 소심하지도 않았다. 예를 들면 당시 일본 자민당에 호리 신이치(堀进一)라는 간사장이 있었는데, 그가 저우 총리를 만나고 돌아온 후 나에게 말하길 "세계의 정치가 중에 그런 위대한 정치가를 만난 적이 없으며 당대에 드문 정치가"라고 하면서 입이 마르도록 칭찬하였다. 저우 총리와의 접촉 중에 명명하기 힘든 어떤 것을 느꼈는데 그것은 바로 일종의 믿음이었다. 믿음이 충분해야 겸허할 수 있고 군중을 사랑할 수가 있어 세계에 수많은 친구를 사귈 수 있었던 것이다. 무릇 저우 총리를 만난 사람들은 모두 그를 좋아했다. 그에게는 이러한 깊고 깊은 감정이 있었기에 민중의 깊은 감정을 움직일 수 있었던 것이다. 그렇다면 스스로를 믿는 것은 어디에서 체현되었던 것인가? 나는 그의 대국관에 있다고 생각하며, 오직 그렇게밖에 말할 수 없다고 생각했다. 이데올로기의 다름을 초월하였으며 오히려 그는 이것에 대하여 그렇게 민감하지 않았으며 단지 웃으면서 이야기할 뿐이었다. 그는 믿음이 있었기 때문에 그는 작은 길로 가지 않고 큰길로 갈 수 있었던 것이다. 그는 대국적으로 멀리 내다보는 탁월한 식견을 가진 믿음 충만한 사람이었다.

어떤 사람은 저우 총리가 기억력이 좋아, 자세한 작은 일까지 분명하게 기억하고 있다고 항상 말하면서 그것을 습관으로 여겼다. 나는 이런 생각에는 동의하지 않는다. 그의 친절은 군중 등 각 방면을 대하는 것에서 나타났다. 그는 매우 선량한 사람으로 다른 사람을 배려하였는데 이것이 바로 진정한 왕자(王者)적인 태도였던 것이다. 믿음이 있기에 여유가 있었으며 그는 모든 사람을 자신의 친구, 자신의 혈육으로 보았다. 그가 작은 일에 주의를 기울일 수 있었던 이유는 그가 사람에 대한 친근감을 가지고 있었기 때문이고, 이런 감정은 대국관에서 온 것이라고 감히 말할 수 있다.

저우 총리는
내 마음속의 위인이다

나카소네 야스히로(中曽根康弘)

(전 일본수상)

저우 총리는
내 마음속의 위인이다

나카소네 야스히로(中曾根康弘)

(전 일본수상)

1973년 1월 나는 일본 통산대신(通産大臣)으로 일중 국교정상화 후에
첫 번째 대표단을 인솔하여 중국을 방문하였는데, 기억하기론 세 차례
에 걸쳐 합쳐서 10시간 동안 저우 총리와 회담을 나눴으며 그때 받은 인
상이 매우 깊었다. 저우 총리는 마오쩌둥 주석이 이끄는 중국공산당에
협조하고 중국정부를 관리하였다. 그는 위대한 전략가로 특히 제2차 세
계대전 말기, 국공합작 기간 동안 이미 총칭(重慶)에서 마오쩌둥의 조수
및 중국공산당 대표로 국민당 장제스 대표와 담판을 했다. 당시 담판을
하면서 활약한 저우 총리를 보면 나는 그가 뛰어난 외교가이자 전략가
라고 생각했다. 중국이 독립한 후 그는 외교부장을 겸임하여 거대한 외
교능력을 발휘하였다. 그는 독립한 중국이 아직 국제적으로 인정받지 못
할 때 주도적으로 나서서 중국을 선전하고 처음으로 독립한 중국의 존엄
을 표현하였다.
　저우 총리가 동남아 및 아프리카를 방문할 때, 수많은 젊은이들 특히
젊은 여성들이 그에게 빨려들어 갔는데, 그는 미남인데다 멋있는 정치가
였다. 그가 군중에게 이와 같은 명망을 누리게 된 까닭은 그가 인민 군
중 속에서 성장했기 때문이라고 생각한다. 내가 그를 만났을 때 나는 통
상대신이었지만 소련과 미국, 일본과 중국 및 아시아에서 어떻게 외교와

전략을 전개해야 하는가에 대하여 대화를 나누었고, 일본의 방위정책을 이야기하고, 안전보장 정책의 실현은 어디에 둬야 하는가 등을 이야기했다. 그는 이런 문제에 대하여 특별히 관심을 표시했고 질문도 많이 했다. 나는 마오쩌둥의 유격전략과 유격전에 관하여 논한 책을 읽은 적이 있는데, 당시 중국공산당의 전략사상에 대하여 탄복했었다. 내가 젊었을 때의 경험을 저우 총리도 매우 흥미 있어 하고 이에 대하여 칭찬을 아끼지 않았다. 점심때부터 계속 3시간 동안 이야기를 나누었는데, 그가 더 이야기를 나누자고 해서 저녁에 우리는 또 4시간을 더 이야기했다. 그래도 그는 부족하다고 생각했는지 밤 10시부터 새벽 1시까지 인민대회당에서 계속해서 이야기를 나누었다.

중국의 위대한 총리는 일본의 일개 통신대신과 연거푸 세 차례나 회담을 진행하였는데 이는 전례가 없던 일이었다. 회담이 끝난 후, 그는 나와 같이 이층에서 일층으로 내려와 친히 나에게 외투를 걸쳐주었고, 나를 대문앞 차까지 배웅해 주었고, 그는 계속해서 그 자리에 남아서 나를 배웅했다. 당시 바깥은 매우 추웠는데 나는 이 모든 것에 대하여 매우 감동했다. 저우 총리가 후에 입원을 하여 치료를 받을 때 다가와(田川) 의원과 후루이(古井) 의원이 병원으로 문병을 갔다. 당시 저우 총리는 이미 매우 수척해 있었지만, 그는 일본 의원에게 말하기를 일본과 중국의 관계에 대하여 우려를 표하였고, 우리들이 영원히 화목하고 우호적으로 지내야 한다고 말하였다. 저우 총리는 세상의 마지막까지 일중 양국의 우호와 화목을 염원하였다는 이 모든 것을 들은 나는 매우 감격하지 않을 수 없었다. 후에 수상이 되어서 중국을 방문하고 저우 총리에게 분향하고 싶다고 하여 저우 총리의 집을 방문하였는데 그의 미망인 덩잉차오가 환영해 주었다. 나는 저우 총리의 안식을 기원하였다.

내가 갔을 때에는 다른 사람은 없었는데, 나를 위하여 특별히 그렇게 한 것 같았다. 나는 거기서 기원을 하고 생전에 나에게 보인 관심에 대하여 감사를 표하였다. 나는 덩잉차오에게서 당시 저우 총리가 인민대회당에서 돌아와 덩잉차오에게 말하길 막 나카소네를 만났는데 그는 미래의 일본 수상이라고 말했다는 것을 알게 되었다. 나는 이 일화를 듣고 마음을 안정시킬 수 없었다. 마오쩌둥도 위대한 정치가이지만, 그러나 만약 저우 총리의 보좌가 없었다면 아마도 중국혁명의 성공은 상상할 수 없었을 것이다. 저우 총리의 인격, 그의 애국심으로 중국공산당이 단결하여 혁명을 완성했고, 지금의 중국을 건설했다고 해도 과언이 아니다. 그를 등한시해서는 안 되는 건국의 아버지이며, 전후 아시아의 위대한 정치가임을 나는 전혀 의심하지 않는다.

나는 저우 총리를 존경하기 때문에 나의 응접실에 내가 저우 총리를 만났을 때의 기념사진을 걸어놓고 있다. 그리고 그 옆에 레이건, 시라크 등 세계 각국의 위인들의 사진을 두고 있다. 이렇듯이 저우 총리는 내 마음속에 있는 위인 중의 위인인 것이다.

그는 나의 일생을 변화시켰다

한수인(韓素音)

(영국화교 작가)

그는 나의 일생을 변화시켰다

한수인(韓素音)

(영국화교 작가)

저우 총리를 언급하면 나는 울고 싶어진다. 그는 1976년 병으로 세상을 떠났다. 여러 해가 지났지만 그를 생각하면 여전히 슬프다. 나는 이 책(『저우언라이와 그의 세기』)을 쓰면서 적지 않은 눈물을 흘렸다. 덩 큰 언니도 나에게 매우 잘해주었는데 그래서 이 두 사람을 생각하기만 하면 나는 울고 싶어진다.

나는 중국인들이 그 두 사람에게서 배워야 할 뿐만 아니라, 그 두 사람이 어떤 사람인지도 알아야 하며, 전 세계도 당연히 알아야 한다고 생각한다. 현재 전 세계에서 가장 큰 병은 무엇일까? 그것은 도덕문제라고 할 수 있다. 요즘은 도덕이 없다. 현재의 젊은이들은 모두가 매우 총명하여 돈 모으는데만 집중하고 있다. 그들이 돈을 벌려고 하는 것은 왜일까? 먹을 수도 없는 지폐를 왜 그리 벌려고 하는지 모르겠다! 그 두 사람은 중국인에게는 정신문명이 있어야 한다고 말했다. 나는 저우 총리가 이런 측면에서 정신문명이 풍부한 분이라고 말할 수 있다. 중국은 오래된 역사를 지니고 있을 뿐만 아니라 혁명정신과 도덕성을 가지고 있다고 생각한다. 이러한 도덕성은 매우 중요한 것으로 반드시 도덕성을 지녀야만 하는 것이다. 도덕은 결코 과거의 구도덕을 말하는 것이 아니라, 신도덕을 말하는 것으로 곧 인민을 위해 봉사하고 국가를 위해 애국하며, 인민을 사랑하고, 세계를 사랑해야 하는 도덕을 말한다. 나는 저우 총리가 이런 점에서 중국에만 한하지 않는 위대한 세계적인 대 인물이라고 생각한다. 그래서 나는 이 책을 쓴 것이다. 나는 이 책을 잘 쓴 책이라고 생각 하지 않는데, 그것은 어떤 부분에서 매우 감정적으로 썼기 때문에 외국 출판사가 그러한 묘사를 빼버렸고, 중국의 출판사도 그것을 빼버렸기 때문이다. 그러나 지금은 오히려 다행스럽게 생각한다. 그렇지 않았으면 누군가 이렇게 말했을 것이기 때문이다. "하하하, 저 한수인이 쓴 글 좀 봐라. 조금도 역사가 같지 않게 썼지 뭐냐? 좋은 것만 쓰고 나쁜 것이라곤 조금도 쓰지 않았으니 말이야!" 그러나 나는 이 책을 쓸 때 어떻게 써야 할지를 몰라 한참 고민한 적이 있었다. 나는 오나시스 부인 즉 케네디의 미망인을 잘 알고 지내는 사이로 그녀는 나의 친한 친구였다. 그녀는 종종 나에게 편지를 보내 내가 쓰는 것을 격려해주곤 하였다. 그녀는 "나는 전 세계에서 단지 한 사람만을 숭배하는데 그가 바로 저우언라이 입니다"라고 말한 데서 나는 너무 놀라 그녀에게 다시 한 번 물은 적이 있었다. "당신이 저우언라이를 숭배한다고요?" 그러자 그녀가 말했다. "예스! 나는 저우언라이만을 숭배합니다." 그녀는 그녀 자신의 남편을 언급하지는 않았다. 그녀가 말했다. "당신은 그에 대한 글을 써야 합니다. 한수인 당신은 반드시 써야 합니다. 나는 당신이 수많은 시간 동안 저우언라이와 이야기를 나누었음을 알기 때문입니다. 매우 오랫동안 말이지요." 그렇게 그녀는 내가 그에 대해 쓰기를 격려해 주었던 것이다.

내가 원고 쓰기를 마치자마자 오나시스 부인에게 보내서 읽게 했는데, 그녀는 원고를 보고는 잘 썼다고 하면서 만족해 해주었다. 사람들은 오나시스 부인과 같은 사람을 이해하는 일이 매우 어렵다는 것을 알지만, 사실 그녀는 매우 총명한 여성이었다. 나는 그녀가 그저 저우언라이를 숭배하였다고 하는 것으로 그녀를 말할 수 있을 뿐이다.

나는 저우 총리의 병세가 매우 위중하다는 것과 병명만을 알았고 방법이 없다는 것을 알았지만, 나는 여전히 희망을 품고 있었다. 나는 그때 외국에 있었는데 두 통의 편지를 그에게 보냈다. 대개 덩 큰언니가 있는 곳에 보냈기 때문에 당연히 답장은 없었지만, 그것은 그녀가 답장을 할 수가 없었기 때문이었다. 나는 그녀가 저우 총리가 돌아가기 마지막 몇 개월 동안은 아마도 상당히 고통스러웠을 것이라고 생각한다. 그때는 '문화대혁명'으로 상당히 혼란스러운 때였는데 저우 총리가 없다면 더욱 혼란스러웠을 것이라는 것을 나는 알고 있었다. 그래서 우리는 그가 없어서 큰일이 일어나는 것을 두려워했었다.

나는 1956년에 처음으로 중국에 돌아왔다. 나는 어렸을 때 베이징에서 성장했다. 후에 유학을 갔다가 1937년 일본이 중국을 침입하자 1938년에 쓰촨(四川)성으로 돌아와서 항전에 참가했다. 그때 나는 중국인과 결혼했는데 그 중국인은 장제스 시종실에 근무하던 사람이었다.

1941년 1월 저우 총리가 총칭에서 연설을 하였는데 나는 감히 남편에게 말하지 못하고 몰래 가서 들었다. 연설을 듣고 나는 마음속으로 장래 반드시 그가 말한 것처럼 될 것이라고 느꼈다. 그러나 당시 저우 총리와는 만나지 못했다. 후에 1956년 귀국 후에야 비로소 만나 이야기를 나눌 수 있었다. 그 때 그의 비서가 공펑(龔澎)이었는데 그녀는 나의 옌징(燕京)대학 동창이었다. 나는 공펑에게 편지를 써 주며 저우 총리를 만나고 싶다고 했다. 그러자 그녀가 좋다고 말했다. 이는 처음으로 저우 총리와 담화를 나누게 된 계기가 되었는데, 약 두 시간 동안 이야기를 나누었다. 후에 또 여러 차례 그를 만났다. 내가 매번 귀국할 때마다 저우 총리가 말했다. "만날 때마다 반드시 이야기를 나누도록 합시다." 그는 내가 밖에서 수많은 사람들에게 연설을 요청받는다는 것을 알고는 자신과 대화할 시간이 많지 않다는 걸 알고 있었던 것이다. 그것은 내가 쓴 책이 비교적 유명하게 됐기 때문인데, 당시는 미중 양국의 국교가 아직 수립되지 않았기 때문에 오직 나만이 중국을 갈 수 있었기에 수많은 미국인들은 중국이 도대체 어떠한 나라인지를 나에게서 듣고 싶어했다.

나는 저우 총리가 나의 일생을 변화시켰고 나의 견해를 변화시켰다고 말할 수 있다. 나는 지금도 그를 언급하기만 하면 울고 싶어진다. 나는 그를 중국 인민의 도덕, 중국 인민의 양심, 중국 인민의 영웅이라고 생각한다. 그만큼 그는 나에게 있어서 위대한 인격자였던 것이다.

저우 총리는 친근감이 넘치는 분이었기에 우리 모두로 하여금 그를 사랑하게 하고 우리 모두는 그가 우리를 이해할 수 있다고 생각한다. 그러한 그를 보면서 나는 내가 어떻게 중국에 공헌해야 할지를 알게 되었다. 그는 용기가 있는 사람으로 무엇도 두려워하지 않았다. 그랬기 때문에 오나시스 부인은 "우리는 그를 매우 존경할 수밖에 없다"라고 말했던 것이다. 나는 저우 총리가 없었으면 중국의 미래도 없었을 것이라고 생각한다. 즉 건설, 경제, 교육에 있어서 저우 총리가 없었으면 그렇게 빠르게 발전하지 못했을 것이기 때문이었다. 그래서 나는 덩샤오핑이 있게 된 것도 수많은 부분에서 저우 총리와 노선이 일치했기 때문이라고 생각한다. 그는 자신을 완전히 잊어버렸고 그는 자신을 어떻게 돌봐야 할지를 몰랐다. 왜 모두가 그를 좋아했겠는가? 그는 사람을 잊지 않았고 모든 일에서 그들을 돌봐주었기 때문이었다.

저우 총리가 병으로 세상을 떠났다는 소식을 듣고 나는 말조차 할 수 없었다. 나는 10일 동안 침상에서 일어나지 못했는데, 이후 나는 나서기를 원하지 않았고 사람 만나기를 싫어하게 되었다. 그렇게 20년이 지났는데도 나는 지금도 그에 대해 말만 꺼내면 나는 울어버리곤 한다.

나의 아버지가 세상을 떠났을 때조차도 나는 그렇게 상심하지 않았는데 말이다. 수많은 미국인과 프랑스인이 그를 존경했으며 전 세계가 존경했다. 그래서 젊은이들이 그를 기억해 주었으면 하는 바람이 있다.

마음에 고이 간직한 옛일

숑샹훼이(熊向暉)

(저우 총리의 보좌관, 중앙통전부 전 부부장, 중국인민외교학회 전 부회장)

마음에 고이 간직한 옛일

송샹훼이(熊向暉)

(저우 총리의 보좌관, 중앙통전부 전 부부장, 중국인민외교학회 전 부회장)

정보공작을 수행한 동지들이야 말로 무명의 영웅이다. 몇몇 동지들이 반드시 내가 이 이야기를 해야 한다고 했으므로, 나는 주로 저우언라이 동지가 당의 정보공작을 영도하고 걸출한 공헌을 한 내용에 대해 써보았다. 항일전쟁이 폭발한 이후 저우언라이 동지는 국공합작의 필요에 따라 몇몇 사람을 국민당 군대 내에 배치하여 항일을 돕고 필요한 시점에 우리의 공작을 하도록 하였다. 이러한 상황 하에서 나는 후종난(胡宗南: 국민당 제1전구 사령관, 40만 병력 통괄, 중국 서남부를 관할하는 서북왕[西北王]으로 칭해짐) 휘하에 파견되었다. 처음에 나는 별다른 일을 하지 않은 상태로 있다가 후종난이 반공을 시작하자 정보공작을 시작하게 되었다. 이른바 정보공작이란 것은 상황에 대한 이해를 합당한 경로를 통해 중앙에 보고하는 것이었다. 당시 후종난의 주요 임무는 황하의 제방을 지키는 것으로, 통관(潼關)에서 이촨(宜川) 이외 지역까지 즉 섬감녕변구(陝甘寧변구: 산시북부, 간수동부, 닝샤의 부분 지역)을 포위하는 것이었다. 나의 정보공작은 주로 옌안을 보위하는 것이었다. 1943년 5월, 코민테른이 해산하자 장제스는 이 기회를 이용해 섬감녕변구에 대해 돌발적인 공격을 시행하려고 하였다. 이 사정에 대해 나는 당연히 알고 있었고, 중앙에 보고하였다. 주더를 통해 전보를 보내 장제스의 음모를 공개적으로 폭로하자 당시 각 방면의 압력까지 더해져 영국과 미국, 소련까지도 모두 찬성하지 않았다. 그러했기에 장제스가 바로 후종난에게 병력을 거두도록 지시하게 된 것이었다. 이때 바로 저우언라이가 충칭에서 옌안으로 돌아왔는데 수행한 인원이 백여 명이었다. 7월 9일, 그들은 우선 시안에 도착하였는데 이때 나는 저우언라이를 처음 만났다. 7월 10일 오후, 후종난이 그의 사령부에서 연회를 주최하여 저우언라이를 환영하면서 그에게 억지로 술을 먹여 취하게 만들고자 하였다. 그는 나를 치셴좡(七賢庄) 빠루쥔 사무실로 보내 저우언라이를 맞이해오도록 하였다. 나는 저우언라이 동지에게 영어를 사용해 이러한 상황을 알렸다. 그는 당연히 매우 경계하게 되었다. 후종난은 사전에 포석을 깔아두었는데, 연회에서 그의 고급 군관 및 그들의 부인들을 여러 무리로 나누어 저우언라이에게 술을 권하게 했던 것이다. 저우언라이 동지는 교묘하게 이들이 권하는 잔을 거절했다. 마지막에 저우언라이 동지는 후종난에게 다음과 같이 물었다. "사령의 7·24전보를 보니, 당신이 옌안을 공격하고자 한다던데 도대체 어떻게 된 일입니까?" 후종난이 말하기를 "그런 일은 결코 없습니다. 나는 옌안을 공격할 의도가 전혀 없습니다"라고 하였다. 그러자 저우언라이가 "그렇다면 다행입니다."라고 하자, 후종난이 그의 정치부 주임을 시켜 건배 제의를 하도록 하였다. 그가 "전국적인 항전을 영도하신 장제스 위원장을 위해 건배!"라고 하니, 저우언라이가 "당신이 전국 항전을 언급하니 아주 마음에 드오. 전국 항전은 국공합작이 기초가 된 것이고, 장 위원장은 국민당의 총재, 마오쩌동은 공산당의 주석이지요. 나는 공산당원으로서 장 위원장의 건강을 위해 건배하고자 하오. 또 마오쩌동 주석의 건강을 위해서도 건배를 제의하겠소!" 국민당 사람들은 모두 멍한 상태로 있었다. 저우언라이는 그들이 제대로 건배하지 않는 것을 보고는 "여러분에게는 모두 난감한 부분들이 있을 것이니 나 역시 억지로 그것을 강요하지는 않겠습니다. 이 건배는 그만 두도록 하지요." 바로 이런 방법을 이용해서 그는 건배를 거절했다.

　마지막에 저우언라이는 "우리 건배합시다! 굳건하게 항전하여 잃어버린 땅을 수복하기 위해 건배합시다!"라고 제의하였다. 그는 원하는 사람은 잔을 비우고 원하지 않는 사람을 억지로 마실 필요 없다고 말하였다. 결과적으로 저우언라이가 한 번에 다 마셔버리자, 후종난 및 그의 고급 장령들 역시 모두 한 번에 다 마셨다. 저우언라이의 탁월한 지혜였다. 그때 후종난의 사령부는 시안 샤오엔탑(小雁塔)이 있는 사원 안에 있었다. 후종난은 사원 안에 사는 것을 좋아하였다. 연회를 마친 후 후종난은 다시 나에게 저우언라이를 치셴쟝까지 배웅하도록 하였다. 차 안에서 저우언라이 동지는 "내가 방금 후 총사령에게 말하였네. 내가 그에게 옌안에서 출판된 잡지 몇 권을 선물하고 싶으니 쑹 선생이 사무실에 도착해서 몇 분 기다리고 있으면 내가 잡지들을 준비해서 줄테니 그대가 가지고 가도록 하게"라고 말하며 손으로 나를 툭툭 쳤다. 나는 그가 나에게 할 말이 있다는 것을 알아챌 수 있었다. 빠루쥔 사무실에 도착한 이후 차를 문 밖에 세워두고, 나는 저우언라이 동지와 함께 안쪽에 있는 방으로 들어갔다. 그는 이 기회를 틈타 내게 말하였다. "우리 15분만 이야기하세." 이 기회를 틈타 그는 후종난의 주요 정황을 나에게 분명하게 물었다. 그리고는 사무실 직원에게 미리 준비되어 있던 잡지들을 우선 차에 싣게 한 후, 포장하지 않은 책 몇 권을 나에게 주었다. 나는 손에 그것을 들고 있었다. 국민당군은 시안역을 통솔하고 있으면서 사람을 파견해 빠루쥔 사무실을 감시하고 이 정황을 후종난에게 보고하였다.

　보고 내용은 다음과 같았다. "한 대의 자동차와 한 사람이 빠루쥔 사무실에 도착. 몇 시 몇 분에 마중. 몇 시 몇 분에 배웅. 배웅할 때 몇 시

몇 분에 나옴. 가려고 할 때 큰 짐을 들고 있었고, 손에는 반동 잡지가 들려 있었음." 후종난은 이 보고를 본 후 크게 웃고는 저우언라이가 시안에 도착한 이후 일거수일투족이 모두 그들의 눈 밖을 벗어나지 못하고 있다고 말하였다.

두 번째로 저우언라이를 만난 것은 1967년으로, 당시 후종난은 나를 미국에 유학 보내고자 준비하고 있었다. 나는 칭화대학에서 아직 졸업을 하지 못한 상태였으므로, 만약 미국에 가 대학에 들어간다면 크게 손해를 보는 상황이었다. 당시 나는 이미 스물여섯 살이었다. 따라서 나는 형의 졸업 증서를 사용하고자 하였다. 우리 형은 난징중앙대학을 졸업했으므로, 나는 난징으로 가서 이 졸업 증서를 수령하고자 하였다. 당시 우리는 시안에 무선통신기가 있어서 이것을 통해 옌안으로 보고하고 또한 저우언라이에게 보고하였다. 그는 내가 난징에 도착하면 나를 만나 이야기를 나누겠다고 말하였다. 당시는 내전의 분위기가 이미 짙어진 상황이었다. 나를 찾아 연락을 취한 이가 말하기를 "난징에 도착한 이후 첫 일주일 동안을 밖에 나가지 마시오. 이후 어떤 이가 당신을 찾아갈 것이오. 그가 '후공(胡公)이 자네를 찾네'라고 말하면 그를 따라 가도록 하시오."라고 하였다. '후공'은 저우언라이의 부호였다.

6월 초에 나는 난징에 도착하였다. 6월 10일 오전 어떤 사람이 찾아왔다. 키는 그다지 크지 않았다. 그는 "후공이 자네를 찾네."라고 말하였다. 나는 그를 따라갔다. 도착한 곳은 매우 구석지고 조용한 곳이었다. 그는 자신이 통샤오펑(童小鵬)이라고 소개했다. 차를 타고 메이위안신촌(梅園新村) 30호에 도착했다. 이곳은 당시 중국공산당의 대표적 주둔지였다. 동비우(董必武)를 만나자, 그는 "저우언라이 동지가 당신과 상의하고픈 일이 있다고 하시네. 곧 오실 걸세"라고 하였다. 얼마 지나지 않아 저우언라이가 왔다. 그는 다음과 같이 말했다. "6월 7일에 나는 마셜의 전용기를 타고 옌안에 도착해서 동북지역의 정전문제에 대해 토론했네. 9일에 여전히 마셜의 전용기를 타고 난징으로 돌아왔고. 옌안에 도착한 이후 계속 회의를 하느라 잠을 못자서 비행기를 탄 이후에는 매우 피곤했다네. 그때 자네를 찾아야했기 때문에 나는 자네가 머무는 곳의 주소를 작은 수첩에 적어두었어. 수첩에 적어 놓은 다른 일들은 긴요한 사항이 아니었기 때문에 자네의 주소를 적고 '슝(熊)' 한 글자만을 함께 적어두었지. 나는 이 수첩을 와이셔츠 주머니에 넣어두었는데, 이렇게 하는 것이 안전하다고 생각했기 때문이었네. 결과적으로는 너무 피곤한 나머지 비행기 안에서 잠들었고, 비행기가 난징에 도착하고 나서야 잠에서 깼지. 잠에서 깨서는 분주하게 메이위안신촌으로 돌아오느라 와서 보니 수첩이 보이지 않는 거야. 분명 자는 동안 와이셔츠 주머니에서 떨어져서 마셜의 비행기 안에 있을 것이네. 얼마 있다 마셜이 그의 부관을 파견해서 나에게 비밀문서 한 건을 보냈는데 봉랍으로 봉해져 있더군. 직접 나에게 주었는데 그 안에 바로 이 작은 수첩이 있었어. 그들은 분명 사진을 찍었을 테니 수첩에 있는 내용들도 모두 알고 있을 거야. 현재 문제는 그가 장제스에게 보고했을 것인가의 여부인데, 만약 장제스에게 말했다면 '군통(軍統, 국민당 특무기관의 하나로 '국민정부군사위원회조사통계국)' 혹은 '중통(中統, 중국국민당 당중앙집행위원회 조사통계국의 준말)'이 바로 자네를 체포할걸세. 그렇지만 내가 사장이랑 여러 차례 상의해보니 아마도 마셜은 장제스에게 말하지 않았을 것 같더군. 왜냐하면 만약에 말했을 경우 자네를 체포했을 테니까 말일세. 그렇게 한다면 중립일 수가 없을 테니 말이네. 다만 가장 최악의 경우를 상정한다면 자네는 그래도 대비를 하는 것이 좋을 것 같아. 난징을 떠나 상하이 스난

로(思南路)로 가서 왕빙난(王炳南)을 찾도록 하게. 내가 이미 왕빙난에게
다 이야기해 두었네. 자네는 상하이에 도착해서 두 주가 지난 후 시안에
상황을 묻도록 하게나. 나도 시안에 통지해 놓을 터이니. 만약 상하이에
무슨 일이 있거나, 난징에 무슨 동정이 있을 경우 바로 자네에게 통지할
터이니 바로 스난로의 왕빙난을 찾아 가게. 그가 자네를 수뻬이(蘇北)로
데려다 줄 걸세. 만약 별 일이 없다면 원래대로 시안으로 돌아가도록 하
게." 이주일 후 별 일이 없었으므로 나는 곧장 다시 시안으로 돌아갔다.

  비행기 안에서 작은 수첩을 잃어버린 사건은 오직 그 자신만 아는 일
이었지만, 그는 나에게 이야기해주고 이미 중앙에 보고하여 처분을 요청
하였다. 이것은 나를 진심으로 감동시켰다. 이런 지도자가 오직 그 자신
만 아는 이 일을 나에게 이야기해줬을 뿐만 아니라 중앙에 보고하여 처
분을 기다렸으니. 이러한 공명정대함은 정말 지금껏 본 적이 없는 일이었
다. 이 일에 대해 원래 나는 이야기하거나 글로 쓰고 싶지 않았었다. 후
에 몇몇 동지들이 말하길 이 일이야 말로 저우언라이 동지의 위대한 측
면을 보여주는 것이라고 하였기에 말하기로 한 것이다. 모두에게 교훈을
주는 이야기일 것이라 생각했다. 한수인(韓素音)은 저우언라이의 외교 비
서인 공펑(龔澎)의 동창으로 1956년부터 공펑의 소개로 거의 매년 한 차
례 혹은 두 차례 중국을 방문하였다. 그녀는 작가이며 사회관계가 매우
넓어 외국에 신 중국을 소개할 수 있는 인물이었다. 1966년 그녀는 중국
에 와서 아시아 작가회의에 참석했다. 당시는 문혁이 아직 시작되지 않았
던 시기였다. 1967년 그녀가 중국에 올 것을 요청했을 때, 당시는 전보가
모두 "문혁그룹"에 전달되었던 시기이므로 캉성(康生)이 그것을 보고는
한수인 이 사람은 조사해 봐야 할 것 같다고 말하였다. 한수인의 부친은
중국인이고 모친은 벨기에 사람이었다. 한수인은 그녀의 자서전에 모든

상황을 써두었는데, 조금의 거리낌이나 숨김이 없었다. 그녀는 처음 국민당의 한 소장(少將)과 결혼했는데, 그는 영국에서 무관으로 근무한 적이 있으며 해방전쟁시기 국민당의 사단장으로 우리에게 죽임을 당하였다. 이후 그녀는 미국인 기자와 연애하였는데, 이 기자 역시 한국전쟁 중에 사망했다. 이후 그녀의 남편이 된 루원싱(陸文星)은 인도 공병대 상교(上校)로, 네루의 측근이었다. 이러한 상황을 보고 캉성은 "이것은 분명히 국제 스파이일 것이다. 어찌 대외우호협회는 이런 자를 초청하라고 할 수 있지?"라고 하였다. 캉성은 이것을 장칭(姜青)과 저우 총리에게 보냈다. 저우 총리는 동그라미 하나를 표시했을 뿐 아무 말도 하지 않았다. 1969년 한수인이 중국에 왔다. 저우 총리는 마오쩌둥에게 보고 하였다. 내가 영국에서 임시 대리대사를 하던 시절, 한수인과 알게 되었다. 매번 한수인이 국내에 올 때마다 대외우호협회에서 통역자를 파견하여 전 일정을 수행하게 했다. 대화는 주로 공평이 하였다. 마지막에 중앙 지도자, 저우 총리 혹은 천이가 그녀를 접견했다. 당시 공평의 몸은 이미 그다지 좋지 못한 상태였으므로, 저우 총리는 나에게 공평과 함께 그녀를 접견하도록 했다. 저우 총리는 공평과 나에게 "문화대혁명이 시작되고 난 이 몇 년 동안 우리 대사관의 대사들이 모두 철수하여 돌아왔기 때문에 외국의 상황에 대해 거의 이해하지 못하고 있네. 문화대혁명 이후 중국은 도대체 어떻게 된 것인지 외국인들도 이해하지 못하고 있지. 따라서 한수인이 온 이후 그녀에게 국제정세에 대해 많이 묻고, 그녀가 국내에서 누군가를 만나보고 싶다고 하면 만나게 하고, 어느 곳에 갈 것인지도 그녀가 정하도록 하게나"라고 말하였다.

이어서 말하기를 "그녀가 오면 베이징에서는 네 사람 정도를 만나도록 안배해 두었네. 첫 번째는 궈모뤄(郭沫若)로, 그에게 한수인을 초대해 한 차례 식사를 함께 하도록 할 것이고, 두 번째는 자네가 량스청(梁思成)을 찾아가도록 해보게나. 량스청에게 그녀를 만나보도록 하게. 그리고 첸웨이창(錢偉長)을 불러 그녀와 대화하도록 하고, 저우페이위안(周培源) 부부에게 집에서 소규모 다과회를 열어 한수인을 초대하도록 하게나. 자네는 참가할 필요가 없네. 그녀가 자유롭게 대화하도록 두게나."

귀모뤄와는 이야기가 잘 되었으나, 량스청은 당시 "반동학술 권위자"로 지정되어 있었으며 병을 얻어 베이징병원에 입원 중이었다. 나는 베이징병원으로 가서 량스청에게 저우 총리가 당신이 한수인을 만났으면 좋겠다고 한다고 전했다. 그는 이 말을 듣더니 통곡하며 눈물을 흘렸다. 왜냐하면 이 시점에서 저우 총리가 그에게 외빈을 접견하게 한다는 것은 곧 그를 해방시켜준다는 것과 같은 의미였기 때문이었다. 첸웨이창은 당시 칭화대학의 교수로 그녀를 만나는 것에 대해 동의했다. 나는 저우페이위안 부부를 찾아갔다. 저우페이위안의 부인인 왕디(王蒂)가 본인은 동의하지 않는다며, "에휴, 나는 지금도 국외관계에 대해서는 이해하지 못하겠는데, 또 국외관계라니!"라고 말하였다. 이후 저우페이위안이 "향휘이(向暉) 동지가 온 것을 보니 저우 총리께서 우리가 하기를 원하시는 것이네"라고 말하자, 그녀는 "그렇다면 공식문서가 있나요?"라고 물었다. 나는 "가지고 왔습니다"라고 대답하였다. 그러자 저우페이위안이 "무슨 공문이 더 필요한가!"라고 말하고는 바로 동의했다.

이 일에 대해 나는 깊은 감동을 받았다. 당시 이와 같은 고급 지식인들이 곤경에 처한 상황에서 첸웨이창 역시 행동의 자유가 없었다. 이 일은 저우언라이 총리가 타인을 아끼고 신뢰하는 것을 보여 주는 예로 이들에게는 억울한 누명을 벗겨주는 것과 같은 것이었다. 저우 총리는 외교방면에 확실히 그만의 독특한 풍격을 지니고 있었다. 그의 말은 다른 사람들을 설득시키기에 충분했다. 당시 대만문제는 중미관계에서 결정적인 문제였다. 당신이 만약 원칙적으로 "대만은 자고로 중국의 영토이다. 카이로선언에서도 대만은 중국에 귀속시킨다고 되어 있고, 포츠담협의에서도 다시금 이 부분을 언급했다. 일본이 항복한 이후 장제스의 국민정부가 이미 대만을 수복했고 미국도 승인한 바이다"라고 말한다면, 사실 말하기는 쉬울지 모르나, 이런 말은 당시와 같은 상황에서 타인의 마음을 움직이기 어려운 것이었다.

그렇다면 저우 총리는 어떻게 말했나? 그는 다음과 같이 말했다. "대만은 자고로 중국의 영토이다. 갑오전쟁 중 청나라 정부가 패하여 억지로 조약에 서명한 후 대만을 일본에게 할양한 것이다. 대만은 중국의 영토인데 일본인은 왜 이 조약을 체결하고자 했던 것인가? 1870년 프로이센과 프랑스가 전쟁하고 프랑스가 패하자 알사스–로렌 지방을 프로이센에게 할양했다. 타이완은 일본에게 50년간 할양했다. 제1차 세계대전이 발발하자 알사스–로렌 지방은 프랑스로 귀속되었다. 이는 당시 미국 대통령 윌슨이 제시했던 평화원칙 14조 중 제8조에 알자스–로렌을 프랑스로 귀속시킨다는 내용이 있기 때문이었다. 알사스–로렌이 프로이센에 점령당한 기간은 대만 보다 2년 적은 48년 동안이었다." 저우 총리는 "알사스–로렌은 내가 20년대에 가보았는데, 당시에는 스트라스부르라고 불렀으며, 그 지역 주민들의 다수는 이미 독일어를 사용하고 있었다.

그러나 대만은 일본에 점령당한 지 50년이지만 대다수, 절대다수의 주민들이 여전히 푸젠화(복건지방 토속어)로 말한다. 대만은 그야말로 중국의 영토인 것이다!"라고 하였다. 이런 식의 말이 바로 상대에게 가장 설득력 있는 말이었다. 왜냐하면 키신저의 부친은 독일인으로 이후 미국으로 이민 온 것이기 때문이었다. 이 알사스–로렌 지방은 역사적으로 많은 사람들이 잘 알고 있는 내용이었다. 이렇게 말하는 것이야말로 예술적 경지이며 매우 적절한 것이었다. 즉 하나는 50년, 다른 하나는 48년, 하나는 카이로 선언, 다른 하나는 윌슨의 평화원칙 14조. 게다가 서로 다른 지역, 즉 알사스-로렌 지방의 사람들은 이미 독일어를 사용하는데, 대만 주민은 여전히 절대 다수가 푸젠화를 쓴다는 것 등을 나열한 것이 그런 예였다.

영국의 몽고메리 원수가 1960년과 61년에 두 차례 중국을 방문했다. 1960년에 그는 비교적 짧은 시간을 머물렀는데, 시간이 매우 제한적이었기 때문에 1961년에 다시 한 번 오기를 요청했던 것이다. 1961년 몽고메리의 중국 방문을 영접하는 작업은 외교부가 제안하고 천이가 비준하여, 리다(李達) 상장이 국방체위(國防體委) 주임 신분으로 팀을 인솔하고, 구체적인 접대 작업은 외교부의 서유럽 부서와 예빈사(禮賓司)에서 담당하기로 하였다. 몽고메리의 두 번째 중국 방문이었으므로 천이가 먼저 그를 접견하고 아울러 환영 만찬을 거행하였다.

몽고메리는 전 세계의 긴장 국면을 완화시킬 세 가지 원칙을 제시하였는데, 그 중 첫 조문이 하나의 중국, 즉 대만은 중국 영토의 일부분이라는 것이었다. 저우 총리는 이것을 보고 바로 나를 불러 몽고메리 이 사람은 정치적 머리가 있는 사람이라고 말하였다. 그는 이번에 중국에 와서 서방에 개방하지 않은 도시들을 방문하겠다고 요청하였다. 우선 홍콩에서 광쩌우, 베이징까지, 그 이후 바오터우(包頭), 타이위안, 옌안, 시안, 산먼샤(三門峽), 뤄양(洛陽), 정쩌우(鄭州)를 거쳐 다시 베이징으로 돌아온 후 마오쩌둥을 접견할 수 있는지 재차 고려해 보겠다고 하였다. 저우 총리가 나에게 접대 업무에 참가하도록 하였으므로, 나는 중도에 참여하게 되었다. 당시는 매우 어려운 시기였다. 저우 총리는 "우리는 건국 이후 업적도 쌓았지만 또한 결점과 잘못도 있다네. 이것은 모두 객관적으로 존재하는 것이니 몽고메리에게 그가 직접 보고 본인의 결론을 도출하도록 하되, 자네는 필요한 순간에 혹은 결정적인 순간에 그가 본질에 있어 중국의 내외정책을 이해할 수 있도록 하게나"라고 말하였다.

몽고메리는 확실히 관찰능력이 있는 사람이었다. 그는 영국 군대의 원수로서 세계 평화방안을 제시하였는데, 이것은 그야말로 간단한 일이 아니었다. 그러했기에 저우 총리가 그를 위해 많은 일을 해준 것이었다. 국내 방문기간에는 IL-14 전용기 한 대를 준비해서 빠오터우와, 타이위안, 옌안, 시안까지 비행하도록 했고, 시안에 도착한 이후에는 기차를 타도록 했다. 돌아온 이후 나는 저우 총리 사무실의 외교비서인 푸서우창(浦壽昌)에게 저우 총리에게 상황을 보고해야 한다고 말하였다. 푸서우창은 "지금 총리께서는 곧 정치국회의를 개최하셔야 하니 내일 보고하도록 하지. 일단 가서 잠이나 자도록 하게"라고 말하였다. 내가 막 잠이 든 두시 즈음에 저우 총리는 나를 불러 몽고메리의 정황을 물었다. 나는 몽고메리는 중국에 대해 매우 우호적인 태도를 갖고 있으나, 또한 전략적인 관찰 역시 하고 있다고 말하였다. 저우 총리는 매우 상세하게 물었는데, 특히 정치문제에 대해 구체적으로 물었다.

나는 그 김에 몽고메리의 전략 관찰에 대해 말하였다. 그는 뤄양의 트랙터 공장에 도착해서 트랙터의 시행을 보고 몇 바퀴 운전해 보도록 하였는데, 이에 대해 수석 엔지니어는 그가 전문가라고 말하였다. 그는 한번 운전하는 것을 보고는 바로 이 트랙터라면 탱크도 만들 수 있겠다고 하였다. 이러한 정황에 대해 나는 모두 저우 총리에게 말했는데, 저우 총리는 그가 이 여정에서 어떤 문예 항목들을 보았는지를 물었다. 나는 그가 우선 빠오터우에 갔을 때 별 다른 문예 항목을 본 것은 없고 영화

'다섯 송이 금화(金花)'를 보았으며, 뤄양에서는 현지에서 준비한 만찬에 참석하지 않고 길거리를 구경하고 싶다고 하여 내가 그를 수행해서 다녔다고 말하였다. 그때 마침 길거리에 불이 켜진 극장이 있었는데 '이쮜(豫劇 허난성의 지방 전통극)'인 '목계영괘수(穆桂英挂帥)'를 하고 있었다. 극장에 들어가서 통역원이 그에게 '이쮜'에 대해 번역을 해주었는데 그는 매 구절 번역할 필요는 없다고 말하였다. 이후 극장에서 나온 후 그는 "이 극은 좋지 않군. 어떻게 여성이 군의 원수가 된단 말인가?"라고 하였다. 나는 이것은 민간의 전설로 일반 민중의 염원이 담긴 것이라고 설명해주었다. 그러자 그는 "여성이 군의 원수가 되는 극을 좋아하는 남성은 진정한 남성이 아니네. 여성이 군의 원수가 되는 극을 좋아하는 여성도 진정한 여성이 아니지"라고 하였다.

이 말을 들은 후 나는 "현재 중국에는 해방군 여성 소장 리전(李貞)이 있다!"고 하였다. 그러자 그가 "나는 홍군과 해방군에 대해 매우 탄복하였는데, 여성이 소장을 맡았다는 것을 전혀 몰랐어. 이는 홍군과 해방군의 명성에 손실이군!"이라고 말하였다. 이때 나는 "당신들의 체제에 따르면 영국 여왕이 바로 육해공군의 총사령이고, 당신과 같은 원수 또한 그녀의 명령에 따르는 것 아닙니까?"라고 하자 그는 말이 없었다. 저우 총리는 이 이야기를 들은 후 다음과 같이 말하였다. "자네는 상대가 아무 말도 할 수 없게 만들었군 그래. 그렇지만 자네가 승리한 것이라고 할 수 있겠나? 그는 '세 가지 원칙'을 제출했고 그 중 '하나의 중국'은 모든 외국 군대를 외국이 철수시킨 것이니 정말 좋은 것 아닌가! 자네는 수년 동안 외교 일을 담당했으면서 '다른 의견은 미뤄 두고 의견을 같이하는 부분부터 협력한다'라는 것도 이해하지 못하는가? 자네는 민간 전설만 말하면 충분했어. 무엇하러 영국 여왕을 언급했는가 말이네. 그가 할 말이 없게 만든 것이 승리라고 할 수 있겠나? 루쉰은 '욕하고 협박하는 것은 결코 전투가 아니다'라고 했지. 풍자하고 비꼬는 것은 결코 우리의 외교가 아니야." 그의 이러한 비판은 나에게 많은 것을 깨우치게 해주었으므로 나는 오히려 더 많은 비판을 듣고 싶을 정도였다.

저우 총리는 말을 마친 후 폴더 하나에서 다음날 몽고메리를 초청해 주최할 만찬의 항목들을 꺼내 보고는 이어서 말하였다. "엉망이군 그래. 또 여성이 원수가 되는 내용이야! 경극 '무란총쥔(木蘭從軍)'의 한 대목이군. 다행히 그가 자네에게 물었어. 안 그랬으면 또 여성 원수이야기라 마치 우리가 고의적으로 그를 풍자하는 것 같았을 거야!" 저우 총리가 그가 무엇을 보기 좋아하는지 물었기에 나는 "그는 서커스 보는 것을 좋아합니다. 우리는 타이위안에서 서커스를 보았는데 그가 정말 좋아했습니다"라고 답하였다. 그러자 저우 총리는 바로 외교부 예빈사장(禮賓司長) 위페이원(俞沛文)에게 전화하도록 지시해 내일 만찬 프로그램을 바꾸고, '무란총쥔'은 하지 말고 서커스와 성대모사를 준비하라고 하였다.

그는 몽고메리가 '의자 뺏기'를 보았는지 물었다. 나는 본 적이 없다고 대답했다. 그러자 그는 "베이징 서커스단의 '의자 뺏기'는 정말 훌륭해. '의자 뺏기'도 프로그램에 추가하도록 하지"라고 말하였다. 게다가 어떤 연기자가 연기하는 것이 좋은지도 일일이 지정하였다. 연기자들의 정황도 그는 모두 파악하고 있었다. 몽고메리는 이를 보고 매우 기뻐하였다. 그는 귀국 후 책을 쓸 때 이 만찬 자리의 '의자 뺏기', 성대 모사 등의 내용을 모두 언급하였다.

저우 총리의 세심한 일 처리는 외국인조차도 모두 탄복하는 것이었다. 몽고메리는 제2차 세계대전에서 나치 독일의 저명한 장군을 패배 시켰는데, 그는 '사막의 여우' 에르빈 롬멜로 정말 대단한 장군이었다. 몽고메리는 최후에 영국의 총참모장 및 육군 원수를 역임했다. 다만 신기한 것은 그는 평생 전쟁을 하였지만, 마지막에는 오히려 평화를 요구하고 평화를 위해 힘썼다는 사실이다. 그는 "평화의 관건은 중국에 있다. 중국의 강성은 피할 수 없으며, 중국이 강대해지면 전 세계의 민중이 갈망하는 평화를 얻을 수 있을 것이다"라고 생각하였다. 그는 그만의 전략적인 안목이 있었는데, 모두 저우 총리가 1960년, 1961년에 그와 대담을 나눈 것과 분리해서 생각할 수 없을 것이다.

1955년 중국대표단은 반둥회의에 참가하기 위해 인도항공의 "카슈미르공주"기를 임대하였다. 본래 저우 총리는 홍콩에서 비행기를 탈 예정이었고 사전에 준비도 완료된 상황이었다. 그런데 미얀마 총리 우누가 개최일이 다가왔을 무렵 저우 총리와 함께 인도 총리 네루, 이집트 총리 나세르를 초청해 먼저 양곤에서 예비회의를 열자고 제안하였다.

저우 총리는 우선 쿤밍에 도착했기 때문에(당시 저우 총리는 막 맹장염 수술을 마치고 얼마 안 된 상황이었다), 쿤밍에서 양곤으로 갈 예정이었다. 당시 우리는 이미 장제스의 특수 임무 요원 집단이 "카슈미르공주"기를 파괴하고 저우 총리를 암살하려 한다는 정보를 입수하고 있었다. 저우 총리는 즉시 조취를 취했다. 지차오주(冀朝鑄) 등은 홍콩에서 배를 타고 갔다. "카슈미르공주"기는 항공편으로 뭄바이에서 출발해 캘커타를 거쳐 방콕에 도착한 후 다시 홍콩에 도착하는 정기 항로를 지니고 있었다. 사전에 상의를 거쳐 원래대로 표를 판매하고, 홍콩에 도착한 후 임시로 전용기로 바꿔 한 시간 동안 급유했다.

출발하기 전 뤄칭창(羅靑長)은 상관 부서의 동지들을 불러 그들이 분명 폭약을 사용할 것이라고 알려주었다.

당시 저우언라이는 외교부를 통해 영국 임시 대리대사에게 상황을 분명히 알리고 공항 및 비행기에 접근하는 자들을 주의해서 철저히 안전을 보장해야 한다고 했다. 다만 교섭 담당자가 전보를 제대로 보지 않은 상태로 영국인에게 알려주었는데, 즉 비행기 한 대가 홍콩에서 이륙할 것이고 국민당이 교란을 준비 중이라는 내용이었다.

이에 홍콩영국정부는 계엄 조치는 취했으나, 누구도 비행기에 접근시켜서는 안 된다는 사실을 생각하지는 못하였다. 그렇기에 국민당 특수임무 기관은 급유 담당 노동자를 매수하여 연료탱크에 폭탄을 설치하였다.

사실 반둥회의 기간 저우 총리는 매우 바빴으나, 줄곧 이 일의 처리를 지도했다. 저우 총리는 우리가 단독으로 영국과 교섭하기는 어려우니 인도와 연합하여 교섭해야 한다고 생각했다. 왜냐하면 비행기 자체가 인도 것이고 승무원 8명 중 5명이 사망하고 3명이 생존한 상황이었기 때문이다. 저우 총리는 반둥회의 중 그토록 바쁘면서도 여러 차례 영국 측 사고 조사 인원을 접견하였다. 그는 중국과 인도 쌍방에서도 홍콩으로 대표를 파견하여 교섭하고 홍콩에 상관 정보를 제공해 줄 것을 독촉할 수 있도록 해달라고 영국 측에 요구하였다. 영국 수상 아이딘은 처음에는 동의하지 않았으나 결국 동의하였다. 인도의 네루도 대표를 파견하였으며, 저우 총리는 나를 중국 대표로 파견하였다.

비행기가 폭발한 지역은 모두 상어가 우글거리는 곳이었다. 국제법에 의거했을 때 그곳은 인도네시아의 해역으로 인도네시아가 인양을 책임졌다. 인도 승무원 3명은 작은 섬까지 헤엄쳐서 살아남았으나, 그 외 인양된 이들은 모두 원래 모습을 찾아볼 수 없는 지경이었다.

저우 총리는 주인도대사관 참사관인 선젠(申健)을 싱가포르로 가게 했다. 영국군이 인양해 올라온 물건들을 모두 싱가포르로 운반해 갔기 때문이었다. 명단에 적혀있던 시체들은 중국인이었는데 불에 타서 유골만

남은 상태로 반둥으로 운반해 왔다. 저우 총리는 친히 그것을 가지고 돌아갔다.

저우 총리는 나에게 홍콩으로 가도록 하며 "조금만 소홀히 해도 사람이 죽을 수 있다고 본래 분명히 말하였는데 결국 사람이 죽고 말았군"이라고 말하였다. 그는 매우 속상해 하며 빠바오산(八宝山)에 "카슈미르공주"호 희생자 동지를 위한 공동묘역을 조성하도록 지시하였다. 그는 추모 글을 짓고 추모제에 참석하였다. 인도 쪽 승무원 희생자 5명에 대해 저우 총리는 우리나라 주인도대사관 혹은 총사령관의 동지들에게 지시하여 그들의 유족을 위로하도록 하였다. 저우 총리의 지시에 따라 국내에서는 중산(中山)공원에서 대규모 추도회를 개최하였으며, 마오 주석이 조화를 보냈다. 저우 총리는 반둥에서 여러 차례 영국 대표를 접견한 후 그들에게 베이징에 방문하도록 초청하였으며, 또한 나에게 그들과 함께 홍콩에 가도록 하였다. 3개월 후 영국은 성명을 발표하여 범인이 대만이라는 사실을 인정하였다. 저우 총리의 제안으로 인도 측과 연합하여 이 사건을 조사하도록 한 것은 인도 측과도 한편으로는 연합하고 한편으로는 투쟁하는 과정이었다. 이 투쟁의 예술은 매우 훌륭했다. 이 사안에 대해 대만 역시 승복했지만, 명백히 진상을 언급하지는 않았다.

우리가 홍콩으로 가기 전에 저우 총리는 "이 사건으로 11명이 희생되었네. 무의미한 희생, 다시는 사람을 희생시킬 수 없어"라고 말했다. 그는 당시 외교부 서유럽 부서장 황화(黃華)와 함께 반둥에 도착했고, 돌아온 이후 영국 임시 대리대사 윌리엄에게 반드시 안전을 보장해야 한다고 강조하였다. 나는 당시 한 명의 기밀 요원과 암호 전보를 지니고 있었다. 저우 총리는 당시 특별히 홍콩 대동전보국을 언급하며 상하이 해저 케이블을 통해 전보를 보내고(몇 년간 불통이었던), 24시간 주야로 당직을 서며 수시로 전보를 왕래하도록 하였다. 저우 총리는 나에게 특별히 당부하며 그곳에 도착하면 상황을 수시로 보고하라고 하였다. 내가 그곳에 도착했을 때 홍콩 당국은 뤄후(羅湖)로 사람을 파견하여 마중했으며, 전면에는 경호차가 있었다. 내가 머물던 곳은 신화사의 홍콩지사가 있는 산모령(山摩嶺)으로 몇 개의 초소가 있었는데 그 중에는 믿을 만하지 못해 교체해야만 하는 것들도 보였다. 나는 이러한 조처를 보면서 저우 총리의 타인에 대한 관심과 일을 하는 데 있어 전심전력하고 주도면밀한 점을 깊이 느낄 수 있었다.

주공(周公)이 입안의 음식을 뱉으며
인재를 맞이하자 천하의 민심이 돌아오네

청스위안(程思遠)

(전국인민대표대회상무위원회 전 부위원장, 전 중국화평통일촉진회 전 회장)

주공(周公)이 입안의 음식을 뱉으며
인재를 맞이하자 천하의 민심이 돌아오네

청스위안(程思遠)

(전국인민대표대회상무위원회 전 부위원장, 전 중국화평통일촉진회 전 회장)

저우언라이 총리는 리종런(李宗仁, 중화민국의 육군대장) 선생의 귀국을 실현시키기 위해 심혈을 다해 노력하였다. 제네바회의 반둥회의에서 승리한 후 중국의 국제적 지위는 지속적으로 상승했다. 당의 통일전선 정책이 지닌 위대함과 신 중국 성립 이후 경제건설의 위대한 성과를 이해하게 된 리종런 선생은 고국으로 돌아가고자 하는 생각을 갖게 되었다. 리종런은 편지를 써서 리런차오(李任潮)에게 주었는데, 그 안에는 신 중국이 10년간 이룩한 위대한 성취와 높은 국제적 명성 덕분에 화교들이 모두 중국인으로서 자부심을 느끼고 있으며, 100년 동안 중국인의 이미지가 매우 크게 변화했다는 내용이 담겨 있었다. 1959년 내가 귀국하여 국경절 10주년 연회에 참석하였을 때, 저우언라이는 쯔광각(紫光閣)에서 나를 불러 다음과 같이 말했다. "리종런이 리런차오에게 서신을 전달하였는데, 귀국하여 정착하고 싶다는 내용이네. 다만 내가 생각하기에 현재 상황이 아직 충분히 무르익지 않은 것 같아. 그러나 리종전은 그가 소장하고 있는 문물을 국가에 헌납하겠다고 했네. 이것이야 말로 그가 지닌 애국주의의 표현이지. 정부는 받아들일 준비를 하고 있네. 내 생각에 자네가 유럽으로 가서 리 선생과 상의한 후 그의 귀국 정착계획을 다시 결정했으면 좋겠네."

나는 리 선생을 만난 후 그에게 저우언라이가 나를 불러 이야기한 뜻을 전달했다. 그는 저우언라이의 의견에 동의하고, 그의 부인인 궈더지(郭德洁)를 먼저 홍콩으로 돌아가도록 했다. 1963년 겨울, 리종런 선생이 스위스로 와서 나를 만났다. 나는 출발하기 전에 저우언라이를 만났는데, 저우언라이는 쯔광각에서 나에게 "4가지 가능한 것"과 "4가지 불가능한 것"에 대한 방침을 리종런에게 전달하도록 했다. 당시에는 받아 적기가 용이하지 않았으므로 그는 나에게 이 내용을 외우도록 했다. 이 방침의 핵심은 리종런 선생 본인의 염원을 존중한다는 것과 귀국 이후 자유롭게 왕래하도록 한다는 것이었다. 내가 막 가려고 할 때 그는 나를 쯔광각 계단 아래까지 친히 배웅해 주었다. 나는 매우 감동했다.

리종런은 "네 가지 가능한 것" 중 단 한 가지만 필요하다고 했고, 그것은 조국으로 돌아가 정착하는 것이었다. 그가 마음속에서부터 진심으로 저우언라이에 대해 탄복했기 때문이었다.

리종런의 귀국은 당이 추진한 통일전선 정책의 승리이자 저우 언라이가 직접 실행한 것으로 심혈을 기울여 추진한 것이었다. 리종런의 귀국에 대해 취우(屈武)는 내가 매우 훌륭하게 임무를 수행한 것이라고 했는데, 나는 그에게 저우언라이의 지도가 없었다면 이 임무를 완성할 수 없었을 것이라고 대답하였다.

저우언라이의 가장 위대한 점은 최선을 다하고 사심 없이 헌신한다는 것이다. 그는 정말 사사로움이 없었다. 리종런에 대해 "4가지 가능한 것"과 "4가지 불가능한 것"을 제시했을 때에도 그는 자신이 다섯 가지 난관을 지나왔다는 이야기에서부터 시작했다. 개인의 생활, 친속에 대한 보살핌에 있어 그는 조금도 사심이 없었으며, 오로지 당을 위하고 국가와 혁명을 위할 뿐이었다. 그는 세상에 보기 드문 지도자였다.

저우언라이의 위대한 점은 사심 없이 헌신하는 것, 세밀하고 주도면 밀하게 일하는 것, 타인을 세심하게 보살핀다는 것이고, 이는 일반인이 해내기 어려운 것들이었다.

리종런이 돌아온지 두 번째 해에 문화대혁명이 폭발하자 저우 언라이는 사람을 파견해 보살피면서 "만약 홍위병이 온다면 일단 문을 열고 만나도록 하라"고 말했다. 이후 상황이 좋지 않아 송칭링(宋慶齡), 장스자오(章士釗)가 모두 어려움에 처하게 되었다. 어느 날 밤 그는 국무원 기관사무관리국의 부국장을 파견해 리종런을 301병원까지 호송하고 국세가 비교적 안정된 다음에 돌아오도록 했다. 이후 리종런이 입원했을 때 저우언라이가 최종적으로 그에 대한 치료 방안을 결정했다.

1968년 국경절 전야에 저우언라이는 리종런을 초청해 천안문 성루에서 모습을 드러내 보이고, 그의 건강이 좋지 않았으므로 국가 연회에는 참가하지 않도록 했다. 기관사무관리국의 원래 동지들은 모두 "오칠"간부학교(문화대혁명 기간 간부들을 농촌으로 하방시켜 노동개조교육을 시킨 곳)에 갔고, 군 대표는 저우 총리의 지시를 철저하게 관철시키지 않아 첫날 그를 국가 연회에 출석시키고, 둘째 날 또 다시 천안문에 오르게 했다. 결국 그는 앓아눕게 되었고, 두 번째로 병원에 입원했으나 폐렴으로 사망하게 되었다. 리종런이 임종할 때에 친히 구술하면서 나에게 편지를 쓰게 했다. 마오쩌둥과 저우언라이에게 보내는 것으로, 귀국 후 받은 당과 국가의 세심한 보살핌에 대해 진심으로 감사한다는 내용이었다. 또한 귀국하여 애국주의 길을 걸은 것이 올바른 선택이었음을 절실히 느낀다는 것과 해외에서 유랑하고 있는 이들과 대만의 국민당이 모두 돌아와 조국을 살펴보고 애국주의의 길을 걸으며 조국의 통일 대업을 완성하기를 바란다는 내용이 담겨 있었다. 이후 저우언라이는 이 편지를 매우 높게 평가하며, 이 서신은 곧 역사 문헌이라고 말했다.

"그는 정말 대단하다! 대부분의 사람들이 할 수 없는 것들이다." 이처럼 리종런은 진심으로 저우언라이를 감동시켰다. 항전 전야에 저우언라이는 장윈이(張云逸) 장군을 파견하여 리종런 선생을 만나도록 한 적이 있었다. 1937년 7월 2일 그는 궤이린(桂林)에 도착한 후 직접 대면하여 권유하며 선생에 대한 관심을 표하였다.

항전이 폭발한 후, 장윈이는 신사군에서 참모장을 맡았다. 제4지대가 진푸로(津浦路) 남단에서 제4집단군과 함께 협동작전을 벌였으며 5작전구역에서 문화동원위원회를 성립하여 판창장(范長江)이 지도했는데, 이는 저우언라이가 파견한 것이었다. 5작전구역의 청년군단 성립 역시 저우언라이가 사람을 파견하여 지도하도록 했다.

리종런은 저우언라이를 매우 존경했으며 숭배했다.

1939년 2월 16일 저우언라이가 신사군에 와서 시찰할 때 리종런은 황사오홍(黃紹竑)을 궤이린으로 불러 그에게 저우언라이를 모시고 저깐(浙贛)철로를 살펴보도록 했다. 리종런이 타이얼쫭(台兒庄) 전투에서 일본군에 승리를 거두었던 것 역시 저우언라이의 작전 지도방침을 받아들였기 때문이었다. 즉 진지전, 육지전, 기동전 이 세 개를 긴밀하게 결합시킨 결과였다. 우한으로 후퇴할 때 바이총시(白崇禧)가 우창에서 창사로 가는 도중 자동차가 고장 나자, 저우언라이는 그 사실을 알고 "적군과 우창의 거리가 멀지 않으니 내 차를 타고 함께 창사로 갑시다"라고 말했다. 가는 도중 저우언라이는 그가 젊은 시절 일본에서 유학했던 일, 유럽에서 유학했던 일, 소련에서 일한 경험, 중앙 홍군의 강대한 상황과 작전방침 등에 대해 바이총시에게 간단히 알려주었다. 바이총시는 깊이 감동하여 저우언라이를 걸출한 정치가라고 생각하게 되었다. 이후 우리가 궤이린(桂林)에서 순조롭게 작업할 수 있었던 것은 바이총시의 엄호와 떼어 놓을 수 없는 일이었다. 광시(廣西)가 고향인 많은 고급 장령들은 공산당의 피맺힌 원수들이다. 그들은 4.12반혁명정변에 참가했거나, 광시의 당 숙청작업에 참여했던 이들인데, 리종런은 한 번도 참가한 적이 없었다. 4.12반혁명정변이 발생했을 때 리종런은 우후(蕪湖)에 있었으며, 4.12당 숙청운동에 그를 참가하도록 했을 때에도 그는 가지 않고, 황사오홍을 가도록 했다. 그는 저우언라이를 숭배했던 것이다. 덩잉차오 역시 그러했다. 저우 총리와 딩잉차오의 품격, 인격, 태도는 몸소 모범을 보이고 덕으로써 타인을 승복시켰다. 리종런이 막 귀국한 후 베이징호텔 옛 건물 4층에 머물고 있을 때, 그가 상하이 음식 및 양저우(揚州)와 훼이안(匯安)의 음식을 먹는 것을 좋아하자, 저우언라이는 이 두 지방의 음식 요리사를 보내주었다. 궈더지가 시총뿌(西總布) 후퉁(胡同) 5호의 집을 좋아하지 않아 집을 옮기고 싶어 했을 때에도 저우언라이는 국문원 기관사무관리국의 인원을 파견하여 궈더지와 함께 여러 곳의 집을 살펴보도록 한 후 현재 거주하는 곳보다 더 좋은 집은 없음을 알게 해주었다. 저우언라이는 인내심이 뛰어났으며, 타인에게 강요하지 않고 타인이 진심으로 승복하게 만들었다.

저우 총리는 일의 대소를 가리지 않고 직접 최선을 다했다. 예를 들어 리종런의 귀국 건에 대해서도 그는 왜 나에게 유럽으로 가서 만나도록 하고 미국에서 만나게 하지 않았을까? 왜냐하면 미국에서 만날 경우 목표를 노출당하기 쉽기 때문이었다. 리종런은 미국에서 감시를 받고 있었으므로 유럽에 도착해서야 미국의 감시를 벗어날 수 있었던 것이다. 저우언라이가 일을 처리하는 방식은 이토록 세심하고 주도면밀했다.

리종런이 귀국할 때 저우언라이는 리종런이 타게 될 비행기를 창고에

며칠간 보관하도록 지시해 적들의 파괴에 대비했다. 또한 딩궈위(丁國鈺 당시 주 파키스탄 대사)가 나서서 행정을 구체적으로 계획하도록 지시했다. 1965년 7월 17일 저녁 우리가 행동을 개시했을 때, 저우 총리는 상하이에서 잠도 자지 않고 7월 18일 새벽까지 줄곧 깨어있었으며, 리종런이 탑승한 비행기가 윈난 변경에 도착한 후 전화를 받고 나서야 휴식을 취했다.

장쉐량은 "내가 탄복하는 인물 중
저우언라이가 으뜸이다."라고 말했다.

뤼정차오(呂正操)

(중국인민정치협상회의전국위원회 전 부주석)

장쉐량은 "내가 탄복하는 인물 중
저우언라이가 으뜸이다."라고 말했다.

뤼정차오(呂正操)
(중국인민정치협상회의전국위원회 전 부주석)

내가 저우언라이 동지를 알게 된 것은 1936년 12월 12일 발생한 시안 사변(西安事變) 와중이었다. 그 전에 나는 동북군에서 단장을 맡고 있었다. 장쉐량은 장제스를 체포한 후 옌안으로 비행기를 보내 저우언라이를 시안으로 모셔오도록 했다. 당시 저우언라이는 군복을 입고 있었으며 수염은 이미 깎은 상태였다. 그가 도착하자 장쉐량은 바로 그를 보러 갔다. 저우언라이는 "당신들의 이러한 방법을 우리 공산당은 찬성하지 않는다"라고 말했다. 장쉐량이 깜짝 놀라자 저우언라이는 그에게 당의 정책을 설명하며 평화롭게 해결해야 한다고 제안하였다.

코민테른에서 시안사변의 평화적 해결방안을 제시한 것이라고 이야기하는 경우도 있으나, 이것은 정확하지 않은 것이다. 왜냐하면 코민테른의 12월 17일 전보는 명확하지 않아 번역해낼 수 없었으므로, 그것을 돌려보낸 후 20일이 되어서야 다시 수신했기 때문이다. 장쉐량을 상심하게 만든 것도 코민테른에서 장쉐량이 일본인의 지지를 받고 시안사변을 일으킨 것이라고 말했던 것이었다.

국민당 측에서 먼저 시안에 도착했던 이는 장제스의 오스트레일리아 국적 고문인 터너였다. 당시 허잉친(何應欽)의 구상은 시안 측에서 장제스를 살해해 버리는 것이었다. 송메이링(宋美齡)과 송즈원(宋子文)이 24

일에 왔으며, 동행한 이들 중에는 따이리(戴笠)도 있었다. 옌안 측에서는 저우언라이를 시안에 파견하여 장제스를 깜짝 놀라게 하였다. 장제스를 놓아주었을 때 많은 이들이 납득하지 못하였다.

시안사변 당시 나의 임무는 장 공관(公館)을 보위하고 수시로 정보를 파악하는 것이었다. 12월 25일 오후, 장쉐량이 군복을 입고 내가 머무는 곳으로 와서, 그가 직접 장제스를 난징까지 배웅한 후 3일 후에 돌아올 것이라고 말했다. 당시 나는 장제스가 결코 그를 놓아주지 않을 것이라고 판단하고 있었으므로, 그에게 가지 말라고 권유하였으나 그는 고집을 꺾지 않고 가야한다고 하였다.

장쉐량이 장제스를 배웅한 것은 그의 부친인 장쮜린(張作霖)이 지녔던 강호의 의기를 계승한 까닭이었다. 장제스가 위선적인 태도로 그에게 가지 말라고 하였으나 그는 반드시 가야겠다고 했다. 그가 갔다는 소식을 손밍지우(孫銘九)가 저우언라이에게 보고했다. "부총사령이 장제스를 호송하고 갔습니다." 저우언라이는 이 소식을 듣고 급히 서두르면서 "아이고! 어찌 이렇게 일을 처리하는가? 상의도 없이 가다니!"라고 말하고는, 급히 차를 준비시켜 공항으로 갔으나 도착했을 때 비행기는 이미 이륙한 다음이었다. 저우언라이는 매우 화를 내며 "장쉐량은 '롄환타오(連環套)' 같은 옛 극을 보고 중독된 모양이군 그래! 그는 더우얼된(竇爾敦, 청대 의협소설 속의 호걸)처럼 황텐빠(黃天覇, 연속극의 주인공)를 배웅했을 뿐만 아니라, 스스로 형장을 짊어지고 처벌을 요청하였군 그래! 쯧쯧!"라고 말했다. 장쉐량은 홍군과 전쟁을 하고 싶어하지 않았으나, 이미 한 두 차례 벌어진 것이 아니었다. 동북군의 장비는 장제스 것보다 좋았으나 홍군과 맞붙자 한 번에 무너져버렸다. 장쉐량이 장제스에게 구금당한 후 저우언라이는 나를 장쉐량과의 연락원으로 지명해서 파견했다.

1991년 5월, 내가 미국에 도착해 장쉐량을 만나러 갔을 때 나는 총 3번을 만났다. 그는 나에게 저우언라이에 대해 이야기하며 "처음 만나자마자 오래된 친구와 같았다"라고 말했다. 그는 저우언라이 선생 이 분은 무슨 말을 하든 모든 말이 그를 감동시켰다고 하였다. 저우언라이는 당시 위험에 처해있던 동북군의 미래에 대해 매우 깊이 있게 분석하여 장쉐량에게 큰 도움이 되었다고 했다. 장쉐량은 매우 감동하며 "저우언라이는 공산당에서 가장 위대한 인물이다. 마오쩌둥은 내가 만나보지 못했으니 감히 말할 수 없다"고 하였다. 그는 본인의 회고록 및 공개석상에서 모두 이와 같이 말하였다. 그가 해외에서 인터뷰에 응했을 때, 그는 "나는 마오쩌둥의 성공은 저우언라이의 성공이라고 생각한다. 내가 탄복하는 중국인 몇몇 인물 중 저우언라이가 으뜸이다. 나는 진심으로 그에게 탄복한다"라고 말하였다.

내가 장쉐량을 만나러 갔던 것은 그의 구순 생일을 축하하기 위한 것으로, 또한 덩잉차오 동지가 나를 지명하여 그를 방문하도록 한 것이었다. 그를 만났을 때 나는 몇 개의 선물을 주었는데, 장쉐량이 좋아하는 「중국경극대전」과 새로 채취하여 가공한 후난 삐뤄쳔차(碧螺春茶), 서예가 치공(啓功)이 손수 쓴 축하 휘장으로 상면에는 그의 좌우명을 써 둔 것이었다. 즉 "죽음을 두려워하지 않고, 재물을 아끼지 않으며, 장부는 결코 타인의 동정을 받지 않고, 하늘을 떠받치고 땅에 우뚝 선 대장부로서 공명정대하게 여생을 보낸다"는 것이었다. 둘째 날 만났을 때 나는 그에게 덩잉차오의 친필 서신을 전달하고, 중국공산당 지도부의 안부를 전했다. 덩잉차오는 덩샤오핑 동지의 부탁을 받아 진심으로 장쉐량이 고향에 돌아오는 것을 환영한다고 하였다. 장쉐량은 한 글자 한 글자 매우 신중하게 서신을 읽은 후 나에게 다음과 같이 말했다. "나 이 사람은 정말로 돌아가고 싶지만 현재는 아직 때가 되지 않았네. 내가 움직일 경우 대륙과 대만 양쪽에 모두 영향을 미치게 될 거야. 나는 내 개인적인 일로 인해 정치적으로 복잡해지는 것을 원하지 않네." 그는 덩잉차오에게 답장을 써서 "대만에 기거할 때 멀리 하늘을 보며 하루도 고향을 그리워하지 않은 적이 없습니다. 인연이 있다면 반드시 고향 땅을 밟게 되겠지요." 세 번째 만남은 중국대사관의 별장에서 이루어졌다. 나는 그에게 "하나의 국가 두 개의 체제, 평화통일 정책"을 소개했다. 장쉐량은 남은 생애 조국의 평화통일을 위해 전력을 다하고 싶다고 하였다. 그는 방금 쓴 한 폭의 족자를 꺼냈다.

고립무원의 어리석은 자이나
대의를 품고 강한 오랑캐에 맞서네
위대한 공적은 명나라의 정삭(正朔)을 준수하고
대만을 조국의 판도 안에 확보한 것이라네

〈구십 세 노인 의암(毅庵, 장쉐량의 호)이 쓰다〉

장쉐량은 나에게 "내가 비록 90여 세지만 하늘이 주신 시간 동안 아직 쓸모 있는 부분이 있겠지. 한 명의 중국인으로 중국을 위해 진력하고 싶네"라고 말했다.

소수의 사람만이
알고 있는 이야기

옌밍푸(閻明復)
(통전부 전 부장, 옌바오항(閻宝航)의 아들)

소수의 사람만이
알고 있는 이야기

옌밍푸(閻明復)

(통전부 전 부장, 옌바오항(閻宝航)의 아들)

내 부친이 저우언라이의 영도 하에 공작한 몇몇 정황을 간단히 소개하겠다. 부친은 옌바오항(鹽宝航, 지하공작전선의 걸출한 전사로 중국외교부 부장을 역임함)으로 1920~30년대 장쉐량의 친한 친구였다. 그와 까오총민(高崇民), 처향천(車向忱), 류란포(劉瀾波) 등은 동북구망총회(東北救亡總會)를 조직하였고 부친이 동북구망총회의 업무를 주재하였다. 이때를 시작으로 부친과 저우언라이의 관계가 매우 밀접해졌다.

부친은 저우언라이가 입당을 시켜주었다. 20년대 동뻬이지구 당조직 건립시기 부친이 입당을 준비하였으나 부친은 영국으로 유학을 가서 그 후에 다시 입당하기로 결정하였다. 1928년 부친이 귀국하였지만 동뻬이 지하당조직이 파괴되었고 그와 관련된 동지들이 일부는 도주하고 일부는 희생되었다. 1937년 그와 관련된 옛 당원 수즈위안(舒子元)이 난징에 가서 부친을 찾아 그의 입당문제가 해결되었는지를 물었다. 부친이 말했다. "너희들이 모두 도주하였는데 누구를 찾아가야 하는가?" 수즈의안이 그 사정을 저우언라이에게 보고하였다 저우언라이는 이처럼 20년대부터 공산주의를 신앙하고 동뻬이의 수복과 항일운동에 많은 공작을 한 동지는 마땅히 입당시켜야 한다고 결정하였다. 다만 당시 코민테른의 규정에 의하면 국민당 권역 내의 일부 상층인물 혹은 사회명사가 입당을 요청하면 반드시 코민테른에 보고하도록 했고 실제 소비에트 공산당에 보고하였다. 코민테른은 옌바오항은 특무 요원이니 그의 입당을 허가할 수 없다고 하였다. 그가 어떻게 특무 요원이 되었는가? 당시 장제스가 장쉐량을 끌어들이기 위해 장쉐량에게 청년들을 추천하여 그의 주변에 두고 업무를 보게 할 수 있도록 청했는데 장쉐량이 부친을 추천하여 그가 장제스 주변에서 업무를 하였다. 그는 "신생활운동" 동뻬이총회의 비서 겸 간사를 맡았는데 이를 총간사라고도 하였다. 그래서 코민테른에서는 부친의 입당을 막았던 것이다.

저우언라이 동지는 옌안에 요청하여 마오 주석의 답을 받았다. "국민당이 우리의 대오 중에서 사람을 뽑아가니 우리 역시 국민당 대오 중에서 사람을 뽑을 수 있다." 이처럼 코민테른의 의견에 개의치 않고 1937년 9월 정식으로 부친에게 당신은 이 시기를 기점으로 한 명의 공산당원이며 직접 저우언라이와 연락할 것을 통보하고 아울러 비밀 암호 "옌정(閻政)"을 부여하였다. 저우언라이와의 서신 왕래는 모두 이 "염정" 암호를 사용하였다. 그는 장제스 신변에서 작업하였기 때문에 많은 국민당 상층 인물과 접촉하였는데 정계와 군대의 인물과 특무인 따이리(戴笠)와 같은 인물 등이 포함되었다. 그는 많은 정보를 얻을 수 있었고 이런 정보는 저우언라이에게 보내졌고 어떤 것들은 매우 중요한 정보가 되었다. 이때부터 부친은 줄곧 저우언라이의 직접 영도 하에서 공작하였다. 특히 총칭에 도착한 이후 남방국에 동뻬이지부가 있었는데 지부 서기가 바로 저우언라이였다. 부서기 류란포는 저우언라이의 영도 하에 지하공작에 줄곧 종사하였다. 부친은 당시 광범위한 공작을 하였고 동뻬이에서 총칭으로 도망 온 상층인물 이외에 문예계도 담당하였는데, 그 중에는 후에 저명한 민주당파 영수가 된 사람도 있었다.

저우언라이는 늘 우리집에서 회의를 열었는데, 우리집은 3층 아파트에 있었다. 2층에 사면이 막힌 방이 하나 있었고 내부의 복도 쪽으로 창문이 하나 있었다. 그들은 늘 그 방에 있었고 나는 그저 부친이 친구들과 방에서 노름을 하는 줄만 알았다. 이후 저우언라이, 동비우가 늘 회의를 했음을 알았다.

의족을 지닌 아저씨 한 명에 대한 기억이 있다. 의족을 한 아저씨가 집에 오면 부친과 함께 마작을 하였고 마작을 하는 동안 아이는 들어갈 수가 없었다. 나는 그 때 7~8세였다. 의족을 한 아저씨는 저우언라이의 비서로 왕즈무(王子木)라고 불렸다. 그는 상처를 입고 의족을 달았는데 그가 계단을 오를 때면 소리가 났다. 내가 처음 저우언라이를 본 것은 우연한 기회였다. 당시 타오싱즈(陶行知)가 총칭에서 소학교를 열었는데 학교에는 문예대가 있어 진보적인 연극을 공연하였다. 예를 들면 소련극 〈표(表)〉나 혹은 〈투투따왕(禿禿大王)〉같은 것이었다. 하루는 저녁을 먹고 부친, 모친이 나를 데리고 치리깡(七里崗)에 가서 타오 숙부의 아이들이 공연하는 연극 〈투투따왕〉을 보았다. 극장 안은 사람들로 가득 차 있었다. 막이 오르자마자 헌병들이 들이닥치면서 "영수 모욕으로 상영 금지"란 팻말을 들어올렸다. 그들은 장제스가 대머리인데 〈투투따왕〉이란 바로 장제스를 빗댄 것이며, 그래서 공연이 불가하다고 하였다. 연극을 볼 수 없게 되자 아버지가 말했다. "내가 너를 데리고 숙부 한 분을 뵈려고 한다." 그는 나를 데리고 총칭의 신화서점(新華書店) 영업부로 갔다. 서점 내 대문은 찻길 왼편에 있었고 한 편에는 작은 문이 있었는데 우리가 도착한 후에는 작은 문으로 들어갔다. 좁은 계단을 지나 2층에 도착하자 중년인 한 명이 있었다. 나는 그가 누군지 몰랐다. 부친은 그와 악수하고 나에게 그를 "저우 숙부"라고 부르게 하였는데 부친이 나이가 많았기 때문이었다. 저우 숙부는 기쁘게 나를 안아 올리며 내게 물었다. "너는 장래 커서 너의 형과 누나처럼 옌안에 가고 싶으냐?" 내 4명의 형과 누나는 1937년과 1938년 옌안으로 갔다. 내가 말했다. "나는 안 가요." 그가 물었다. "왜 그러지?" 내가 말했다. "너무 힘들어서요." 저우언라이는 웃었고 부친은 내가 변변치 않은 놈이라고 말했다.

부친은 나를 저우언라이에게서 받아서 모친에게 넘겨주었다. 나는 처음으로 내게 "저우 숙부"가 있음을 알았다. 이후 저우언라이가 우리 집을 찾았을 때 나는 그가 누군지를 몰랐다. 저우언라이가 생일을 맞이할 때 부친은 그를 우리집으로 초대하였고 따퉁(大同)은행 안에 있는 유명한 요리사도 초청하였다. 당시 부친의 공개적 신분은 따퉁은행의 부사장이었고 저우언라이가 집에 왔을 때 나는 그와 신화서점에서 보았던 "저우 숙부"와는 인상이 달라 전혀 기억하지를 못했다.

부친은 그를 존경했고 그는 부친에게 친절하였다. 방문하는 친구들을 나는 모두 몰랐지만 이후 동뻬이구망회의 동지로 동뻬이구망회의 일을 상의하거나, 포로가 된 동지의 구출을 꾀하거나 당 바깥의 친구들이 국민당의 체포로부터 도망치는 것을 어떻게 도울까를 이야기하는 것을 들었다. 우리집은 "옌자(閻家) 가게"로 불렸고 동북에서 도망 온 사람으로 직업을 구하지 못한 이들이 우리 집에 묵었다. 당과의 연계를 잃은 이들 역시 우리집에 묵었다. 그 후 부친이 저우언라이와 동비우에게 보고하면 심사를 거쳐 그들의 관계를 회복시켜 주었다. 또한 당 바깥의 친구들, 리공푸(李公朴)가 해를 당한 이후의 일처럼 그의 부인과 아이가 우리 집에서 묵었다. 타오싱즈 역시 우리집에서 묵었었다.

이 시기 부친과 저우언라이의 합작은 가장 긴밀하였다. 그들이 알고 싶은 정보의 공작은 이 시기에 발생하였다. 부친이 난징에서 그 시기 국민당 상층부와 많이 접촉하였기 때문에 중요한 소식을 늘 알 수 있었다.

부친은 전문적인 정보공작원이 아니었으나 저우언라이의 영도 하에 일련의 항일구망 공작에 종사하였고 사회 각층과 모두 접촉하였다. 특히 노인, 상층인물로 당시의 손커(孫科), 위여우런(于右任) 등과 같은 인물과 접촉하였고, 그들은 부친을 신임하여 늘 그에게 사정들을 말해주었다. 예를 들면, 히틀러가 소련을 침공한 정보를 들 수 있을 것이다.

뤄칭창(羅靑長) 숙부의 기억에 의하면, 1941년 6월 16일 부친은 독일군이 6월 22일 새벽 소련으로 진공한다는 정보를 얻었다고 했다. 히틀러의 독일은 자신의 파시즘 전선을 조직하려고 국민당정부를 유인하는 정책을 채택하였다. 국민당정부는 독일에 의지해 왔고 그들과의 관계가 밀접하였으며 국민당의 베를린 주재 무관에 대한 독일의 신임도 컸다. 상황이 발생하면 모두 그에게 통보하였고 이 소식은 즉시 국민당 외교원에게 전해졌다. 주독일대사관 무관은 이를 매우 중요한 정보로 생각하고 총칭에 통지하였고 장제스에게 알렸다. 장제스 신변의 사람들과 국민당 원로들은 이 사정을 알았다. 이 일은 부친에게 알려졌고 부친은 곧 이 소식을 저우언라이에게 보고하였고 저우언라이는 총칭에서 옌안으로 통보하였고, 전보는 녜즈룽이 직접 수신하였다. 녜즈룽은 마오 주석 판공실의 주임이었다. 50년대 중반 나는 중앙 판공청에서 작업하였는데 마오 주석을 위해 번역 업무를 할 때 녜즈룽 동지와 매우 친숙하였다. 그는 접수한 전보를 바로 마오 주석에게 전달하였으며 마오 주석이 이 전보는 매우 중요하다고 말했고 소련에 전보를 보냈다고 말했다. 전보를 보낸 시기는 독일에서 소련으로 진공을 시작한 때와 멀지 않은 때라 소련은 믿지 않았으나 마오 주석의 전보에 소련은 다시 고려하기 시작하였다. 전쟁 발발 후 7일째에 스탈린은 우리 당 중앙과 마오 주석에게 감사의 서신을 보냈다. "당신들의 시의적절하고 정확한 정보 덕에 우리가 사전에 일급 전쟁준비를 진행할 수 있었다."

하나의 사정이 더 있는데, 이 역시 뤄칭창의 글 속에 있는 것이다. 부친이 국민당정부 국방부를 통해 일본 관동군 전부대의 동삐이 배치도를 획득하였다. 몇 개의 부대가 있고, 요새에는 몇 명의 인원이 있고, 공항이 어디에 있고, 포대가 어디 있고, 해군이 어디에 주둔하고 있으며, 군함이 어디에 있는지에 대한 정보가 소련에 보내졌고, 소련 홍군은 관동군에 대한 모든 정보를 알 수 있어서 전쟁에서 손해를 크게 줄일 수 있었다. 이 사실들은 내가 이후에 알게 된 것이다. "문혁"이 막 시작되었을 때 부친은 상황이 좋지 않으며 많은 옛 동지들이 박해를 당할 것을 느끼고 나를 찾아와 말했다. "만약 내가 무슨 문제를 일으켜도 너는 나를 믿어야한다. 너의 아버지는 좋은 사람이다." 그는 상술한 두 건의 사정을 말했다. 1961년 어느 날 저녁 중앙 판공청 주임 양상쿤이 나를 찾아와 말했 다. "너의 부친이 총리에게 서신을 주었는데 저우 총리가 너보고 보라고 하였다." 서신은 두터웠고 나는 상세한 내용을 볼 수는 없었지만 저우언라이의 지시는 볼 수 있었다. "빠오항 동지가 말한 바는 사실이며 그는 당시 우리 중앙의 건의에 근거하여 정보공작에 종사하였다." 안의 구체내용을 보지는 못했으나 긴 지시, 그 지시는 여전히 존재하며 당안 속에 존재하고 있다.

그렇다면 부친은 왜 저우언라이에게 서신을 보냈었는가?

1961년 저우언라이는 인민대회당에서 고급간부회의를 개최하고 중소 간의 이견을 간부들에게 보고하였다. 중소 간의 관계에 대해 언급하다가 소련이 우리를 원조한 것만 말한 것이 아니라 우리 역시 그들을 도와 서로가 상호 지원하였다고 말하며, 예를 들어 히틀러의 소련 침공 전에 우리가 소련에 정확한 군사정보를 주었다고 한 것이었다. 이후 스탈린 동지가 전보로 감사를 표했는데, 나는 어떤 동지가 나에게 직접 그 정보를 주었는지 기억하지 못한다고 말하였다. 부친은 이 보고를 듣고 난 후 저우언라이에게 서신을 보내 자신이 저우언라이에게 준 것이라고 말하였다. 그 후 서신에 적힌 모든 정보공작은 저우언라이가 비준하여 양상쿤 동지가 열람한 후 중조부에 말해줬고, 그 후 조사부에 존재하다가 현재 안전부에 존재하고 있다. 나는 이렇게 해서 저우언라이의 지시를 읽게 된 것이었다. 모스크바 반파시즘 승리 50주년 경축활동 시기 장쩌민 동지가 러시아에 가기 전 관련 동지가 나에게 부친의 정황을 말해주었다. 그는 부친의 당안을 조사하고 저우언라이가 부친에게 한 비준을 보았다. 장 총서기가 모스크바에 도착하여 활동에 참가할 때 옐친과 교섭 중에 이 사건을 언급하였다고 하였다. 러시아대사관에서 나를 찾아 옐친 대통령이 살아있는 사람에게만 훈장을 주는 규정을 깨고 옌빠오항에게 훈장을 수여하기로 결정하였다고 하며 부친이 세상에는 없지만 그의 공헌은 매우 걸출했다고 하였다. 러시아에서 나에게 물었다. "부친과 함께 일했던 사람이 몇 명이나 있습니까?" 나는 겨우 한 명만을 알았는데, 바로 내 큰 누나였다. 그녀는 1937년 옌안에 간 후 공작의 필요에 따라 중앙에서 부친에게 통신기를 주었는데 통신기는 암호전보인원이 필요한 것이었다. 저우언라이는 그녀를 옌안에서 총칭으로 돌려보냈다. 그녀는 폐병을 앓고 있었는데 총칭에서 요양을 한 후 전보암호를 배웠다. 통신기에는 몇 명의 인원이 붙어 있었는데, 대장과 부대장이 있었고 누나가 있었다. 이 외에 부친의 신변에는 잠시이기는 했지만 한 명이 더 있었다. 그는 소련에서 돌아온 사람으로 러시아어를 할 수 있어서 부친을 도와 부친이 대사관에 가기 불편할 때 그가 대신 갔다. 그는 리정원(李政文)이라고 하였다. 그래서 나는 그 이름을 러시아 대사관에 알려주었다.

러시아는 부친에 대한 훈장 수여를 단독으로 거행하기로 결정하였고 큰 형과 나, 나의 부인, 내 동생과 리정원 동지가 훈장 수여식에 참석 하였다. 러시아대사관에서 대사 뤄가오슈가 옐친이 서명한 포상명령을 정식으로 선독하고 부친의 훈장을 큰형과 큰형의 장자에게 주었다. 그 후 나는 큰 누나의 훈장을 받았다. 나의 큰 누나는 나이가 많아 행사에 참석할 수 없었기 때문이었다. 리정원도 자신의 훈장을 수여받았다.

뤄가오슈 대사는 비록 옌빠오항 선생이 세상에는 없지만 그가 제2차 세계대전 중에 행한 공헌은 역사적인 것이며, 영원히 인민의 마음속에 기억될 것이라고 하였다. 《인민일보》는 이 일에 대해 간단한 보도를 하였다. 1950년 초에서 1958년까지 중소관계는 매우 밀접하였고, 중소 양당과 양국의 관계는 좋아서 많은 고위층 회담에 번역 인원을 필요로 하였다. 그래서 1957년 1월 중공 중앙 판공청은 번역조를 조직하였다. 나는 번역조에 선발되어 조장이 되었다. 우리 번역조는 3명이었고 나의 임무는 마오 주석, 류샤오치, 저우언라이, 덩샤오핑이 소련대사 혹은 러시아어를 하는 동구권 국가 대사 혹은 그들 국가의 지도자를 접견할 때 통역을 담당하는 것이었다.

이 시기 중대한 활동을 마오 주석이 많이 주재하거나 참여하였다. 류샤오치, 저우언라이, 덩샤오핑, 펑전 등은 마오 주석의 위임을 받아 여러 활동을 주재하거나 참가하였고, 혹은 대표단을 이끌고 소련을 방문하였다. 당과 관련된 문제는 모두 우리 번역조에서 번역 작업을 담당하였는데, 우리는 그 외의 번역에도 참가를 요청받은 사실이 무척 많았다.

1958~1959년, 인도정부에서 잘못된 정책으로 인해 중국 인도 간 국경 분쟁이 일어났다. 후루시초프는 인도를 편들어 중국정부를 책망하는 성

명을 발표했다. 성명 발표 하루 전에 소련 대사 체르넨코가 마오 주석과의 회견을 요청하였다. 마오 주석은 당시 베이징에 없었고 저우 총리와 천이 부총리에게 그들을 만나라고 위탁하였다.

당시 소련대사가 말하였다. "당신들과 인도의 국경분쟁에 대해 우리는 중간자적 입장을 취할 수밖에 없습니다."라고 하는 후르시초프의 뜻을 강조하였다. 그 자리에서 저우 총리와 천이 부총리는 상대의 틀린 주장에 대해 비판을 진행하였고 이후 해산하였다.

다음날 후르시초프의 성명이 발표되었다. 당일 저녁 우리는 집에 갔는데 저우 총리가 전화를 하여 말했다. "빨리 돌아오게나!" 나는 곧장 종난하이로 돌아갔고 저우 총리의 비서 마례(馬列)가 말했다. "오늘 오후 소련대사의 성명과 대화를 빨리 기억해 내서 러시아어로 작성하시오." 나에게는 기록이 있었고 당시 내가 이를 번역하면 다른 번역 동지가 기록하였다. 다음날 새벽 저우 총리는 소련대사와 만날 약속을 하였고 소련대사가 시화청에 도착하자 저우언라이가 말했다. "번역하는 우리 동지에게 전날의 대화를 러시아어로 작성하도록 하였는데 읽어보시고 틀린 점이 있는지 살펴보십시오." 번역자가 바로 읽었다.

대사가 듣고 난 후 말했다. "이는 바로 내가 말한 바와 한 글자의 착오도 없소." 말이 끝나자마자 저우 총리와 천이 부총리가 그를 비판했고, 천이 동지는 더욱 격앙하여 말했다. "우리가 지하공작을 하던 때 상하이에서의 우리 환경은 매우 열악했고 백색테러가 엄중 하였소. 우리는 단지 소련영사관의 홍기를 바라만 봐도 커다란 고무감을 느끼며 새롭게 전투에 투입하였소. 우리가 그렇게 당신들을 존경했는데 당신들은 이렇게 시비를 가리지 않고 소위 중간 입장을 취한다는 것은 당신들의 국제주의는 대체 어디로 가버렸단 말이오?" 체르넨코는 아무 대답이 없었다.

이런 원칙의 입장에서 저우 총리는 주도면밀해서 그의 말을 기록한 후 그들에게 인정하도록 하였다. 그가 인정한 후에 다시 그를 비판하였다. 이후 저우언라이와 후르시초프가 만났을 때 후르시초프가 이 사정을 언급하며 우리 대사가 신인이라 외교경험이 없어 호된 욕을 먹었다고 하였다. 내가 마지막으로 저우언라이를 따라 소련에 간 것은 1964년 10월 중순이었고 이때 후르시초프는 사임하였다. 소련대사는 우리에게 그의 사임 원인으로 연로하고 몸이 약해졌기에 총서기와 부장회의 주석 직무를 사퇴하였다고 하였다. 당시 중앙의 위탁을 받아 소련대사를 회견한 우시우취안(伍修權) 부장을 위해 내가 번역을 담당하였다. 우 부장은 소련대사에게 물었다. "당신이 말한 두 가지 원인 이외에 다른 원인이 또 있습니까?" 대사가 말했다. "드릴 말씀이 없습니다. 나 역시 알지 못합니다."

마오 주석이 중소관계가 오랫동안 긴장되어 왔으니 힘써 완화해야 하며 그렇지 않으면 반드시 곧 큰 문제가 생길 것이라고 제안하였다. 정치국은 토론 끝에 당정대표단을 소련에 파견하여 그들의 10월 혁명 경축행사에 참석할 것을 결정하였다. 이 기회를 이용하여 소련과 의견을 교환하기로 하였다. 저우언라이는 사회주의 국가의 주중국 대사를 접견할 때 그들에게 말하였다. "현재 소련에서 출현한 새로운 영도자가 10월 혁명 기념행사를 하려니 우리 중앙에서 거대한 대표단을 파견하여 참석할 것이며 내가 인솔할 것이다. 사회주의 국가 모두 대표단을 파견할 것을 건의한다." 당시 많은 국가의 대사들이 우리의 건의에 찬성하였고 그들의 중앙에 보고하였다. 알바니아 대사가 말했다. "우리는 당신들의 건의를 이해하지만 우리나라는 대표단을 파견하지 않을 것이라 생각합니다." 저우언라이가 말했다. "스스로 한 결정을 이해합니다." 당시 소련은 알바니아에 거대한 압력을 행사하여서 관계가 매우 긴장되어 있었다.

이처럼 알바니아를 제외한 기타 국가들이 모두 대표단을 보냈다.

10월 혁명의 기념행사는 붉은 광장에서 거행되었다. 당시 나는 가죽외투를 입고 가죽모자를 썼지만 여전히 추웠고 영하 20도였다. 저우 총리는 홑옷을 입고 있었는데 옅은 회색으로 안에는 얇은 스웨터를 입고 있었으며 가벼운 외투를 입었다. 당시 그가 추울까봐 가죽외투를 가져갔으나 안내자가 그를 끌고 레닌 묘 앞에 가서 서게 했다. 그렇게 3시간을 서 있었다. 저우 총리의 컨디션은 매우 좋았으나 소련의 여러 원수들이 말했다. "저우언라이 동지, 당신은 너무 얇게 입었습니다. 내려가십시오." 그를 끌고 관람대 아래의 휴게실로 내려가자 그곳은 난방이 되어 있었고 그 아래가 레닌 묘였다. 저녁에 소련공산당 중앙과 소련정부의 명의로 크렘린궁에서 국가연회가 거행되었다. 대청 내에 수십 개의 탁자가 놓이고 각국 대표단이 출석하였다. 나는 저우 총리를 모시고 허룽 원수와 한 탁자에 앉았다. 옆 탁자에는 소련 원수와 고급 장성이 있었는데 모두 저우 총리, 허룽과 익숙한 사람들로 과거 교류가 많았던 사람들이었다. 기타 대표단 인원은 다른 곳에 있었다. 연회가 시작되자 저우 총리가 허룽 원수와 장군들에게 건배를 제의하였다. 그는 나에게 말했다. "샤오옌(小鹽), 허룽을 모시게." 저우언라이 신변에는 다른 통역이 있었다. 우리가 간 후 이야기는 고조되었는데 모두 친숙한 사람들이라 서로 건배를 하였다. 이 때 대청의 한 쪽에서 온 사람이 있었는데 원수복을 입고 있었다. 저우 총리는 그가 친숙한 말리노프스키라는 것을 알았다. 허룽이 말했다. "우리 양국 군대의 우의를 위해 건배합시다." 말리노프스키가 말했다. "우리는 후르시초프를 몰아냈습니다. 당신들도 마오쩌둥을 몰아내십시오. 그래야 우리가 다시 우의를 건립할 수 있습니다." 허룽이 크게 노하여 목소리가 커지며 말했다. "헛소리 마시오. 마오 주석은 우리 중국의 인민이고 전 세계의 인민이 인정하는 영수요. 그를 어떻게 후르시초프와 비교할 수 있으며 우리를 어떻게 도발하여 마오 주석을 타도하라는 말을 할 수 있소이까?" 저우 총리는 이 소란을 목격하고 그의 통역을 보내어 나를 찾았다. 허룽이 보고하자 저우 총리가 크게 노해 브레주네프에게 말했다. "도발하라는 뜻인가!" 소련 측이 말했다. "그가 술에 취한 것 같습니다." 저우 총리가 말했다. "술이야 말로 진실을 말하게 하는 것이오!" 이처럼 분위가 좋지 않았다. 저우언라이가 모스크바에 도착한 후 일찍이 소련 영도자가 투숙한 곳을 찾아 방문하였다. 저우 총리는 당시 그들에게 마오 주석이 우리를 파견하였고, 우리는 응당 소련에 새로운 영도자가 등장한 기회를 이용하여 양국관계를 개선하길 바란다고 하였다. 말리노프스키 사건이 발생한 후 다음 날 오전 소련공산당의 영도자가 왔다. 저우언라이가 말했다. "이 사건은 당신들 소련의 새로운 영도자인 후르시초프가 없어도 후르시초프의 정책을 계속 집행한다는 것을 반영하고 있는 것이오. 그렇다고 한다면 우리가 어떤 태도를 취해야 할지 방도가 없습니다. 말리노프스키가 반드시 사과해야 합니다." 그들이 말했다. "그는 취했었소." 저우언라이는 "술이 진실을 말하게 하는 것이오."라고 하면서 도발이 진행되고 있는 것이라고 생각하였다. 이렇게 쌍방은 대화를 이어나가지 못하였다.

최후에 미코얀이 말했다. "대중국 정책에서 새로운 영도자도 후르시초프 시기의 정책을 조금도 변화하지 않을 것입니다." 이에 대해 우리는 "그렇다면 중소관계에 무슨 개선점이 있겠소이까?"하고 불만을 토로했다. 이렇게 3차례 회담에서도 모두 성과가 없자 우리는 그만 귀국하였다. 마오 주석이 직접 공항으로 영접하러 나왔다.

저우 총리와 덩 아주머니의 깊은 애정에 대해 나는 작은 예를 들고 싶다. 덩 아주머니는 소련의 초콜릿을 좋아했는데 미스카라고 하는 것으로 포장은 다람쥐였다가 후에는 흑곰이었다. 우리가 매번 소련에 갈 때마다 잡비를 지급받았는데 대체로 10여 루블이었다. 우리 공작인원이 10여 루블이었지만 저우언라이 역시 10여 루블이었다. 그는 매번 안내자를 상점에 보내 모든 잡비로 그 초콜릿을 사서 덩 아주머니에게 주었다. 어느 날은 우리에게 초콜릿을 사지 않았느냐고 묻기도 했다. 매번 그처럼 그런 소소한 돈만 준비할 뿐 매번 출국 때 마다 그렇게 검소하였다. 저우 총리가 외빈을 접견할 때는 매번 의복이 같았고 그의 신변에서 내가 통역할 때 그의 무릎 위 천을 보면 모두 닳아서 빛이 났다. 소련에 도착해서 그는 중산장을 입었다. 그 안에 입은 셔츠는 기우고 또 기운 것이어서 소련 종업원에게 세탁하러 보내는 것이 미안하여 손수 세탁하는 것을 안내자 모두가 목도하곤 하였다.

그는 진정으로 "죽을 때까지
최선을 다하는 경지"를 이루어 냈다.

퉁샤오펑(童小鵬)
(저우 총리 사무실 주임, 중앙통전부 전 부부장)

그는 진정으로 "죽을 때까지
최선을 다하는 경지"를 이루어 냈다.

통샤오펑(童小鵬)
(저우 총리 사무실 주임, 중앙통전부 전 부부장)

1945년 8월 15일 일본이 항복하자 장제스는 마오쩌둥을 총칭으로 초청하였다. 10월 8일 국민당과 공산당이 약정한 후, 10월 10일 쌍방은 "쌍십협정"에 서명하였다. 그날 오후 류야즈(柳亞子)가 정자옌(曾家岩)에 오자 저우언라이의 비서인 리샤오스(李少石)는 그가 샤핑빠(沙坪壩)로 돌아가는 것을 배웅하였는데, 홍옌줴이(紅岩嘴)로 돌아오는 길에 그의 차가 국민당 헌병 한 명과 부딪혀 상해를 입히자 헌병은 총을 발사하였고 그 한 발이 리샤오스를 명중시켰다. 기사는 그를 시민병원으로 옮겨 구조한 후 두려운 나머지 차를 반납하고 바로 도망쳤다. 첸즈광(錢之光)이 저우언라이에게 이 사실을 보고하자 저우언라이는 헌병사령인 장전(張鎭)을 불러 우선 그가 살해할 의도가 있었던 것인지를 물은 후 그에게 직접 가서 조사하도록 하였다. 그리고 다음으로 마오 주석의 안전을 요구한 후 병원으로 가서 리샤오스를 살펴보았다. 저우언라이 동지는 "20년 전에 나는 자네의 장인이 국민당에게 암살당한 것을 보았는데, 20년 후에 자네 역시 국민당의 총에 죽게 되리라고는 생각지 못하였네"라고 말하였다. 리샤오스의 장인은 랴오종카이(廖仲愷)였다. 결국 그것은 과실치사임이 밝혀졌다. 『신화일보』에서는 공고를 게재하여 사건의 진상을 설명하였다. 저우언라이는 위기 앞에서도 두려워하지 않고 기민하고 과단성 있게 이 사건을 처리하였다. 저우언라이의 부관이었던 류페이후(龍飛虎)가 쓴『저우언라이 부주석을 따른 10년』이라는 책에는 리샤오스의 죽음에 대한 이야기가 실려 있는데, 여전히 소문에 근거해 리샤오스가 특수요원에 의해 암살된 것이라고 적고 있다. 저우언라이 동지는 이러한 내용에 동의하지 않고, 류페이후를 비판하였다. 해방 후 대만 공작에 대해 이야기할 때 저우언라이 동지는 여러 차례 장전에 대해 언급하였으며, 마오 주석이 총칭에 있을 때에 그가 시행했던 두 가지 일에 대해 말하였다. 첫째는 그에게 리샤오스 사건을 조사하도록 한 것으로, 그는 신속하고 분명하게 조사를 수행하였으며 우리의 조사 결과와 일치하였다. 두 번째 사안은 그날 저녁 만찬을 마치고 그에게 마오 주석을 홍안까지 배웅하라고 한 일로 그는 바로 대답하고 시행하였다. 저우언라이 동지는 우리에게 그가 했던 이 훌륭한 일들을 잊지 않도록 하였다.

나는 줄곧 기밀과 과장으로 있었는데, 우리의 무선통신기는 공개된 것이었으며 국민당이 정기적으로 검사하였다. 우리는 국민당 통치구역에서 비서, 기밀, 당안 작업 등을 수행하며 모두 저우언라이 총리의 영도 하에서 간부로 양성되었다. 우리 당의 무선전신국은 1931년 상하이에서 건립되었으며 이후 중앙혁명지에서는 리창(李强)과 정산(曾三)이 담당하였다. 무선전신국의 전보 업무 담당자는 주로 국민당 군대의 포로였던 자들이었으며, 그 중 왕정(王錚)은 큰 공을 세우기도 하였다. 그는 1930년 장훼이잔(張輝瓚) 부대의 전신국 대장이 되었다. 처음 우리군대가 무선통신기와 송수신기를 포획했을 때에는 우리가 그것을 전혀 이해하지 못했기 때문에 모두 파괴해 버리고 한 대의 송수신기만을 남겨 국민당의 정보를 수집하는 데 이용하였다. 왕정은 한번 듣고 바로 적들의 무선전신국이 어느 지방에 있다는 것을 알아내고, 이후 적의 암호를 판독해 내었다. 우리의 암호 중 최초의 것은 저우언라이 총리가 발명한 것으로 "하오미(豪密)"라고 불렀다. 우리가 사용한 암호는 중복되는 것이 없었다. 주로 암호투쟁은 시안사변 이전 류딩(劉鼎) 동지가 장쉐량의 공관에서 무선통신기를 공개해 놓은 것이었는데, 1939년 이후 국민당이 그것을 제한하고 파괴하기 시작하였다. 우리가 국민당 통치구역에서 공개한 무선통신기는 국민당이 왔을 때 그들에게 보여준 것으로 모두 가짜였다. 어느 정도는 고의로 그들이 해독하도록 유도하기도 하였다. 진정으로 중요한 암호는 그들이 결국 해독해내지 못하였다. 1943년 국민당은 군정부를 통해 우리의 무선통신기를 폐쇄하였다. 저우언라이 동지는 기밀요원들에 대해 정치적으로 엄격하게 요구하였다. 그는 "미국과 국민당은 기술적으로 우리보다 강하고 설비도 좋다. 다만 그들은 정치적으로 우리에게 미치지 못하며 우리는 정치에 있어 그들보다 강하다"라고 말하였다. 우리에게는 오직 5와트의 통신기밖에 없었지만 기후가 좋을 때 기회를 틈타 수발신을 하였으며, 중요한 것은 비밀 통신기로 공개된 것은 비밀 통신기를 엄호하기 위한 것이었다. 저우언라이가 친히 암호를 발명하고, 친히 비밀요원을 양성하였으며, 하나의 엄밀한 제도와 엄격한 기풍을 수립하였으므로, 단 한 번도 큰 사건이 발생하지 않았다. 우리당의 기밀 공작이 지닌 훌륭한 전통은 저우언라이가 직접 길러낸 것이었다.

저우언라이 총리는 국가의 역경에도 굴하지 않는 튼튼한 기둥으로 바로 천윈(陳云) 동지가 말한 바와 같다. "만일 저우언라이 동지가 없었다면 문화대혁명의 후과는 감히 상상조차 할 수 없을 것이다." 문화대혁명 중에 위치우리(余秋里)와 꾸무(谷牧) 동지는 비판을 받는 와중에도 저우언라이 총리의 보호 하에서 매일 작업을 수행하였다. 외지의 리징췐(李井泉) 등이 조반파로 지목되어 베이징에 잡혀 왔을 때, 저우언라이는 그를 중앙 직속의 숙소로 보호해 오도록 지시하고, 사람을 파견해 보초를 서도록 하였으며, 혼란스럽게 해서는 안 된다고 하였다. 군대 간부는 징시(京西)호텔에 있도록 하였으며, 사람을 보내 보초를 세우고 보호하도록 하였다. 펑전이 잡혔을 때에도 저우 총리가 사정을 알고 사람을 파견하여 신속하게 데리고 오도록 하였다. 그는 허룽 역시 보호해 주었다. 장스자오(章士釗)는 문혁 초기 공격을 받은 후 마오쩌둥에게 편지를 써서 보호해 줄 것을 요청하였는데, 마오쩌둥은 편지를 저우언라이에게 전달하며 그를 보호해 주라고 지시하였다. 저우언라이는 이 기회를 이용하여 많은 사람들을 보호해 주었다. 홍위병이 천원의 집에 들어가 서류를 약탈하고 "옛 사상과 문화, 풍속, 습관을 모두 타파해야 한다"고 말하자 저우언라이 동지는 나를 시켜 그것을 제지하도록 하였다.

무수한 부장들이 공격을 받자 저우언라이는 그들을 중난하이(中南海)의 공즈루(工字樓)에 모으고 반성문을 작성하도록 하였는데, 실은 그것을 명분으로 그들을 보호한 것이었다. 민족학원에서 판첸(班禪)라마를 체포하고 비판하자 저우언라이는 "비폭력적인 방법으로 비판하는 것은 허락하되 폭력적으로 비판하는 것은 허락하지 않는다"라고 말하였으며, 폭력적인 비판대회가 발생하자 사람을 파견해 판첸라마를 보호해 냈다. 그렇기 때문에 저우언라이 총리가 서거한 후 매번 기일이 되면 판첸라마가 모두 천안문 광장에 와서 그에게 헌화하는 것이다.

그는 중국혁명과 신중국 건설사업에 수 십 년 동안 분투하며 진정으로 "죽을 때까지 최선을 다하는 경지"를 이루어 냈던 것이다.

저우 총리가 몇 차례 접견한
마지막 황족의 회고

진즈젠(金志堅)

(愛新覺羅·榲歡) 마지막 황제 푸이(賻儀)의 누이

저우 총리가 몇 차례 접견한
마지막 황족의 회고

진즈젠(金志堅)
(愛新覺羅·楹歡) 마지막 황제 푸이(賻儀)의 누이

저우언라이 총리가 최초로 우리 가족과 만난 것은 1960년 1월 26일의 일이었다. 그 때 푸이는 특사(特赦)로 돌아온 지 얼마 되지 않았다. 그 후 어떤이가 와서 우리에게 영도자가 우리 형제자매를 접견하려 한다고 통지하였다. 그날 우리는 겨울방학을 맞아 대청소를 하는 때였다. 우리 학교 교장이 나에게 말했다. 지역 영도자가 전화하기를 나 먼저 집에 가지 말고 잠시 후에 차가 나를 맞으러 오니 영도자를 접견하라고 하였다. 나는 청소를 하였기에 온몸이 흙 투성이였고 돌아가 옷을 갈아입을 생각을 하였지만 그럴 겨를이 없었다. 차가 온 후 나는 운전사 동지에게 의견을 제시하였지만 어떻게 깨끗한 의복으로 갈아입을 수 있는지는 말하지 못했다. 나는 당시 저우 총리의 접견을 모르고 다만 중앙 영도자 동지의 접견으로만 알았다. 내가 의견을 제시하자 나를 맞으러 온 인물이 "안 된다"고 하면서 겨우 당신을 찾아냈는데 당신이 집에 가서 옷을 갈아입을 겨를이 없다고 하였다. 차에 탄 이후 운전사는 나에게 현재 정협 예당(禮堂)으로 가고 있으며 오늘 저우 총리가 너희 가족을 접견할 것이라고 하였다. 당시 나는 매우 긴장하고 놀랐다. "저우 총리가 무슨 말씀을 하려는 거지? 흙이 가득한 옷보다 면대의(棉大衣)를 다시 입고 가고 싶다고 말할까?"하고 생각하였다.

저우 총리를 만나던 순간에는 매우 긴장해서 하고자 하던 말도 모두 잊어버렸다. 저우 총리가 물을 때 나는 겨우 한 마디 하였다. "금방 출근하였는데 황급히 왔습니다." 저우 총리가 또 물었다. "휴가를 신청하고 싶은 건가요?" 내가 대답하였다. "이미 신청하였습니다." 그 날 저우 총리는 주로 푸이와 일과 학습개조의 문제에 대해 이야기를 나눴다. 저우 총리가 말했다. "자네가 연구소에 가서 한편으로는 학습하고 한편으로는 일 하는데 이런 것이 자네의 건강에 좋은 것이니 정치학습에 참가하는 것이 좋아요. 자네는 신체검사 후에 3년 계획을 세워 자연과학지식을 배우고 본래의 전공을 배워도 좋을 거네. 자네가 지은 책(《나의 전반생》을 가리킴)은 기본적으로 구사회의 선전포고와 같은 것으로 이는 쉽지 않은 일이라네. 자네는 역사상 새로운 본보기를 창조하기는 했지만, 기본적으로 견고하지는 못하다네. 사상을 개조하기 위해서는 첫째로 객관적 환경이 있어야 하고, 둘째로 주관적 노력이 있어야 한다네. 현재 민족이 평등하고 각 민족이 공동으로 발전하였으니 만주족과 한족은 더욱 단결해야 한다네. 자네는 학습에 노력하고 좋은 성적을 거두어야 하네. 이는 자네 개인에게도 좋고 인민에게도 공헌하는 것이며 만주족에게도 좋은 일이네. 자네의 배움이 충분하지 못하니 더욱 노력해서 학습하게나. 청조의 팔기제도는 후에 부패하였고 실제 자신을 쇠약하게 만드는 바람에 청조는 타도되었지만 그러나 만주족은 오히려 부흥하였지. 자네 가족들은 그를 도와야 하네. 하나의 가정에도 좌, 중, 우가 있으며, 자네의 책은 마지막까지도 완성되지 않았으니 더욱 분발하여 완성토록 하게. 이는 구 사회의 일면을 보여주는 거울이 될 걸세. 이 책이 더 좋아질 때까지 계속 분투해야 하네."

대화가 끝난 후 저우 총리는 정협 식당에서 식사를 대접해 주었다. 저우 총리는 그의 고향음식인 화이양채(淮揚菜)와 작은 대나무통 만두(小籠蒸包子)를 내놓으면서 이는 우리 고향의 것이니 잘 맛보라고 말하였다. 그는 먹지 않고 우리만 먹게 하였다. 또 술도 따라줬다. 그는 사람과 쉽게 가까워지고 담소에 풍격이 있어 나 역시 그렇게 어색하지 않았다. 저우 총리는 푸이와 함께 곤란을 어떻게 대하는지에 대한 문제를 이야기하였다. 그때는 바로 곤란한 시기였다. 그와의 대화는 신 중국에 대한 어떤 인상을 주었다. 저우 총리가 다시 말하였다. "자네들은 그 시기 청조에서 특별한 예우를 많이 받았고 커우터우(叩頭 황제 배알시 무릎을 꿇고 다시 머리를 조아리는 인사법)하는 것도 많이 받아보았다. 지금 누가 나에게 커우터우하는 것을 본다면 나는 그것을 나를 욕하는 것으로 느낄 것이다." 그는 예를 하나 들었다. 탄푸잉(譚富英, 경극 배우)의 부인이 그런 봉건예절에 반항하여 그녀 남편에게 전통적인 문안인사를 하지 않았다고 말하며 그녀를 찬양하였다. 나의 다섯째 형부 완쟈시(万家熙)는 완성스(万繩軾) 그의 가문 출신이었다. 저우 총리가 말했다. "나의 어머니 가문이 완(万) 씨이니 우리가 일가일 수도 있을 것이네." 이 말에 모두 특별한 친근감을 느꼈다. 마지막으로 저우 총리가 말했다. "본래 자네들을 시화청 우리집에서 맞이하려 하였으나 집이 수리 중이어서 오늘 여기서 만난 거네. 덩 아주머니가 몸이 다소 좋지 않아 집에 갔는데, 덩 아주머니는 여전히 자네들을 보고 싶어 한다네." 1961년 1월 30일 저우 총리가 우리를 시화청에 오라고 통지하고 차를 보내주었다. 우리는 이번에는 별로 긴장하지 않았다. 덩 아주머니가 매우 열렬하게 우리를 환영해 주었다. 그는 우리가 무슨 일을 하는지 물었고 "나는 소학교에서 일합니다."라고 답하였다. 그녀는 "그럼 우리는 동업자구나!"라고 하였다. 그녀는 베이징 실험소학에서 교사생활을 했었던 것이다. 이 때 저우 총리는 우리를 오게 하여 푸제(溥杰)의 일본인 처 사가 히로(嵯峨浩)가 중국에 올 수 있는 지의 여부를 상의하려고 하였다. 이 때 사가 히로가 저우 총리에게 서신을 보내 중국에 와서 남편과 함께 살 수 있게 해달라고 요구하였다. 그러나 푸이가 제일 반대하였다. 그는 일본 관동군의 해를 가장 심하게 받아서 그녀가 일본의 특무 혹은 일본의 어떤 세계에서 파견한 사람이라고 의심하였기 때문이었다. 나는 총리가 푸이에게 먼저 묻고 이어서 나에게 물었다고 기억한다. 나이가 가장 많은 이에게 묻고 가장 어린 나에게 물었던 것이다. 나는 말했다. "나는 일본여자 역시 한 남편을 좇아 끝까지 함께 해야 한다고 생각합니다. 그녀가 이미 오랫동안 같이 하였으니 별다른 생각 없이 내 둘째 오라버니와 함께 하고 싶다고 생각했을 것입니다." 이에 대해 다른 사람들은 동의하지 않았다. 내 몇몇 제부, 정샤오스(鄭孝胥)의 손자나 완성스의 아들은 각기 자신의 의견을 내었다. 이후 나의 언니와 넷째 오라버니의 부인이 기본적으로 동의하였다. 저우 총리는 먼저 모두의 의견을 듣고 난 후에 말하였다. 우리 중국이 이렇게 큰데 일본 여인 한 명을 포용하지 못하겠는가? 나는 그 뜻이 비록 중국과 일본이 아직 수교하지 않았으나 그녀가 중국에 오는 것이 가능하다고 말하는 것이라고 생각했다. 그는 푸이와 일에 관해 이야기하였고 이에 대해 저우 총리가 의견을 표명했기 때문에 푸이는 다시 자신의 견해와 의견을 말하지 않았다. 저우 총리는 푸제에게 그의 일본 국적 부인 사가 히로가 중국에 오는 것을 환영한다고 말하였다. 아울러 그가 부인에게 서신을 보내 신 중국의 상황을 그녀에게 알리고 정부가 그녀의 중국 입국을 허가하며 입국 후 익숙해지지 않으면 돌아가도 무방하다고 말하라고 하였다. 중국에는 황족이 없어지고 사회주의국가가 되었으니 현재생활은 모두 같지만 한 사람이 다른 사람의 머리 위에 있는 현상이 없어졌고, 그녀가 평민의 입장에서 평민과 같은 평등한 생활을 할 것을 알리라고 하였다.

　이 날 접견 후 저우 총리의 집에서 밥을 먹었다. 이 날은 제석(除夕) 이틀 전이서 곤란한 시기였다. 그러나 저우 총리는 집안 연회라고 말했고 덩 아주머니 역시 이는 집안 연회라고 하였다. 그들은 집안의 물건을 다 가지고 나왔다. 덩 아주머니가 말했다. "오늘 자네는 저우 총리 집안 사정을 모두 다 보게 되는거네." 저우 총리 고향의 자색 찹쌀죽이 끓여져서 우리 앞에 한 그릇 씩 놓였다. 총리가 보관하던 약간의 설탕이 나왔다. 교자를 빚고 요리를 만들었다. 저우 총리는 우리에게 술을 따라주었는데, 마오타이주였다. 우리는 매우 감동하였고 술을 따르자마자 바로 마셨다. 저우 총리와 덩 아주머니는 먹지 않고 우리보고 다 먹으라고만 하였다. 우리는 잠시 동안 한 상의 교자와 요리를 모두 먹었다. 덩 아주머니가 보고는 "안 되겠네"라고 말하고는 다시 주방에 가서 몇 판의 만두를 내왔다. 그 날 저우 총리는 한 해를 마무리하는 제석 전야를 보내는 것으로 여겼다. 저우 총리는 이 기회를 비러 모두 함께 모이게 한 것이라고 말했다. 이 때 저우 총리 역시 곤란한 점이 많았으나 우리에 대한 관심은 세심하였다.　1961년 6월 10일 저우 총리는 시화청 집에서 우리를 만났다. 이전에 사가 히로가 이미 저우 총리의 정식 요청을 받고 중국에 그녀의 모친과 그녀의 누이, 누이의 딸과 함께 와 있었다. 저우 총리는 그들이 베이징에 도착하자 여러 곳을 참관하도록 하였다.

　나의 언니와 제부가 그들을 이화원, 베이하이(北海)공원으로 안내하며 베이징의 명승고적을 보여주었다. 이 때는 사람들이 특히 많았다. 나의 일곱째 숙부 자이타오(載濤), 나의 몇몇 제부 등이 모두 왔다. 지난번과 마찬가지로 시화청 문 앞에서 사진을 찍었다. 저우 총리는 너희가 만

1960년 1월 저우언라이는 특사로 풀려난 아이신쥐러·푸이(溥儀 가운데) 및 그의 친족 자이타오 (載濤) 등을 접견하였다.

주족이기에 너희를 위해 초대한 손님도 모두 만주족이라고 말했다. 자리에 앉은 후 저우 총리가 현재의 형세와 중일관계 및 일본의 중국 침략에 대해 말하였다. 통역이 때때로 그의 말을 모두 번역하지는 않았다. 그가 갑자기 말했다. "자네는 내가 한 말을 모두 번역하라"고 저우 총리가 지시했다. 저우 총리는 중국공산당의 태도가 "평등하게 사람을 대하고 서로 통하는 것이며, 땅은 남북을 구분하지 않고 사람은 피부색을 구분하지 않으니 사해 안이 모두 형제이다."라고 하였다. "우리 공산당의 목적은 바로 세계가 아름다워지고 모두가 잘 사는 것이다"라고 하였다. 일본 문제에 관해서는 일본 군국주의가 1894년부터 1945년까지 중국 인민에게 끼친 손해를 언급하였다.

다만 이미 지난 일이고 중일 양국은 거의 2천 년 동안의 왕래가 있었으니 우리는 마땅히 앞을 보고 나아가 중일 양국의 우호관계를 힘써 촉

135

진하고 국교를 회복하며 경제문화교류를 발전시켜야 한다고 하였다. 민족문제를 언급하며 만주족이 가져야 할 지위를 회복하고 그들이 차별당해서는 안 되며 민족 동화는 장래 자연히 발생하게 되는 필연적인 결과이지 강제할 수 있는 것은 아니라고 하였다. 사가 히로의 중국인이 되려는 소원에 대해서는 중일 양국의 우호와 국교 회복을 촉진하기 위한 결심이라고 하며 환영과 격려를 표하였다.

저우 총리는 접견 중에 우리가 마음속에 품고 있는 말을 다하라고 하였다. 저우 총리는 푸제에게 큰딸 훼이성(慧生) 이야기를 하였다. 그녀는 일본인과 결혼했다가 최후에는 자살하였다. 저우 총리가 말했다. "그 여자아이는 푸쉰(撫順)에 있었을 때 나에게 서신을 보내 푸제와 연락할 수 있기를 요구하였지. 그 여자아이는 무척 용감하였다네. 이후 자네가 나에게 그녀의 사진을 보내주길 바라네. 기념으로 간직할 생각이네."

그들은 또 둘째 딸 핑성(嫖生) 이야기를 하였다. 그녀가 중국에 남길 원했으나 그녀는 일본에 가길 원하였기에 저우 총리의 의견을 물었다. 저우 총리는 푸이와 푸제에게 말했다. "자네는 중국인으로 일본인과 결혼할 수 있고 일본인 역시 중국인과 결혼할 수 있다." 통역이 이 말을 번역한 이후 핑성은 특히 저우 총리에게 감사를 표했고 바로 일어나 저우 총리에게 절을 하며 마음속 "깊이 탄복합니다"라고 말했다. 이후 저우 총리가 말했다. "이후 핑성은 자유롭게 오고 갈 수 있으며 내가 특별히 그녀에게 허가해 주겠네." 라고 다시 사가 히로에게 말했다.

"중국에 오고 난 이후 자네는 일본으로 돌아가고 싶다면 내가 특별히 허가해 주겠네"라고 했다. 핑성은 한 권의 책에 글을 적었는데 좀 부정확했다. 저우 총리는 이를 지적해 주었고, 그녀는 저우 총리의 말을 듣고 돌아가 반드시 그대로 고치겠다고 말하였다. 당시 곤란한 시기에 저우 총리는 그들에게 특별한 증명서를 주어 우의상점에 가서 물건을 살 수 있게 하였다. 기름과 설탕을 구매할 수 있었기에 그들은 모두 마음속으로 저우 총리에게 깊이 감사하였다. 이 시기 우리는 모두 곤란하였으나 이로 인해 그들은 모두 곤란하지 않게 되었다. 저우 총리는 푸제가 우의상점에 가서 물건을 사서 일본인을 돌보아야 한다는 점을 인정해 주었던 것이다. 그러나 푸제는 이를 기회로 우리를 데리고 우위상점에 가서 물건을 사도록 하게 하지는 않았다. 이 점은 푸제가 잘 한 일이라고 생각했다. 1961년 6월 중순, 저우 총리는 베트남 총리 범문동과 회견하였는데 푸이를 배석시켰고 우리도 참가시켰다. 푸이는 당과 국가의 정책에 감화를 받아 가짜 황제에서 중국 공민으로 변신하였으니, 전 세계에 이러한 정황은 없었던 것이다. 그의 현재생활은 매우 좋고 저우 총리는 이런 정황을 소개하여 범문동에게 이 일을 알리고자 하였다.

저우 총리는 우리를 접견하면서 매번 각각의 생활 중에 어떤 곤란이 없는 지를 묻고 비서에게 기록하게 하였다. 나의 몇몇 제부는 당시 직업이 없었으나 이후 그들의 구체적 상황에 따라 일을 배정토록 안배해 주었다. 후에 저우 총리가 특별히 바쁜 시기 시종신(習仲勳) 부총리, 서빙부장, 랴오청즈와 그 부인 징푸춴(經普椿)으로 하여금 우리를 초대하게 하였다. 이런 상황은 "문화대혁명" 때까지 이어졌다.

"문화대혁명" 중 우리 가족은 모두 감히 왕래할 수 없었고 모두 누구에게 일이 일어나지 않을까 두려워하며 특히 긴장하였다.

"문화대혁명" 후기에야 우리 형제자매는 얼굴을 볼 수 있었고 어떠한 타격도 받지 않았음을 알았다. 푸제의 말을 들으니, 우리가 다행스럽게 존속할 수 있고 어떤 일도 일어나지 않은 건 저우 총리가 관심을 둔 덕분이라는 알았다.

우리와 관련된 점으로 말해보면, 저우 총리는 바로 우리 온 가족의 대은인이다. 나는 마음속으로 저우 총리에게 감사한다. 비록 저우 총리가 세상을 떠났지만 매년 방송하는 저우 총리의 다큐멘터리를 보며, 온 가족이 모두 보면서 한편으로 그날들을 괴로워하곤 한다. 이후 왕톄청(王鐵成)이 연기한 저우 총리를 보며 연기가 매우 좋다고 여기고 감동을 받곤 했다. 나는 왕톄청이 쓴 《내가 연기한 저우언라이》라는 책을 구매하였다. 책을 보고난 후 한숨도 못 잤다. 나는 책을 읽고 저우 총리를 생각하였으며 한편으로는 견디기 어려운 감정을 느꼈다. 나는 기회가 생긴다면 마음속의 저우 총리에 대한 존경과 숭모, 회고를 충분히 말해보고 싶다고 생각했다.

부친이 생전에 가장 좋아했던 한 마디
-총리께서는 위인이시다.

수이(舒乙)
(중국 현대문학관 전 관장, 라오서(老舍) 선생의 장자)

부친이 생전에 가장 좋아했던 한 마디
―총리께서는 위인이시다.

수이(舒乙)
(중국 현대문학관 전 관장, 라오서(老舍) 선생의 장자)

나는 부친 라오서(소설가)와 저우언라이는 동년배였던 것으로 기억한다. 많은 사람들이 저우언라이가 더 연세가 많았냐고 묻곤 하는데, 저우언라이는 일반적으로 이렇게 답변한다. "나와 라오서, 왕통자오(王統照), 정전둬(鄭振鐸)는 동갑이다."

저우언라이는 문화예술계의 인사들과 교우관계 맺기를 좋아하였고, 그 가운데 수많은 사람들이 생사를 같이 한 벗이었다. 부친이 저우언라이를 알게 된 것은 우연이었다. 그때는 항전이 막 시작된 터라 문화예술계에서도 항전조직을 구성하고자 하였다. 지금 이해할 수 있는 것은 저우언라이는 펑위샹(馮玉祥)을 찾아가 전국 통일전선의 문예가 조직을 누가 이끄는 것이 적합할지에 대해 상의하였다. 저우언라이는 궈모뤄로 하여금 대립적으로 나서지 말것을 제의하였다. 다른 사람을 찾는 편이 가장 좋았다. 그 사람은 당파적 배경이 비교적 약할지라도 나라를 사랑해야 하고 문학적으로도 깊은 조예를 갖추고 있어야 했다. 펑 선생은 특히나 열정적인 사람이었다. 이에 우리 부친을 추천하며 이렇게 말하였다. "그 사람은 작은 상자를 하나 들고 막 지난(濟南)에서 빠져나와 항전에 참여하고 있지만, 그의 처와 자식은 아직 지난에 머물고 있다. 그를 청하여 이 임무를 맡길 수 있겠는가?" 저우언라이는 흔쾌히 동의하였다. 1938년

3월, 우한에서 중화 문화예술계 항적(抗敵)협회가 성립되었다. 지금의 중국문학예술계연합회와 중국작가협회의 전신이다.

모두가 일치하여 우리 부친을 총책임자로 추천하였다. 당시에는 주석 직을 두지 않았고 총무부를 설립하였는데, 주로 국민당 당국에서 사람을 보내 그 자리를 강점할 것을 염려하는 상황이었다. 총무부는 대외적으로 중국문학예술계연합회를 대표하였고, 대내적으로는 모든 업무를 관할하였는데, 모든 사람들이 그를 선출하였던 것이다. 그때부터 그가 이 직무를 연임하였고, 항전이 끝날 때까지 지속되었다.

성립대회는 우한의 공상연합회가 개최하였다. 저우언라이는 이 자리에 출석하여 강연을 하였고, 그 강연은 매우 생동감 있게 진행되었다. 부친은 이 성립대회와 관련하여 남긴 기록이 있다. 저우언라이는 강연 당시, 돌연히 자리에서 일어나야겠다는 제안을 하였다. 나의 부친이 시골에서 나와 현재 우한에 도착하였기 때문에 그가 직접 가서 부친을 영접해야 한다는 것이었다.

그때부터 우리 부친은 저우언라이를 대단히 숭배하였다. 해방 이후까지 줄곧 그를 가장 숭배한 사람이자 가장 좋아했던 사람, 그를 언급한 횟수 역시 가장 많았던 한 사람이었다. 그중 비교적 영향력이 있었던 사건은 저우언라이가 미국에 있었던 우리 부친을 소환하여 귀국하게 한 일이었다. 부친은 1946년 미국 국무원의 초청에 응하여 차오위 선생과 함께 미국으로 강의 차 떠났을 때, 저우언라이는 총칭에 머물고 있었다. 부친은 저우언라이를 찾아가 작별 인사를 건네는 동시에 그에게 어떤 지시를 내려줄 것을 청하였다. "우리가 떠나는 것이 옳은 일일까요? 떠난다면 무엇을 주의해야 하겠습니까?" 저우언라이는 작은 환송회를 열고 많은 사람들을 초대하여 두 사람을 전송하면서 많은 이야기를 나누었다.

부친이 떠난 이후, 국내에서는 해방전쟁이 진행되었다. 1949년 6월에는 해방구와 국민당 통치구역의 두 갈래 문화예술 대군이 베이핑(北平)에서 회합한 후 제1차 문학예술가대표대회를 개최하였다. 이 대회의 주요 영도자를 선출할 때, 저우언라이는 이렇게 말하였다. "현재 한 사람이 빠져있는데, 이는 라오서 선생이다. 그는 뉴욕에 머물고 있다. 우리는 방법을 강구하여 그가 돌아오도록 요청해야 한다." 저우언라이의 의도 표명 하에 당시 2~30명가량의 저명한 문화예술가들은 모두 우리 부친의 좋은 친우였다. 이들은 공동명의로 한 통의 서신을 작성한 후 부친이 귀국할 것을 청하였다. 이 서신은 지하당의 관계망을 통해 뉴욕으로 보내졌고, 우리 부친의 수중에까지 전달되었다.

　부친은 이 요청을 받자마자 즉시 귀국하였다. 당시 부친은 중한 좌골신경통을 앓고 있었고, 이제 막 수술을 받고난 후였다. 부친은 통증을 참고 비밀리에 귀국하였지만, 건국 기념행사에는 참석하지 못하였다.

　부친은 1949년 말에 베이징으로 돌아왔다. 1950년 초에는 베이징반점에서 송구영신의 작가회의가 열렸고, 저우 총리가 이 모임에 참석하였다. 이 모임은 우리 부친의 귀국을 환영하기 위한 것이었다. 당시 부친은 베이징반점에 머물고 있었다. 저우 총리는 층계를 올라 부친의 방을 직접 찾았다. 이렇게 만난 두 사람은 회포를 풀며 상당히 기뻐하였다. 저우 총리는 이렇게 말하였다. "당신은 지금 재능을 마음껏 펼칠 공간을 가지고 있다. 게다가 당신은 베이징 사람이지 않은가."

　우리 부친은 가난한 집안에서 태어났기 때문에 이 새로운 정권을 매우 반겼다. 그지없이 기쁜 감정을 가지고 있었기 때문에 부친은 즉각 신정권을 찬양하는 문예창작에 돌입하였다. 1950년에 부친이 집필한 첫 번째 극본 『방진주(方珍珠)』가 중국청년예술제에서 공연되었다. 이어서 같은 해에 부친은 다시 『용수구(龍須溝)』를 창작하였다. 『용수구』는 사실상 저우 총리가 일러준 소재였다. 그는 인민예술극원의 리바이자오(李伯釗)에게 이렇게 말하였다. "자네도 똑똑히 기억할 것이네. 라오서가 집필한 이 극본은 매우 생동감이 넘친다네. 가난한 사람들이 무엇 때문에 이 새로운 정권을 반기는지를……. 이 이야기를 통해 모두에게 간단하고 이해하기 쉬운 이치로써 알리고 있다네."

부친은 기꺼이 이 임무를 받아들였고, 매우 빠른 시간 안에 책으로 엮어 내었다. 집필이 끝난 후, 저우 총리는 매우 기뻐하였음은 물론 이 책을 아주 마음에 들어 하였다. 이에 쟈오쥐인(焦菊隱)을 초빙하여 연출을 맡기고, 한 무리의 젊은 연기자들로 하여금 공연을 하게 하였다. 이 연기자들은 현재 모두 유명한 배우들이다. 공연의 효과는 대단히 좋았다.

전국에서 이 연극을 공연하기 시작한 이후, 저우 총리는 마오 주석에게 이 공연을 관람하도록 추천하였다. 마오 주석은 일반적으로 핑극(評劇), 징극(京劇), 방즈지(梆子劇)를 즐겨 보았고, 연극을 관람하는 경우는 그리 많지 않았다. 다만 저우 총리는 여전히 마오 주석에게 추천을 하면서 이 연극은 주석께서 꼭 보셔야 한다, 극 자체가 매우 훌륭하다고 강조하였다. 이에 따라 중난하이에서 마오 주석과 주 라오총(朱老總) 등 중앙 지도자들을 위해 특별히 한 차례의 공연이 이루어졌다. 공연이 시작되기 전에 저우 총리는 특별히 우리 부친을 마오 주석에게 소개시켜 주었고, 이 연극의 극본을 부친이 집필한 것이라고 설명하였다. 사실 부친은 옌안에서 마오 주석과 만난 적이 있었다.

이 연극은 결국 우리 부친이 "인민예술가"라는 영예로운 칭호를 얻을 수 있게 하였다.

저우 총리는 있는 힘을 다해 이 공연을 지지하였다. 그는 저우양(周揚)

에게 우리 부친을 표창하는 글을 한편 써달라고 제의하였다. 글의 제목이 매우 재미있는데, 바로『라오서 동지께 배운다(向老舍同志學習)』였다. 이후 전국의 대 문예가들이 모두 라오서 선생에게 배움을 청하였다. 어째서이겠는가? 바로 라오서 선생의 문예가 사회주의적 생활에 접근하였고, 백성들에게 접근하였기 때문이었다.

이 공연은 목표로 삼았던 바를 모두 달성하였다. 백성들에게 중국공산당이 어떻게 이처럼 빠른 시간 안에 정권을 장악할 수 있었는지, 또 장악뿐만이 아니라 어떻게 그것을 견고히 해 나갈 수 있었는지, 결국 그것은 백성들을 대신하여 한 일이었음을 알렸다. 저우 총리는 이러한 가치를 발견하고는 대대적으로 부친을 표창한 것이었다.

이후 저우 총리는 항상 부친에게 문제를 부여하였다. "당신은 어떤 내용을 집필할 생각이오?" 이는 우리 부친의 입버릇이 되었다. 부친은 이렇게 되 뇌이었다. "저우 총리가 다시 내게 주제를 일러 주셨다. 내게 무엇 무엇을 쓰도록 하셨다." 부친은 1년 남짓한 시간 동안 두세 편의 글을 썼고, 그대로 자신의 왕성한 창작시절로 돌입하였다.

"삼반(三反)", "오반(五反)" 시기에 저우 총리는 부친에게 하나의 주제를 일러주며, 이렇게 말하였다. "당신은 '삼반', '오반'운동에 보조를 맞추어 극본 한 편을 써야합니다. 현재 이 연극이 매우 필요합니다." 이 주제는 상당히 까다로웠다. 일반적으로 말하자면, 집필 시기와 집필 대상은 일정한 거리를 두고 있어야 하지만, 이 "삼반", "오반"운동은 이제 막 시작되었다. 그런데도 저우 총리는 부친에게 이 주제를 일러준 것이었다. 그러므로 부친의 집필과정은 매우 고단하였고, 대체로 새로 고쳐 쓰기를 열 차례나 반복하였다. 이 작업은 10개의 극본을 집필하는 것과 다름없었다. 전체 극본의 친필 원고는 대략 두 묶음의 두께였고, 현재『춘화추실』의 친필 원고를 포개면 특히나 두터운데, 실로 10개의 책자를 쓴 것에 가름하는 것이었고, 여기에 10개월을 소비하였으니 상당한 노력을 기울인 것이었다. 10개월이 지나 "삼반", "오반"운동은 끝이 났다. 저우 총리는 부친을 불러 이렇게 말하였다. "내가 당신에게 우리 당의 정책을 상세하게 이야기해 줄 터이니, 다시 한 번 문장을 다듬어 주시오. 우리 당은 이미 완전한 일련의 빈틈없는 정책을 형성하였는데, 이와 같은 내용을 당신은 아직 잘 이해하지 못하고 있는 것 같아서 그럽니다."

저우 총리는 상당히 꼼꼼하였다. 그는 우선 극원에 들러 이 연극을 다시 한 번 관람하였다. 관람을 마친 후 연출자, 주요 연기자, 그 밖의 연기자들을 차례로 불러 개별적으로 대화를 진행하였다. 그는 자본가를 연기한 배우에게 이렇게 물었다. "자네가 이 극을 연기하고 있는데, 스스로 느끼기에 어떠한가? 어색했는가, 어색하지 않았는가?" 그 배우는 "조금 어색했습니다."라고 답하였다. 그는 이와 같은 반응들을 한데 모아 이렇게 말했다. "이 인물은 잘못되었고, 저 인물도 잘못되었고, 저 인물은 어떻게 바꿔야 하고, 우리의 정책은 어떻게 표현된 것인가? 수많은 세부사항을 포함하여 어떤 복장을 입고, 어떤 도구를 사용하며, 거기에 음향까지, 그런 것들은 모두 문제가 없습니다."

한 번은 부친이 인민예술극원에 『여점원(女店員)』이라는 극본을 써주었다. "대약진" 중에 가정 내의 부녀자가 부엌을 떠나 집 밖으로 나온 후 사회에 복무하기 위해 판매원이 되는, 그 무척이나 새로운 기상을 찬양한 것이었다. 공연이 시작하는 당일은 마침 3월 8일 부녀절이었다. 저우 총리는 재정부장 리셴녠을 대동하여 이 희극을 보러가서는 이렇게 말하였다. "이 이야기는 자네 재정부와 관련한 일일세." 관람을 마친 후에는 몹시 만족하여 오늘은 사진을 촬영해야겠다고 말하였다. 무대에 올라

사진을 촬영하던 당시, 그는 중간에 앉지 않고 이렇게 말하였다. "오늘은 3월 8일 부녀절이니, 극 중의 부인들께서 중간으로 와서 앉으시지요." 그는 리셴녠, 연출자, 극작가와 함께 가장자리에 앉은 후 사진을 촬영하였다. 『차관(茶館)』은 매우 의미 있는 희극작품이었다. 당시에는 자못 논쟁이 있었지만 다행히도 저우 총리가 나서서 이 작품을 인증해 주었다. 당시에는 이미 '좌'적 사상이 나와 있는 상태였기 때문에 이 작품이 성에 찰리가 없었다. 그러하기에 "이 작품은 회고적이야! 붉은 노선이 없어! 혁명성이 없어!"라고 하며 마음에 들어 하지 않았다. 그러나 연기자들은 이 작품을 매우 좋아했고, 관중들도 이를 매우 사랑했으며, 문화예술계의 예술가들은 이 작품을 아끼는 마음에 저우 총리를 초청하여 관람하게 하였던 것이다. 저우 총리는 이 작품을 매우 좋은 연극이라며 칭찬하였고, 특히 제1막을 이 작품의 정수(精髓)라고 하였다. 이 작품의 가치는 젊은 세대들에게 구 사회가 얼마나 두려운 것이었는지를 알려 주는 데 있었다. 이는 마치 양질의 수업과도 같았던 데다 그 서술은 매우 생동감이 넘쳤으므로 특별히 우수하였다.

이 작품을 두 번째로 공연하였을 때, 국내의 형세는 이미 매우 가혹하였다. 역시 저우 총리가 나서서 말을 하였다. "고치고 다듬으면 계속해서 공연할 수 있다."

'문화대혁명' 시기에 이 작품은 전면적으로 부정되었다. '문화대혁명' 초기에 부친은 가혹한 핍박을 받았고, 1966년 8월 23일에 물로 뛰어 들어 자진하였다. 이 일은 너무도 갑작스럽게 찾아왔다. 고작 하루 동안에 벌어진 일이었다. 내 기억에 따르면, 우리는 그날 이른 아침에 부친이 실종되었다는 소식을 들었다. 이 소식을 접한 직후, 나는 첫째 여동생과 함께 저우 총리에게 한 통의 편지를 썼다. 나는 옷 속에 부친의 피 묻은

옷을 껴입었다. 나는 저우 총리에게 부친이 너무나 가혹한 박해를 받고 있고, 현재 그 사정이 매우 급박함을 알리고자 하였다. 나는 곧장 접대소로 가서 이 소식을 전하였다. 나는 저우 총리에게 가능한 한 빨리 우리 집안에 발생한 이 큰일을 알게 되기를 바랐다. 접대를 책임지는 사람이 나에게 이렇게 말했다. "자네 너무 걱정하지 말게나. 우리가 당장 이 편지를 저우 총리께 전해드릴테니 자네는 우선 돌아가 우리의 소식을 기다리도록 하게." 내가 미처 집에 도착하기도 전에 어머니께서 한 통의 전화를 받으셨다. "편지는 잘 받았습니다. 저우 총리가 이 일에 대해 지대한 관심을 보이고 계십니다. 너무 조급해 하지 마십시오. 우리가 부군을 찾을 방도를 강구하고 있습니다." 당시 나는 막 집으로 돌아오던 중이었다. 집에 도착하였을 때, 부친은 이미 이 세상 사람이 아니었다.

대략 한 달 이상이 지난 무렵의 일이었다. 저우 총리는 당시 비서장이었던 저우룽신(周榮鑫)에게 말했다. "자네, 방법을 마련해서 라오서 부인 댁을 한번 방문하게. 가서 집안 사정이 어떠한지 알아보게. 어떤 곤란한 상황이 있거나 내 도움이 필요한 것은 없는지를 말일세. 자네는 반드시 나를 대신해서 그녀에게 위로의 뜻을 표하도록 하게."

당시의 형세는 매우 심각하였다. 기본적으로 우리 부친을 적으로 몰아붙였고, 집안은 구석구석 뒤집어엎어 그야말로 풍비박산이 되었다. 그러니 저우룽신은 감히 올 수가 없었다. 저우 총리는 10월 1일에 톈안문의 성루에서 왕쿤룬(王崑侖) 부시장을 찾아내었다. 왕쿤룬은 저우 총리와 매우 친하였다. 우리 부친과도 좋은 벗이었고, 모두 그 시절 총칭에서의 오래된 친우들이었다. 저우 총리가 그에게 물었다. "라오서 선생께서 돌아가셨네. 자네는 이 일을 아는가?" 왕쿤룬은 마침 마지막으로 살아남은 베이징시의 지도자였다. 그는 당시 민주인사로 분류되었고, 그 밖의 사람들은 전부 타도되었다. 그가 말하였다. "나도 알고 있다네. 나도 들은 바가 조금은 있다네." 저우 총리가 그에게 말하였다. "좋소. 자네는 저녁에 우리 집으로 오게. 반드시 와야 하네. 내 자네와 자세히 이야기를 나누어야 겠네." 밤중에 왕쿤룬은 우리 모친과 마주쳤고, 이 상황을 상세하게 말하였다. "당신, 당신은 라오서가 죽게 된 경위를 알고 있는 바대로 상세하게 있는 그대로 나에게 알려주시오. 내 지금 이 일을 조사하고 있는 중이오. 내 아직 명확하게 조사해 내지는 못하였는데, 당신이 상황을 진실하게 말해주기를 바라오."

왕쿤룬은 일찍이 공묘(孔廟)에 들렀다가 문예가에 대한 잔혹한 투쟁상황을 목도한 적이 있었다. 그러나 그는 감히 얼굴조차 드러내지 못하였을 뿐만 아니라, 당시의 이러한 장면을 저지할 능력도 없었다. 그는 그저 먼발치서 바라보며 매우 초조해하였다. 당시 상처가 가장 심했던 것은 우리 부친이었다. 왕쿤룬은 그가 직접 목도했던 상황과 그 후에 일어난 상황들을 모두 저우 총리에게 말하였는데, 이것이 저우 총리에게 매우 깊은 인상을 남겼던 것 같았다. 그때부터 우리 집은 조금씩 천천히 하나의 거대한 손을 의식하게 되었다. 그 손은 뒤에서 이처럼 풍비박산된 우리 가정을 지탱해주었다. 관련 인원들의 대우, 재산과 예금, 그리고 우리 모친 자신의 상황까지 모두 포함하여, 사실상 저우 총리는 조금씩 천천히 우리를 보호하고 있었던 것이다.

그러나 부친의 죽음은 저우 총리의 마음속에 매우 커다란 그림자를 남겼다. 그는 제때에 부친을 보호하지 못한 데 대해 매우 유감스럽게 생각하였다. 이 때문에 부친이 세상을 떠난 첫 주에 매우 중요한 논평이 나왔는데, 그것은『글로써 투쟁을 하되, 폭력으로 싸워서는 안 된다』는 것이었다. 부친의 죽음과 관련한 이 일은 항상 저우 총리의 마음속에 무의식적으로 표출되었던 것이다. 그가 만년에 중병을 얻었을 때, 즉 1975년에 그는 북해 305의원에서 요양을 하다가 8월 23일 당일에 북해변으로 갔는데, 호수를 마주하고 한참을 묵묵히 생각하던 그는 갑작스레 주변의 간호 요원에게 물었다. "자네는 오늘이 어떤 날인 줄 아는가?" 간호 요원은 생각해 보았으나 그저 8월 23일일뿐, 어떤 특별한 날은 아니었기에 "총리님, 저는 오늘이 어떤 날인지를 모르겠습니다." 그러자 저우 총리가 말하였다. 내가 알려주겠네. "오늘은 라오서 선생의 기일이라네, 자네는 그가 어떻게 죽었는지 아는가?" "들은 바가 있기는 합니다만, 그다지 잘 알지는 못합니다." "나는 매우 분명히 알고 있다네. 내가 자네에게 알려주지." 그는 부친이 죽음을 맞게 된 경위를 매우 상세하게 이야기하였다. 이와 같은 경위는 분명 그가 조사를 통해서 알아낸 내용일 것이다. 이를 통해서도 알 수 있듯이, 부친은 그의 마음속에서 매우 중요한 위치를 점하고 있었던 것이다. 몇 년이 지난 후 저우 총리가 돌아가셨고, '문화대혁명'도 끝이 났다. 덩샤오핑 동지의 승인을 거쳐 부친은 핍박을 당한 문예가 중에서도 매우 조속히 복권되었다. 덩샤오핑 동지가 다음과 같이 말하였기 때문이다. "라오서처럼 영향력 있고 대표성 있는 사람은 마땅히 귀하게 여겨야 한다. 통일전선부나 베이징시위원회가 결론을 내리면 그것으로 가능하다. 시간을 지연해서는 안 될 것이다."

1978년 6월, 매우 성대하게 치러진 라오서 선생의 유골 안장식에서 덩잉차오가 가장 먼저 도착하였는데, 그녀는 30분을 미리 앞서 자리에 참석하였다. 도착한 후 모친과 우리 남매들을 한데 불러 이야기를 나누었다. 그녀가 말했다. "나는 오늘 일부러 30분을 앞당겨 도착했습니다. 왜인 줄 아시나요? 저우언라이 동지가 생전에 수차례나 라오서 선생의 성함을 언급하였고, 라오서 선생의 죽음에 대해서도 참으로 비통한 심정을 표명하곤 했어요. 그는 이 일을 마음에 두고 한 시도 잊지 않았어요. 그래서 나는 오늘 저우언라이 동지를 대신하여 이곳에 왔어요. 만약 그가 살아 있었다면, 분명히 미리 앞서 참석하여 이 일에 대한 자신의 비통한 마음을 표명하였을 것입니다." 그녀가 말하였다. "그는 라오서 선생을 매우 존중하였어요. 이 두 사람 사이의 우정은 대단히 두터웠지요. 그러니 라오서 선생의 죽음은 엄청난 손실이었어요. 그는 라오서 선생의 죽음이 문학계의 중대한 손실이라고 여겼어요. 또한 그는 라오서 선생을 잘 보호하지 못하였다고 생각하였고, 본인 스스로도 엄청난 자책을 느꼈습니다." 두 분 사이의 이와 같은 두터운 우정은 부친 생전에 그와 내가 나눈 수차례의 대화 속에서도 충분히 느낄 수가 있었다. 부친께서 매우 좋아했던 한 마디는 "총리께서는 위인이시다"였다. 부친은 저우 총리와 얘기를 나누고 난 후면, 언제나 온 가족을 한 자리에 불러 모아 저우 총리께서 어떤 말씀을 하셨고, 부친께 어떤 지시를 내렸는지를 다시 한 번 되뇌였으며, 그가 어떤 일을 하고자 하면 매우 격동하곤 했다. 매번을 모두 이러했으니, 부친이 진심으로 저우 총리를 존중하였음은 충분히 알아차릴 수 있었다. 나는 궈모뤄와 메이란팡 등의 입당이 우리 부친에게 상당히 큰 영향을 미쳤던 것으로 기억한다. 부친 역시 강렬한 바람을 피력하였고, 중국공산당에 가입할 것을 요구하였다. 저우 총리는 우리집을 방문하여 부친과 오랜 시간 이야기를 나누었다. 대화는 오후 내내 이어졌는데 그 내용은 밖으로 새어나오지 않았던 것 같았다. 그러나 그때부터 부친은 입당과 관련한 일을 다시는 언급하지 않았다.

이 때문에 나는 저우 총리와 부친 사이의 우정이 일반적인 것은 아니라고 생각하였다. 이는 분명 저우 총리가 다른 사람에게 얘기한 것과 같았다. "나와 라오서는 나이가 같다. 우리는 모두 개띠이다." 그는 이러한 비유를 들어 그와 문화예술계의 관계를 설명하곤 하였다.

부친의 직무는 매우 많았다. 그중 한 직무는 중국과 조선우호협회의 부회장이었다. 항미원조 당시 부친은 허 사령관과 함께 조선으로 건너 가 지원군과 조선인민군을 위문한 바가 있었다. 허 사령관은 단장이었고, 부친은 부단장이었다. 그곳에 도착했을 때 부친은 지원군에 감동하여 허 사령관에게 이렇게 말하였다. "저는 이곳에 머물며 지원군에 관한 소설을 한 편 쓰고 싶은데, 사령관께서는 어떻게 생각하십니까?" 허 사령관이 말하였다. "그렇게 하시지요. 내가 지원군사령부에 연락하여 그들이 당신을 돕도록 하겠소." 부친은 그 즉시 실제로 한 편의 소설을 쓰겠다고 결심하였다. 상감령(上甘嶺)의 일화를 기술한 이 소설은『무명고지(無名高地)』라고 했다. 그때 조선에는 손님(客人)들이 매우 많았는데, 이들은 대부분 술을 즐겨마셨다. 한 번은 부친이 술에 취해 매우 늦게 돌아온 적이 있었다. 저우 총리는 이 일을 알게 되었고, 그 다음 날 저우 총리는 부친을 나무랐다. 부친은 돌아온 후, 종전의 일을 모친에게 이야기하였다. "오늘 한바탕 꾸지람을 들었소.

총리께서 나를 꾸짖으셨소. 어제 저녁에 술에 취했다고 총리께서 나를 꾸짖으셨소." 그때부터 부친은 외교활동 중에 술을 마실 경우 상당히 주의하였다. 잘못이 있을 경우 저우 총리는 즉시 부친을 나무랐으니, 그의 부친에 대한 관심은 그야말로 주도면밀한 것이었다. 어느 날, 부친이 감기 기운이 있자 모친은 약을 지었다. 훗날 저우 총리는 이 일을 알게 되었다. 저우 총리는 모친을 만나서는 엄격하게 그녀를 타일렀다. "당신은 어째서 함부로 직접 약을 쓰시는 겁니까? 그는 국가의 보배에요. 그가 병에 걸렸다면 당신은 그를 병원으로 데려가야지, 당신이 직접 약을 써서는 안 됩니다." 당시 모친은 매우 섭섭해 하였다.

그러나 저우 총리는 다시 이렇게 말하였다. "이렇게 하는 것은 안 됩니다. 당신은 제일 먼저 나에게 보고를 해야 하고, 그 다음에는 그를 병원으로 데려가야 해요. 우리 모두가 착실하게 그를 보호하고 그를 아껴야만 하는 것입니다." 내가 느끼기에 부친은 '문화대혁명' 기간 중에는 몹시 침울하였다. 한 번은 부친이 토혈을 하였다. 우리가 병원으로 모신 후에 부친은 저우 총리를 몹시 만나고 싶어하였다. 하지만 부친은 저우 총리가 매우 바쁘다는 점과 상황이 또한 매우 복잡하다는 점을 고려하고는 어떤 말도 하지 않았다. 부친이 돌아가신 후, 우리는 그의 베개 옆에서 소학생용 작은 책자 하나를 발견하였다. 그 위에 이렇게 적혀 있었다. "총리, 당신은 나를 만나러 오지 마십시오." 부친은 실제로 저우 총리를 이곳으로 불러, 두 분이서 허심탄회한 이야기를 다시 한 번 나눌 수 있기를 매우 바랐다. 부친은 절대적으로 저우 총리를 가장 마음이 잘 맞는 사람으로 여겼던 것이다.

부친의 경우 어떤 중요한 일, 가장 큰 일, 가장 처리하기 어려운 일이 발생하였을 때, 그가 믿고 의지할 만한 사람은 언제나 저우 총리였다. 물론 부친은 그의 마지막 소식은 전하지 않았고, 저우 총리도 이를 알지 못한 채 부친은 갑작스레 세상을 떠나셨다. 부친의 죽음은 커다란 비극이었다. 부친과 저우 총리 사이의 우정은 느닷없이 끊어져 버렸다. 저우 총리의 입장에서 보면 이는 중대한 비극이었다. 아니나 다를까 이 비극은 살아 있는 저우 총리를 짓눌렀고, 그가 중병에 걸렸을 때 그의 생각과 정서가 어렵지 않게 부친에게 되돌아오는 결과를 가져왔다.

나는 부친과 저우 총리가 생사를 같이 하는 벗이었으며, 이는 오래도록 전해질만한 가치가 있다고 생각한다. 저우 총리는 역사의 거인이자 부친의 가장 큰 지기였으며, 우리 일가의 은인이었다.

저우 총리에 관해서라면
나는 어떤 말이든 할 수 있다.

장루이팡(張瑞芳)
(유명한 영화예술가)

저우 총리에 관해서라면
나는 어떤 말이든 할 수 있다.

장루이팡(張瑞芳)

(유명한 영화예술가)

　내가 생각하기에 내 일생 중 가장 행복했던 일은 바로 어렸을 때 저우언라이 총리를 만났다는 것이다. 이는 나의 일생과 나의 길을 결정해 주었다. 나의 모든 행동에는 모두 그의 그림자가 있었다. 나는 그가 우리의 모범이자 시대의 귀감이라 생각한다. 저우 총리가 돌아가신 후 2주년이 되던 해에 나는 『저우 총리께서는 어떻게 말씀하실까?』라는 제목의 글을 한 편 쓴 적이 있다. 일종의 습관 같은 것이었다. 어떤 일을 할 때, 나는 항상 보류한 채로 저우 총리를 만나 뵙기를 기다렸다가 종합하여 보고드리곤 하였다. 보시기에 대관절 이것이 옳은지 그른지, 이에 대해 저우 총리는 어떻게 말을 하실지 나는 듣고 싶어 하였다. 이것이 바로 내가 일을 하고 행동하는 하나의 준칙이었다. 나는 그가 매우 성숙한 직업혁명가였다고 생각한다. 하지만 어떨 때는 실로 예술가 같기도 하였다. 내가 말을 하면 저우 총리는 항상 경청하고 있었다. 그는 그렇게 많은 사람들을 만나도 결코 잊어버리는 법이 없었다. 많은 시간이 지난 뒤에 어떤 대화를 나누었는지, 그 사람의 이름이 무엇인지, 그는 모두 기억하였다. 어째서일까? 왜냐하면 그는 대화하는 상재방과 성심성의껏 교류를 했기 때문이다. 대화를 나눌 때 그는 매우 집중했다. 결코 말을 자르는 법이 없으며 언제나 상대방을 매우 자상하게 돌보았다. 사람들로 하여금 그를 만나면 마음속의 이야기들을 모두 꺼내 놓게 만들었다.

  1941년부터 나의 조직생활은 단조롭게 지속되었다. 나는 온종일 대중 앞에 나서는 연기자이다. 저우 총리는 일정한 간격을 두고 나에게 방문할 시간을 알려주었다. 한 번 만나게 되면, 나는 내가 보고 들은 바를 모두 종합하여 그에게 이야기했다. 무엇을 말해야 하고, 또 무엇을 말 하지 말아야 할지도 잘 몰랐다. 그러나 그는 매우 집중해서 이야기를 들었다. 마지막에는 생각을 정리한 후 이렇게 지적하였다. 내가 이번에 어떤 방면에서 이전에 비해 인식이 향상되었는지, 혹은 어떤 방면에서 옳았고 또는 좋았는지, 혹은 이것은 하지 말았어야 한다든지 등이었다. 나는 나도 모르는 사이에 갑자기 한 단계 올라선 것만 같았고, 생각은 매우 또렷해졌다. 또 다른 만남에 대한 기억도 있다. 당시에는 당원들이 당사를 학습하도록 안배하였는데, 나는 이론서를 읽을 수가 없다고 말하였다. 앞부분을 보면 뒷부분을 잊어버리니 다시 처음부터 봐야 했다. 그리고 처음부터 다시 읽으니, 언제나 첫머리였다. 그는 하하 웃으며 물었다. "자네는 무엇을 읽고 싶은 거지?" 저는 "문예 작품을 보고 싶습니다. 수많은 작품들을 아직까지 많이 읽어보지 못했습니다."라고 답하였다. 그가 말하였다. "그럼 그것을 보게나. 자네가 보고 싶다면 보라는 말이네. 네가 무엇을 보기를 원하면 모두 보라는 말이네" 나는 뛸 듯이 기뻐하며 말하였다. "이제 해방되었습니다." 1960년대, 우리는 『홍색선전원』이라는 연극을 공연하였다. 저우 총리는 전화로 이렇게 이야기 하였다. "자네들이 생활하고 일할 때 정치를 배우기 바라네. 자네는 살아 있는 정치를 배워야 한다는 말이네." 나는 "네, 알겠습니다"라고 답하였다. 우리 공산당원은 무엇 때문에 군중의 의견을 귀담아 들들어야 하는가? 그것은 바로 군중노선을 가야하는 것이 우리에게는 가장 중요한 일이기 때문이다.

저우 총리는 항상 이야기하였다. "군중은 자신이 가장 익숙해 하는 관점에서 문제를 제기하는 데에 능하다. 그들이 가장 익숙해 하는 것은 그들의 관점이다. 그들은 자네와 대화를 나눌 때 으레 자신의 직업에 관한 이야기를 꺼내기 마련이다. 예를 들어 내가 자네와 대화할 때 연극 얘기를 하는 것과 같은 것이네." 저우 총리가 계속해서 말하였다. "지도자로서는 그들을 그 정도까지 깊이 이해할 수는 없다네." 그렇기 때문에 그가 군중의 의견을 경청하는 이유를 군중은 자신들이 가장 익숙해 하는 관점에서 문제를 제기하기 때문이라고 말하였던 것이다. 저우 총리는 경청할 때, 당신의 눈을 그렇게 집중하여 상대방을 바라보았다. 비록 상대가 뒤죽박죽 이야기할지라도 혹은 그다지 조리 있는 화법이 아닐지라도 그는 상대가 무엇을 말하고 있는지 매우 분명히 알고 있었다.

사실 물질생활 면에서 이야기를 하자면, 내가 가장 힘들었던 시간은 충칭에 있었을 때였다. 다만 현재 내가 가장 마음에 두고 한 시도 잊지 못하는 곳 역시 충칭이다. 당시에는 저우 총리가 있었고, 저우 총리의 커다란 영향 아래 하나로 단결하였던 문화예술계 선배들과 명인들, 그리고 선생님들이 있었다. 이들은 모두 하나로 단결하여 수많은 연극을 공연하였고, 그중 대부분은 모두 저우 총리가 직접 극본을 검토한 것이었다. 이 역할은 누가 잘하고, 저 역할은 누가 잘하는지 직접 우리와 역할에 대해 토론하면서 우세한 인력을 집중하였다. 수많았던 그 공연들은 내 생애 잊지 못할 기억들이다.

1963년과 1964년에는 연극 시연을 하였다. 우리는 『홍색선전원』을 시연하였는데, 이는 저우 총리가 직접 관리하였다. 그가 정쥔리(鄭君里)에게 물었다. "장칭(江靑, 마오쩌동의 세번 째 부인) 동지의 의견은 어떠한가?" 정쥔리가 말하였다. "장칭 동지는 '당신이 다시 이런 식으로 한다면……', 단지 이 한 마디만 하였을 뿐 다른 말은 하지 않았습니다"라고 하였다. 정쥔리의 표정은 매우 고통스러워 보였고, 말이 끝나고 난 뒤에도 말을 하지 않은 채 미간만 찌푸렸다. 2년 남짓 공연한 끝에 우리는 모두 헤어졌다. 거처로 돌아왔을 때, 저우 총리는 내게 전화를 주었다. "정쥔리는 요즘 어떻게 지내는가?" 나는 그의 앞에서 우스운 얘기를 꺼내는 것을 좋아하였다. 내가 말하였다. "정쥔리요? 양쪽에 모두 병이 났어요." "뭐라고?" 내가 말하였다. "한 편으로는 아마 심장병이 도져서 머리가 어떻게 된 것 같고요, 다른 한편으로는 치질까지 걸려서 많이 아픈 것 같아요." 저우 총리는 하하 웃으시며 말하였다. "양쪽에 병이 났다니, 자네가 그에게 내일 차 한 대가 그를 데리러 갈 거라고 전해주게나. 나도 이 몹쓸 병이 있다네. 나도 치질이 있다는 말이네. 베이징의원에 아주 훌륭한 의사가 있는데 수술할 필요 없이 약만 넣으면 된다고 전혜주게." 그가 계속 말하였다. "자네가 그에게 내일 차가 그를 데리러 간다고 전해주게. 병원으로 보내서 진찰하도록 할걸세." 사실 나는 당시 그저 그를 웃기려던 참이었다. 양쪽에 병이 있다는 것은 한편으로는 병이 나았다는 뜻이고, 다른 한편으로는 마음이 좋지 않다는 뜻이었다. 저우 총리는 상대방의 입장에서 그 사정을 굉장히 잘 이해하였으므로 그에게 말 못할 사정이 있음을 알고 있었던 것이다. 1962년에 샤옌(夏衍)이 다음과 같이 의견을 제기하였다. 우리의 작품들은 생활경험이 아직 충분치 못하였고 그 수준도 그다지 높지 않으니, 몇몇 유명한 저서들을 영화로 각색하는 것도 나쁘지 않을 것이며, 이 또한 가치 있는 일이 될 것이다. 이렇게 해서 베이징에 각색 훈련반이 성립되었다. 나는 『리쌍쌍(李雙雙)』의 촬영을 모두 마치고 일본에서 돌아온 후, 저우 총리가 부를 때를 기다리다가 아예 이곳에 거주하게 되었다. 온종일 영화를 보았다. 소련 영화, 미국 영화, 영국 영화를 보았는데, 모두 명저를 각색한 것이었다.

당시의 영사기는 매우 낡은 것이었다. 틀자마자 흔들거리거나 어떨 때는 그런대로 괜찮지만 이내 애꾸눈이 되어버렸다. 방영이 끝나면 필름을 꿀렁꿀렁하게 다시 걸고 영상을 틀었다. 나는 저우 총리를 방문하였다. 그가 물었다. "자네는 요즘 무엇을 하며 지내지?" 내가 답하였다. "각색 훈련반에 참석하고 있습니다. 또 영화를 보는데 너무 힘들어요. 소리도 쾅쾅쾅 좋지 않고, 화면도 계속 떨리며 왔다갔다해서 애꾸눈이 되었습니다." 저우 총리는 줄곧 우스워하다가 곧 말하였다. "우리 영사기는 아직 쓸 만한데 나는 요즘 잘 보지를 않는다네. 나는 눈이 좋지가 않은데 화면이 작아서 피로해서지. 나는 지금은 차라리 연극을 보는게 나은지 싫어한다네. 더 넓고 말이야" 그러면서 말하였다. "자네가 있는 곳으로 가져가게나. 자네들이 사용하는 편이 낫겠어." 결국 정말로 사람을 통해 영사기를 보내주었다. 그런데 모두가 나를 탓하며 말하였다. "이것 봐, 이걸 우리 보라고 주시면 저우 총리는 영화를 보실 수 없잖아." 며칠이 지나 그는 다시 사람을 보내 영사기를 어떻게 사용하고 있는지 검사하였다. 이는 저우 총리도 우리가 명저를 각색하여 영화를 만드는 데 동의하였으며, 이것이 꽤 괜찮은 방법이라고 생각했다는 점을 의미했다. 다만 명저를 각색하여 만든 수많은 필름들은 '문화대혁명' 기간에 모두 비난을 받았다. 그 당시 저우 총리는 매우 난처한 입장이었다. 그의 머릿속에는 이른바 '좌'라는 것이 없었다. 그는 항상 모든 것을 두루 함양해야 한다고 생각하였다. 그의 관념은 다음과 같았다. 일체의 유용한 것은 우리 모두가 받아들여 우리를 위해 쓰는 것이지, 단 한 집안만을 말하는 것은 아니다. '문화대혁명' 전날 밤, 그는 여전히 몇 가지 명저를 각색하여 물건을 만드는 데 동의하였다.

한 번은 그가 전화를 걸어 『루쉰전』을 찍는 일에 대해 내게 물었다. 나는 이렇게 말하였다. "이미 진행을 멈추었습니다" 그는 『루쉰전』을 어떻게 할 것인지를 물었다. 나는 『루쉰전』의 연출자는 병이 났고 아직까지 어떤 얘기도 없으며, 촬영 제작팀은 해산되었다고 말하였다. 그러자 그가 말하였다. "그렇게 큰 공력을 들였는데, 완전히 포기하지는 말게나." 그는 몇 가지 연극에 대해서도 어떻게 되었는지 물었다. "자오단(趙丹) 측 사람들은 어떤가? 듣기에 그들 심기가 별로 좋지 않다고 하던데 무슨 일로 언짢아 하는 거지?" 내가 말하였다. "대체로 창작방면의 문제입니다. 이전부터 준비한 내용이 모두 『루쉰전』과 관련한 것인데, 지금 갑자기 다른 것을 찍으라고 하니까 그들 수중에 무슨 재료가 있는 것도 아니고, 아마 매우 조급하겠죠. 자오단은 지금 막 푸젠에 도착해서 『낙호(落 戶)의 희열』을 찍으러 갔습니다." 저우 총리가 말하였다. "완전히 포기하지는 말게나." 나는 그가 우리 문화예술계에 미친 영향이 실로 상당하다고 생각한다. 우리는 모두 그가 말과 행동으로 보여준 가르침 아래, 특히 그가 몸소 모범을 보인 그 영향 아래서 성장했던 것이다.

한 번은 희극에 대한 관점을 두고 대화를 나누었다. 이야기의 주제는 『다지(達吉)와 그녀의 부친』이었다. 이 사람이 울어야 하는지 울지 말아야 하는지에 대해 이야기하였다. 총리는 울어야 한다고 말하였다. 자오단이 "저는 동의하지 않습니다"라고 하자, 총리는 "나 역시 하나의 견해에 지나지 않네"라고 말하였다. 모두가 이러한 정도까지 도달하였으니, 실로 그처럼 대등하였다. 어쨌든 총리와 우리가 대화를 나누는 데는 조금의 거리낌도 없었다. 실수도 두려워하지 않았고, 실수를 범하지 않고도 사실대로 말할 수 있었다. 때문에 그의 앞에서 조금도 주저하는 바가 없었고, 친근감은 더욱 두터웠다. 그는 우리들을 자신의 가족이나 친구처럼 대하였다. 이러한 태도는 그 누구도 억지로 해낼 수 있는 것이 아니었다. 저우 총리와 교류하면서 그가 말과 행동으로 보여준 가르침은 각 방면에서 모두 찾을 수가 있었다. 위아래 구분이 없음을 말하려는 것이 아니라, 실로 진짜 가족처럼 느껴져 무슨 말이든 모두 말하고 싶었고 떠오르는 온갖 생각을 모두 그에게 말할 수 있었다. 나는 그와 대화를 나누는 것을 일종의 영혼 정화라고 말할 수 있다고 생각한다. 내가 느끼기에 그와 대화를 나눈 후에는 언제나 얻는 바가 있었다. 왜냐하면 그 또한 마음 내키는 대로 결론을 내리는 것이 아니었기 때문이다. 그는 때때로 우리의 약점을 용서하기도 하였고, 우리가 어떻게 자신의 약점을 다루는지를 지켜보았다. 우리가 스스로 자신을 바로잡는 모습을 목도하면, 그는 우리를 더욱 특별히 격려해 주었다. 자오단은 이렇게 말한 적이 있었다. "늘 운동을 하시기 때문에 마지막까지 언제나 간부복을 입으시고 헝겊신을 신으신다." 저우 총리는 말하였다. "자네들은 우리 간부들처럼 하지 말게나. 자네들은 예술을 하지 않는가? 자네들은 아름다워야하네!" 그는 특히나 실사구시적으로 일을 처리하였다. 이는 정치를 배울 당시, 때때로 우리에게도 반영되었다. 토요일이 되면, 촬영이 때가 되도록 끝나지는 않았지만 우리는 정치이론을 배우러 갔고, 수업이 끝난 후에 다시 이어서 촬영을 하였으니, 누가 이 일을 지속해 나갈 수 있겠는가? 카메라를 움직이고 절반이 가버린다면 이를 어떻게 처리하지? 이렇게 하는 것은 적합하지 않아 아무래도 안 될 것 같았다. 이를 안 저우 총리는 이렇게 말하였다. "이런 식으로 하지 말게나. 실제로 자네들은 예술을 하는 사람들이네 정치를 전업으로 하는 사람이 되려고 하지 말라는 말이네 이해하기만 하면 그걸로 족하다네 사실상 하나의 단체 내에서 지도자가 나서서 전체의 중요한 마디마디를 여러 사람들에게 이야기해주면 그걸로 족하네 자네들은 마땅히 더욱 많은 시간을 업무를 익히는 데 쓰도록하게. 정치 공부는 때때로 그에 대한 일정하고 총체적인 소개만 있으면 그것으로도 충분하니까 말이네."

저우 총리는 우리 민족의, 우리 혁명의 전통과 우리 혁명 중의 창조 성을 대표하였다. 그의 수많은 가르침은 모두 우리가 오늘날 새롭게 잘 배울만한 가치가 충분한 것이었다.

영원한 이별은 없다.
영원한 그리움만이 있을 뿐이다.

친이(秦怡)

(유명한 영화예술가)

영원한 이별은 없다.
영원한 그리움만이 있을 뿐이다.

친이(秦怡)
(유명한 영화예술가)

내가 저우 총리를 알게 된 시간은 꽤나 오래되었다. 그때 나는 매우 어렸다. 대략 19세였던 해에 처음 만났던 것 같다. 그 당시 나는 거의 아무것도 모르는 아이였고, 한 친구의 집에서 밥을 먹게 되었는데, 같이 식탁에 앉아 있었으면서도 그들은 아마 내가 분명히 그가 어떤 분인지 알고 있었다고 생각했기 때문에 아예 소개조차 하지 않았던 것 같았다. 식탁에는 그와 주인 부부 내외, 나, 그리고 친구를 합해 총 5명이 앉아 있었다. 식사를 마친 후 나는 비로소 그가 저우언라이였다는 사실을 알게 되었다. 나는 그때 저우 총리가 가슴을 활짝 열고 크게 웃으며, 말도 아주 시원시원하게 하였던 것으로 기억한다. 다 같이 식사를 하던 그때 그가 내게 물었다.

"자네는 어디에서 일하는가? 아직 학교에 다니는가?"

내가 대답했다.

"저는 일을 하고 있습니다."

그가 말했다.

"아니, 이리 어린데도 일을 하는가?"

내가 대답했다.

"그렇습니다."

그가 물었다.

"그럼 무슨 일을 하지?"

내가 대답했다.

"저는 노래를 부르고 있고, 실습 연기자입니다. 때로는 합창단 내에서 노래를 부르기도 합니다. 별 다른 흥미는 없고, 저는 그곳에서 그럭저럭 지내고 있습니다."

그가 바로 물었다.

"그래, 자네는 어떤 노래를 부르는가?"

내가 대답했다.

"제가 부르는 것은 당연히 항전 가곡입니다."

나는 여전히 떳떳하게 곧바로 대답했다.

그가 바로 물었다.

"아니 그런데도 흥미가 없다고 말하는가? 그건 정말 의미 있는 일이지 않은가! 이 노래들이 어떻게 의미가 없을 수 있다고 하지? 자네 생각을 좀 해보게, 이 노래를 듣는 사람이 얼마나 되는지. 수천수만의 사람들이 모두 자네들의 노래를 들으면서 분발하여 전선으로 나아가고 있는데, 자네는 어찌해서 흥미가 없다고 말하는 건가? 이 어린 아가씨야, 이게 어떻게 된 일인가 말이야?"

나는 마음속으로 생각하였다. "이 사람은 도대체 누구야?" 그러면서 나는 말했다.

"그래요, 부르는 노래는 의미가 있어요, 그러나 저는 흥미가 없어요. 저는 본래 대학에 가서 공부를 하고 싶었어요. 게다가 유학을 가서 더욱 깊이 있는 연구를 하고 싶었어요."

그가 바로 말하였다.

"그래, 깊이 연구를 하고 싶다니, 그거 아주 좋지. 당연히 기회가 있다면 자네도 유학을 갈 수 있을 거야. 하지만 자네가 하는 현재의 일은 매우 의미 있는 일이라네."

나는 집으로 돌아온 후에도 생각하면 할수록 이상했다. 그가 어떻게 이렇게 나하고 대화를 나눌 수가 있지? 그는 나이가 조금 있는 것처럼 보였다. 나는 19세였기에 당연히 나이가 더 많을 것이라 여겼다. 나는 생각했다. 이 사람은 도대체 누굴까? 나는 며칠 후 나를 초대하여 식사를 했던 동료에게 전화를 걸었다. 그가 말했다.

"너 진짜 누군지 몰라?"

내가 말했다.

"난 진짜 모르겠어. 그날 나에게 말을 걸었던 사람이 누구야?"

"아이고, 너 어떻게 모를 수가 있니? 그 분은 저우 선생이시잖아. 너는 저우언라이 선생도 모르니?"

"아!"

나는 깜짝 놀라서 말했다.

"그 분이야 알지, 책 속 어딘가에서 본적이 있어. 그분은 어쩜 그렇게 거드름이나 허세를 조금도 부리지 않으시니, 그분 지도자 아니셨어?"

이것이 내가 처음으로 저우 총리를 만나게 된 경위이다. 그것은 1939년 설날 아니면, 1940년 설날이었다.

당시 나는 이렇게 생각하였다. 그분은 공산당의 지도자인데, 어째서 그렇게 거만함이나 허세 같은 것이 조금도 없는 것일까? 훗날 우리는 다시 매우 많은 이야기를 나누었다. 처음으로 저우언라이를 만났을 때, 나는 유달리 그가 친한 사람처럼 느껴졌다. 마치 우리와 같은 20대 무렵의 사람들인 것처럼 말이다.

나는 일찍 결혼을 하였기 때문에 그만큼 일찍 아이를 낳았다. 돈도 없었고 일은 바쁠 대로 바빴다. 온종일 공연을 해야 했고, 아이는 유모 집에 둔 채로 키워야 했다. 유모는 결코 좋은 사람이 아니었다. 그녀는 젖이 나오지도 않았으나 돈을 요구하려고 아이를 데리고 가서 키웠다. 아이에게는 줄곧 자질구레한 것들만 쌓아두고 먹였다. 아이의 위는 완전히 망가져버려서 음식을 먹으면 곧바로 토해냈다. 끼니때마다 토했고, 밤에는 잠을 자다가도 토했다. 우리는 매일 공연을 해야 했다. 공연하는 시기에는 온종일 매우 바빴고, 종종 밤늦게까지 공연을 해야 했다. 어느날 이 유모가 손스이(孫師毅) 동지가 사는 집 입구에 앉아서 우리 아이를 안고 있었다. 아이는 마지막 숨을 모으고 있었고, 목에는 한 겹의 피부만이 남아 있었다. 그때 저우 총리가 한 친구와 함께 손스이 동지의 집 입구에까지 이르렀다. 그 친구는 나와 매우 친하였다. 그가 저우 총리에게 말하기를,

"후공(胡公), 이 아이는 친이의 아이로 페이페이(斐斐)라고 부릅니다."

저우 총리는 바로 말하였다.

"그런가, 그런데 어찌 몰골이 이러한가?"

그 친구는 사정을 그에게 들려주었다.

"먹일 젖이 없어서지요. 폭탄이 투하되었을 때 태어났는데, 작아도 너무 작습니다. 게다가 유모는 정성을 다하지 않고 있지요. ……그래서 몸 상태가 대단히 좋지 않습니다. 음식을 먹으면 항상 토하는데, 무엇을 먹든 다 토해내 버립니다. 위가 다 상한 것 같아요."

얼마 지나지 않아 이 친구가 내게로 와서 이렇게 알렸다.

"야, 너에게 해줄 말이 있어. 네가 들으면 분명히 매우 기뻐할 거야. 저우 선생께서 네게 신경을 많이 쓰고 계셔. 선생께서 이렇게 말씀 하셨

어. 이 아이는 어째서 몰골이 이러한가? 친이는 이미 영향력 있는 연기자가 되었는데, 어찌 아이를 이 지경이 되도록 두었단 말인가! 자네들은 마땅히 그녀에게 관심을 기울여야 해!"

1957년 9월, "아시아 영화 주간"에서 마침 『여람(女籃) 5호』를 공연 하였다. 나는 중국영화 대표집단의 일원으로 참가하였는데, 연회 석상에서 마침 저우 총리의 옆 자리에 앉게 되었다. 저우 총리는 생각할 겨를도 없이 물었다. "친이, 자네 아이는 어떤가? 페이페이는 지금도 잘 토하는가? 위장이 좋아졌나?" 나는 당시 어리둥절했다. "총리께서 어떻게 페이페이를 아시지?" 그렇게 오랜 시간이 흘렀고, 그저 한 명의 보통 연기자의 일인데도 그는 이토록 정확하게 기억하고 있었다. 나는 당시 정말로 눈물이 나올 뻔하였다.

나는 옛날의 격언 한 구절을 기억했다. 네가 다른 사람이 너를 어떻게 대하는지 알고 싶다면, 네가 다른 사람을 어떻게 대하는지 알아야 한다. 나는 저우 총리의 심리도 내가 친이이기 때문이거나 연기자이기 때문이 아니고, 그가 모든 사람, 혹은 접촉했던 사람들에 대해 모두 관심을 두기 때문일 것이라고 생각하였다. 나는 당시 이렇게 말하였다.

"와! 총리님, 잊어버릴 법한 일인데 아직도 기억하시네요. 지금은 토하지는 않지만, 위는 여전히 안 좋습니다. 총리께서는 어떻게 아직도 이 일을 기억하고 계세요?"

그러자 그가 말하였다.

"저런, 그 아이가 어렸을 적에 내가 손스이의 집에 갔었지. 그때 그 애를 보면서 너무나도 가련하게 느껴졌다네. 내가 자네 아이의 모습을 보니 피골이 상접해 있더라고. 내 생각에 자네가 매일 극장에서 공연을 해야 하니 반드시 마음속으로 매우 조급해 했겠구나 싶었다네."

당시 나는 너무나 감격스러워서 어떤 말을 해야 좋을지를 몰랐다.

1942년 여름, 우리가 꺼뤄산(歌樂山) 부근의 베이베이(北碚)에서 공연을 할 때, 나는 줄곧 갑상선에 문제가 있었다. 목이 거칠어졌고 종양이 자라났다. 한 친구의 소개로 나는 꺼뤄산 병원에 입원하였다. 나는 저우 총리가 병으로 이 병원에 입원하고 있었다는 것을 몰랐다. 어느 날, 덩잉차오 언니가 갑자기 나를 찾아왔다. "어!" 나는 이상하다고 생각했다. 내가 이 병원에 입원하고 있다는 것을 아는 사람은 아무도 없었다. 여러 가지 원인들로 인해 나는 수술을 준비한 이후, 잠시 몸을 숨기고 싶었기 때문이었다. 내가 물었다.

"덩잉차오 언니, 어떻게 아셨어요?"

그녀가 말했다.

"저우언라이 총리께서 너보다 앞서 입원해 계시잖니! 그가 나보고 너를 찾아가 보라고 하셔서 네가 이 병원이 있는 것을 알았지."

병원 내의 사람이 내가 이 병원에 입원해 있다고 그에게 알린 것이었다. 이렇게 나처럼 별로 중시할 것이 못되는 사람까지도 신경을 쓰는 총리를 생각하며 당시 말로는 표현이 되지 않는 그런 기분을 느꼈다. 그녀가 말하였다.

"좀 어때? 조급해 하지 마. 늘 나와서 공연하려고 조급해 하지 않아도 돼. 눈앞의 일만 봐서는 안 돼. 저우언라이 그이가 직접 오려고 했지만 올 수가 없다고 하더구나. 그는 지금 병상에 계시잖니. 그래서 나를 보내 네게 말해 달라고 하셨어. 연기자 한 사람의 목숨이 얼마나 중요한지 아니? 너는 이런 때는 공연을 염두에 두지 말아야 한다.

공연만 생각하면 수술을 하고 싶지 않을 거야. 자세히 잘 살펴보고, 잘 따져보면서 건강이 회복되기를 기다리도록 해. 너는 앞으로도 많은 공연을 해야 하지 않니?"

내가 말하였다.

"반드시 그렇게 할 거야. 두려워하지 않을 거야. 반드시 이 병을 잘 이겨낼 거야. 그저 눈앞의 일만 돌볼 수는 없지."

연기자는 눈앞에 몇몇의 좋은 작품이 있다면 이러한 창작 욕망에 휩싸여 곧장 나아가 연기를 하고 싶어 하지, 병원에 누워서 기다리려 하지 않는다는 것을 나는 잘 알고 있었다. 저우 총리는 덩잉차오 언니를 보내 나를 살피게 하면서 나에게 이러한 당부를 한 것이다. 친절하기 그지없던 총리였던 것이다. 이런 정신적인 약이야 말로 그 무엇으로도 대체할 수 없는 보약이었다.

어느 저녁 무렵, 저우 총리는 덩잉차오 언니와 함께 후원의 돌 판으로 만든 좁은 길 위에서 산책을 하며 대화를 나누고 있었다. 나는 항상 한 편에 비켜서서 바라보았다. 저 두 사람을 바라보고 있으면, 가슴 속에 어떤 말할 수 없는 감정이 북받쳐 올랐다. 그들의 그림자를 보고 있노라면, 나는 마치 밝은 미래가 우리를 기다리고 있는 것처럼 생각되었다. 이처럼 좋은 사람이 있기 때문에 그들이 지금 이렇게 큰일을 하고 있고, 이와 같은 일을 하고 있는 것이라는 것을 나는 잘 알고 있었다. 우리가 만약 이와 같은 사람들과 함께 나아갈 수 있다면, 장래는 분명 말할 수 없이 훌륭할 것이다. 그래서 나는 당시 마음속으로 생각하였다. "나는 반드시 좋아져야 한다. 나는 두렵지 않다. 수술을 한다고 해도 나는 두렵지 않다. 만약 수술을 받지 않아도 된다면 더 잘 된 일이지만 말이다. 낫기만 하면 곧장 나가서 열심히 일 할 것이다." 당시에는 정말로 매우 신기했다. 내가 이러한 정신적 약을 생각하기만 하면, 나도 모르게 빠르게 몸 상태가 좋아졌고, 종양도 크게 자라지 않았다. 입원할 당시에

비하면 많이 좋아졌다. 당분간 수술을 하지 않아도 되었다. 저우 총리와 덩잉차오 언니는 다시 한 번 나를 찾아왔고, 나는 곧 퇴원을 하였다. 이 또한 내 평생 잊지 못하는 하나의 사건이었다.

저우 총리는 상하이로 왔다. 만약 시간이 허락한다면 언제나 우리를 보러 와서 우리의 상황들을 이해해 주었다. 그것이 개인적인 상황이건 일과 관련된 상황이건 모두 개의치 않았다. 그 밖에 우리는 영화제작소의 영상을 촬영하였다. 매년 많은 양을 촬영하였고, 각 공연의 심사용 영상이었다. 거의 모두를 시간만 있다면 그는 반드시 볼 것이다. 이것은 실로 쉽지 만은 않은 일이었다. 마음속에 이처럼 풍부한 관심과 사랑을 담아놓지 않았다면, 어떻게 이러한 일들을 해낼 수가 있었겠는가?

나는 1963년에 『북국강남(北國江南)』의 촬영을 마쳤는데, 1964년부터 양한성(陽翰笙)에 대한 비판이 시작되었다. 그 뒤는 바로 '문화대혁명'이었고, 내가 『부국강남』에서 연기한 인화(銀花)를 비판하였다. 나는 그런 대로 괜찮았지만, 멍청해졌다. 왜냐하면 당시에 한창 『파도는 굽이쳐 흐른다』를 찍고 있었고, 내가 연기한 인물은 수리공사장의 당위서기 종예핑(鍾葉平)이었기 때문이었다. 『파도는 굽이쳐 흐른다』의 촬영을 막 마쳤을 무렵, 저우 총리는 역시 베이징 영화제작소를 찾아와 전체 심사용 영상을 보았다. 총리는 영화를 매우 자세히 관람하였고, 내가 그 수리공정국의 국장과 함께하는, 즉 부부 내외가 함께하는 장면을 보게 되었다. 나는 당위서기를 연기하였고, 남편인 국장과 말다툼을 벌이던 장면에 대해, 총리는 이렇게 말하였다.

"훌륭하군!" 관람을 마친 후 그가 고개를 돌려 말하였다.

"친이, 자네는 그와 싸운 것인가, 싸우지 않은 것인가? 자네 정말로 그와 싸운 건가?"

내가 말하였다.

"진짜입니다. 영화 안에서는 정말로 싸웠어요."

"자네가 직접 그와 싸운 적은 없고?"

내가 말하였다.

"제가 직접 그와 싸운 적은 없어요. 영화 안에서만 싸운 겁니다."

"아!"

그가 말하였다.

"정말 진짜 같구나! 자네들 싸우는 것이 정말 진짜 같아. 이것은 자네들 둘이 이러한 사상 면에서 이처럼 대립했다는 것을 설명하는 것이야."

그러고 나서 그는 내게로 와 시험하였다.

"자네들 수리공사장은 높이가 얼마나 되는가? 발전을 위주로 하는가 아니면 관개를 위주로 하는가? 진흙이나 모래 문제, 채석장 같은 이런 문제는 어떻게 해결한 거야? 가장 곤란했던 문제는 어떤 것이었나?"

그는 줄줄이 이어지는 문제들을 물었다. 다 묻고 나서 그는 다시 웃으며 말하였다.

"응, 훌륭해, 자네가 연기한 서기역은 그럴 듯 해."

나는 생각하였다. "그가 이렇게 기울이는 관심은 우리가 과연 부부생활에 깊이 감정이 녹아들어갔는지를 보기 위한 것이었다."

물론 이 영화는 훗날 그를 화나게 하였다. 수리부가 그중의 일부분에 대해 의견을 제시하였는데 그것을 고치기에는 이미 겨를이 없었기 때문이었다. 그 당시 저우 총리는 이렇게 말하였다.

"멀쩡한 영화를 …… 너희들은 이에 대해 제시된 의견이 있는데, 너희들이 그대로 방치해 두었다가 만일 훗날 방영하지 못하게 되어 버리면 이는 낭비가 아니겠는가? 게다가 이렇게 많은 사람들이 노동한 것인데 말이야!"

관람을 마치고 나온 그는 내게 물었다.

"어떤가, 친이. 자네 긴장했는가? 신문에 현재 매일 같이 한 편 한 편 (비평문장)이 실리는데."

나 역시 중요한 사실을 말하였다.

"그렇긴 하죠. 그렇지만 괜찮습니다. 저는 지금 이 일을 하면서 오히려 괜찮은 것 같습니다. 매일 매일 일이 있으니까요."

그가 말하였다.

"그래, 늘 비판만 받는 형세가 되어서는 안 되네. 내일 그들을 국무원으로 불러 표 한 장을 가져가도록 할 테니, 자네는『동팡홍(東方紅)』을 보고 오도록 하게. 보고난 후에 자네가 그저 그렇다고 생각한다면 자네도 매일 같이 비판을 쏟아내게. 비평은 좋은 일이잖은가? 비평을 할 때 나부터 비평하는 것이 매우 좋을 걸세. 비평만 받을 필요 없이 비평도 하라는 말이네. 나는 자네의 이 영화를 보았기에 나는 알고 있네, 이것은 자네의 일이 아니라는 말이네."

그는 당시 그 계단의 입구에 서서 나에게 이렇게 이야기하였다.

1964년 그 무렵, 우리는 멍청하였고 왜 비판을 받는지도 몰랐다. 어떻게 된 일인지도 몰랐고, 또 앞으로 어떻게 해야 할지, 하나같이 전부다 알지를 못하였다. 하지만 당연히 그는 모든 것을 알고 있었고, 이미 엄청난 일이 닥쳐오고 있었지만, 그럼에도 그는 여전히 이곳으로 와서 우리의 심사용 필름을 보았고, 여전히 우리가 원만하게 생활 속으로 깊이 파고 들어갔는지에 대해 관심을 두었다. 그리고 어떻게 해야 그것을 잘 바꿀 수 있는 지에 대해 이야기 하였다. 그는 이 영화가 여전히 나쁘지 않으며, 마땅히 가지고 나갈 수 있다고 생각하였다.

훗날 그는 다시 『리산즈(李善子)』의 심사용 필름을 보았고, 저우 총리는 마찬가지로 상영을 허락하지 않았다. 각 항목마다의 작업을 모두 상당히 중시하였고, 한 사람 한 사람에 대해서도 특별히 관심을 기울였다.

그가 무엇 때문에 나로 하여금 『동방홍』의 대가무를 보게 하였겠는가? 그가 보기에 하루하루가 "인화, 인화"를 끄집어 내어 비평하였기에, 내가 반드시 참고 또 참고, 또 말할 수도 없고, 또 어찌할 수도 없는 상태라고 생각하였기 때문이었다. 이와 같은 상황 하에서 그는 와서 구체적으로 나를 도와주었던 것이다. 나로 하여금 진심으로 이러한 도움에 그러한 역량이 있고, 이러한 사랑에 그러한 역량이 있음을 깨닫게 하였다. 이는 부모형제가 해낼 수 있는 어떤 것과는 완전히 다른 것이었고, 근본적으로 해낼 수 없는 것이었다.

『동방홍』을 보고 난 후에 확실히 가슴이 넓어짐을 느꼈다. 갑자기 눈앞이 환해졌다. 왜 그럴까? 나는 1942년에 진보단체에 참가하였고, 50년대에 입당하였다. 자신의 눈앞에서 그 수많은 혁명동지들은 당과 인민을 위하여 일하였고, 앞사람이 쓰러지면 뒷사람이 이어가듯 스스로의 생명을 바쳤다. 그러니 스스로 비판 좀 받는 것이 뭐 그리 대단한 일이겠는가? 금세 가슴이 확 트이는 것 같았다. 왜 그렇게 사람들은 그를 우러러 섬기는 것일까? 나는 일찍이 이렇게 말한 적이 있다. "영원한 이별은 없다. 다만 영원한 그리움만이 있을 뿐이다." 확실히 이와 같았다. 마치 가족이 죽은 것처럼 나 또한 지금 껏 이런 일을 겪어 본 적이 없었다. 하지만 지금도 저우 총리에 대해 이야기할 것 같으면 언제나 마음속의 격한 감정이 강하게 끓어오른다. 나는 항상 스스로에게 묻는다. 이 세상에서 아직도 이런 사람을 만날 수 있을까? 여전히 이런 사랑을 받을 수 있을까? 여전히 이렇게 많은 도움을 얻을 수 있을까? 수시로 이런 생각이 들곤 하니, 실로 영원히 잊을 수 없는 것이다. 1961년 국가는 경제적 위기 상황에 직면하였고, 우리는 늘 밖에서 노동을 하였다. 사람들은 모두 검고 야위었다. 너무나 검고 야위었다. 그 해에 나는 미얀마를 방문하는 대표단에 참가하였다. 베이징에서 집합하였는데, 저우 총리는 우리에게 이렇게 말했다.

"어떻게 된 거야? 어떻게 된 거냐니까? 상하이에서 자네들에게 먹을 밥을 주지 않던가?"

우리가 말하였다.

"아닙니다, 아닙니다. 저희 모두 아주 잘 먹고 있습니다."

저우 총리가 다시 말하였다.

"왜 이렇게 하나같이 그을리고 말랐어!"

저우 총리는 한 사람 한 사람에 대해, 모든 단위 부서의 동지들에 대해 모두 이와 같은 모습이었고 모두 이렇게 관심을 두었다.

1961년에 나는 베이징 향산에서 회의에 참가하였다. 식사를 할 때 저우 총리는 마침 왕잉(王瑩), 나, 자오단과 함께 한 식탁에 앉게 되었다. 그가 말하였다.

"친이, 입당했는가? 언제 입당할 거야?"

내가 말하였다.

"가입했습니다, 가입했어요."

그가 말하였다.

"가입하였다니 잘하였네! 이 사람 어떻게 그렇게 줄곧 입당을 안 했어?"

내가 말하였다.

"입당했습니다, 입당했다니까요."

그는 매우 기뻐하였다.

나는 이전에 『예메이궤이(野玫瑰)』라는 작품에 출연한 적이 있었다. 이 작품의 연기는 정치적으로 부족했다. 그때의 나는 분명 완전히 이해하지 못하고 있었다. 훗날 연기자들이 동맹파업에 돌입했을 때 나 역시 그들과 함께 파업했다. 1961년에 즈광각(紫光閣)에서 춤을 추었을 때, 저우 총리는 이렇게 말하였다.

"좋은 연기를 했네. 그러나 뭐니뭐니해도 자네가 『예메이궤이』에 출연했을 때 그 연기는 정말 훌륭했었지."

나는 이 말을 듣고 깜짝 놀라 말하였다.

"한 번 발을 잘못 내디디면 천고의 한이 된다고 하는데, 훌륭했다니요. 나쁜 일은 시정할 수가 없지만, 씻는 것은 씻어낼 수가 없어요."

그가 말하였다.

"후! 자네 말 한 번 참 잘하였네. 그러나 내가 자네에게 한 마디 알려주지. 그 연기는 정치적으로는 부족했지만, 그것은 그 극본이 미흡했기 때문이야. 그래도 자네의 연기는 여전이 매우 훌륭했다네. 자네도 알잖나. 자네가 이 연기를 한 후, 자네의 연기가 한 발자국 상승한 것 같으니 이 연기를 버려서는 안 되네. 현재 자네의 좋은 연기는 좋은 작품 위에 두게. 그러면 자네에게도 매우 좋은 일 아니겠는가?"

나는 내가 우러러 섬길 사람을 알았고, 가장 공경하고 받들 사람을 알았으며, 내가 영원히 잊지 못할 사람을 알았다. 사람에게 만약 고난을 겪은 역경이 없었다면, 이처럼 드넓은 관심과 사랑을 만들어내기는 어려울 것이다. 저우 총리는 중국 인민의 수천 년에 걸친 고난의 역경을 그의 가슴속에 담아두었다. 그리하여 그는 마침내 모든 친우들과 모든 동지들에 대해 이처럼 크고 넓은 관심과 사랑을 품으실 수 있었던 것이다.

영원히 잊혀지지 않을
저우 총리의 가르침

궈난잉(郭蘭英)

(유명한 가수)

영원히 잊혀지지 않을 저우 총리의 가르침

귀난잉(郭蘭英)

(유명한 가수)

내가 처음으로 저우 총리를 만나게 된 것은 1949년 8월의 일로 기억한다. 우리는 부다페스트로 가서 세계 청년과 학생 연환 대회의 문예종목 경연에 참가하기 위해 준비하고 있었다. 이것은 세계적인 행사였다. 내가 담당하였던 것은 독창으로『부녀자유가』를 불러 훗날 3등상을 받았다.

이번의 해외경연에서 나는 독창을 배정받았다. 나는 가극을 공연하는 배우였고 독창은 할 줄 몰랐다. 독창은 아마추어였다. 그러나 사람들은 내가 부를 수 있을 것이며, 부르지 않으면 안 된다고 말하였다. 나는 어떻게 불러야 하는지도 모르고, 무엇을 불러야 할지도 모른다고 말하였다. 내가 이전에 불렀던 것은 대부분『황하대합창』,『해방군행진곡』,『의용군행진곡』이었고, 그 밖의 상당수 역시 합창하는 노래였다. 갑작스럽게 나에게 독창을 하라고 하니, 우선 긴장이 되었고, 그보다 더 중요한 것은 무엇을 불러야 할지를 몰랐다. 사람들은 나에게 우리 산시(山西)지역의 민가(民歌)를 부를 수 있는지 없는지를 물었다. 나는 이렇게 말하였다. "산시지역의 민가라면 오히려 부를 수 있겠지만 어떤 곡을 불러야 할지는 모르겠다"고 하였다. 그래서 나는 네 곡의 산시 민가를 연이어 함께 불러야겠다고 생각하였다. 당시 이 종목의 대표를 뽑는 심사에는 마오 주석 이하 당 중앙의 모든 지도자들이 참가하였다.

내가 노래를 다 부르고 난 후에 마오 주석은 이렇게 말하였다. "민가는 민간에서 나온 것이니, 인민의 생활 중에서 형성된 것이다. 그것에 새로운 가사를 덧붙였으니 한 수의 아주 좋은 곡이라 할만하다." 저우 총리도 매우 기뻐하며 말하였다. "새로운 가사를 넣으려면 서둘러 준비를 해야 하네." 그는 밤늦게까지 작사가 동지를 안배하여 가사를 쓰게 하였다. 내가 이 곡을 손에 넣었을 때, 나는 악보를 읽는 능력이 매우 형편없었기 때문에 상당히 긴장하였다. 나는 혹여나 이 임무를 완수하지 못하게 될까봐 걱정스럽다고 하였다. 그렇게 큰 지역으로 가면, 세계 각국의 우수한 연기자들이 모두 그곳에 모일 것이기 때문이었다. 그런데 나의 나이는 겨우 19세에 불과하였으니 매우 두려운 마음에 저우 총리를 찾아 나섰다. 저우 총리는 나를 보고는 이렇게 말하였다. "이 녀석, 이래서 임무를 완성할 수 있겠나?" 내가 말하였다. "저는 조금 무섭습니다. 저 스스로 임무를 잘 완성할 수 있을지 자신이 없습니다." 그가 말하였다. "너는 무엇이 두려운 게냐! 네가 앞에 나서서 노래를 부르면, 너에게는 4억 5천만 인민이 너를 위해 등 뒤의 방패가 되어줄 터인데, 그러니 겁먹을 필요 없어." 당시 우리나라에는 확실히 4억 5천만의 인민들이 있었다. 그가 이렇게 말하니, 스스로 마음속으로 당시에 이렇게 말하였다. "와! 총리께서 말씀하신대로라면 …… 그렇다면 나는 반드시 임무를 완수해야겠다." 우리는 이튿날 기차를 타고 갔는데, 나는 기차 안에서 노래를 외웠다. 경연 당시 나는 저우 총리의 그 말을 떠올렸다. "이렇게 친절하시고, 나를 배려해 주시고, 도와주시다니. 게다가 내게 지적해 주신 바가 있으니……" 그것은 바로 노래를 부르는 중에 긴장을 하지 말라는 것이었다. 훗날 내가 학생들에게 수업을 할 때, 나는 이 일화를 예로 들어 학생들을 격려하였다.

경연에서 돌아온 후 우리는 공연한 내용을 종합하여 보고를 했고, 저우 총리도 매우 기뻐하였다. 이 기간에는 저우 총리 및 덩잉차오 큰언니와 접촉할 기회가 비교적 많았다. 때문에 나 자신이 가장 행복하다고 느꼈으며, 스스로를 가장 자랑스럽게 생각하였다. 훗날 일종의 오만함이 습관이 되어 매번 기고만장할 때마다 저우 총리는 나를 그의 집으로 불러 한바탕 꾸짖곤 하였다.

한 번은 인민대회당에서 궈모뤄 동지가 다가와 나의 목을 안으며 이렇게 말하였다.

"란잉(蘭英)아, 란잉아, 내 수양딸아!"

나는 단숨에 그를 뿌리치며 이렇게 말하였다.

"누가 당신 딸이에요!"

그가 말하였다.

"내 성이 궈이고, 네 성도 궈니까 당연히 나의 수양딸이지!"

내가 말하였다.

"당신은 민주인사이거늘, 내 어찌 당신과 한 자리에 설 수 있겠어요? 내가 어찌 당신의 수양딸 노릇을 할 수가 있단 말이에요?"

이렇게 곽 어르신의 마음을 상하게 하였다. 나는 당시 곽 어르신을 만났을 때 상당히 불쾌하였다. 나는 그때 하룻강아지 범 무서운 줄 몰랐기 때문에 그처럼 버릇없이 굴게 되었고, 이처럼 잘못을 범하게 되었던 것이다. 마침 저우 총리가 뒤쪽에 있다가 이 소리를 들었다.

그가 말하였다.

"란잉아, 너 뭐라고 그랬니?"

내가 말하였다.

"그는 민주인사인데, 그가 어떻게 저보고 수양딸을 하라고 할 수가 있어요?"

그가 말하였다.

"그게 뭐가 어때서!"

저우 총리가 그렇게 이야기하니, 나는 감히 어떤 말도 꺼내지 못하였다. 저우 총리는 다시 무언가를 말하지 않고 안쪽으로 들어갔다. 곽 어르신도 뭐라 말하지 않고 따라서 들어갔다. 내가 보기에 곽 어르신도 불쾌한 것 같았다. 당시에는 스스로 여전히 잘한 일이라고 생각하였으니, 나는 정말로 유치하기 짝이 없었던 것이다!

훗날 연회 도중에 저우 총리가 나를 첫 번째 테이블로 불렀다. 내가 생각하기에 이것은 별로 좋은 일이 아니었다. 저우 총리가 말하였다.

"난잉아, 이리 와서 네 양아버지께 술 한 잔 올리거라."

'아이고!' 나는 속으로 생각했다. "총리 당신도 이렇게 이야기를 하는 거야!" 나는 불쾌하였다.

"이봐, 너는 술 한 잔 올려야 해, 사과를 해야지! 그리고 노래도 불러드려라!"

나는 "에이"하면서 마지못해 술잔을 받쳐 들고 술은 따랐지만, 노래를 하고픈 마음이 내키지는 않았다. 그러자 저우 총리가 말하였다.

"불러봐!"

그러나 나는 부르지 않았고, 그러한 나에게 어떤 말을 하여도 부르지를 않았다. 그러자 곽 어르신이 "하하"하고 한 번 웃으면서 이 일은 일단락되었다.

나는 저우 총리 곁에서 적지 않은 교육을 받았지만, 스스로의 이해능력이 부족하여 수준이 낮았던 것이다. 그래서 몇몇 사정들은 여전히 이해가 되지 않았던 것이다.

예컨대, 1954년 화이런당에서 제1차 전국인민대표대회가 개최되었는데,

회의 중간의 휴식시간에 저우 총리가 내게 말하였다. "란잉아, 너는 지금 연기를 할 수 있고 노래를 할 수 있지만, 장래에 노래를 부를 수 없고 연기를 할 수 없게 되면, 너는 어떻게 할 생각이니?"

당시 나는 대답을 하지 못하였다. 저우 총리가 돌아가신 후인 1982년에 내가 무대와 작별을 고하고 나서야 나는 비로소 깨닫게 되었다. 당시 저우 총리의 뜻은 이러한 것이었다. "나이가 들고 난 후 너는 학생들을 가르쳐야 한다."

저우 총리와 함께 하면, 즐겁고 기뻤다. 그리고 걱정스러울 때도, 꾸중을 들을 때도, 불쾌할 때도, 눈물을 떨굴 때도 있었다.

나는 과거에 상당히 많은 저우 총리의 사진을 가지고 있었다. 각 방면에 걸쳐 모두 가지고 있었다. 그런데 '문화대혁명' 기간에 전부 훼손되어 버렸다. 몇몇 사진들은 매우 진귀한 것들이었고, 저우 총리와 함께 있는 사진, 덩잉차오 큰언니와 함께 찍은 사진도 있었다. 어떤 때는 저우 총리 집에서 밥을 먹은 적이 있었는데, 저우 총리가 만두를 집어 내 그릇에 놓아 주기도 하였다. 또 어떤 때는 저우 총리가 너무 늦은 시간에 가시는 바람에 우리는 총리가 가신 후에야 면을 먹곤 하였다. 그리고 저우 총리는 책을 들고 이치를 설명하기도 하였다. 어떻게 해야 사람다운 것인지, 세계관은 어떻게 바뀌어야 하는지 등에 대한 내용이 그것이었다. 나는 그 당시에는 아직 당원이 아니었다. 저우 총리가 말하기를, 너는 훗날 반드시 당원이 되어야 한다. 나는 너를 믿는다. 능히 훌륭한 당원이 될 수 있으리라 믿는다고 하였다. 덩잉차오 큰언니는 우리에게 차를 대접해 주기도 하였다. 그녀는 매우 친절하고 또 친절하였다. 그들은 나를 가족 중의 한 명처럼 그렇게 대해주었다. 어떤 때는 며칠 간격을 두고 저우 총리가 보이지 않을 때도 있었다. 나는 바로 전화를 걸어 "총리님, 무슨 일 있으세요? 몸이 안 좋으신가요?"하고 물으면 그는 "요즘 바쁘단다. 네가 이리 오너라." 그렇게 나를 불렀다.

훗날 듣자하니, 저우 총리가 병이 나 병원에 있다하여 나는 직접 찾아가고자 하였다. 그러나 병원에는 아예 들어갈 수가 없었고, 수차례 시도를 해보았지만 이루어지지 않았다. 실로 방법이 없었다. 나는 저우 총리가 이전에 듣기 좋아하던 노래를 녹음한 후 간단하게 한 마디를 적었다. "총리님, 큰언니. 나는 당신들이 그리워요. 나는 당신들이 많이 보고 싶어요. 총리께서는 지금 도대체 어떻게 되신 건가요? 저도 많은 말을 하지는 않겠습니다. 어르신께서 많이 피곤하실 테니 시간을 많이 빼앗지 않을게요. 만약 총리님의 건강이 허락되는 상황이라면, 총리님께서 가르치신 란잉의 목소리를 들어주세요. 총리님께서 조속히 건강을 회복하기를 기원하고, 큰언니께서도 별 탈 없으시기를 기원합니다." 이렇게 몇 마디를 적었다. 훗날 어떤 간호사 한 사람이 나와서 이렇게 말하였다. "알겠어요, 알겠어요! 이리 주세요!" 그녀는 물건을 가지고 가버렸다. 이 테이프를 저우 총리가 들었는지 못 들었는지는 나도 잘 알지 못한다.

저우 총리가 돌아가셨을 때, 나는 마치 하늘이 무너지는 것 같은 느낌이 들었다. 나는 반드시 저우 총리가 생전에 지시한 대로 일을 처리하겠다고 결심했다. 나이가 많이 들었고, 연기를 할 수도 노래를 부를 수도 없어 마땅히 무대를 떠난 후 젊은이들이 오를 수 있도록 양보하였다. 나 자신은 마땅히 젊은 세대를 배양해야 하고 학생을 가르쳐야 하며, 그들이 우리의 민족음악을 계승하도록 해야 했다.

『시우진볜(綉金匾)』이라는 곡은 본래 민가 중 하나이다. 산시성 북부지역의 민가로써 본래부터 『시우진볜』이라 불렸다. 제5단의 가사는 본래 "삼수해방군이 굳건히 적을 물리치네. 반동파를 궤멸시키면 전국이 안

녕을 누린다네"였었다. 1976년 1월 8일에 저우 총리가 돌아가신 후 내 감정은 매우 좋지 않았다. 수많은 친구들이 나를 만나러 와서는 모두 저우 총리를 추념하였다. 게다가 매번 모두가 같이 『시우진볜』을 불렀다. 당초에는 이 가사가 아니었다. 어느 날 갑자기 수도체육관에서 저녁공연을 하게 되었는데, 낮에 시연을 하였을 때 내가 불렀던 것이 바로 『시우진볜』이었다. 내가 "산시우(三繡)해방군이 굳건히 적을 물리치네"라는 이 구절을 부르려고 할 때, 갑작스레 무대 위에서 머릿속 정신이 혼미해져 버렸다. 속으로 이런 생각이 들었다. "일수는 마오 주석, 이수는 총사령, 삼수는 마땅히 저우 총리야!" 한 순간에 머릿속에서 마땅히 시수(繡)총리라는 생각이 들었다. 돌아가는 길에 나는 차를 탄 채로 이 가사를 생각하고 있었다. 오후에 나는 이 가사를 생각해 내었다. 바로 지금의 가사인 "산시우(三繡) 저우 총리, 인민의 좋은 총리, 공손하고 신중하며 온힘을 다하는 것은 혁명을 위한 것이니, 우리는 열렬히 당신을 사랑합니다." 사실은 매우 간단한 구어체였지만, 이는 우리 모두의 가슴속에 있는 말이었다. 저녁에 공연을 하였을 때, 나는 이 노래를 불렀다. 그러면서 나는 울음을 멈출 수가 없었다. 나도 내가 그렇게 울 수 있으리라고는 전혀 예상하지 못하였다. 나의 "산시우 저우 총리"가 한 차례 불리어 지는 순간 나의 목소리는 이미 말을 듣지 않았다. 첫 번째는 울면서 불렀으니 노래를 부른다고 할 것이 못되었다. 훗날 매번 그 부분을 부를 때면 모두 이러하였다. 매번 세 분의 위인을 부를 때마다 나는 내 자신을 주체할 수가 없었다. 과거에 희곡을 연기할 때처럼 하였던 것이 아니었다. 나는 한다고 하는데 할 수가 없었다. 매번 모두 눈물이 떨어져 제대로 되지를 않았다. 때가 되었을 때는 내 스스로 이미 제어할 수가 없음을 느꼈다. 물론 이렇게 하면 평소에 부르는 것보다 더 힘들었지만, 오히려 자신의 감정을 쏟아 낼 수 있었다. 다른 한 곡은 바로『저우 총리를 기억하며 실을 짠다』였다. 이 곡은 본래 두 명의 공인이 지은 것으로 내게 보내 준 것이었다. 물론 대단히 좋은 곡이었다. 하지만 나는 항상 두 단락의 가사가 여전히 감정을 완전히 표출해 내지 못한다고 생각하여, 훗날 직접 한 단락을 덧붙였다. 세 단락 가사의 선율이 나 자신의 상상에 따라, 나 자신의 감정에 따라 처리되었다. 전체적인 선율은 두 사람의 그것과 달라졌다. 이 두 동지에게 나는 매우 오랜 시간 동안 연락을 하지 못하였다. 무척 미안하게 생각한다. 하지만 나는 이 두 사람에게 내가 당시에 느꼈던 이와 같은 감정을 충분히 이해해 줄 거라고 믿는다. 두 번째 단락의 가사는 내가 보탠 것이다. 왜냐하면 나는 매번 종난하이에 갔는데, 한 곳은 저우 총리의 집이었고, 다른 한 곳은 저우 총리의 사무실이었다. 그러므로 두 번째 단락에서 나는 "국무원 내 하나의 등불, 금빛을 번쩍이며 자오원(裏園)을 비추네. 저우 총리는 밤낮으로 천하의 갖은 일을 위해 수고를 마다하지 않으시네"로 고쳤다. 어떤 날은 저우 총리가 펜 하나를 쥐고 의자에 앉은 채로 잠이 들기도 하였다. 나는 이와 같은 장면을 보았지만 내가 들어가면 갑자기 놀라서 깰 것 같아 속으로 미안한 마음을 느껴, 이런 경우에는 마땅히 들어가지 않아야만 했다. 내가 노래를 불러 이 구절에 다다를 때면, 나는 그의 등잔(盞燈)을 떠올린다. 이 곡을 부르면 나의 이러한 정서가 정확히 들어맞았던 것이다.

저우 총리는 내가 영원히
인민을 위해 노래하도록 가르쳐 주었다

왕쿤(王昆)
(저명한 성악가, 동방가무단의 전 단장)

저우 총리는 내가 영원히
인민을 위해 노래하도록 가르쳐 주었다

왕쿤(王昆)

(저명한 성악가, 동방가무단의 전 단장)

나는 19살 때 옌안에서 저우 총리를 만났다. 나의 삼촌 왕 허수(王 鶴壽) 동지가 옌안에 있었으며, 나의 여섯 째 삼촌 왕웨이정(王維錚) 역시 당시 뤄푸(洛甫) 즉 장원톈의 비서로 옌안에 있었기 때문이다. 또한 나의 고모 역시 일찍이 옌안으로 왔기 때문에 나는 양쟈령에서 늘 저우 총리를 볼 수 있었다. 당시 나는 멀찍이서 바라본 것이었는데, 사람들이 저우 언라이라고 말하였기 때문에 알게 되었다.

내가 처음으로 그와 직접 접촉했던 것은 옌안 당교 3부 펑전(彭眞) 동지의 토굴집에서였다. 하루는 내가 햇볕을 쬐고 있는데 덩 여사가 먼저 나와서 나에게 말을 걸었고, 나는 그녀와 아는 사이가 되었다. 그녀는 당교에서 공부하고 있다고 말하였고, 나는 무엇을 공부하느냐고 물었다. 그녀는 무엇 무엇을 공부한다고 일러주었다. 나는 "당신들처럼 다 큰 사람들도 아직 공부를 하다니 도대체 무엇을 공부하는 것인가요?"라고 물었다. 나는 전혀 이해하지 못하였다. 그녀는 노선을 공부한다고 대답했다. 나는 "노선이 공부하기 어려운 건가요? 전방에 길 안내자를 두면 이 일대의 노선은 다 알게 되는 것 아닌가요?"라고 물었고 그녀는 소리를 내어 웃었다. 그녀는 내가 누구인지 물었고 나는 그녀에게 알려주었다. 후에 저우언라이가 왔고, 그녀는 "언라이, 당신 이리 와 봐요. 이 꼬마

아이가 허수의 조카래요. 많이 닮았죠!"라고 말하였다.

당연히 나에게 인상이 가장 깊었던 것은 '바이마오뉘(白毛女)'를 연기한 이후, 즉 중국공산당 제7차 대표자대회가 열린 후였다. 대회의 강당은 우리의 분장실로 매우 누추했다. 저우 총리는 덩 여사와 함께 무대 뒤로 와서 우리를 만났다. 그 외 뤄레이칭(羅瑞卿), 류란버(劉瀾波), 류란타오(劉瀾濤) 등 여러 동지들이 있었다. 나는 기억이 생생한데, 저우 총리와 그들은 모두 우리 연기자들 뒤에 있었다. 우리는 매우 예의가 없는 편이었는데 모두 거기서 발을 씻을 정도였다. 그는 우리들과 이야기를 나누었다. 그는 "이 아이는 장레이팡(張瑞芳)을 닮았네."라고 말하였고, 그때 나는 비로소 장레이팡이라는 사람이 있다는 것을 알게 되었다. 후에 장레이팡은 저우 총리와 관계가 매우 밀접한 유명한 배우라는 사실을 알게 되었다. 한번은 저우 총리가 차를 타고 쉰루예술학원에 와서 보고를 들었다. 나는 그에게 나의 셋째 삼촌까지도 당교에 갔다며 나 역시 가겠다고 말하였다. 그는 "좋아, 차를 타거라"라고 하였고 우리는 이동하면서 대화를 나누었다. 그는 나의 생활환경과 '바이마오뉘'를 연기하는 것에 대해 물었다. 내게 인상이 깊은 한 마디는 "아이고, 너희들 고생이 정말 많구나!"라는 말이었다. 당시 '바이마오뉘'는 총 6막, 이십여 장면으로 구성되어 있었다. 그는 나에게 "너희들 영양제는 있느냐?" 라고 물었다. 그 무렵 우리는 수수나 호박을 먹는 것이 다였다. 나는 "연기를 할 때에는 계란 두 개를 먹을 수는 있어요. 목을 보호하기 위해서요." 라고 대답하였다. 그는 "아 그래? 다른 사람들도 먹느냐?" 라고 물었고, 나는 "아니요. 저도 이 극을 연기할 때가 아니면 먹지 못해요." 라고 대답하였다. 나는 그가 당시 매우 미안해하고, 무척 속상해 했던 것을 기억한다.

그는 "현재 우리는 아직 어려운 상황이니 이해하거라"라고 하였고, 이어서 "너희는 지금 '옌안 문예좌담회에서의 연설'을 배우고 있지?"라고 물었다. 나는 배웠다고 대답하였다. 그는 "이 '옌안 문예좌담회에서의 연설'의 핵심은 문예가 바로 인민을 위해 복무해야 한다는 것이란다. 네가 노래를 하는 것 역시 영원히 인민을 위해 노래를 하는 거야"라고 말하였다. 나는 이 말을 늘 기억하였다. 그렇기에 이 말을 지금까지 기억하고 있으며, 내 일생의 유일한 목표로 삼고 있는 것이다. 이것은 저우 총리가 나에게 준 매우 중요한 지침이었다.

  도시로 진입한 이후 저우 총리와 대면할 기회가 더 많아졌다. 인상에 가장 남는 것은 저우 총리가 업무를 처리할 때 매우 단호하고 신속하게 하며, 중요한 문제를 포착하면 절대 놓치지 않는다는 점이었다. 동방가무단 성립 이후, "채색 나비가 날아오른다"라는 영화를 찍은 적이 있는데, 이 영화에는 아이투라(阿依吐拉), 취메이산(崔美善), 머드거마(莫德格瑪)등이 출연하였으며, 그 중에는 캄보디아의 '바이화원(百花園)의 공주'도 있었다. 그 영화의 세트는 톈위(田雨) 동지에 따르면 그다지 좋지 못하였고 비교적 통속적인 느낌이었다. 하루는 베이징호텔에서 연회를 거행하는데 그가 저우 총리에게 다음과 같이 말하였다. "저는 베이징영화제작소에서 그 캄보디아의 무용에 관한 영화를 찍는 것에 대해 반대합니다. 분명 캄보디아도 만족하지 않을 것입니다. 왜냐하면 그들은 매우 아름답고 정말 훌륭한데, 우리는 약간의 조화를 만들어 그것을 대체하고 있기 때문입니다." 이 말을 들은 저우 총리는 "아 그렇군. 톈위 자네는 가서 말하기가 좀 그럴 터이니, 왕쿤 자네 이리 와보게나"라고 말하였다. 그는 그의 비서와 나에게 다음과 같이 말하였다. "자네는 그녀에게 차 한 대를 제공해주게. 자네는 바로 왕양(汪洋)을 찾아가서 이 영화의 공개를 조금 늦추라고 말하게나(왜냐하면 이 영화는 곧 공개될 예정이었다).

내가 생각을 좀 해야겠네. 먼저 영화를 보고 다시 이야기하세. 자네는 가서 내가 자네를 시킨 것이라고 꼭 말하도록 하게나." 당시 나는 일종의 숭고한 사명감을 느꼈다. 또한 한편으로는 이 임무를 완성하지 못할까봐 걱정이 되기도 하였다. 왕양은 당시 장막 안에 있었다. 나는 이 말을 그에게 전달하였다. 저우 총리는 업무 처리가 과감하고 신속하면서도 또한 독단적이지 않았다. 이 부분이 나에게는 매우 깊은 인상을 남겼다. 나의 심중에는 저우 총리가 매우 중요한 위치를 차지하고 있었다. 문화대혁명 당시 저우웨이즈(周巍峙)는 프랑스 '스파이'가 되었고, 나는 홍콩의 '스파이'가 되었다. 원인은 바로 장칭이 나를 '스파이'라고 말했기 때문이었다. 문화대혁명시기 내 마음에서 가장 염려되면서도 희망을 걸었던 이는 바로 저우 총리였다. 그는 그토록 어려운 상황 하에서도 여러 차례 우리를 떠올리고는 "왕쿤은 별 일 없겠지"라며 물어보곤 했다. 조반파는 직접 장칭에게 다음과 같은 내용의 서신을 보냈다. "현재 우리의 면전에 놓인 것은 두 개의 지시입니다. 하나는 당신께서 말씀하신 그녀가 '스파이'라는 것이고, 다른 하나는 저우 총리의 지시로 그녀에게는 아무 문제가 없다는 것입니다. 그녀는 옌안에서 '바이마오뉘'를 연기하였으며, 어릴 때 옌안에 가서 혁명에 공헌한 바가 있습니다. 우리는 당신의 지시에 따라 일을 처리하겠습니다." 문화대혁명 10년 동안 나는 혁명에 대한 희망을 잃지 않았다. 왜냐하면 내 생각에 우리에게는 이렇게 좋은 저우 총리가 있기 때문이었다. 그는 내가 역경 중에서도 희망을 발견할 수 있도록 해주었으며, 그가 국가에 대해, 우리 민중에 대해 시종 무거운 책임을 지고 있으면서도, 오히려 그곳에서 스스로 치욕을 참아 가며 중임을 맡고 있는 모습을 목도할 수 있게 해주었기 때문이었다. 한번은 저우웨이즈가 나에게 "내가 어제 밤에 꿈을 꾸었는데, 꿈에서 저우 총리를 만났어."라고 말하였고, 나도 "나 역시 꿈에서 저우 총리를 만났어"라고 대답하였다. 우리는 자주 같은 날 밤 꿈에서 저우 총리를 만났다. 꿈속에서는, 바진(巴金) 동지가 이야기한 것처럼, 그가 마치 우리의 면전에 서 있는 것만 같았다.

1950년대에 저우 총리는 자주 내가 노래하는 것을 들었다. 나는 공연할 때에 스스로 여러 부족한 점이 있음을 깨달았고 더 배우고 싶었다. 다만 나 역시 민요 창법의 학습은 매우 신중해야 한다는 것을 알고 있었다. 나쁜 것을 배울 경우 곧 그것과 비슷해지고, 제대로 배우지 않을 경우 다시는 노래를 부를 수 없게 될 수 있기 때문이었다. 소련에서 온 나지로바는 나에게 배울 필요가 없다고 하였다. 저우 총리는 이것을 알고 나에게 다음과 같이 조언해 주었다. "자네 배우는 것도 괜찮아. 가게나. 다만 자네가 배우고 돌아온 후에도 반드시 여전히 '왕쿤'이어야 하네. 그러니까 공부하고 돌아온 이후 우리가 라디오를 듣는데, 어 이거 누구지? 누구인지 모르겠는걸. 다시 한 번 들어보세. 그러자 누군가가 그것은 왕쿤입니다. 그러자 사람들은 전혀 알아보지 못하겠네. 이렇게 되면 안 된다는 걸세." 이 때문에 나는 음악학원에서 공부할 때에 저우 총리가 와서 살펴보며 여전히 나에게 어떠냐고 물어보면, 그때는 확실히 유치하고 매우 어렸기 때문에, "뭐 어떻다고 말씀드릴 것도 없습니다"라고 대답하였다. 소련의 전문가들은 나보고 영웅이라고 하였다. 내가 이 러시아 창법을 배운 것을 보고는 매우 대단하며 정말 영웅이라고 말했던 것이다. 하지만 나 스스로는 노래를 부를 수 없을 것만 같았다. 원래의 '바이마오뉘'를 못 부를 뿐만 아니라 수만은 민가 역시 부를 수 없을 것만 같았다. 나는 매우 고민했으며, 그랬기에 학업을 시작한지 2년 만에 바로 돌아와 버렸다. 돌아온 후 나는 저우 총리에게 보고를 드렸다. 정치협상회의 강당에서 11명의 여성 소프라노가 저우 총리와 함께 친목을 맺는 자리였다. 나는 내가 배우고 돌아온 그 창법으로 '해방된 시대'와 '보배' 등을 불렀다. 저우 총리는 그날 확실히 기분이 좋지 않았다. 평소에는 매번 내가 노래를 마치면 악수를 하였고, 국가 연회에서도 역시 그랬다. 매번 노래가 끝나면 지도자 동지들이 모두 와서 나와 악수하며 술을 권하였다.

저우 총리는 늘 그 자리를 같이 하며 매번 "고맙네, 아주 잘 불렀어"라고 말해 주었다. 하지만 그날 그는 아무런 말도 하지 않았다. 다른 이들과는 대화를 나눴지만 나와는 말 한 마디 하지 않았다. 나는 마음이 몹시 힘들었다. 노래를 잘하고 못하고는 본인이 아는 것이기 때문이었다. 후에 내가 염치불구하고 저우 총리 앞으로 갔을 때 그는 나를 매우 아껴 주면서 "아까 한 것들은 자네 노래가 아니야. 자네 도대체 무슨 노래를 부르고 있는 건가. '보배'는 류수팡(劉淑芳)의 것이야. 자네는 자네의 민가(民歌)를 불러야 해!"라고 말하였다. 나는 "네!"라고 대답하였고, 그는 "그렇다면 자네 이전의 그 창법을 아직 할 수 있는가?"라고 물었다. 나는 "할 수 있습니다. 바로 부를 수 있어요"라고 말하였다.

얼마 후 동방가무단이 베이잔(北展)극장에서 연회를 거행하였을 때, 나는 편지 한 통을 써서 저우 총리와 덩 여사에게 보냈다. 두 사람에게 이틀간 동방가무단에서 공연하는데 나는 무슨 무슨 노래를 부를 것이니, 와주셨으면 좋겠다고 말하였다. 두 번째 날 저우 총리의 사무실에서 회답이 왔다. 두 번째 공연에 와서 본다는 것이었다. 그는 공연을 본 후 매우 기뻐하며 나와 악수하였다. 당시에는 반드시 최고 지도자에게 요청하여 사진을 찍어야 한다는 규정이 있었기 때문에, 사진은 남아있지 않다. 그 후 총리는 직접 무대 뒤로 와서 나를 찾아와 매우 기뻐하며 "우와! 왕쿤, 자네 오늘 정말 훌륭하게 노래했어!"라고 말하였다. 덩 여사 역시

"오늘 자네가 부르는 노래를 들으니 마치 우리가 옌안으로 돌아간 것 같네"라고 말하였다. 이런 칭찬을 받는 것은 당연히 매우 높은 영예였다. 그들은 옌안에 대해 어떤 그리움을 품고 있었기 때문이었다.

나의 예술 생애에 대해 저우 총리가 말한 것은 이론과 실제의 결합이었다. 이론만 얘기했던 것이 아니었다. 예를 들어 그는 다음과 같이 말하였다. "자네 공부하고 싶다면 그렇게 하게. 다만 좋은 걸 배워야지 좋지 않은 것을 배워서는 안 되네. 공부를 마치고도 여전히 자네 자신이어야 하네. 이전보다 좋아져야지, 다른 모습으로 변해서는 안 되네. 자네가 다른 사람처럼 변한다면, 심지어 다른 사람보다 못한 사람이 될 거야. 이런 것은 결코 안 되네."

동방가무단은 저우 총리가 직접 길러 낸 단체이다. 동방가무단이 존재한 이 몇 년 동안, 특히 우리가 수많은 아프리카 국가와 국교를 체결할 때 동방가무단은 일정한 역할을 수행하였다. 천이 부총리의 말을 빌리자면, 바로 "자네들은 대사라는 직함이 없는 대사라네. 우리 외교관들이 할 수 없는 일들을 자네들이 해내니까 말이네"와 같은 것이었다. 저우 총리는 동방가무단에게 다음과 같은 지시를 내렸다. "다음과 같은 것을 공부해야 하네. 첫 번째로 우리 중국을 잘 배워야 하네. 중국의 민족 민간 가무 예술을 배워야 하고, 동시에 아시아, 아프리카, 라틴 아메리카의 가무 예술도 공부해서 우리의 인민 외교를 발전시켜 나가야 하네."

내가 동방가무단에 있던 4년 동안 저우 총리는 아마도 동방가무단과 가장 많이 접촉한 지도자였을 것이다. 문화대혁명이 시작되기 이전 동방가무단은 이미 공격을 받고 있었다. 저우 총리와 천이 부총리는 여러 차례 가무단에 와서 동방가무단을 위한 이야기들을 해주었다. 지금 기억이 났는데, 그들은 당연히 매우 전략적이었다. 예를 들어, 나는 천이 부총리에게 "지금은 골반을 흔들 수도, 허리를 돌릴 수도 없습니다. 우리가 배운 아프리카의 무용은 골반을 돌리고 허리를 돌리는 것인데, 이러한 동작이 없다면 그것은 아프리카 무용이 아닙니다"라고 말하였다. 당시에는 배를 흔들도록 했었다. 천이 부총리는 "나는 믿을 수 없네. 이렇게 광대한 중국에서 말이야! 배 흔드는 것을 비틀어 없애 버리게!"라고 말하였다. 성격이 매우 분명한 사람이었다. 저우 총리는 그렇지 않았다. 그는 조금 더 완곡하게 말했는데, 그 역시도 누가 동방가무단을 힐문하는지 알고 있었다. 그는 다음과 같이 말하였다. "자네들 일단은 그렇게 하게나. 우리들 인민이 받아들일 수 있을 정도로 최선을 다하게나. 충분히 아름답게 말이야. 자네들 스스로 이 문제를 해결하도록 하게. 내 뜻은 자네들은 여전히 잘 배워야 하고 제대로 된 것을 배워야 한다는 걸세. 어떤 것들은 잠시 보관해 두게나." 천이 부총리는 "모두 보관해 두게. 절대 버려서는 안 되네. '차이차무(采茶舞)', '허화무(荷花舞)'(당시에는 크게 환영받지 못하던 것들이다.) 등은 역시 잘 보존해 둬야 하네. 모두 잘 보존해 두게나. 앞으로 모두 쓸모가 있을 거야"라고 말하였다.

한 번은 배우 한 명이 '사쟈빈(沙家濱)' 공연 상황을 보고하였다. 저우 총리는 한 번 보고 동방가무단 사람임을 알아보고는 매우 열정적으로 가서 동방가무단의 상황이 어떤지를 알아보라고 했다. 그러면서 "동방가무단 이 명칭은 매우 영광스러운 것이라네. 자네들은 반드시 동방가무단의 영광을 보존해야 해"라고 당부하는 말도 전하라고 했다. 이것이 저우 총리가 우리에게 준 마지막 당부 말이었다.

4인방을 타도한 이후, 역시 역사적 원인으로 인해 내가 동방가무단의 단장 지위에 올라 10년 간 동방가무단의 일을 주관하게 되었다. 나는 일을 하면서 어려운 시기든 순통한 시기든 늘상 저우 총리가 우리 동방가무단에게 해준 이야기를 되새겼다. 가장 중요한 것은 저우 총리의 부탁을 결코 욕 되게 해서는 안 된다는 것이었다. 동방가무단은 모두의 노력 하에서, 인민에게 있어서도, 또한 우리 예술 전선에 있어서도 하나의 영광스러운 단체가 되도록 해야 했다.

저우 총리는 '광부들은 술이 없어서는
안 된다'라고 지시하였다.

딩위화(鄧玉華)

(유명가수)

저우 총리는 '광부들은 술이 없어서는
안 된다'라고 지시하였다.

덩위화(鄧玉華)

(유명가수)

　1965년 가을 베이징호텔의 어느 저녁 연회에서 나와 우리 팀의 동료들이 거기서 공연한 것이 기억났다. 당시 존경하는 저우 총리와 또 일부 선생님들이 우리의 공연을 보러 왔다. 그때 전국은 레이펑(雷鋒) 정신을 배우는 열기가 뜨겁게 일어나고 있었다. 레이펑 정신을 배운 후 또 많은 영웅들이 생겨났다. 그중 한 영웅의 이름이 왕제(王杰)였다. 나는 왕제를 칭송하는 노래 〈혁명용광로의 불이 제일 뜨겁다(革命熔爐火最紅)〉를 불렀다. 노래를 다 부른 후 저우 총리는 우리 팀의 동료에게 나를 그의 곁으로 부르더니 "샤오 덩(小鄧), 자네가 방금 부른 노래 제목이 뭐지요?"라고 물었다. 나는 "〈혁명용광로의 불이 제일 뜨겁다〉입니다"라고 대답했다. "아. 그래요." 그는 "이 노래는 매우 듣기가 좋군요. 또한 여기 몇 구절의 가사들도 매우 좋습니다"라고 말하였다. 그는 또 "나에게 이 노래 좀 가르쳐줄 수 있겠소?"라고 물었다. 나는 "어떡하지? 이 노래는 부르기 어려운데……."라고 생각했다. 왜냐하면 많은 곳에 지방 전통극을 참고하여 박력 있고 빠른 부분이 있으며, 느리다가 빨라지므로 배우기가 매우 어렵기 때문이었다. 잠시 동안 나는 "저우 총리께서는 엄청 바쁘신데 배울 시간이 어디 있을까?"하고 생각하게 됐다. 하지만 저우 총리의 눈을 보니 그는 매우 간절하게 정말 나에게 배우고 싶어 하였다. 그래서 나는 "총리님은 배울 시간이 있으십니까?" 라고 물었다. 그는 "있어요. 지금 바로 배우지요, 뭐!"라고 말하였다. 그리고 저우 총리는 당장에 여러 번 이 노래를 배웠다. 당시 배우면서 그는 "인민을 위하여 봉사하며 영원히 녹슬지 않는 나사못이 되겠다"고 하는 가사가 좋다고 하였다. "혁명을 위하여 그는 태산보다 중요하다" 등의 또 다른 가사도 모두 좋다고 하였다. 저우 총리가 그해에 비록 나에게 노래를 배운 것은 사실이지만, 사실상 나에게 어떻게 살아야 함을 가르쳐주었다는 것을 느꼈다. 저우 총리는 자신이 우리에게 빛나는 모범이 되었고 지금까지도 여전히 내가 더욱 힘써 광부들을 위하여 봉사하며 인민을 위하여 봉사하도록 격려하였다. "어떻게 노래를 배웁니까?"하는 점에서도 저우 총리는 나에게 많은 가르침을 주었다. 그는 여러 번 나에게 "당신은 왕퀀, 궈란잉에게 잘 배워 우리의 민족노래를 잘 불러야 합니다"라고 말하였다. 또한 당신은 과학적인 창법을 배워야 한다고도 하였다. 당시 성악계에서는 언제나 서양창법, 민족창법의 논쟁이 있었기 때문이었다. 후에 나에게 당신은 서양창법을 배워야 하고 민요를 잘 불러야 한다고 하였다. 그리고 또 나에게 창법을 배운 후 중국노래를 부를 줄 모르면 안 되며 중국노래를 반드시 잘 불러야 한다고 하였다.

어느 때인가 한 번 우리가 국무원에 가서 공연을 할 때 저우 총리는 우리에게 당신들은 요즘 어느 곳에 갔었느냐고 물었다. 우리는 어느 곳에 가서 어떤 공연을 했다고 모두 말하였다. 그러자 그는 우리가 갔던 광산지역과 그곳의 연 생산량이 얼마고 어떤 석탄을 생산하며 어느 곳으로 운송하는 지를 모두 말해 주었다. 그는 모든 것을 알고 있었다. 우리 배우들은 그냥 일반 광산도 그가 이렇게 상세하게 알고 있었음에 모두 탄복하였다.

저우 총리는 또 우리를 통하여 광부들의 생활을 알아보았다. 때로 그는 당신들은 대 식당에 가서 밥을 먹었냐고 물었다. 예전에 우리가 처음 갔을 때는 우리 스스로 취사를 하였기에 대 식당에 가서 밥을 먹을 기회가 매우 적었다. 그래서 당시 그가 광산의 상황을 물어보면 우리는 모두 대답을 못했다. 그 후에 단장은 특별히 주의하여 매번 공연을 갈 때 마다 우리에게 대 식당에 가서 먹으라고 하였다. 그는 또 물었다. 광부들이 갱도에서 나온 후에 샤워할 따뜻한 물이 있느냐? 또 물었다. 그리고 "광부들이 퇴근 후 그들은 어떤 문화활동을 하는가? 볼 책은 있는가? 영화를 볼 수 있는가?"를 또 물었다. 후에야 우리는 광부들에게는 어떤 영화를 보여주는가 등을 통하여 이 지역의 문화생활이 낙후한가, 어느 수준인가를 그가 알 수 있었음을 깨달았다.

후에 광산 문화선전단을 해체한다는 얘기를 들었다. 당시 우리 문화선전단의 사람들은 모두 해체하기를 원하지 않았다. 어느 날 갑자기 좋은 소식이 들려왔다. 저우 총리가 광산 문화선전단을 해체하지 않는다고 말하였다는 것이었다. 후에 그는 우리단의 가무공연을 보았다. 우리가 연출한 무용극 〈바오롄덩(宝蓮燈)〉, 연극 〈빙린청샤(兵臨城下)〉를 보았다. 연극은 동스(東四)에 있는 노동자극장에서 공연하였다. 그 골목은 매우 좁았지만 그는 언제나 왔다. 공연을 본 후 그는 우리 단원들에게 "모두 잘했소. 그리고 광부들은 매우 고생하기 때문에 그들을 위해 이렇게 봉사할 문화선전단이 있어야 합니다. 비록 우리나라에 예술단체는 매우 많지만, 그들은 광부들만을 위하여 공연할 시간과 겨를이 없지요"라고 말하였다. 그래서 저우 총리의 관심아래 우리 이 팀은 남겨지게 되었던 것이다. 언젠가 또 한 번 매우 인상 깊은 일이 있었다. 그때는 고난의 시기였다. 우리 광산 문화선전단은 종난하이 국무원으로 가서 공연하였다.

당시에는 공연이 끝난 후 한 가지 습관이 있었다. 가끔 저우 총리는 배우들과 함께 식사를 하였던 것이다. 그때 그는 우리를 보면서 곁에 있는 사람들에게 "아니! 이 애들 얼굴색이 왜 이렇게 안 좋지?"라고 말하였다. 그러면서 우리들에게 "자네들 밥은 잘 먹는가? 먹으면 배부르게는 먹는가?"라고 물었다. 당시는 모두가 잘 알듯이 주식은 모두 정량이며 부식도 없어 밥을 잘 먹지 못할 때였다. 하지만 우리는 저우 총리에게 사실을 말할 수가 없어 그저 웃기만 하였다.

그는 사람들을 잘 이해하였다. 바로 비서를 곁으로 불러 빨리 사람들을 시켜 남해에 가서 물고기를 잡아 저녁에 요리를 해 먹게 하라고 하였다. 그는 "또 저네들이 볼 때 광부들의 생활은 어떠한가? 그들은 밥을 배불리 먹는가?"하고 물었다. 우리는 광부들은 술을 특별히 좋아하는데 그들은 술이 끊길 까봐 걱정한다고 말하였다. 현재 어떤 광산들은 이미 술을 사서 마실 수 없을 지경이었다.

갱도에 내려가면 습기가 엄청나게 많아 술을 마셔야만 몸과 관절을 조금이라도 따뜻하게 할 수 있었던 것이다. 광부들은 모두 관절염을 앓고 있었기 때문이었다. 그는 이 말을 들은 후 미간을 찌푸리며 생각하더니 곁에 있는 간부를 불러 "빨리 그들에게 술을 줄 수 있도록 하라"고 명했다. 그 자리에 있던 사람들은 모두 눈물을 흘렸다. 그 자신도 매우 격동된 듯했다. 그날 밤 그는 우리와 함께 밥을 먹었는데 정말 남해의 물고기를 가져와 요리를 했다. 그는 "당신들은 배불리 먹어야 합니다! 당신들은 배불리 먹어야 해요! 우리 여기도 좋은 음식은 별로 없지만 오늘만이라도 당신들은 배불리 먹어야 합니다"라고 말하였다.

내가 마지막으로 저우 총리를 만난 것은 1967년 '문화대혁명' 중이었다. 그때 어떤 베트남대표단이 중국에 와서 공연하였다. 내가 전에 베트남에서 공연을 몇 개월 한 적이 있어서 나를 불러 그들에게 중국노래를 가르치라고 하였다. 그때 생각지도 않게 공연할 때 저우 총리를 만났다. 그는 나를 보더니 "샤오 덩, 오랫동안 당신 노래를 듣지 못했소. 오늘 노래를 한번 들어봅시다!"라고 했다. 이번의 만남은 오랫동안 잊을 수 없는 추억이 되었다.

탁구를 얘기하면 저우 총리는
매우 신나하였다.

취우종훼이(邱鍾惠)

(탁구선수, 우리나라 첫 번째 여자단식 세계 금메달 수상자)

탁구를 얘기하면 저우 총리는
매우 신나하였다.

취우종훼이(邱鍾惠)

(탁구선수, 우리나라 첫 번째 여자단식 세계 금메달 수상자)

저우 총리가 살아있을 때 나는 그를 23번 만났다. 그의 말과 몸소 가르침은 나의 일생에 소중한 자산이었다. 탁구팀이 제일 처음 저우 총리를 만난 것은 1955년이었다. 그는 우리의 경기를 보러 왔다. 우리는 설레이기도 하고 긴장되기도 하였으며 촬영조명이 나의 눈을 비추어 잘 보이지 않았다. 저우 총리는 "그 조명을 끄세요. 선수의 시선에 영향을 줍니다"라고 말하였다. 그는 정말 세심하게 관찰하였다. 1959년 롱궈탄(容國團)이 세계남자단식 금메달을 따서 저우 총리는 우리를 접견하고 또한 선수들과 춤을 추었다. 첫 번째 나와 추면서 많은 것들을 물었고 기자들은 사진을 찍었다. 그는 바로 내부에서만 가능하고 발표하지 말라고 지시하였다. 1961년 세계탁구대회에서 저우 총리는 많은 지시를 하였다. 선수들에게 특별제공을 하고 조직업무를 세심하게 했으며, 외교사무도 매우 잘 준비하였다. 그리하여 세계탁구계의 많은 인사들이 중국에서 세계탁구대회를 개최하자고 제의하게 되었으며, 제26차 세계탁구대회는 아주 잘 진행되었다고 말했다. 그것은 모두 저우 총리가 직접 지도한 것이었다.

26차 세계탁구대회 때 저우 총리는 베이징에 있지 않았다. 돌아온 후 그는 우리를 그의 집으로 초청하여 우리의 공을 치하하였다. 덩 큰언니는 저우 총리의 탁구 치는 사진을 꺼내며 "우리 탁구 팬이 탁구 치는 사진 좀 보세요"라고 말하였다. 조금 지나 저우 총리가 와서 우리와 일일이 악수하며 담소를 나눴다. 그리고 "몇 게임 하고 나서 밥을 먹읍시다"라고 말하였다. 식사를 할 때 나는 메인테이블에 앉았다. 저우 총리는 "샤오치우, 당신은 당신과 가오지안(캐나다인)이 경기한 점수를 아시오?"라고 말하였다. 나는 "계산해 보지 않았습니다"라고 대답했다. 그는 "내가 계산했지요. 내가 그때 당시 윈난에 있었기에 매일 비서보고 전화를 해서 당신들의 경기상황을 물어보라고 하였소. 당신의 점수는 96점이고, 가오지안의 점수는 98점이였소. 당신의 점수는 그보다 조금 적었소. 하지만 총 세트 스코어에서 당신이 이겼지요"라고 말하였다. 그리고 그는 더 이상 이야기하지 않았다. 나는 아주 긴장되었다. 나는 그가 절대로 단지 흥미를 가져서 이 점수를 계산한 거라고는 생각하지 않았다. 그는 이 방법을 통하여 나에게 교만하지 말고 성급하지 말라고 가르친 것이었다.

밥을 먹을 때 저우 총리는 "당신들은 모두 운동선수들이오. 술을 권하면 안 되니 내가 당신들에게 요리를 권하겠소"라고 말하면서, 큰 완자를 여러 개로 잘라서 우리에게 나누어주었다. 덩 큰언니는 또 우리에게 그들의 '연애사'를 이야기해 주었다. 덩 큰언니는 "저는 당시 제가 먼저 그이를 선택한 것이 아니었어요. 많은 고려, 선택, 시련을 통하여 마지막에 그이를 선택한 것이지요", 또 "결혼하는 날이 돼서야 저는 그이가 '술단지'라는 것을 알았어요. 저는 그이가 그렇게 술을 잘 마시는지를 몰랐어요. 결혼하는 그날 당신이 그렇게 술을 많이 마셔서 저는 놀랐지요. 그이는 본래 '술단지'였던 거였어요"라고 말하였다.

1961년 세계탁구대회 이후 저우 총리께서는 일본탁구팀을 초청하여 여자 선수 마쓰자키(松崎一直)에게 부모님의 직업이 무엇이냐고 물었다.

마쓰자키는 아버지가 술집을 한다고 말했다. 저우 총리는 "아 그래요, 아버지께서는 중국의 마오타이를 마셔본 적이 있나요?"라고 물었다. 마쓰자키는 "아버지는 중국에 오신 적이 없어요"라고 말했다. 저우 총리는 "마오타이 두 병을 아버지에게 갖다드리면서 중국에서 제일 좋은 술이니 마셔보라고 하세요"라고 말하였다. 남자선수 가쿠무라(獲村一智郎)는 "저도 중국의 마오타이를 매우 좋아합니다"라고 말했다. 저우 총리는 "좋지요! 당신에게도 두 병을 드리지요"라고 말하였다. 마쓰자키는 저우 총리가 선물한 마오타이를 지금까지 보관하고 있다고 한다. 1961년에 온 국가탁구팀은 지금도 저우 총리를 얘기하면 모두 엄지를 들고 "저우 총리님은 참 대단한 분이지요"라고 말하곤 한다. 저우 총리의 기억력은 대단하였다. 어떤 일은 수년 전에 그에게 한번 이야기를 했는데 수년 후 그는 아직도 기억하고 있었다. 어떤 사람은 수년 전 그가 이름을 알았는데 수년 후 그는 그때까지도 그 이름을 알고 있었다고 했다. 우리가 오페라 극장과 함께 친목 행사를 했던 일이 있었다. 어느 배우의 이름이 저우은메이(周恩美)였다. 저우 총리는 그에게 "당신 혹시 해방 이후에 이름을 지은 것 아니오?"라고 물었다. 그는 "아니요. 제가 처음 태어 날 때부터 집에서 지어주었습니다."라고 말했다. 2년이 지나서 나를 만났을 때 그는 "그 저우언메이는 어떠냐?"하고 근황을 물으셨다. 저우 총리는 우리나라의 보기 드문 정치가, 외교가로서 사람을 대하는 품격, 반응, 의사 결정 등 모든 면에서 뛰어났다. 1975년 6월 9일 다나카가 중국을 방문했을 때 어떤 여배우가 저우 총리에게 술을 올리자 저우 총리는 테이블에서 장미 한 송이를 이 여배우에게 선물하였다. 이 배우는 너무나 감동하여 밤새도록 보고 또 보았으며, 다른 배우들은 이를 모두 엄청 부러워했었다. 저우 총리는 운동선수들의 성장에 관심을 기울였으며 늘 훈련일지를 보았다. 어느 날 그는 "당신 운동선수들이 쓴 '와와문(娃娃文)'을 봤어요. 장리(張莉) 당신 틀린 글자가 너무 많아요. 어떤 것은 내가 수정해줬소. 어떤 것은 수정할 시간이 없어 동그라미를 쳐놨소"라고 말하였다.

1969년 9월 6일 허 총사령관의 유골안장의식에 저우 총리가 왔다. 그는 연설 중 "제가 허롱 동지를 잘 보호하지 못했습니다"라고 말하였다. 그는 더 이상 말하지 못하고 눈물을 흘렸다. 모두들 울었다. 그가 갈 때 우리는 모두 그와 악수를 하고 싶어 했다. 하지만 할 수가 없었다. 그의 안색이 매우 좋지 않은 것이 보였기 때문이었다.

1970년 말에 중국팀이 제31차 세계탁구대회에 참가하느냐 하는 문제에 대하여 팀에서는 두 가지 의견이 있어 쟁론이 커졌다. 한 가지는 '제국주의, 수정주의, 반혁명주의'와 교제할 수 없다는 것이었고, 다른 한 가지는 우리는 개방하고 친구를 널리 사귀어야 한다는 것이었다. 후에 저우 총리가 지시를 전달하였다. "당신들에게 시험을 내겠소. 당신들은 정식으로 토론하여 여러 의견들을 충분히 발표하고 마지막에 당신들의 시험이 합격인지 불합격인지 보겠소."라고 하였다. 거의 이틀 동안 토론을 거쳐 대다수 사람들이 가야 한다고 했다. 마지막에 저우 총리에게 보고하였고 그는 우리의 시험이 합격이라고 하였다. 후에 또 마오 주석의 지시를 전달하였다. "우리 팀은 가야 한다"는 것이었다. 그때는 우리들의 영향력도 컸고 성적도 좋았다. 1971년 미국탁구대표팀이 중국을 방문하였다. 이 사건은 세계를 놀라게 하였다. 저우 총리의 전략적인 안목과 담대함을 보여줬다. 중국을 방문한 5개 탁구팀을 접견할 때 저우 총리는 한 팀 한 팀 접견하고 한 나라씩 이야기를 나누었다. 또 특별히 미국 탁구선수 코언(상세내용 본 책 213페이지 참조-편집자 주석)을 물었다.

코언은 저우 총리에게 "미국 히피족에 대하여 어떻게 보십니까?"라고 물었다. 그는 "모든 나라의 청년들은 모두 그들 각자의 이상과 목표를 추구합니다. 히피 그것은 미국청년이 추구하는 이상형 아닙니까?"라고 말하였다. 각 나라 탁구팀이 제기한 많은 문제들에 대하여 그는 모두 대답을 해주었다. 미국 선수(Girton button)는 그때 5개 탁구팀 접견에 참가하여 저우 총리의 얼굴이 들어간 기념배지를 받았다. 매번 외국에 나가 경기할 때마다 그는 항상 지니고 다니면서 다른 사람들에게 "이분이 저우언라이입니다. 위대한 분이지요!"라며 선전하고 다니곤 했다. 마쓰자키는 매번 저우 총리를 만날 때마다 매우 흥분하였다. 저우 총리는 그들 부부의 불임증을 치료해주도록 지시하였고, 이 과정을 내가 모두 함께 동행하였으며, 후에 완치되었다. 매년 그들 부부를 초청하여 중국에 올 때마다 대우가 엄청 좋았다. 그는 "저에게는 정말 과분합니다. 저는 중국에 아무것도 한 것이 없습니다."라고 말했다. 그들 부부가 체육용품 가게를 오픈한 것도 바로 중국에 올 수 있기 때문이었다. 우리는 그들을 볼 때마다 저우 총리를 이야기하였다.

1971년 저우 총리는 인민대회당에서 탁구팀을 접견하였다. 그는 여자코치가 있는지 여의사가 있는지를 물었다. 후에 여우이(友誼)병원의 의사 한명을 보내왔다. 1974년 나는 또 인민대회당에서 저우 총리를 만났다. 그는 많이 늙었고 말랐다. 그는 우리의 국가와 인민을 위하여 거기서 힘들게 버티고 있었다. 하지만 그의 목소리는 여전히 우렁찼다. 저우 총리가 돌아가시자 모두들 울기 시작하였고 매우 괴로워하였다. 체육계와 감정이 제일 깊은 분은 저우 총리였다. 그는 영원히 우리의 마음속에 살아 있다. 우리는 늘 저우 총리가 "탁구를 얘기하면 나는 매우 신이 난다. 내가 근무하는 곳에도 탁구다이가 있다"고 이야기 한 것이 생각난다. 우리는 그때서야 그가 탁구를 자주 친다는 것을 알았다.

'작은 공으로 지구를
움직이게 한다'는 저우 총리

쫭저동(庄則棟)

(탁구선수)

'작은 공으로 지구를
움직이게 한다'는 저우 총리

쫭저동(庄則棟)

(탁구선수)

우리 탁구팀이 매번 외국에 나가 경기를 하기 전에 저우 총리는 모두 정치국의 일부 사람들과 함께 탁구팀을 위하여 배웅하거나 송별연을 베풀어 주었다. 1963년 3월 우리는 체코슬로바키아 프라하에 가서 그곳에서 개최하는 제27회 세계탁구선수권대회에 참가하였다. 출발 전에 저우 총리는 종난하이의 무성전에서 우리를 위하여 송별연을 베풀어주었다. 천이, 허룽 부총리도 연회에 참가하였다. 저우 총리는 또 특별히 체코주재중국대사 종시동(仲曦東)을 초청하여 우리 탁구팀에게 소개하였다. 그는 "이 종 대사는 앞으로 당신들을 많이 돌봐줄 분이오. 뒤에서의 일은 이분이 전적으로 책임질 것이오. 만약 외국의 밥이 맞지 않으면 대사관의 요리사가 중국요리를 만들어서 줄 것이오. 요리사가 부족하면 국내에서 더 파견할 수도 있소"라고 말하였다.

종대사는 열정적으로 "있어요! 있습니다! 우리는 전력을 다할 것입니다. 이번 탁구경기 때 사용하는 탁구다이를 우리도 몇 개 구매해서 대사관에 놓았지요. 그곳이 바로 당신들의 훈련기지가 될 겁니다"라고 말하였다. 저우 총리는 또 "이번에 체코에 갈 때 의사 선생님을 데리고 갑니까?"라고 물었다. 천센동지가 "예, 데리고 갑니다"라고 대답하였다. 그는 또 "선수들이 경기할 때 고생이 매우 많습니다. 상처가 나거나 병이 나거나 하면 제때에 치료를 받아야 하는데, 이러한 시스템이 앞으로는 제도화 되어야 합니다."라고 말하였다. 저우 총리는 유머러스하게 "오늘 나는 국가에서 내빈을 초대하는 표준인 4가지 요리와 탕 하나로 여러분들을 접대하겠소. 우리나라는 아직 매우 어려워요. 비록 경제상황이 조금 나아지고는 있지만 우리는 그래도 절약해야 합니다. 오늘의 접대는 저의 급여에서 공제하겠습니다. 하지만 식량배급표는 당신들이 내시오! 괜찮은 거죠! 우리가 밥을 먹는 곳은 우청전(武成殿)입니다.

옛날에 장군들이 출정할 때 안딩문(安定門)으로 가야 했고 승전을 했을 때는 더성문(德勝門)으로 들어왔지요. 패전을 했을 때는 더성문으로 들어올 수가 없었소. 전쟁에서 이긴 후 황제가 연회를 열어 치하를 해야 할 때만 무성전에서 밥을 먹을 수 있소. 당신들이 곧 출정하는데 제가 여기서 당신들을 초대하여 밥을 먹는 것은 당신들의 승리에 대하여 미리 축하하는 것이오!" 라고 말하였다. 그는 잠시 멈춘 후 계속하여 "당신들이 경기에 임하는데 있어서 4가지 요구를 하겠소. 첫째는 우정이 경기보다 중요하다는 겁니다. 둘째는 전략적인 것은 무시하고 전술적인 것을 중시해야 한다는 것입니다. 셋째는 승리해도 교만하지 말고 패하여도 낙심하지 말아야 합니다. 넷째, 이번 출정은 반드시 승리할 것이고 반드시 성공할 것이라는 겁니다." 라고 말하였다. 말을 마친 후 저우 총리는 그의 반짝이는 눈빛으로 모두를 둘러보았다. 연회장은 순식간에 쥐 죽은 듯이 조용하였다. 이때 덩 큰언니가 팀 안에서 담배를 피우는 사람이 있는 것을 보고 웃으면서 "당신들 선수 중에 담배를 피우는 사람이 있나요? 저는 담배 피는 것을 반대해요! 담배는 건강에 해롭습니다."라고 했다. 그는 선수들의 건강에 관심을 두면서 솔직하게 말하였다.

그러자 저우 총리는 웃으면서 반박하였다. "이 분들을 접대하면서 담배 피우는 것에 반대하지 마세요!"

덩 큰언니는 "이 문제에 대해서 저와 총리는 생각이 달라요. 우리 둘은 행동으론 모두 담배를 피우지 않기 때문에 일치하지만, 사상으론 달라요"라고 말하였다. 저우 총리는 "담배와 술에 부과되는 세금이 많아요. 건강에 안 좋으니 많이 피우지 말고 조금씩 피우는 것은 국가에 이익이 되지요"라고 말하였다. 덩 큰언니는 "젊었을 때 저는 총리와 6년간 사귀며 줄곧 그를 관찰했어요. 다른 것은 다 좋은데 그가 원래 '술단지'라는 것을 발견하지 못했지 뭐예요"라고 말하였다. 그러자 모두들 웃었다. 저우 총리도 웃으면서 "선수들 중에 술을 마시는 사람이 있나요?"하고 물었다. 모두들 "없어요. 세계대회에서 우승한 후 축하할 때 조금 마실 겁니다. 평소에는 모두 마시지 않습니다."라고 대답하였다.

그러자 덩 큰언니는 "안 마시는 게 좋아요. 승리한 후 축하하기 위하여 조금 마시는 것은 괜찮지만 말이에요." 그러면서 저우 총리를 가르키더니 모두에게 "이분처럼 '술단지'가 되지 마세요"라고 말하였다. 모두들 크게 웃었다.

1971년 4월 일본에서 잊을 수 없는 역사적 사건이 발생하였다. 제31차 세계탁구선수권대회기간에 우리 중국대표팀은 일본에서 특별히 준비한 가즈히사(藤久)관광호텔에 묵었다. 또한 우리를 위하여 두 대의 버스를 제공하였다. 어느 날 우리는 호텔에서 차를 타고 체육관에 경기하러 가고 있었다. 그런데 어느 미국선수가 우리의 차에 잘못 탔는데 차는 출발하고 말았다. 그는 문가에 서서 어찌할 바를 몰라 했다. 나는 원래 차 뒷자리에 앉는 습관이 있었는데, 일본에 오기 전에 저우 총리가 재삼 "우의가 제일이고, 경기는 두 번째"라는 방침을 행할 것을 강조하며, "다른 나라 사람에게 우호적인 것은 중국의 전통문화이며, 특히 적대국가의 국민에 대한 태도에서 비로소 진정으로 '우의 제일'의 방침을 나타낼 수 있다"고 이야기 한 것을 생각하고는 가방에서 항저우에 있는 시후(西湖)스카프 한 장을 꺼내 통역에게 다가가 그에게 나를 도와 미국선수에게 말을 할 수 있게 도와달라고 했다. 후에 그의 이름이 코언이라는 것을 알게 되었다. 이튿날 일본의 『아사히신문』, 『요미우리신문』, 『마이니 치신문』 등 신문에서 모두 메인 페이지에다 나와 코언이 악수하고 이야기하는 사진을 실었다. 어떤 신문은 또한 머리기사로 "중미접근"이라는 말을 다루기도 했다. 이는 일본 전체를 놀라게 하였다. 이것이 바로 '탁구외교'의 시작이었다.

1971년 7월 중순 저우언라이 총리는 인민대회당에서 정세보고를 하였다. 체육계의 대표는 제일 뒷자리에 앉았다. 저우 총리는 제31차 세계탁구선수권대회 이후 미국탁구팀을 초청하여 중국을 방문하는 것을 이야기할 때 갑자기 "좡저동 동지 왔나요?"라고 물었다. 장소가 장소이니만큼 나는 감히 대답할 수가 없었다. 그 때 체육계 동료들이 "왔어요. 왔습니다!"라고 외쳤다. 저우 총리는 그 소리를 들은 후 뒤로 오더니 "앞자리로 오세요! 탁구팀 동지들은 모두 앞자리로 오세요! 여러분 우리는 박수로 이들을 열렬히 환영합시다!"라고 말했다. 나와 탁구팀 동지들은 사람들 박수소리와 함께 제일 뒷자리에서 앞자리로 걸어갔다. 우리는 제일 앞자리가 비어있는 것을 보고 모두 앉았다. 가슴이 쿵쿵 뛰었다. 우리는 저우 총리가 중앙지도자 동지들과 함께 주석단에 앉아있는 것을 매우 가까이 볼 수 있었다. 저우 총리는 나에게 "이번에 미국탁구팀이 처음으로 중국을 방문하오. 샤오 좡, 당신과 탁구팀 동지들에게 미국을 방문하라고 하면 당신들은 갈수 있겠소?"하고 물었다.

나와 동지들은 모두 "갈 수 있습니다"라고 대답했다.

저우 총리는 웃으면서 "좋아요! 좋아. 마땅히 오고가고 해야 하는 것이지요"라고 말했다. 인민대회당에서 돌아온 후 나와 동지들은 흥분과 행복에 잠겨 있었다. 왜냐하면 머지않은 장래에 우리가 우리와 22년간 적대시했던 미국을 방문할 기회가 있을 것이라고 여겼기 때문이었다.

얼마 지나지 않아 저우 총리는 인민대회당에서 일중우호방문단을 접견하였다. 자오정훙(趙正洪), 송중(宋中)과 내가 회견에 참가했다. 외빈들이 돌아간 후 저우 총리는 자오정훙 동지에게 "제31차 세계탁구선수권대회에 참가한 대표팀의 총결보고서와 쫭저둥과 쉬엔성이 작성한 보고서를 보았소. 쫭저둥이 쓴 '우의 제일, 경기는 다음'이라는 결론은 아주 좋았소. 수준이 매우 높은 보고서였습니다. 우리는 이 문장을 추천하려고 생각하고 있소"라고 말했다. 그때부터 사람들은 이를 '탁구(핑퐁)외교'라고 불렀다. 10월 하순쯤 체육위원회 간부들이 나에게 베이징 체육학원 외빈접대실에 가서 우리나라를 비밀리에 방문한 미국대통령 국가안전사무비서 키신저 박사와 베이징체육학원을 참관하라는 통보가 왔다. 종스퉁(鍾師統) 원장이 나를 키신저 박사에게 소개하자 키신저 박사는 열정적으로 나와 악수하면서 "당신의 미중 양국 인민의 우정을 위한 공헌에 감사드립니다"라고 말했다. 그는 또 유머러스하게 "당신의 제31차 세계탁구선수권대회에서의 노력이 없었다면 나도 이렇게 빨리 당신 나라에 올 수 없었을 것이요"라고 말했다. 후에야 나는 키신저 박사의 중국방문과 이후의 여러 차례 중국방문이 1972년 2월 미국대통령 닉슨의 중국방문을 위한 사전 준비를 하기 위한 것이었음을 알았다.

1971년 12월 28일 저우 총리는 인민대회당에서 미국우호방문단을 접견할 때 나와 체육계의 간부들도 초청을 받아 자리에 함께 했다. 손님들이 오기 전에 저우 총리는 단도직입적으로 친절하게 나에게 "샤오 쫭, 내

년 4월에 중국탁구대표팀이 미국의 초청을 받아 처음으로 미국을 방문할 것인데, 이 대표팀의 단장을 당신이 하시오"라고 말했다. 나는 듣고 나서 엄청나게 긴장되어 연속해서 머리를 흔들면서 "총리님 저는 수준이 낮아서 단장 임무를 맡을 수 없습니다"라고 말했다.

저우 총리는 웃으시면서 "젊은 사람들이 나가서 단련을 해야 하오. 실수를 좀 하더라도 괜찮소. 내가 보기에 당신은 할 수 있을 것 같으오. 단장은 당신이 하세요. 당신에게 능력 있는 부단장 두 명을 붙여주겠소. 당신들이 출국하기 전의 준비와 구체적인 사항은 리더성 동지가 책임질 것이요"라고 말했다.

나는 저우 총리가 나를 이렇게 믿으며 단호하고 빈틈없이 고려한 것을 보고는 감탄과 감동을 하였다. 나는 내심 불안하였지만 기쁘게 머리를 끄덕이며 동의를 표했다.

얼마 지나지 않아 저우 총리는 또 인민대회당에서 미국방문대표팀의 간부와 관련된 인사들과 회의를 열었다. 자리에 함께 한 사람 중에는 리더성, 왕멍(王猛), 외교부의 첸따용(錢大鏞)이 있었고, 또 얼마 전에 체육위원회간부학교에서 돌아온 리멍화(李夢華)와 나 등이 있었다. 회의에서 저우 총리는 "오늘, 미국방문대표팀의 간부들이 정식으로 구성되었소. 샤오 쨩이 단장을 하고 리멍화, 첸따용이 부단장을 담당하시오. 리멍화는 대표팀의 당조직 서기를 담당하고, 샤오 쨩, 첸따용은 부서기를 담당하오. 대표팀이 구성된 후 각 방면과의 관계 협조 및 각 방면의 준비업무는 리더성 동지가 책임지세요. 앞으로 대표팀을 배웅, 영접하는 일은 모두 리더성 동지가 하세요" 라고 말했다.

이번 회의 후 미국을 방문하는 탁구대표팀은 매우 빠른 시기에 구성되었다. 리더성 동지의 따뜻한 관심아래 준비업무는 순리롭게 진행되었다.

수개월 동안 나는 미국의 역사, 정치, 경제, 문화 등 방면의 자료를 보았다. 이는 나에게 아주 좋은 공부할 수 있는 기회였다.

1972년 2월 미국대통령 닉슨이 처음으로 중국을 방문하였다. 나도 공항에 가서 영접하였다. 나는 닉슨 대통령 부부가 비행기에서 내리자마자 먼저 손을 내밀어 영접하러 온 저우 총리의 손을 잡을 때 뜨거운 피가 끓어오르고 마음이 설레었다. 이는 중미관계의 개선뿐만 아니라 새로운 시대의 시작을 상징하는 일이었던 것이다.

그날 밤, 저우 총리는 인민대회당에서 성대한 연회를 열어 닉슨대통령 및 그 일행을 환영하였다. 닉슨대통령과 저우 총리가 연회장에 걸어 들어올 때 박수소리가 울렸다. 저우 총리의 안내 하에 외교부 의전실 실장 한쉬(韓敍)가 일일이 연회에 참가한 중국 측 사람들을 닉슨 대통령에게 소개시켰다. 닉슨대통령이 내 앞에 왔을 때 한쉬 동지가 그에게 간단한 소개를 해주었다. 저우 총리는 곁에서 "그가 바로 곧 귀국을 방문할 탁구대표팀 단장입니다"라고 보충해 주었다.

닉슨대통령은 기뻐하면서 나의 손을 잡고는 "워싱턴에 오면 내가 백악관에서 당신들을 만날 것이요"라고 말했다.

"감사합니다"라고 나는 대답하였다.

어떤 사람이 나에게 "샤오 쫭, 당신은 정말 대단합니다. 이번에 미국까지 가서 탁구를 치게 되었으니 말이오"라고 말했다.

나는 진지하게 "저는 탁구밖에 칠 줄 몰라요. 가끔 네트 밖이나 경계선 밖으로 치기도 하구요. 지구 이쪽 편에서 지구 저쪽 편으로 치는 분은 마오 주석, 저우 총리, 닉슨 대통령입니다"라고 말했다.

1973년 11월 베이징에서 아시아, 아프리카, 라틴 아메리카 간 탁구경기를 개최하기 전에 저우 총리는 나에게 "샤오 쫭, 당신은 상황을 파악하고 캄보디아와 베트남과 상대하지 마세요. 이란과 이라크와도 상대하지 마세요. 중국과 시합을 하게 되면 그들은 기권할 것이오. 그 영향이 좋지 않을 겁니다"라고 말했다. 나는 "단체전에서 우리는 기술적으로 정치상의 문제를 피할 수 있습니다. 하지만 단식은 한 나라에서 9명 씩 출전하고 있는데 첫 번째 경기에서 만나지 않는다고 해도 두 번째, 세 번째⋯⋯ 결국 부딪치고 말텐데 어떡하지요? 단식에서 만나지 않는다고 해도 복식에서는 또 어떡하지요?"라고 대답하였다. 저우 총리는 "자네는 매일마다 경기상황을 두 페이지 안 되게 보고서를 작성해서 나에게 주시오. 내가 당신과 함께 지켜 보겠소"라고 말했다. 나는 저우 총리가 매일 매일 엄청나게 바쁜 것을 알기에 매일 매일의 경기상황을 한 페이지로 압축해서 보고 하였다. 네 번째 제출했을 때 저우 총리는 "힘으로 승리하지 말고 양보하는 것이 덕이다"라는 지시를 내렸다. 그러나 충분한 준비를 하고 있었기에 경기 전에 걱정했던 문제들은 발생하지 않았다. 1973년 전후에 저우 총리는 장징궈(蔣經國) 선생에게 한 폭의 서예작품을 선물하였다. "순리에 따르고 거스르지 말자"라는 내용이었다.

이 두 작품의 내용 또한 저우 총리의 빛나는 묘사였다.

중국탁구팀은 승리에서 끊임없이 승리로 나아갔다. 진정한 조타수는 우리의 존경하는 저우언라이 총리였다

만년의 저우 총리 병을
치료할 때 직접 겪은 경험

우제핑(吳階平)
(전국인민대표상무위원회 전 부위원장, 유명 비뇨기과 전문의)

만년의 저우 총리 병을
치료할 때 직접 겪은 경험

우제핑(吳階平)
(전국인민대표상무위원회 전 부위원장, 유명 비뇨기과 전문의)

내가 존경하는 저우 총리와 접촉한 시간은 매우 길었다. 접촉할 시간이 길수록 더욱 더 그와 접촉하는 것은 바로 교육을 받는 것이라고 느꼈다. 내가 저우 총리에게 받은 교육은 매우 깊었다. 나는 먼저 병을 치료한 문제부터 얘기하고자 한다.

저우 총리가 방광종양을 앓고 있는 것은 정기검사에서 발견한 것으로 그가 무슨 증상이 있어서 검사한 것은 아니었다. 이어서 우리는 서둘러 검사를 진행하였고 비교적 빨리 사실을 입증하였다. 후에 중앙의 비준을 얻어 그에게 이 사실을 이야기하였다. 나는 저우 총리는 과학을 믿고 우리를 믿는다는 것을 알고 있었기에 그가 치료를 받는 데 큰 어려움이 없을 거라 생각하였다. 하지만 나는 그가 또 무슨 말을 할지 몰랐다. 실제로 내가 그에게 검사결과를 이야기 했을 때 그는 전혀 놀라지 않았다. 그는 "나는 당신들에게 협조할 것이오"라고 말했다. 이 말은 내가 예상한 대로였다. 하지만 그의 이 말 뒤에 또 한마디 한 것은 "당신들도 나에게 협조해야 하오"라는 말은 나의 예상 밖이었다.

나는 그가 의료와 일 두 가지를 다 놓치고 싶지 않으며 의료업무가 그의 업무에 영향을 주지 않기를 바란다는 것을 그의 말을 듣고 이해할 수 있었다. 그는 언제나 일을 우선순위에 놓고 있었다. 나는 바로 "우리는 꼭 그렇게 하겠습니다"라고 대답하였다. 하지만 나는 한 가지 생각이 있었다. 비록 방광종양이 제일 나쁜 종양은 아니지만 그래도 비교적 심각하여 실제로 마지막에는 일에 영향을 반드시 줄 것이며, 다시 말해서 일을 할 수 없을 지경에 이를 수 있다는 것이었다. 나는 그런 날이 오는 것을 원하지는 않았다. 그리하여 여기까지만 얘기하였다.

후에 우리는 치료를 안배할 때 대부분 그의 시간에 맞추었고, 그는 근무시간에 짬을 내어 치료를 받으러 왔다. 예를 들어 1973년 3월 9일 그날은 내가 그의 치료를 하였다. 왜냐하면 그는 3월 8일 중련부, 외교부에서 개최한 3.8부녀절을 축하하는 연회에 참가하였다가 병원에 돌아왔기 때문에, 3월 9일 치료를 받았다. 그는 1974년 6월 1일 또 병원에 와서 치료를 받기 시작하였다. 왜냐하면 그는 5월 31일 말레시아총리 라자커와 양국 수교문제에 대한 협정을 체결하였기 때문이었다. 한번도 근무시간에 틈을 내어 치료를 받은 적이 없었다. 1974년에는 이미 그가 장종양이 있다는 것을 알고 치료하기로 결정하였다. 하지만 그때 당시 마오 주석은 후난에 있었고 제4차 인민대표대회의 준비를 앞두고 있어서 치료를 미룰 수밖에 없었고 왕훙원과 함께 창사에 가서 마오 주석을 만나야 했다. 병원에 돌아온 후에도 계속 일을 하였다. 문서를 보고 문서를 결재하며 외빈들도 만나야 했다. 내가 기억하기로 그가 입원한 후인 1974년부터 1975년 9월까지 사이에서 제일 마지막으로 만난 사람은 루마니아의 외빈이었다. 그간에 그는 60여 차례나 외빈을 만났다. 내빈들은 말할 나위도 없었다. 그는 치료를 받을 때나 우리를 떠날 때나 일이 우선순위였다. 그는 일을 처리할 때 매우 진지하였다. 모든 것이 혁명의 이익에서 출발하고 국가의 이익에서 출발하였으며, 진지함이 상상을 초월할 정도였다. 예를 들어 우리가 저우 총리에게 다른 사람들의 병세를 보고하였

221

다. 위에 국가지도자, 각 방면의 고급간부로부터 공인·농민에 이르기까지 그는 모두에게 매우 관심을 가졌다. 그는 우리를 보내 왕진시(王進喜)를 진료케 하였다. 왕진시는 암에 걸려 병원에 입원하였다. 우리는 돌아와 그에게 보고하였다. 우리는 저우 총리에게 업무보고를 할 때, 일반적인 보고방식은 안 된다는 것을 알고 있었다. 그는 완전히 경청자로서의 태도로써 진지하게 들었고 우리가 생각하는 것보다 더 세심하게 생각하였으며 주도면밀하게 생각하였다.

그는 우리에게 당신은 왜 내게 이 병이라고 얘기하는지 그 근거를 물었고 세심하게 물어 정확히 알고 싶어 하였다. 빈 손으로 가서 보고하면 안 되었다. 우리는 가서 보고할 때 가져가는 자료가 많았다. 도감, 표본, 엑스레이사진, 현미경 등 모두를 가져갔다. 왜냐하면 우리가 어디까지 말하면 그는 우리에게 증거를 가져오라고 하기 때문이었다. 모형으로 충분한지 비례가 맞는지 그는 항상 생각을 많이 하였고 바로 문제점을 찾았다. 갈 때 충분한 준비를 하고 꼭 실사구시적으로 보고를 해야 했다. 우리는 이 병이 어느 정도 가능성이 있고, 어떤 검사를 해야 하며, 어떻게 치료를 해야 하고, 치료가능성이 얼마인지를 보고했다. 그는 일일이 물었다. 나중에는 저우 총리가 의학전문가처럼 느껴졌다. 예를 들어 이 병은 무슨 병이며 어떻게 치료해야 하는지. 그는 "누구누구도 이 병이 아니오? 당신들은 왜 그렇게 치료해야 한다고 하십니까?"라고 물었다. 그는 "왜 이 두 사람은 치료방법이 다르오?" 라고도 물었다.

근본적인 것은 그가 사람에 대한 관심, 국가사업에 대한 관심, 국가미래에 대한 관심이었다. 그리하여 그는 조금도 빈틈이 없었고 매우 진지하였으며 사려가 깊었다. 그러면 그의 질문에 말문이 막힐 때는 없었는가? 당연히 못할 때도 있었다. 그렇지만 말문이 막혀도 괜찮았다. 그는 그것으로써 질책하지를 않았기 때문이었다. 우리는 저우 총리의 질문에 말문이 막히지 않을 수 없다는 것은 거의 불가능하다는 것을 잘 알고 있었다. 그가 우리의 말문을 막히게 하는 것은 억지로 생트집을 잡는 것이 아니었다. 그는 우리보다 생각이 많이 깊었다. 예를 들어 한번은 우리를 파견하여 이웃나라에 가서 어느 지도자 한 명을 치료하러 보내면서 돌아와서 보고해야 한다고 하였다. 당시 환자는 이미 더 이상 치료할 수 없는 상황이었고, 수시로 문제가 발생할 수 있었으며 생명을 구할 수가 없는 상황이었다. 거기를 가려면 전용기로 24시간이 걸리고 돌아와서는 바로 보고해야 했다. 처음에는 구두로 보고하라고 했는데, 비행기 안에서 서면보고하라는 통지를 받았다. 나는 가서 상황을 파악하고 돌아와야 했다. 나는 짧은 시간 안에 어떻게 자료를 다 수집할 것인지를 미리 생각해야 했다. 그리하여 나는 사전에 현지 대사관에 연락하여 현지 의료팀에게 자료를 전부 가지고 그곳에서 나를 기다리라고 통보하였다. 현지에 도착 후 대사관에 바로 가서 간단히 얘기하고 바로 몇 명의 의사가 자료를 정리한 후 내가 보기로 결정하였다. 돌아온 후 나는 저우 총리에게 보고하였다. 나는 병세보고에서 "기적이 발생하지 않는 한 수시로 문제가 발생할 수 있습니다"라고 썼다. 그는 다 본 후에는 나에게 구두로 보고하라고 했다. "당신 말대로라면 방법이 없다는 것이오?"라고 물었다. 나는 "수시로 문제가 발생할 수 있습니다"라고 말했다. 그는 "그의 어느 부위 병이 제일 심각하오?" 라고 물었다. 물론 그는 폐라는 것을 알고 있었다. 그는 가져온 폐부의 엑스레이사진을 보면서 "어떤 변화가 있소?"하고 물었다. 나는 "어떠어떠한 변화가 있다"고 말했다. 동시에 "그 사진은 잘 찍지를 못한 사진입니다"라고 말했다. 내가 확실히 봤기 때문이었다. 그는 "왜 잘 찍지 못했지요?" 라고 물었다. 이 한마디에 만약 내가 답을 못해도 이치에 어긋나는 것은 아니었다. 하지만 나는 제대로 답변할 수가 없었다. 그것은 잘못하면 정치성을 띠는 말이 될 수도 있었기 때문이었다. 그래서 나는 "사진을 잘 찍는 기술자들은 정치적 조건이 부족하였고, 사진을 찍은 기술자는 정치적 조건은 좋았지만 기술이 부족하였다"고 대답하였다. 그는 "아, 그랬군요"라고 짧게 말했다. 그는 또 "무슨 기기로 찍었습니까?"라고 물었다. 이 한마디는 완전히 나의 예상 밖이었다. 나는 "저는 모릅니다"라고 말했다. 나는 말문이 막혔다. 그는 또 "당신은 그 기기를 봤소?"라고 물었다. 나는 "못 봤습니다"라고 말했다. 나는 또 말문이 막혔다. 그는 나를 탓하지는 않았다. 그는 "좋아요. 당신은 이제 가서 쉬세요"라고 말했다.

몇 시간 후 그는 나를 또 불렀다. 그는 "당신은 의료팀을 데리고 다시 갔다 오세요"라고 말했다. 나는 공항에서 내가 잘 아는 방사선 기술원을 만났다. 방사선 기술원을 보자 저우 총리가 왜 그 말을 물었는지를 알 수 있었다. 내가 그곳의 기술원이 정치적 조건은 좋으나 기술이 부족하다고 얘기하자 정치적 조건도 좋고 기술도 좋은 사람을 보냈던 것이다. 만약 이 기술원이 그 설비를 알고 무슨 모델의 기기인지 알고 어떤 조건이 필요한지 안다면 더욱 충분히 준비할 수 있었기 때문이었다. 그리하여 그는 당시 나에게 어떤 기기냐고 물었던 것이었다. 일부러 나를 말문 막히게 하려고 한 게 아니라 이 기기를 아는 기술원을 보내고자 했던 것이다. 정말 그는 생각이 매우 깊었던 것이다.

이런 일은 늘 있었다고 말할 수 있다. 예를 들어 우리는 늘 요구에 따라 환자의 병세를 파악하고 보고서를 작성하면, 저우 총리는 이를 보고 난 후 동의하거나 열람하라는 등의 지시를 내렸다. 그는 매번 병세보고서를 볼 때도 사람들을 매우 감동시켰다. 저우 총리에게 주는 병세보고서는 프린트한 것이 아니고 대부분 손으로 쓴 것이었다. 그러면 그는 빨간색으로 글자 기호까지도 모두 보면서 틀린데 있으면 수정해주었다. 한번은 내가 보고서에 "환자 금일 체온 37.8도"라고 썼다. 나는 보고서를 쓰는데 그래도 단련되었다고 말할 수 있었다. 저우 총리는 보고서 곁에 괄호를 치고 "어제 37.2도"라는 한마디를 추가해 썼다. 이 한마디가 나에 대한 교육적 의미는 매우 컸다. 왜냐하면 37.8도라고 하는 것은 당시의 상황이어서 병세가 좋아졌는지 나빠졌는지를 알 수 없었기 때문이었다. 그가 '어제 37.2도'를 추가하여 오늘 올랐다는 것을 설명하였던 것이다. 따라서 나는 이 보고서를 잘 쓰지 못했다는 것을 느꼈다. 나는 응당 '어제 37.2도, 오늘 37.8도'라고 썼어야 했다. 모든 일은 모두 세심하게 생각하고 고려해야 하며 그냥 스쳐 읽어서는 안 된다. 이는 저우 총리의 일관된 주장이었다.

그의 연구조사는 매우 깊었다. 누구와도 비교할 수 없다고 말할 수 있다. 예를 들어 저우 총리가 업무회의를 열 때 우리도 가끔 곁에 있었다. 한번은 이런 상황이 있었다. 그는 도착하자마자 회의장을 둘러보면서 회의에 참가하는 누구누구는 왜 도착하지 않았는지를 물었다. 어떤 사람은 일이 있어서 늦게 왔고 어떤 사람은 비서가 그 사람을 불러야 하는지 미처 생각지 못한 것이었다. 그는 "그들이 안 오면 안 되오. 그들에게 지금 빨리 오라고 하시오. 꼭 와야 하오"라고 말했다. 그는 정말 세심하였다. 이때 그는 회의를 서두르지 않았다. 그는 매우 바쁜 사람이기 때문에 그는 그곳에서 먼저 다른 일을 하였다. 문서를 이것저것 결재하였다. 다른 사람들은 모두 기다려야 했다. 반시간 넘게 기다려 이들이 온 후에야 회의를 열었다. 어떤 문제에 대한 결정을 하기 전에 그는 반드시 중요한 문제에 대해서는 그에 대해 잘 알고 있는 사람들에게, 또는 전문가에게 물었다. 그는 그들을 보면서 "당신의 의견을 얘기해 보세요"라고 말했다. 그 사람이 그의 의견을 말하면 우리는 그 사람이 확실히 중요한 인물인지를 알았다. 그는 연구조사 할 때 자신이 직접 연구조사 하는 것이 아니라 사람을 불러 조사했다. 그는 누가 제일 잘 아는 사람인지를 알고 있었다. 만약 그 사람이 안 오면 그는 끝까지 기다렸던 것이다.

그는 병중에도 항상 대중들의 일에 관심을 기울였다. 예를 들어 그는 윈난지역에 폐암에 걸리는 사람이 비교적 많다는 것을 듣고는 바로 우리 종양병원의 원장 리빙(李冰) 동지를 불러서 "당신들은 무슨 상황인지 알고 있으니 어서 가서 조사연구를 하세요"라고 말했다. 그는 한시도 멈추지 않고 바로 관여하였던 것이다. 그는 어떨 때는 수술실에 들어가기 전에 어떤 일이 생각나면 바로 먼저 그 일을 정확히 물어보고 말하였다. 그때 국가에서는 종양지역 분포에 대한 조사를 하여 종양지역분포도를 그렸다. 이 분포도 또한 세계에서도 창의적인 일이어서 국제적으로도 매우 중시하였다. 왜냐하면 우리나라가 크기 때문에 서로 다른 지역에 서로 다른 질병이 있기 때문이었다. 예를 들어 북방에는 식도암 환자가 비교적 많았고, 남방이나 광쩌우, 광시 등 지역에는 후두암 환자가 비교적 많다는 것이 분포도에 잘 나타나 있는 것이다. 이 작업은 800여 만 명을 조사하여 얻은 결과였고, 이 작업에 간접적으로 또는 직접적으로 참여한 의료진들은 근 200만 명으로 규모가 크고 시간이 긴 사업이었다. 저우 총리는 이 일을 매우 칭찬하면서 그들에게 모래로 지형을 만들어 그의 병실에 놓게 하였다. 모래지형을 통해 어떤 지역에 어떤 질병이 있는지를 한눈에 알아볼 수 있었다. 이 일에 대한 그의 관심은 극진하였다.

저우 총리가 병에 걸린 후 우리 간부들은 301병원에서 이 병에 대하여 신속히 연구를 하였다. 당시 우리 의료팀의 동지들이 정기적으로 그를 보러 갔다. 저우 총리는 잘 알고 있었다. 그는 나에게 "당신은 가지마시오"라고 말했다. 왜냐하면 내가 가면 바로 비밀이 누설되기 때문이었다. 다른 사람들은 왜 당신이 방광종양에 대한 연구를 보러 왔느냐고 물어볼 수가 있었던 것이다. 그가 매우 세심하게 생각하는 것을 우리는 모두 생각지 못했던 것이었다. 그는 전체적인 모든 일은 정치적인 방면에서 문제를 고려했던 것이다.

수개월이 지난 후 병원에서 좋은 방법을 발견했다고 말했다. 항암약인 서(檉)나무(싸리나무 계열)의 알칼리를 사용하자고 하였다. 중국에 항암약이 있는데 이는 서나무에서 채취한 것이다. 하지만 이 약은 사용 후 백혈구가 하락하고, 혈뇨 등 많은 부작용이 있었다. 저우 총리도 이 약을 알고 있었다. 1970년대 초 그는 우리에게 한 환자를 치료하게 했는데 식도암이었다. 이 약을 사용 후 부작용이 너무 컸기 때문에 그는 사용하기는 했으나 싫어하였다. 우리도 사용해도 좋은 점이 보이지 않아 사용하고 싶은 마음이 없었던 것도 사실이지만, 그래도 사용하지 않으면 방법이 없었던 것이다. 그러나 저우 총리가 사용하기 싫다고 하여서 우리도 동의하였다. 후에 예(葉) 장군은 나에게 한약을 믿지 못하겠다고 불만을 얘기하기까지 했다. 사실 그것은 한약이 아니었다. 후에 어느 날 저우 총리가 나를 부른 후 내 앞에서 예 장군에게 "우제핑이 동의를 안 한게 아니오. 우제핑은 동의를 했는데 내가 동의를 안했소"라고 말했다. 이는 이러한 일로 인해 나의 생각과 짐을 덜어주려고 한 말이었다.

그의 사람에 대한 관심은 이루 말할 수 없었다. 내가 저우 총리에게 받은 가르침은 매우 많다. 어떤 것은 저우 총리가 나에게 준 특별한 교육이라고 말할 수 있다. 예를 들어 1956년 1월 14일 저우 총리는 회이런당에서 〈지식인에 관한 문제에 대한 보고〉를 하는데 보고시간이 매우 길었다. 보고에서는 지식인의 사상에 대한 개조는 3가지 경로가 있다는 것이었다. "첫째 경로는 사회실천이고, 둘째는 업무실천이며, 셋째는 이론학습이다"라고 말했다.

나는 1948년 12월 미국에서 돌아왔다. 돌아온 후 바로 학습반에 참가하여 〈실천론〉, 〈모순론〉을 배우고 사회발전의 역사를 배워 사상면에서 나는 큰 변화를 가져오게 되었다. 나는 저우 총리에게 "당신이 말하는 사회실천에 대해 저는 경험이 있고, 또한 당신이 말하는 이론학습에도 저는 경험이 있습니다. 하지만 업무학습은 없습니다"라고 말했다. 그는 바로 "그러면 당신의 업무실천이란 어떤 건지 얘기 좀 해 보세요"라고 말했다. 나는 나의 의료 업무를 조금 이야기했다. 내가 미국에서 돌아온 후 당시 국내에서 나에 대한 제일 중요한 평가는 바로 신장결핵에 대한 연구라고 말했다. 신장결핵은 국내에서 당시에는 흔한 질병이었다. 나는 이러이러해서 어떤 문제를 발견했다고 이야기했다. 저우 총리는 나의 이야기를 듣고 나서는 "허허"하고 웃으면서 "당신은 왜 신장결핵을 연구하오?"라고 물었다. 나는 그것이 흔한 병이기에 환자가 많기 때문이라고 말했다. 그는 "당신들은 전에 연구를 이렇게 하셨습니까?"라고 말했다. 나는 "전에는 문헌상에서 어떤 연구를 하면 우리는 따라서 했습니다. 서양인들의 뒤꿈치만을 따라갔습니다. 그리하여 늘 문헌에서 문헌으로, 문헌에서 무엇을 읽으면 우리도 조금 하거나 또는 보충을 조금 하거나 또는 중복을 하였습니다. 자신과는 전혀 관계가 없었습니다. 연구를 위한 연구를 할뿐 구체적인 문제를 해결하기 위한 것이 아니었습니다"라고 말했다. 그는 "그러면 당신은 기존에 하던 연구와 다르지 않소?"라고 말했다. 그러면서 "당신은 현실에서 출발하고, 국가의 수요에서 출발하며, 환자의 이익에서 출발해보세요. 그러면 당신은 뭔가 얻지를 않았소? 그러면 당신의 사상에 변화가 왔다고 할 수 있지요." 이 말은 진정으로 나를 깨우치게 해주었다. 그는 "당신은 이미 얻었소. 그저 당신이 느끼지 못했을 뿐이오." 라고 말했다.

저우 총리는 1976년 1월 8일 돌아가셨다. 1월 7일 밤 11시 임종할 즈음 그는 머리를 들어 나를 보며 "오 의사, 나는 괜찮소. 당신을 필요로 하는 사람들이 매우 많으니 가보세요."라고 말했다. 이것이 그의 마지막 말이었다. 이때도 그는 오로지 남을 위한 생각만을 했던 것이다.

저우 총리는 항상 남을 생각하고 관심을 기울였다. 베이징호텔에 주(朱) 사부(師傅)라는 사람이 있었는데 줄곧 저우 총리의 이발을 했다. 저우 총리가 아픈 걸 알고 계속 저우 총리의 이발을 하고 면도를 하겠다고 하자 저우 총리는 그에게 오지 말라고 했다. 그는 주 사부에게 나의 이런 모습을 보이고 싶지 않다는 것이었다. 그것은 "그가 괴로워할 것이오."라는 이유에서였다. 저우 총리가 아프지 않을 때 아마도 1960년대 초였을 것이다. 베이징호텔 옛 건물에서 한번은 저우 총리가 이발을 하러 갔는데 주 사부가 실수하여 상처를 냈던 것이다. 주 사부는 매우 두려워하여 안절부절 못하고 있었다. 그러자 그는 주 사부에게 "당신 문제가 아니오. 내가 기침을 해서 그러니 나의 문제요."라며 긴장하지 말라고 했다. 그러자 주 사부는 저우 총리 뒤에서 면도를 하면서 눈물 콧물을 흘리며 울었던 것이다.

저우 총리의 하루의 생활은 특히 인민대회당에 가서 일을 하면 새벽 2시가 넘어서야 시화청으로 돌아왔다. 집에 돌아와서는 침대 위에 선반이 있었는데, 침대에 누워서는 선반 위에 있는 문서를 보다가 4시쯤이 돼서야 잠을 잤다. 그리고 10시나 11시쯤 일어나서 화장실에 가서도 일을 하기 시작하고 거기서 일을 처리하기도 하였다.

방광암의 특징은 바로 쉽게 재발하는 것이었다. 1974년 5월 저우 총리의 출혈이 매우 심하여 수혈을 해야 했다. 그러나 그는 절대 동의하지 않았다. 그는 마오 주석이 외빈을 접견할 때 참가해야 한다고 하면서 먼저 오늘 무슨 치료가 필요한지만 얘기하고 시간을 조정해야 한다고 하였다. 한번은 수혈을 하고 있는데 마오 주석이 외빈을 접견하였다. 저우 총리는 우리에게 수혈을 하고 있다는 얘기를 하지 못하게 하고 바늘을 뽑아버리고 가서 참가했다. 그는 자기의 건강문제는 완전히 두 번째이고 업무가 우선순위였다. 저우 총리의 병은 계속 재발되었다. 반복된 재발로 우리는 매우 걱정되었다. 반복적인 재발은 장기적인 암의 추세가 있다는 것을 설명했다. 1975년 여름 그는 갑자기 대상포진에 걸렸다. 속된 말로 허리를 감싼 용이라고 일반적으로 한쪽만 나는 신경성이었다. 그는 머리에도 신경성 대상포진에 걸렸다. 이는 매우 고통스러운 것이었다. 예전에는 대상포진을 평생면역이라 하여 한번 걸리면 다시는 안 걸린다고 알고 있었는데 사실 이는 틀린 것이었다. 한번 걸렸어도 또 걸릴 수 있으며 체력이 약해지면 이런 병에 걸리고 건강을 더욱 악화시켰다. 그가 돌아가신 후 수년간의 오랜 연구결과 이런 병에 걸린 후 암에 대한 발전은 심각함을 알았다. 그래서 1975년 여름 이후 그의 상황은 좋지 않았다. 9월에 비뇨기과의 수술 이후 세포가 변하여 주로 방사선치료를 했고, 수술을 더 이상 할 수 없었다. 그의 신체는 전체적으로 무너졌으며 저항력이 조금도 없었다. 신체저항력이 하나도 없는 것은 그의 장기적인 업무과중과 정신적인 스트레스와 더욱이 '4인방'의 괴롭힘을 받은 것과 모두 관련이 있었다. 저우 총리는 늘 "나를 이 역사무대에 세웠으니 나는 온 힘을 다하여 일을 잘 해야 하오."라고 말했다. 그래서 평생 이 주도사상을 관철하고 한 번도 자신을 생각해본 적이 없었던 것이다. 저우 총리가 돌아가신 후 당시 유엔 사무총장이었던 오스트리아인 발트하임은 반기를 게양하여 그의 죽음을 애도하는 뜻을 표할 것을 제안했다. 어떤 나라는 이에 대해 의견을 표출했다. "예전에 우리나라 지도자들이 돌아갔을 때 당신들은 반기를 게양하지 않았잖소? 그리고 이후에 우리나라 지도자도 돌아가면 당신은 반기를 게양토록 할 것이오?"라고 반대했다. 그러자 발트하임은 "당신들이 나에게 알려주시오. 예전이나 이후나 그에게 돈이 한 푼도 없다고 말이오. 거기에다 국가를 위해 모든 것을 희생한 분이 당신 나라에 있다면 나는 기꺼이 당신들을 위해 반기를 게양토록 제안하겠소."라고 반박했던 것이다. 그러자 그의 말에 이의를 다는 사람들은 하나도 없었다고 한다.

중병 중에 있던 저우 총리가
한밤중에 나에게 건 전화 한 통

첸쟈동(錢嘉東)
(저우언라이 총리의 비서, 유엔제네바주재중국대표단 대사)

중병 중에 있던 저우 총리가
한밤중에 나에게 건 전화 한 통

첸쟈동(錢嘉東)

(저우언라이 총리의 비서, 유엔제네바주재중국대표단 대사)

저우 총리의 일생은 당을 위하여 혁명을 위하여 국가를 위하여 인민을 위하여 자신을 잊고 일하고 분투한 일생이었다. 그의 신체가 건강할 때 이로운 점은 누구다 다 덕을 보았다. 그가 중병에 걸리고 병원에 입원해 있을 때도 조건만 허락되면 그는 일을 하였다. 중병과 수차례 대수술의 상황에서 이치대로라면 이미 다시 일을 할 조건이 안 되었지만, 국가이익, 인민이익에 관련된 일을 그는 발견하기만 하면 그는 마찬가지로 관심을 가지고 묻곤 했다. 예를 하나 들면, 1974년 10월 어느 날 나는 마침 당직이 아니어서 외교부 숙소에 있었다. 당시 그는 병원에 입원한지 이미 4개월이나 되던 시점이었다. 그 기간 동안에 그는 두 번의 대 수술을 받았다. 그날 밤 2시쯤 나는 이미 잠이 들었다. 갑자기 경비실의 리(李) 아저씨가 뛰어와서 전화가 왔다고 나의 문을 두드렸다. 나는 급하게 뛰어나갔다. 전화를 받으니 저우 총리가 걸어온 것이었다. 나는 재빨리 리 아저씨에게 메모지 한 장을 달라고 하였다. 그는 나에게 볼펜을 하나 주었다. 나는 저우 총리가 이 시간에 전화를 한 것은 필히 무슨 중요한 일을 얘기하려고 한다는 것을 알고 있었다. 약한 등불아래서 나는 한편으로는 전화를 받으면서 한편으로는 글자 몇 개를 간단히 적어 그의 뜻을 적었다. 그는 무슨 일을 얘기 했을까? 바로 그것은 그가 『참고소식』에서 본 한편의 문장이었다. 문장에서는 세계의 식량문제를 얘기했다. 일부 서방사람들은 현재 세계의 식량문제는 심각한 위기를 직면하고 있으며 세계의 공급 가능한 식량 재고량은 겨우 26일간의 수요를 만족할 수 있다고 말했다. 보도 중간에 중국도 얘기했으며 또한 그 당시의 소련도 언급하였다. 중국과 소련이 두 차례나 국제시장에서 대량으로 식량을 구입하여 식량가격을 올렸다고 얘기하면서 우리가 마치 식량문제에 대하여 책임을 지지 않고 단순히 세계시장에 의지하여 식량문제를 해결하는 것처럼 질책하였다. 그는 이를 본 후 이 상황을 나에게 알려주었다. 그는 "이 상황은 사실이 아닌 것 같다. 우리는 응당 자세히 파악하여 예기치 못한 일에 대비해야 한다."고 말했다. 그는 나에게 리센넨 동지에게 가서 보고하라고 지시하였다. 그에게 관련 부서에 지시하여 상황파악을 하라고 하였다. 그는 구체적으로 "1972년, 1973년, 1974년 이 3년 동안 우리는 식량을 모두 얼마나 수입하였는지, 또한 구분하여 그중에 직접 수입한 것은 얼마나 되는지? 중계수입은 얼마나 하였는지? 가격은 어떠했는지?" 등을 이야기하였다. 그는 또 우리가 수출한 상황도 마찬가지로 구분하여 통계를 내도록 요구하였다. 그는 그의 기억으로는 우리도 쌀을 수출하였으며 주로 제3세계 나라로 수출하였고 그중 제일 많이 한 나라는 베트남이라고 했다. 우리는 응당 적당한 장소를 통해 반박을 해야 한다고 하였다. 그는 나에게 자료를 수집하면 리센넨 동지에게 보고하고 동시에 그에게도 보고할 준비를 하라고 리센넨 동지에게 전달하라고 하였다. 리 아저씨는 한 번도 이런 상황을 겪은 적이 없기에 그는 줄곧 경비실 안에 앉아서 어안이 벙벙하여 나만 쳐다봤다. 그는 이런 한밤중에 일국의 총리가 그의 비서에게 전화해 일을 지시한다는 것을 도저히 믿을 수가 없었던 것이다. 이튿날 나는 리센넨 동지에게 보고하고 자료들도 모두 수집해왔다. 저우 총리의 지시대로 리센녠 동지는 관련부서를 배치하여 발표문을 썼다. 마침 얼마 후에 유엔에서 세계식량회의를 개최하였다. 우리의 대표는 이 회의에서 중국식량수출입상황을 소개하고 지난 3년 동안 우리는 얼마 수입하였으며 주로 밀을 수입했다고 설명하였다. 동시에 우리도 얼마를 수출했는데, 주로 쌀이었다고 했다. 이 쌀은 주로 제3세계국가에 공급하였다. 국제시장에서 쌀은 제일 수요가 많은 식량이기에 우리가 오히려 세계 식량시장에 제때에 제공하였다고 했다. 동시에 중국은 책임을 지는 나라이며, 우리는 절대로 세계의 식량에 의지하여 우리의 식량문제를 해결하지 않음을 설명하였다. 이 연설은 세계에서 매우 중요한 작용을 하였다. 여기서 볼 수 있듯이 저우 총리는 당시에 이 문제를 파악한 것은 확실히 요점을 잘 파악한 것이었다. 이 문제는 지금까지도 줄곧 지속되어 진행 중에 있다. 우리의 식량입장에서의 투쟁은 저우 총리의 그때부터 시작되었다고 할 수 있다. 사람들은 저우 총리는 온 마음을 다하여 인민을 위하여 봉사하고 나라를 위하여 충성을 다하며 죽을 때까지 싸웠다고 생각한다. 이 한밤중의 전화는 다시 한 번 저우 총리가 우리의 빛나는 모델이라는 것을 표명해 주었다.

예를 또 하나 들면, 1975년 4월 저우 총리의 병세는 더욱 심각해 졌다. 이 기간에도 그는 외빈의 접견요구를 거의 다 들어줬다. 비록 모두들 그때 그가 이미 많이 허약해지고 신체도 현저하게 예전보다 못하다는 것을 보았지만, 그래도 가능만 하다면 그는 외빈을 접견하였다. 통계에 따르면 그가 병원에서의 1년여 기간에 모두 60여 팀의 외빈을 접견하였다. 1975년 4월 또 한명의 외빈이 중국을 방문하였다. 바로 튀니지 총리였다.

하지만 공교롭게도 저우 총리는 이때 마침 수술을 한지 며칠이 되지 않아 침대에서 일어날 수가 없었다. 하지만 또 단도직입적으로 이 상황을 얘기할 수도 없어 외교부를 통하여 튀니지 총리에게 상황을 반복 설명하고 양해를 구했다. 하지만 튀니지 총리도 매우 난감해했다. 왜냐하면 다른 외빈들은 중국에 오면 모두 저우 총리의 접견을 받았는데 유독 그만 저우 총리의 접견을 받지 못하고 돌아가면 국내에 설명하기 어렵기 때문이었다. 어떤 동지가 나에게 튀니지 대사가 외교부에 여러 번 요구를 제기 할 때 거의 무릎을 꿇다 시피 접견을 할 수 있게 해달라고 했다고 알려줬다. 이 상황을 후에 저우 총리에게 알리자 그는 튀니지 총리를 만나기로 결정했다. 튀니지 총리는 병원에 가서 저우 총리의 병실을 들어가 총리가 아직도 침대에 누워있는 것을 보았고 수술 후 몸에 남아있는 기기들이 아직도 원래의 자리에 있는 것을 보았다. 즉 그의 몸에는 아직도 많은 관이 꽂혀있었던 것이다. 그는 이를 보면서 어찌할 바를 몰라 했다. 말을 더 이상 하지 않고 급하게 만나고 돌아갔다. 후에 그는 재삼 사과를 하였고 고마운 마음을 말로 표현 못했다. 저우 총리가 이 기간에 만난 모든 외빈은 모두 신문에 실었고 또한 사진도 첨부했다. 유독 이번 외빈접견만은 신문에 싣지 않았고 사진도 없었다. 이 사건은 세계에서도 유일무이하다고 말할 수 있었다. 하지만 저우 총리는 국가에 유리하고 인민에게 유리하면 그는 몸을 사리지 않고 뛰어들었다. 이는 저우 총리의 고상한 품성과 위대한 인격을 충분히 반영한 것이었다.

'문화대혁명' 중 저우 총리의 보호를 받은 사람은 적지 않다. 이는 모두들 아는 얘기다. 내가 얘기하려는 것은 보호간부의 명단이다. 이 일에 장스자오(章士釗)가 연관되었다. 그는 전에 베이징대학의 교수를 했었고 후에 북양정부기간에 사법총장과 교육총장을 역임했었다. 국공담판 때도 그는 참가했었다. 신 중국이 설립된 후 그는 우리정부의 상무위원이었다. 그는 마오 주석과 예전부터 알고 있었다. 해방 후 그들 두 사람은 편지가 오가고 했으며 마오 주석은 그를 초청하여 식사도 했었다. 1966 년 6월 29일 저녁 베이징대학의 홍위병 한무리가 장스자오의 집으로 들 이닥쳐 그의 물건들을 뒤집어 엎고 책도 일부 가져갔다. 장사자오는 마 오 주석에게 편지를 써서 돌려달라고 요청했다. 마오 주석은 즉시 "총리 에게 적당히 처리하고 응당 보호해야 한다"고 지시하였다.

저우 총리는 이 편지를 받은 후 곧바로 사람을 보내 관련된 자들을 찾 아 그들의 행동을 심하게 비평하였고 그들에게 가져간 물건들을 원상태 로 장스자오에게 돌려주라고 했다. 그는 이래도 마음이 놓이지 않아 또 305병원에 연락하여 그들에게 장스자오를 병원에 모시고 가서 있으라고 했다. 첫째는 휴식이고 두 번째는 보호였다. 그는 또 사람을 보내 장스자 오의 거처를 경호하게 하였다. 그는 장스자오의 처지가 다른 기타 고급 민주인사들에게도 발생할 수 있음을 생각했다. 그래서 보호간부의 명단 을 작성하고 13명의 고급민주인사를 열거했다.

그중 첫 번째는 송칭링(松慶齡), 그 아래로 장스자오, 궈모뤄(郭沫若), 청첸(程潛), 허샹닝(何香凝), 푸줘이(傅作義), 장쯔종(張治中), 자오리즈(邵 力子), 사첸리(沙千里), 장시뤄(張奚若), 리종런(李宗仁) ……이 명단 아래 에다 그는 또 다른 이름을 썼다. 국가의 부주석, 인민대표대회 부위원 장, 정치협상회의 부주석, 국무원부총리, 그리고 고등법원 원장, 검찰원 검찰총장, 또 각 부서의 일부 책임자들을 포함하여 모두 행동을 취하여 보호해야 한다고 명확히 썼다. 그는 이 명단을 작성 후 또 각종 경로와 각종 방법을 취하여 관철될 수 있도록 실시하였다. 그가 직접 홍위병과 얘기를 나누는 것도 포함되었다.

지금도 기억나는 것은 그가 홍위병들과 송칭링의 상황을 얘기한 것이 었다. 그때 송칭링은 때로는 상하이에 있었고 때로는 베이징에 있었다.

두 곳에서 홍위병들에 의한 충격적인 행동이 나타나자 그는 극구 그들을 제지하며 그들에게 송칭링이 어떤 인물이라는 것을 소개했다.

우리가 총리사무실에서 근무할 때 그는 규율에 대한 요구는 매우 엄격했다. 저우 총리의 그곳에서 모든 중앙지도자들 간의 문서는 비서들이 모두 건드리지 않고 저우 총리가 직접 뜯어보았다. 그가 기타 중앙지도자들에게 쓴 문서도 자기가 봉인하고 비서들에게 시키지 않았다. 가끔 우리는 받은 문서, 편지들이 너무 많아 자세히 읽지 못하고 가위로 자르고 나서야 친히 뜯어보아야 하는 문서라는 것을 발견하곤 하였다.

그럴 때마다 "이를 어떡하지?" 하고 걱정하면서 재빨리 저우 총리에게 설명을 하면 저우 총리도 우리를 탓하지 않고 다만 우리에게 이후에는 주의하라고만 했다. 1967년 저우 총리는 우한으로 '7. 20'사건을 처리하러 갔다. 누가 따라갔는지는 기억이 나지 않는다. 처음에 나도 저우 총리가 어디에 갔는지를 몰랐다. 천이 총사령관이 일이 있어 저우 총리를 찾으려고 나에게 물었다. 나는 "총리께서는 안 계십니다"라고 했다. 천이 총사령관은 "어디에 갔소?"라고 물었다. 나는 또 모른다고 대답했다. 천이 총사령관은 이상하게 생각했다. 당신은 저우 총리 곁에 있는 사람인데 어디에 갔는지를 모른단 말이오. 사실 나는 정말 몰랐다. 천이 총사령관은 더 이상 묻지 않고 한마디 중얼거리고 돌아갔다.

우리는 총리가 정무에 매우 바쁘고 침식을 잊는다고 늘 말하는데 하나도 과장되지 않았다. 저우 총리의 하루의 업무시간은 보통 대략 18시간이었다. 나머지 6시간도 휴식한다고는 하지만 잘 쉬는 지는 얘기하기 어려웠다. 그가 일하는 곳이 사무실만이 아니라 어느 곳이든 틈만 나면 일을 하였다. 침실, 식당, 화장실, 자동차에서도 수시로 일을 하였다. 어떨 때에는 이발할 때도 일을 하였다.

만약 특수상황에 부딪치면 더 말할 필요도 없었다. 일반적인 상황에서 저우 총리께서는 새벽이 돼어야 잠을 잤다. 어떨 때에는 아침 8시, 어떨 때에는 9시까지 일을 했다. 저우 총리는 그의 사무실에 24시간 사람이 없어서는 안 된다고 했다. 그래서 그가 휴식을 취할 때도 전화가 끊임없이 오고 문서도 끊임없이 왔다. 그는 일어나자마자 침실이든 화장실이든 면도를 하든 첫 번째 일은 비서를 불러 그가 휴식을 취할 때 어떤 중대한 일이 발생했는지를 확인하는 것이었다. 상황보고를 다 들은 후 그날의 활동스케줄을 안배하고 그에게 무슨 일을 하고 어떤 사람을 만나며 무슨 회의를 하고 어떤 통지를 하며 어떤 기업이 참가하고 무슨 자료를 준비할 것인가를 모두 상세하게 지시했다. 모든 지시를 마친 후 그는 세수를 끝내고 사무실에 왔다. 여러분이 사진과 영화에서 본 기다란 책상이 바로 그의 사무실이다. 긴 책상 위에는 각종 문서들로 가득했다. 특히 '문화대혁명'기간에 문서들이 책상 끝까지 놓여져 그의 자리 앞부분만 겨우 남아 있을 정도였다. 그는 이렇게 작은 공간에서 일하고 이렇게 작은 공간에서 아침을 먹었다. 아침 식사를 할 때 저우 총리는 비서를 불러 당일의 참고 주요 뉴스를 읽게 해 식사를 하면서 들었다.

저우 총리의 저녁은 그에게 점심이며 두 번째 식사며 늘 집에서 먹지 않았다. 어떨 때는 국무원에서 회의가 끝나지 않으면 그는 다른 사람들과 함께 식사했다. 저녁이 되면 보통 중앙에서 회의를 하거나 대중들을 접견했다. 집에 돌아오면 왕왕 이미 조용한 한밤중이었다. 1968년 이후 외사활동이 더욱 빈번해졌다. 저우 총리는 공항에 와서 외빈을 마중하거나 또는 대회당에서 회담하거나 또는 연회에 참가할 때 늘 외사(外事) 담당 비서를 데리고 함께 갔다. 그는 차를 타고 가는 시간도 놓치지 않고 이것저것 묻거나 또는 그에게 상황을 보고하라고 했다. 그는 비서에게 두 가지를 지시했다. 첫째 만약 국내와 국제에서 큰 일이 발생했을 때 그가 자든 안자든 모두 바로 보고해야 하고, 만약 자고 있으면 깨워야 한다. 둘째, 만약 마오 주석이 찾으면 언제든 바로 깨워야 한다. 마오 주석의 생활은 저우 총리와 다르고 규칙적이지도 않았다. 그는 주석을 언제나 보살폈으며 어떨 때 마오 주석을 만나러 갈 때는 먼저 마오 주석이 잠을 자는지 몇 시간 잤는지 언제쯤 일어나는지를 물어봤다. 어떨 때에는 마오 주석이 잠을 자지 않고 저우 총리를 찾으면 그는 수면제를 먹었을 지라도 바로 만나러 갔다. 문서를 결재할 때 그가 수정한 것은 돌려줄 때 꼭 다시 한 번 봤다. 어떨 때에는 보냈어도 다시 찾아와 수정했다. 책상 앞에 앉으면 몇 시간이 금방 지나갔다. 책상에서 일어날 때 그는 한 가지 습관이 있었다. 책상에 물건들이 가득 놓여있으면 비서에게 정리하라고 하는 게 아니라 자기가 친히 이미 처리한 것과 아직 처리하지 않은 것을 구분하여 정한 자리에 정리해 놓았다. 그는 책상 위에 어떤 물건들이 있는지 항상 마음속에 다 알고 있었다. 자기 전에 그는 또 한가득의 자료를 가져다 침대에서 봤다. 어떨 때에는 무슨 생각이 나면 바로 비서를 불러 지시를 했다. 그의 침실은 제일 안쪽에 있어 비서는 그가 많이 기다릴 까봐 종종걸음으로 정원을 지나 뛰어갔다. 병원에 입원해 있을 때 그는 마찬가지로 문서를 열람하고 결재했다. 1975년 그는 큰 수술을 받게 되었다. 그는 지동(紀東)과 나를 불러 우리에게 병원에 있는 책상 위의 서류를 정리하라고 했다. 우리는 그에게 문서내용을 보고했다. 그는 한 건 한 건 지시했다. 떠날 때 우리는 그의 수술이 잘 되기를 바랐다. 그는 우리의 손을 잡고 담대하게 "확실하지는 않소만 두 가지 가능성은 있소"라고 말했다. 일에 책임을 끝까지 다하고 자기의 생사를 개의치 않는 이것이 바로 그의 평생의 일관된 혁명정신이었다.

그의 마음에는 오직 인민만 있고
유독 자기만 없었다.

청위안공(成元功)
(저우언라이 총리 근위병)

그의 마음에는 오직 인민만 있고
유독 자기만 없었다.

청위안공(成元功)
(저우언라이 총리 근위병)

　나는 저우 총리 곁에서 20여 년간 근무하면서 그의 사심 없이 오직 당과 인민을 위하여 일하는 혁명정신을 깊게 느꼈으며, 시화청(西花廳)의 꺼지지 않는 등불을 직접 내 눈으로 보았다.

　1955년 아시아·아프리카 회의의 성공은 당연히 저우 총리의 위대한 외교재능에 공로를 돌려야 한다. 하지만 반둥에서의 일주일 간의 회의 시간에 총리는 13시간밖에 쉬지 못하고 매일의 수면시간은 2시간도 되지 않았다는 것을 아는 사람은 거의 없을 것이다. 이것은 내가 1분 1초를 계산한 것에 의한 통계이다. 그가 회의에서 한 대세를 전환한 세계적으로 유명한 말 "우리는 단결을 위하여 왔습니다. 싸우러 온 것이 아닙니다.", "이견은 미뤄 두고 의견을 같이하는 부분부터 협력하도록 합시다."라고 한 보충발언은 바로 점심 휴식시간을 이용하여 직접 임시 초안한 것이었다. 매 한 장을 완성할 때마다 통역사에게 넘겨줘 외국어로 번역하라고 했다. 그렇게 복잡한 국면에서 그렇게 긴박한 시간에 초인간적인 지혜가 없으면 불가능한 것이었다.

　총리의 일생은 항상 타인의 일생에 관심을 기울이는 일생이었다. 그는 동료들을 아끼고 부하 직원들을 아끼며 곁에 있는 모든 일반 직원들을 아꼈다. 시시각각 인민대중을 더욱 생각했고 유독 자기만은 생각지를 않았다. 시화청에서 보초를 서는 경위병은 총리가 출입할 때 모두 차렷 자세로 경례를 해야 했다. 그러나 총리는 이러한 모습을 보고 시화청에서 근무할 때는 경례를 할 필요가 없다고 지시했다. 그는 "여기서는 모두가 가족이요. 수장은 없소이다"라고 했다. 베이다이허에 있을 때 어느 날 한밤중에 갑자기 비가 내리기 시작했다. 총리는 덩 큰언니에게 비옷을 찾아 밖에서 보초를 서고 있는 경위병에게 갖다 줘서 입게 했다. 만약 그가 언제나 마음에 타인을 두고 있지 않았다면 어찌 이런 사소한 일까지 생각할 수 있었겠는가!

사람들은 총리가 걸음걸이가 매우 빠르다는 것을 다 안다. 하지만 그는 가끔 밤 늦게 돌아올 때는 당직 서는 직원들이 졸거나 자고 있으면 바로 발걸음을 천천히 가볍게 하고 문을 닫을 때도 조심스레 소리가 나지 않게 했다. 총리는 늦은 밤에 일을 하고 항상 밤을 지새웠다. 우리 당직자들은 새벽 3, 4시면 도저히 참지 못하고 졸 때가 있었다. 한번은 저녁에 내가 당직을 서고 있었는데 총리에게 차를 갖다 주고는 일이 없어 소파에 앉아 있다가 나도 모르게 잠이 들었다. 마침 총리가 화장실에 가다가 나를 보았다. 그는 문 곁의 옷걸이에서 그의 외투를 가져와 조용히 나에게 덮어줬다. 우리 시화청의 직원들은 상조회를 설립하였다. 1인당 매월 1위안을 기금으로 내고 누구 집에 어려움이 있으면 이 돈으로 급한 불을 끌 수 있게 하였다. 만약 누가 떠나거나 전근하게 되면 낸 돈을 모두 돌려줬다. 이 일을 총리가 알고는 12위안을 내고 참가했다. 그 외에 경위병 집에 홍수가 났거나 기타 어려움이 있으면 그와 덩 큰언니는 따로 자기들의 급여를 꺼내 도와줬다.

총리는 산시, 윈난과 광동 등 일부 온천을 다녀온 적이 있었다. 매번마다 현지 간부들에게 "현지 주민들은 온천을 사용할 수 있는가? 목욕할 곳은 있는가?"를 물어봤다. 쿤밍인지 어딘지는 정확히 기억나지 않지만 그곳의 온천은 간부요양원이 차지하여 대중들은 목욕할 곳이 없다는 것을 안 총리는 매우 화를 냈다. 그는 엄중한 목소리로 "모두 온천을 하면 좋다는 것은 압니다. 병을 치료할 수도 있지요. 하지만 인민들은 대대로 이곳에서 생활해 왔는데 온천을 사용할 수 없다면 그들은 우리를 어떻게 생각하겠소?"라고 꾸짖었다. 후에 광동 의 총화(從化)에서 또 이런 상황을 만났다. 현지 간부들은 그에게 경비가 부족하여 건설하지 못했다고 설명했다. 총리는 숙소에 돌아온 후 비서에게 200위안을 보내면서 꼭 대중을 위해 목욕하는 곳을 건립할 것이며, 이 돈은 그와 덩 큰언니의 마음이라고 전달하라고 했다. 관리국의 동지들은 받지를 못하고 다시 돌려보냈다. 총리는 다시 사람을 보내 그들에게 다음에 와서 건설했는지 안 했는지를 검사할 것이라고 전달하라고 했다.

총리는 국무활동이 바쁘고 또 자주 외국방문을 했다. 외국방문은 규정에 따라 외교부에서 의상비용을 지급했다. 하지만 급여제도를 실행한 후부터 총리는 모두 받지 않았고 공금으로 의상을 만들지 못하게 하였다. 그가 입은 중산복은 보기에 반듯하지만 모두 깁고 또 꿰맨 것이었다. 다만 기울 때 우리는 수선 집에 가서 반듯하게 기워 티가 나지 않게 했을 뿐이었다. 예를 들어 단추 구멍이 헤지면 다른 옷깃에서 한 조각 뜯어내어 바꾸곤 했다. 3년의 고난시기에 저우 총리의 세수수건은 헤질 때까지 쓰다가 가위로 반을 잘라서 다시 양끝을 맞추어 꿰매어 계속 사용하였다. 1963년 아시아·아프리카의 14개국을 방문할 때 카이로에 도착했다. 총리의 속옷이 비교적 낡아 호텔에 맡겨 세탁하기가 불편했다. 우리 수행인원들도 너무 바빠서 빨래를 할 수가 없어 어쩔 수 없이 우리나라 이집트주재 대사관 직원들에게 부탁을 했다. 그러면서 헤질까봐 너무 힘껏 비비지 말아달라고 부탁했다. 대사관 직원은 총리의 옷이 너무 낡고 꿰맨 자리까지 있는 것을 보고는 우리를 찾아와 "우리 6, 7억 인구를 갖고 있는 대국의 총리가 이런 옷을 입게 하다니 너무 하오!" 라고 꾸짖었다. 우리는 어쩔 수 없이 그에게 "총리께서는 새 옷을 준비하지 못하게 했소"라고 설명하였다. 말리를 방문할 때 대사 라이야리(賴亞力)의 부인은 총리가 이렇게 낡은 옷을 입은 것을 보고 빨래를 하면서 눈물을 흘리기도 했다. 총리가 여름에 신었던 가죽샌들은 지금 역사박물관에 있는 그 샌들로 1954년도에 제작한 것이었다.

총리는 제네바회의에 참가하고 돌아오는 기간에 인도를 방문하고 광쩌우로 돌아왔는데 제일 덥던 때였다. 7월 달 광쩌우에서 무도회를 열었는데 총리는 매번 한 곡을 출 때마다 온몸에 땀을 흘렸다. 그래서 허젠(何謙) 비서는 자기가 구매한 홍콩셔츠를 총리에게 입혀주었다. 그는 매우 좋아 했다. 하지만 발에 신은 검정 가죽신발이 어울리지 않았다. 우리는 그에게 가죽샌들을 신으라고 권했다. 이번에는 총리가 따라주었다. 집에 돌아온 후에는 반팔셔츠 두 개와 가죽샌들을 마련했다. 날씨가 너무 더우면 이를 신고 일을 했다. 이것이 바로 사람들이 익숙한 총리의 여름모습이었다. 하지만 총리가 가지고 있는 샌들은 이것밖에 없었으며 돌아가실 때까지 20여 년을 신었고, 중간에 구두창만 바꾸고 새것을 사지 않으려 했다는 것을 아는 사람은 매우 적다. 총리는 사적인 일로 외출할 때 차를 타면 모두 직접 비용을 지불 했다. 예를 들어 베이징호텔에 이발하러 갈 때면 언제나 직접 돈을 냈다. 가끔은 업무 차 베이징호텔에 갔다가 이발을 해도 이 구간의 차비를 지불했다. 연극을 볼 때도 그랬다. 관련된 부서에서 연극심사를 위해 초청한 것을 제외하고 자기가 가서 보는 것은 모두 우리에게 가서 표를 사오라고 했다. 또한 특별히 줄을 서서 표를 사고 소문내지 말아야 하며 아무 자리나 사라고 분부했다. 대중들이 연극을 보는 것을 방해하지 않기 위하여 늘 한 사람만 데리고 갔으며 등이 어두워질 때 조용히 자리에 앉았다. 총리께서는 자주 각 부서에서 연설을 하거나 보고를 했다. 그리고 여러 차례 신문에 발표했다. 하지만 총리는 한 번도 원고료를 받지 못하게 하였다. 딱 한 번 어느 문예좌담회에서 연설을 한 후에 신문사에서 일부 원고료를 보내왔는데, 이를 어떤 직원이 받아 은행에 저금했다. 몇 년이 지난 후에 그 직원이 돈을 총리에게 갖다주었다. 그럼에도 총리는 원고료를 모두 돌려주라고 지시했다. 하지만 이미 몇 년이 지났고 부서가 변동이 생겨 돌려줄 데가 없었기에 모두들 난감해했다. 이때 사무실 주임 통샤오펑(童小鵬)이 한 가지 방법을 얘기했다. "이렇게 합시다. 우리 사무실의 문체활동경비로 활용해서 문화용품과 체육용품을 사서 함께 사용합시다"라고 했다.

3년의 고난시기에 공급 상황이 좋은 곳은 항저우였다. 고기, 야채, 과일을 모두 살 수가 있었다. 한번은 항저우에 가서 중앙회의를 참가했다. 떠나기 전날 항저우시 외교판사처의 직원들이 야채 한 광주리를 우리에게 가져가라고 했다. 우리는 "이건 안 됩니다. 총리께서 엄격한 규정이 있어 받을 수 없습니다"라고 말했다. 그들은 "이건 저우 총리가 당신들을 위해 산겁니다. 영수증이 있어요. 당신들이 총리에게 돈을 주면 되잖아요"라고 말했다. 우리는 그래도 "안 됩니다. 총리께서 동의하지 않을거예요"라고 말했다. 이튿날 비행기를 타보니 기내에 야채 두 광주리가 놓여 있었다. 그래서 외교판사처의 직원들을 찾아가 어떻게 된 영문인지를 물었다. 그들은 "이것은 총리께 드리는 것이 아닙니다. 당신들이 베이징에 가져가서 중앙지도자 동지들에게 드리려는 겁니다. 영수증이 있으니 그때 돈을 주세요" 라고 했다. 그래서 야채 두 광주리를 베이징에 가져가서 공급처에 갖다 줬다. 공급처는 모든 지도자 동지들에게 조금씩 나눠주고 모두 돈을 받았다. 우리도 가져와서 요리해 먹었다. 총리는 식사를 할 때 이를 보고는 매우 화를 내면서 식사를 하지 않았다. 그러면서 "청위안공(成元功)을 불러오시오"라고 말했다. 총리는 나에게 "이 야채는 어디서 가져온 것이냐? 항저우에서 가져온 것이냐?"고 물었다. 나는 사실대로 말했다. 총리는 "내가 당신들에게 물건을 가져오지 말라고 몇 번이나 말했소. 왜 듣지를 않소?" 라고 말했다. 나는 "이것은 우리 것만 가져온 것이 아닙니다. 중앙지도자들에게 갖다드린 것이고 공급처에서 돈을 지불했습니다. 거기서 우리도 조금 가져왔는데 돈을 지불했습니다"라고 대답했다. 총리는 이 말을 듣고는 더욱 화를 냈다. "돈을 지불했어도 안 되오. 당신에게 묻겠소. 베이징의 백성들이 이런 야채를 먹을 수 있소 없소?"라고 말했다. 나는 "당연히 못 먹습니다"라고 대답했다. "나는 먹을 수 있는데 대중들이 먹지 못한다면 그들은 우리를 뭐라고 말하겠소? 이후부터 당신들은 어떤 일을 처리할 때 모두 나와 직접 연락하시오. 모두 나의 직무와 결부시키고 모두 정치적 영향이 있는지 없는지 하는 문제와 결부시키세요. 우리가 제정한 규정을 우리는 안 지키고 아랫사람들만 지키게 하고, 다른 사람들에게 지키라고 하면 안 되오. 그러면 '관리들만 등을 켜고 백성들은 등을 켜면 안 되오'라는 것과 같지 않소? 이것은 국민당과 무엇이 다르다는 말이오?" 총리의 이번 비평은 매우 엄격하여 나는 평생토록 잊을 수가 없었다.

1958년 7월 중순 그때는 좋은 일만 보고하고 나쁜 일은 보고하지 않는 '대약진운동' 시대였다. 총리는 이 때문에 상하이에 가서 상세한 조사를 했다. 상하이 철강 1공장과 3공장에서 그는 작업복을 입고 안전모를 쓰고 무더위를 무릅쓰고 용광로 곁에서 노동자들과 장시간 얘기를 나누었다. 그는 또 기중기에 올라가서 여 기사에게 상세하게 물었다. 총리는 언제나 친히 현장의 상황을 파악했다. 그는 노동자들에게 "오늘은 당신이 사부입니다. 나는 당신에게 배우러 왔소"라고 말했다. 그는 또 공장의 유치원, 식당에 찾아가서 선생님과 요리사와 아이들의 안부를 물었다. 돌아온 후 친히 상세하게 기록을 하였다. 공장에서 총리를 위하여 풍성한 저녁을 준비했다. 총리는 식당에 가서 그릇과 수저를 달라고 한 후 줄을 서서 밥을 샀다. 노동자들이 그에게 먼저 사라고 했지만 그는 웃으시면서 거절하였다. 그의 차례가 되자 그는 5전으로 배추요리를 사고 2전으로 만두를 샀으며 1전으로 국을 한 그릇 사서 노동자들과 함께 먹으면서 매우 기뻐하였다. 또 이 해에 총리는 광동에 시찰을 갔었다. 날씨가 매우 더워 온 몸에 땀띠가 났다. 총리는 신훼이(新會)에 있는 부채공장에서 노동자들이 전기용접인두로 부채에 산수화를 찍는 것이랑 자투리로 이쑤시개를 만드는 것을 관심 있게 보면서 그들이 종합적으로 이용을 잘한다고 칭찬했다. 노동자들이 무더운 날씨에 고생하는 것을 보고 총리는 마음이 편치 않았던지 노동자들에게 부채를 부쳐줬다. 그가 임종하기 전까지 신훼이에서 생산한 부채를 사용했다.

총리는 병이 악화될 때 그가 안타까워했던 두 가지 일을 잊을 수가 없다. 1954년 가을 우한(武漢)에 가서 양자강 대교를 답사할 때 총리와 각 부서 간부들이 함께 갔다. 전용열차를 이용하려고 했는데 총리는 동의하지 않았다. 도착 후 첫날 전문가의 보고를 들었고, 둘째 날에는 현장을 답사했고 나룻배를 타고 강 건너편에 가서 총리는 하류에 구름다리가 있는데 다리 위에 큰 대나무 바구니가 걸려있는 것을 보았다. 총리는 저것은 뭐하는데 사용하는 것이며 안전하냐고 물었다. 그도 바구니에 타고 직접 검사하겠다고 했다. 우리는 당황해서 안 된다고 만류했다. 총리는 "직원은 탈 수 있는데 나는 왜 탈 수 없나요? 당신들이 오늘 나를 못 타게 하면 이후에 또 기회가 있겠소?"라고 말했다. 하지만 모두들 못 타게 하면서 논쟁이 끝나지 않자 후에 어떤 전문가가 "안전에는 문제가 없습니다. 하지만 만약 고장이 나면 직원은 고칠 수가 있지만 총리께서는 고치실 수가 없습니다"라고 말했다. 바구니는 한 사람만 탈 수 있었던 것이다. 총리는 나중에 "당신들은 나를 못 타게 하려고 하는 것을 압니다"라고 말했다. 그는 병이 중할 때도 이 일을 잊지 못하면서 이것은 그의 평생 유감이라고 했다.

티베트자치구가 성립할 때 총리는 많은 일을 하고 직접 가겠다고 하였다. 9월 9일 이날은 그가 정한 날이었다. 이날은 선두부대가 들어간 날이었다. 총리는 "좋은 날에 좋은 날씨여야 대중들이 경축활동에 참가하기가 편하다"고 했다. 우리는 선발대로 갔다. 처음 이틀간은 고원의 산소 부족으로 고통이 심했다. 어떤 동지들은 병원에 입원했다. 각종 원인으로 총리는 후에 가지 못했다. 이것도 그가 생각하는 일생에서 유감스러운 일이 되었다.

단풍 해당화
총리와 큰언니의 깊은 사랑

자오웨이(趙煒)

저우언라이, 덩잉차오의 비서, 전국 정치협상회 전 부비서장)

단풍 해당화
총리와 큰언니의 깊은 사랑

자오웨이(趙煒)
저우언라이, 덩잉차오의 비서, 전국 정치협상회 전 부비서장)

덩 큰언니는 우리에게 그와 총리는 중학교 시절 모두 톈진에서 지냈지만 서로 알지는 못했다고 했다. 덩 큰언니는 여자사범학교에 다녔고 저우 총리는 난카이 대학을 다녀 서로 같은 학교가 아니었기 때문이었다. 그때는 남녀가 학교를 따로 다니고 봉건적이었기 때문에 만날 기회가 없었던 것이다. 하지만 저우 총리는 학생들 사이에서 인기가 많아 그의 이름은 이미 익히 알고 있었다고 했다. 그러다가 5.4애국운동에 참가하면서 그들은 같은 길을 가게 됐고, 만나게 됐으며 결국 알게 되었던 것이다. 저우 총리는 1919년 4월 일본에서 톈진으로 돌아와 5.4운동의 물결에 뛰어들었다. 후에 함께 회의하고 간행물을 만들고 쟈오우사(覺悟社)를 조직하며 두 사람의 접촉은 점차 많아졌고 서로 호감을 갖게 되었다. 하지만 이런 호감은 두 사람의 마음속에만 있었지 누구도 표현하지는 않았다. 신 중국 성립 후 수 십 년이 지나 한번은 옛날 일을 얘기하다가 흥분한 저우 총리가 자기도 모르게 덩 큰언니에 대한 첫 인상을 말했다. "한번은 톈진에서 집회를 하는데 제일 먼저 나와 연설을 하는 사람은 동그란 큰 눈을 지닌 여자애였는데, 그의 연설은 사람들의 주의를 끌었다." 이 말 속에서 그는 이 두 눈을 가진 여자애에게 지울 수 없는 인상을 갖게 되었음을 알 수 있었다.

5.4운동이 일어나던 그 해에 저우 총리는 21세, 덩 큰언니는 겨우 15세로 샤오우사에서 제일 어린 회원이어서 모두들 그를 동생으로 여기고 어떨 때에는 '샤오 차오'라고 불렀다. 하지만 이렇게 부르는 사람이 많지는 않았다. 많은 사람들이 나에게 덩 큰언니를 '샤오 차오'라고 부른 게 언제부터였는지 물었다. 나도 덩 큰언니에게 물은 적이 있었다. 그는 상하이에서 지하공작을 할 때 모두들 그를 '샤오 차오'라고 불렀고, 항일전쟁이 끝난 후 비로소 점차적으로 그를 '큰언니'라고 불렀으며 후에 줄곧 그렇게 불렀다고 했다. 저우 총리는 '샤오 차오', '큰언니' 두 가지 모두 불렀다. 저우 총리는 1920년 11월 프랑스로 유학을 떠났다. 그는 유학기간에 가끔 덩 큰언니와 편지를 주고받았다. 덩 큰언니는 1923년에 보낸 편지에서 저우 총리가 처음으로 그에게 사랑의 감정을 표현했다고 기억했다. 아마도 표현이 비교적 완곡하여 덩 큰언니는 이것이 애정을 표현한 것인지 깨닫지 못했다. 그 외에 덩 큰언니도 저우 총리가 프랑스에 매우 괜찮은 여자 친구가 있는 것을 알고 있었기에 이 편지를 받고서도 그렇게 생각하지는 않았다고 했다. 후에 저우 총리가 계속 편지를 하여 그에게 대답을 해달라고 했다. 덩 큰언니는 외동딸이어서 이런 큰일은 어머니와 상의해야 했는데, 어머니는 "너무 급해 하지 말거라, 그가 돌아온 후 다시 얘기해보는 게 좋겠구나. 너희 둘은 지금 한 명은 외국에 있고 한 명은 국내에 있는데 뭐가 그리 급하니?"라고 말했다. 그래서 두 달을 미루었다. 이 기간에 저우 총리는 계속 편지를 해서 간절히 물었다. 덩 큰언니는 끝내 긍정적인 대답을 해줬다. 이렇게 서신을 통해 쌍방의 애정관계는 1923년에 확정되었다. 덩 큰언니는 리웨이한(李維漢) 동지도 저우 총리의 연애편지를 전달한 적이 있었다고 기억했다. 그때 그들은 편지를 통하여 국가, 민족의 운명, 인민대중의 고통 등을 자주 나누고 '중화

의 큰 뜻'을 이루는 길을 토론하기도 했다. 1924년 저우 총리는 귀국하여 광쩌우에서 당의 지도업무를 맡았다. 그는 덩 큰언니와 이미 5년간 만나지 못했다. 덩 큰언니는 텐진에 있었는데 정세 때문에 텐진에 남아 일을 할 수 없었으므로 당 조직에서는 그를 광쩌우로 보냈다. 그들은 결혼할 때 매우 간단했다. 어떠한 의식도 거행하지 않았고 모든 옛 풍속을 버렸다. 결혼 후 두 사람은 같은 곳에서 근무하지 않기로 약속하였다. 이 원칙을 그들은 줄곧 지켜왔고 이것은 매우 현명하다는 것을 사실이 증명했다. 부부가 함께 일하면 일처리가 어렵고 잘 처리하기가 어렵기 때문이었다. 그때부터 반세기가 넘는 혁명생애에서 그들은 시종일관 전우애와 부부애를 유지했다. 저우 총리와 덩 큰언니는 정치면에서 서로를 보살피고 서로에게 엄격하였다. 중국공산당 제9차 대회 후 장칭, 예췬은 모두 정치국에 들어갔다. 경력으로나 능력으로나 공헌으로나 인망으로나 덩 큰언니가 그들보다는 훨씬 나았기에 사람들은 덩 큰언니에게도 적당한 안배를 해야 한다고 했다. 1974년 제4차 인민대표대회를 열게 되었다.

마오 주석은 덩 큰언니가 전국인민대표대회 부위원장을 맡는 것을 비준하였다. 하지만 이 지시는 저우 총리에 의해 보류되었다. 이는 덩 큰언니에 대한 보호이며 당풍에 대한 보호였다. 덩 큰언니는 한 번도 권세를 탐내지 않았고 저우 총리의 이름을 비러 일을 처리하지 않았다. 그는 저우 총리에게 불편을 끼치지 않기 위하여 항상 신중하였다. 저우 총리가 돌아가신 후 1976년 11월 전국인민대표대회에서 덩 큰언니가 부위원장을 맡는 것을 통과시켰을 때, 그는 비로소 마오 주석이 이미 벌써부터 지시가 있었다는 것을 알았다. 그는 저우 총리의 이런 행동에 대하여 이해하고 지지하였다. 그들 사이에 정치상 서로 보살피고 엄격히 요구했던 것은 또 당의 규율과 조직원칙을 지키고 당과 국가의 기밀을 보호하는 데

서도 나타났다. 저우 총리는 평소에 각종 공적인 업무를 처리할 때 덩
큰언니와 얘기하지 않았고 덩 큰언니도 간섭하지 않았다. 그는 비서사무
실에 들어가지 않았고 저우 총리의 사무실에도 잘 들어가지 않았다. 부
부는 평소에 국가대사, 주변상황 또는 책이나 연극에 대해서는 얘기했지
만, 당과 국가의 기밀에 대해서는 언급하지 않았다. 저우 총리가 돌아가
신 후 어떤 사람들이 덩 큰언니를 찾아와 이것저것 물어보면 그는 모른
다고 했다. 모두들 의아해했다. "아니 덩 큰언니가 왜 모르지?"하였다.
사실 덩 큰언니는 정말 몰랐다. 저우 총리는 많은 일을 관련된 비서와
는 얘기했지만 덩 큰언니에게는 얘기하지 않았던 것이다. 생활면에서 그
들은 서로 관심을 두고 서로 자상하게 보살피고 서로를 돌봐줬다. 덩 큰
언니는 매우 긴 시간동안 몸이 좋지 않았지만 여전히 총리의 가정생활
을 최대한 돌보고 저우 총리의 친인척을 보살피는 일을 감당했다. 저우
총리와 덩 큰언니는 신 중국 성립 후부터 그들 급여의 일부를 아껴 총리
의 친인척을 돌봐주기 시작하였다. 저우 총리가 돌아가신 후에도 수년간
덩 큰언니는 줄곧 그들을 보살폈다. 돈을 보내는 것 외에 그는 또 베이징
에 와서 병을 치료하는 총리의 친척을 돌아갈 때까지 도와줬다. 덩 큰언
니는 총리의 친척을 도와주는 문제에서 저우 총리가 걱정하지 않도록 언
제나 선뜻 도와줬다. 덩 큰언니는 이것은 국가의 부담을 덜어주는 것이
오, 만약 그들의 생활을 잘 보살피지 않으면 저우 총리의 명예에 좋지 않
은 영향을 끼칠 것이며, 덩 큰언니가 총리 친척들의 생활을 잘 보살펴주
면 저우 총리의 걱정도 해결된다고 말했다. 그래서 저우 총리와 덩 큰언
니는 별다른 저축이 없었다. 저우 총리의 손님은 얘기를 나누러 오는 사
람, 회의하러 오는 사람들로 매우 많았다. 저우 총리는 자주 손님들에게
식사를 접대했다. 이때 그는 "가지 마시오. 함께 식사를 해요. 내가 오

늘 접대하겠소"라고 말하곤 했다. 한번은 덩 큰언니가 "왜 맨날 당신이 접대한다고 하세요? 당신은 한 달에 얼마나 벌어오나요? 그들은 당신 것이 아니라 내 것을 먹고 있어요. 아니면 우리 나누어서 계산해 볼까요?"라고 농담을 할 정도였다. 그래서 한 달 장부를 계산해보니 저우 총리의 급여에서 집세, 전기세, 수도세와 각종 지출을 공제하고 나면 정말 얼마 남지 않았다. 모두 덩 큰언니가 지불했다. 그 후부터 저우 총리는 식사는 여전히 접대했지만 손님들에게 "오늘은 큰언니가 당신들을 접대하오"라고 하는 말을 잊지 않고 했다.

1962년 덩 큰언니는 자궁종양에 걸려서 병원에 입원하여 수술을 했다. 저우 총리는 매일 짬을 내어 병원에 가거나 아니면 전화를 걸어 상황을 물어봤다. 덩 큰언니가 퇴원하는 날 저우 총리는 우리 당직실에 와서 입구에 높은 문턱 때문에 덩 큰언니가 수술 후 몸을 구부리고 지나다니면 수술 자리에 좋지 않을 것이라 걱정하여 우리에게 덩 큰언니를 들어주면 안 되겠냐고 물었다. 우리는 바로 대나무 의자를 하나 준비하여 덩 큰언니가 차에서 내리자 대나무 의자에 그를 앉혀 문턱을 넘었다.

평소에 저우 총리와 덩 큰언니의 서로에 대한 감정은 매우 깊었다. 이에 대한 예를 들면 다음과 같다. 저우 총리가 외국을 방문하러 나갈 때 덩 큰언니는 한 번도 동반하지 않았다. 타지에 갈 때도 덩 큰언니는 거의 동반하지 않았다. 저우 총리가 돌아올 때 그는 거실 입구에서 저우 총리를 기다렸다. 어떨 때는 덩 큰언니가 마치 어떤 귀한 손님을 맞이할 때처럼 옷을 가다듬고 거기에 서서 마중하는 것을 보았다. 저우 총리를 만나면 비록 오랜 부부지만 한번은 포옹까지 하였다. 그때 그들이 포옹을 하는 것을 보고 우리는 웃었다. 그만큼 그들의 감정은 매우 깊었다.

저우 총리가 외출하거나 외국방문을 가면 덩 큰언니는 매일 걱정을 많이 하였다. 특히 외국에 갈 때 그는 저우 총리의 정치업무가 매우 무겁다는 것을 알기 때문에 절대로 방해하지 않고 총리에게 항상 따뜻함과 편안함을 주었다. 저우 총리가 제네바에서 회의를 할 때 그는 온갖 방법을 다해 저우 총리가 좋아하는 시화청 문 앞에 피어 있는 해당화를 보내 그에 대한 그리움을 전달했다. 반대로 저우 총리는 비서나 경호실장에게 부탁하여 제네바의 꽃을 덩 큰언니에게 갖다주었다. 사실 이것은 서로의 사랑을 전달하는 것이었다. 시화청에 있는 덩 큰언니의 사무실에는 액자가 하나 걸려있는데 여기에 서로에게 보냈던 꽃잎을 잘 보관했다. 어디를 가든 그들의 사랑은 항상 함께 했던 것이다.

일상생활에서 부부간의 다툼은 매우 흔한 일이다. 그래서 어떤 사람이 나에게 물었다. "저우 총리와 덩 큰언니도 다툰 적이 있나요?" 나는 그들 곁에 온 시간이 수십 년이 지났는데 딱 한번 저우 총리와 덩 큰언니 두 분이 서로 기분이 언짢아 한 적을 보았다. 왜 그랬는지는 나는 잘 알지 못했다. 당시 내가 마침 들어갔을 때 저우 총리가 나오는 걸 봤는데 매우 화난 모습이었다. 저우 총리는 나에게 "자오웨이, 당신이 큰언니와 함께 좀 있어주오"라고 말했다. 나는 이 상황을 보고 부부사이에 다툼이 있었다는 것을 짐작했다. 저우 총리는 당시 급하게 회의를 하러 가던 중이었다. 나는 들어가서 덩 큰언니가 식탁 앞에서 화난 모습으로 서 있는 것을 보고 덩 큰언니와 얘기를 나누었다. 그날 밤 나는 "큰언니, 나는 오래 전부터 당신의 어머니에 대해 얘기를 듣고 싶었어요. 저는 큰언니 어머니가 큰언니에게 주신 가르침을 알고 싶습니다"라고 말했다. 그녀는 "좋아요. 당신에게 얘기해드리지요"라고 말했다. 얘기하는 중에 덩 큰언니는 화가 풀렸다. 그들은 우리처럼 다투면 어색해하고 그러지는 않았다. 단지 서로 사랑하는 부부가 서로 다른 의견이 약간 있을 뿐이었다.

1975년 11월 초, 저우 총리가 사람을 시켜 전화를 했다. 나를 지명하여 이후에 덩 큰언니를 데리고 병원에 다니라고 했다. 아마도 그는 덩 큰언니가 언제나 혼자서 다니는 것을 보고 걱정이 되었던 것 같았다. 이것도 덩 큰언니에 대한 관심과 보살핌이었다. 하지만 이튿날 덩 큰언니는 또 혼자서 병원에 갔다. 내가 따라오지 못하게 하였다. 저우 총리는 자오웨이와 왜 함께 오지 않았냐고 물었다. 또 전화해서 이후에는 나에게 동행하라고 부탁했다. 저우 총리가 병이 악화되어 병원에 입원한 후 처음 덩 큰언니를 데리고 병원에 갔을 때 나는 가는 도중에 계속 고민을 했다. 1개월 정도 저우 총리를 못 만난 것 같은데 이번에 만나면 제일 먼저 무슨 말을 하면 좋을까? 총리라고 부를까? 그러나 그가 듣기를 원하지 않을 수도 있었다. 그는 전에 "내가 아플 때는 일을 하지 않으니 총리라고 부르면 안 되오"라고 한 적이 있었다. 그래서 "안녕하세요?"라고 할까 하고 생각했다가도 그가 "아픈데 뭐가 안녕입니까?"라고 되물을까 두려웠다. 그러나 아무리 생각해도 좋은 말이 떠오르지를 않았다. 차에서 내릴 때가 되자 나는 고민거리를 덩 큰언니에게 얘기했다. 덩 큰언니는 "그냥 총리라고만 부르면 되요. 하지만 절대 울면 안 돼요"라고 했다. 그는 이미 내가 저우 총리의 악화된 병세를 보고 비통한 마음을 통제하지 못할 까봐 짐작해서 이렇게 부탁했던 것이었다. 사실 나는 당시에 저우 총리를 또 만나게 돼서 마음에 위안이 되었지만, 또 그가 오랫동안 아파 누워서 일어나지 못하는 모습을 보는 것이 두려웠다. 마음이 너무 괴로웠다. 저우 총리의 병실에 들어가서 나는 총리라고 불렀다. 그는 나를 향해 손을 내밀었다. 당시에 나는 비록 손을 이미 씻었지만 손이 차가워서 환자에게 영향을 끼칠 까봐 악수를 할 생각은 없었다. 그래서 "방금 밖에서 왔으니 악수를 하지 말아요"라고 했다. 저우 총리는 "그래도 악수

해요"라고 했다. 그는 이불속에서 손을 내밀고 나의 손을 잡고는 "자오웨이, 당신이 큰언니를 잘 보살펴 드려야 해요"라고 말했다. 나는 머리를 끄덕이면서 눈물을 흘렸다. 저우 총리는 이렇게 아픈 데도 마음속에는 항상 다른 사람을 걱정하고 덩 큰언니를 걱정했다. 나는 하마터면 울음소리를 낼 뻔했다. 덩 큰언니는 나의 이런 모습을 보고 급히 나의 옷깃을 잡아당겼다. 나는 억지로 참고 복도로 뛰어나와서야 통곡하기 시작했다. 나는 내가 전에 생각하기 싫고 감히 생각할 수 없었던 일이 곧 발생할 것이라는 것을 알았다. 저우 총리가 돌아가실 때 덩 큰언니는 매일 생화를 보냈다. 당시 베이징에는 생화가 없어 광쩌우에서 가져왔다. 덩 큰언니는 직접 자기가 돈을 냈다. 광쩌우에서는 돈을 안 받겠다고 했지만 덩 큰언니는 "내가 돈을 꼭 내야 해요"라고 말하면서 지불했다. 이것도 덩 큰언니의 저우 총리에 대한 일편단심을 설명한 것이었다. 덩 큰언니는 "이것은 나의 급여로 마지막으로 언라이 동지에게 사용하는 것이에요. 나는 마땅히 이렇게 해야 해요. 공금으로는 할 수 없어요"라고 말했다. 이 두 분의 사랑이 얼마나 깊은지 이러한 일화를 통해 알 수 있는 것이다.

모든 생명을 세계에 돌려주다

가오전푸(高振普)
저언라이 총리 근위병, 중앙경위국 전 부국장)

모든 생명을 세계에 돌려주다

가오전푸(高振普)

저언라이 총리 근위병, 중앙경위국 전 부국장)

저우 총리가 1976년 1월 8일 돌아가신 후 우리는 그와 덩 큰언니 두 사람의 급여내역과 지출장부를 정리하였다. 수입은 오직 급여와 급여잔액을 은행에 저금하여 나온 이자뿐이고 다른 수입은 없었다. 하지만 지출부분의 항목은 아래와 같았다. 식비, 당비, 전기수도세, 신문 구독비, 잡비(생활용품 구매), 특별지출금(친인척 보조금과 직원구제금) 등이었다. 기록이 된 1958년부터 1976년까지 두 사람의 수입은 총 161,442.00위안이었으며 친인척보조금은 36,645.51위안, 직원과 친구 보조금이 10,218.67위안, 총 46,864.18위안으로 두 사람 수입의 1/3을 차지했다.

이는 두 사람의 어려운 친인척과 주변 직원들에 대한 관심과 보살핌을 설명해준다. 나는 예를 들어 이점을 설명할 수 있다.

저우 총리의 운전기사로 다년간 근무한 종부원(鍾步云) 동지가 카슈미르프린세스호 비행기 사고로 사망했다. 다년간 저우 총리와 덩 큰언니는 그의 가족에게 관심을 기울였고 그의 딸이 결혼한다는 것을 알고 덩 큰언니는 우리에게 부탁하여 300위안의 축의금과 축하 서한을 전달했다. 60년대에 300위안은 작은 돈이 아니었다.

다른 또 하나의 예를 들면, 총리사무실에 공무원 한 명이 있었는데 자녀들이 많고 아내가 아파 빚이 170위안이나 있었다. 당지부에서는 이 상황을 알고 그에 대한 지원을 고민했다. 그때 한 번에 공금으로 부조하기에는 금액이 너무 많아 일 년에 두 번 으로 나누어 지원하려고 당원들이 회의를 하고 있는데 덩 큰언니가 문을 열고 들어오면서 무슨 회의를 하냐고 물었다. 당지부 서기와 우리들은 덩 큰언니가 들어올 줄은 생각도 않아서 모두가 그녀의 물음에 대답을 못하고 멍해 있었다. 그러자 덩 큰언니는 "당신들은 아직도 나에게 비밀이 있나요?"라고 말했다. 덩 큰언니는 지원에 대해 토론하고 있다는 얘기를 듣고는 "여러분들은 더 이상 이 일로 토론하지 마세요. 나와 언라이 돈으로 한 번에 그에게 지원하여 이 분이 부담을 갖지 않도록 하고 공금도 절약하도록 하세요"라고 말했다. 저우 총리의 급여는 매월 404.80위안이고 덩 큰언니의 급여는 월 342.70위안으로 합계 747.50위안이었다. 매월 잔액이 조금씩 있어 우리가 은행에 저금했다가 5,000위안이 되면 덩 큰언니는 우리에게 그 돈을 당비로 내게 했다. 총 3차례 납부했고 마지막에는 5,000위안이 안 되고 3,000위안밖에 안 됐지만 덩 큰언니는 납부하게 했다. 마지막에 총리와 큰언니의 수입은 잔액과 국채를 구매한 것까지 총 5,100위안 정도였다.

저우 총리와 덩 큰언니는 이렇게 일관되게 생명의 마지막까지 다른 사람을 위하여 인민을 위하여 국가를 위하여 생각했던 것이다.

저우 총리의 유골함을 선택하는 일을 얘기해 보자.

저우 총리가 돌아가신 후 장례사무실의 직원들은 덩 큰언니에게 저우 총리의 유골함을 선택하라고 했다. 덩 큰언니는 나와 장수잉 동지(총리 근위병장)를 파견하여 그가 대표해 고르게 했다. 우리 두 사람은 장례사무실의 직원들과 함께 빠바오산(八宝山)에 갔다. 빠바오산의 책임자가 두 가지 샘플을 가져왔다. 우리는 그중에 꽃무늬가 비교적 좋고 가격이 제일 비싸지 않은 것으로 선택했다. 자세히 검사해보니 곽의 표면에 떨어진 곳이 있어 똑같은 걸로 바꾸었지만 뚜껑이 잘 열리지 않아 또 바꿔달라고 했다. 그들은 같은 것이 두 개뿐이라고 하여 우리는 두 번째 것을 사용하기로 했다. 돌아와서 덩 큰언니에게 보고했다. 그는 "당신들이 결정했으면 됐어요"라고 했다. "나는 보지 않겠어요. 사람이 죽어 유골을 넣는 것인데 그렇게 따지지 않아도 되요"라고 했다.

저우 총리가 사용했던 이 유골함을 덩 큰언니가 달라고 해서 집(시화청)에 보관했다. 16년 동안 매년 청명절과 상쾌한 날씨에 우리 직원들은 이 유골함을 꺼내 말리고 닦고 한 후에 다시 잘 포장해서 유리장 안에 넣었다. 1992년 7월 11일 덩 큰언니가 돌아가셨다. 이튿날 우리는 유골함을 꺼냈다. 유골함은 새것처럼 잘 보관되어 있었다. 우리는 이 함 안에 덩 큰언니의 유골을 담아 사람들이 조문하게 했다. 7월 17일 저녁에 우리는 덩 큰언니의 유골이 담긴 유골함을 조문식장에서 가져와 덩 큰언니의 침실에 놓고 그가 집에서 하룻밤을 더 머무르게 하였다. 이튿날 7월 18일 발인하고 톈진으로 갈 때 덩 큰언니의 유언에 따라 그의 유골을 화이허(淮河)에 뿌렸다. 톈진시 당·정·군·민에서 성대한 의식을 거행하여 덩 큰언니에 대해 깊은 애도를 표하였는데 이는 또 저우 총리에 대한 추모이기도 했다. 1976년 내가 저우 총리의 유골을 뿌릴 때 이런 장면은 없었다. 당시의 정치적 분위기가 오늘날과 달랐기 때문이었다. '4인방'은 저우 총리에 대한 장례활동을 억압하여 전국인민은 저우 총리에 대한 감정을 마음속으로 숨겨야 했다. 그러나 오늘날 사람들은 아무런 압력을 받지 않고 마음껏 두 사람에 대해 깊은 감정을 표현할 수가 있다.

덩 큰언니의 유골은 바로 기존의 유골함에 담아 배를 탔다. 유골을 뿌릴 때 함에서 꺼내 손으로 조금씩 화이허에 뿌렸다. 나는 덩 큰언니의 유골을 뿌리면서 왕년에 저우 총리의 유골을 뿌렸던 상황을 생각했다. 나와 장수잉 두 사람, 그리고 장기간 저우 총리의 사무실 부주임으로 있었던 뤄창칭 동지와 중앙조직부장을 맡았던 궈위펑은 농약을 뿌리는 비행기를 타고 아무도 귀찮게 하지 않고 조용히 총리의 유골을 뿌렸었다.

1976년 1월 15일 나는 저우 총리의 유골을 직접 뿌렸다. 16년 후의 1992년 7월 18일 나와 자오우이 동지는 또 덩 큰언니의 유골을 직접 뿌렸다. 나에게 이것은 평생의 영광이었다. 평범하지 않은 이 두 사람을 위하여 마지막 일을 할 수 있었던 것은 두 사람의 생전에 인정을 받았기 때문이었다. 덩 큰언니는 저우 총리가 돌아가신 후 16년 동안 여러 차례 나와 자오우이에게 자신이 죽으면 총리의 유골함을 사용하고 새 것을 사지 말 것이며 국가를 위해 돈을 아끼라고 얘기했다. 그리고 그가 쓰고 난 후에 다른 사람도 쓸 수 있으며, 당신 두 사람도 쓸 수 있다고 했다. 우리 두 사람은 그때 "당신 것을 쓰고 나면 이 유골함은 바로 보관할 겁니다. 저희가 그것을 사용할 자격이 있나요?"라고 말했다. 그러자 덩 큰언니는 "그것이 뭐 어때서요. 나라의 돈을 절약하는 일인데요. 사람은 죽으면 아무것도 몰라요. 모두 산 사람들에게 보여주는 거예요. 장례식은 간소하게 하고 개혁을 해야 하며 옛 풍속을 버려야 해요. 고별의식 때의 음악도 항상 그렇게 슬프지 않게 좀 바꿔야 해요"라고 말했었다.

오늘 두 위인의 유골함은 텐진시 저우언라이, 덩잉차오 기념관에 보관되어 있다.

중책을 짊어지고 자기에게 엄격하다.

지동(紀東)
(저우언라이 총리의 비서, 전 무장경찰지휘학원 부원장)

중책을 짊어지고 자기에게 엄격하다.

지동(紀東)

(저우언라이 총리의 비서, 전 무장경찰지휘학원 부원장)

1971년 9.13사건 이후 지덩퀘이(紀登奎) 동지가 나에게 두 번이나 "샤오지, 총리께서는 린뱌오가 도망간 후 국무원의 몇 명 간부들에게 '중앙의 문제가 아직 해결되지 않았소. 어렵소!'라고 말했소. 총리께서 이 말씀을 할 때 눈가에 눈물이 고였소. 당신은 이 문제를 어떻게 이해하시오?"라고 물은 적이 있었다.

나는 "아직 몇 명이 남아있어요"라고 말했다.

그는 "아직 누구라는 말인가요?"라고 물었다.

나는 대답하지 않고 웃기만 했다. 그도 웃으면서 "총리께서는 쉽지 않은 일 같소"라고 말했다. 사실 나는 그가 듣고 싶은 것이 무엇인지를 알고 있었다. 그도 내가 알고 있다는 걸 알고 있었다. 하지만 그때 누구도 명확히 얘기하지는 않았다. 저우 총리는 기나긴 혁명 생애 중 당과 인민의 이익을 위하여 하나도 남김없이 모두 바쳤다. 백색공포 때 죽음을 넘나들었지만 총탄이 빗발치는 가운데서도 확신에 찬 지휘를 하였고, 국공통일 때는 호랑이굴에 깊이 침투해 들어갔으며, 나라를 건설하고 민족을 부흥시킬 때는 천하를 다스렸고, 땅이 꺼지고 강이 갈라질 때는 물불을 가리지 않았다. 그리고 국제교류 때 종횡무진으로 활동하였다. 그 분은 언제나 죽음을 두려워하지 않았고, 언제나 어렵다고 말하지 않았다. 하지만 '문화혁명' 특수시기에는 '어렵다'는 말을 했다.

사실 '어렵다'는 한마디로 표현할 수 있는 문제는 아니었다. 저우 총리의 곁에서 근무했던 사람들은 그의 일과 정치생활에서의 몸과 정신적인 '고'와 '난'에 대해 모두 경험이 있었다. 이런 '고'와 '난'은 4가지 방면으로 귀결할 수 있다. 즉 "첫째는 힘들다, 둘째는 화난다, 셋째는 걱정된다, 넷째는 분하다"이다. 그의 '힘들다'는 중앙의 일상적인 구체적인 업무를 마오 주석은 평소에 거의 관여하지 않았고, 린뱌오는 절대 간섭하지 않았기에 대부분의 일을 총리 혼자 감당하였기 때문이다. 매주 여는 수차례의 정치국회의도 그가 진행하고 회의 끝난 후 마오 주석과 린뱌오에게 보고서를 제출했다. 린뱌오가 도망간 후 마오 주석은 중앙의 일상 업무를 저우 총리가 주관하고, 군사위원회 업무는 예(葉) 장군이 맡고, 중대한 문제는 총리에게 보고하며, 국무원의 업무는 리셴녠 부총리가 맡도록 명확히 지시했다. 하지만 실제로 총리의 업무는 하나도 줄어들지 않고 오히려 더욱 바쁘고 더욱 힘들었다. 몸은 장기간 과부하에 걸려 그의 병세는 갈수록 심해졌다. 게다가 제때에 치료를 받지 못하여 계속 혈변을 하였기에 몸은 갈수록 허약해졌다. 어떨 때에는 한밤중에 회의를 마치고 돌아올 때 두 다리가 무거워 겨우 내딛곤 했다. 1975년 12월 31일 그가 돌아가시기 7일 전인 정오 12시에 그는 병상에 누워 미약한 소리로 우리에게 "나 힘드오"라는 한마디를 진심으로 말하였다. 그가 힘든 것은 신체적인 것만이 아니라 더욱 많은 것은 정신적인 것이었다. 여러 방면에서 오는 마음의 힘든 것이 바로 제일 힘든 것이었다. 일반인은 견디기 힘든 상상하기조차 힘든 것이었다.
　그의 '화나다'는 주로 린뱌오와 '4인방' 두 집단 사람들이 힘들게 하고 방해하고 꼬투리를 잡으며 모함하는 것 때문이었다. 린뱌오는 정치국의 일상 업무회의에 거의 참가하지 않았다. 에칠은 대부분 회의가 끝나지 않았을 때 나갔다. 회의가 끝나면 이미 한밤중이었는데, 그는 총리사무실에 전화를 걸어 이것저것을 물어보았다. 한번 전화하면 오랫동안 통화를 했기 때문에 총리가 화장실에 갈 시간도 없게 했다. 린뱌오가 도망간후 '4인방'은 더욱 거만하여 권력을 빼앗으려는 발걸음에 더욱 속도를 냈고, 총리를 백방으로 못살게 굴었으며 고의적으로 총리와 삐딱하게 나갔다. 장칭 등은 그들에게 불리한 일은 미룰 수 있으면 미루었고, 시간을 끌 수 있으면 끌었다. 문자개혁은 원래 장춘챠오가 주관하는 일이었는데 그는 모른다고 억지로 문서를 총리에게 되돌려주었다. 장칭이 만나고 싶은 외빈들을 중앙에서 그에게 안배하지 않으면 그는 필히 만나겠다고 하고, 그에게 안배한 사람은 아프다고 핑계대고 만나지 않았다. 그들은 정신적으로 괴롭히고 업무상에서 압박을 가하며 총리를 사지로 몰아넣으려고 꾀하였다. 그의 '걱정'은 국가의 미래를 위하여 걱정하고 당의 단결을 위하여 염려하는 것이며, 국민경제가 붕괴에 이르는데 대한 걱정이고, 노 간부들을 보호하기 위하여 고민하는 것이었다. 그는 아직 타도되지 않은 노 간부들이 타도 받지 않게 보호할 뿐만 아니라, 또 그들에게 어떻게 위험을 피해야 하는지를 알려줘야 했으며 어떤 때에는 직접현장에 가서 보호했다. 또 이미 타도 받은 동지들을 위하여 기회를 찾고 조건을 만들어 그들을 해방시켜 주어야 했다. 그때 총리도 '문화대혁명'의 광풍이 언제 끝날지에 대하여 짐작을 할 수가 없었고, 나라가 언제조용해질지도 예측하기 어려워 일을 어떻게 해야 할지를 몰라 했다. 어떤 때에는 그냥 머리만 흔들고 한숨만 쉬었다.

그의 '분노'는 린뱌오, 장칭 일당이 진행한 다양한 형식의 투쟁 중에 나타났다. 그는 천바이다(陳伯達)의 무조직 무규율을 꾸짖었고, 장칭이 간호사가 자기를 해하려고 한다고 모함한 것은 억지라고 지적하였으며,

극 '좌'를 비판하는 자료를 분노하여 땅에 던졌고, 린뱌오가 비행기를 타고 국경을 넘으며 죽기까지 돌아오지 않았을 때 그는 수화기를 힘껏 내려놓으며 그를 배신자라고 말했던 것에서 나타났다. 바로 이런 고난의 상황에서 신체의 쇠약, 정신의 고통은 동시에 그를 괴롭혔다. 하지만 그는 여전히 열심히 일하고 완강하게 버텨냈다. 심지어 매우 불공정한 비판을 받을 때에도 관련부서에 편지를 써서 그들이 나라에 발생한 어떤 사건에 대하여 대응방안을 재빨리 제출하라고 '건의'하기를 바랐다. 총리로서 이것은 원래 그의 직권범위 내의 일이지만, 그가 잘못된 비판을 받고 있는 상황이기에 그의 권력은 잠시 박탈당했었다. 하지만 그는 또 이런 일들을 보고 관여하지 않을 수가 없었다. 당시에 저우 총리는 마오 주석에게 올리는 보고를 왕훙원과 함께 서명하여 올려야 했다. 이렇게 그는 여전히 꾸준하게 노력하였으며 인민이 그에게 준 권력을 포기하지 않았다. 일을 포기하고 권력을 포기하는 것은 '4인방'이 원하는 일이었기 때문이었다. 당시에 중련부(中聯部) 부장 껑뱌오(耿飈)는 이런 일을 회상한 적이 있다. 1974년 '비림비공'(린뱌오를 비판하고 공자를 비판하는 것)을 위한 동원 대회를 개최한 후인 어느 날 저녁 그는 종난하이 시화청에 있는 저우 총리의 사무실에 와서 저우 총리에게 중련부운동의 상황을 얘기하였다. 그는 일부 사람들이 없는 사실을 날조하고 주제를 비러 자신의 의견을 발휘한다고 여겼다. 장칭은 이 대회에서 그의 이름을 지명하였고, 그는 사직하고 싶어 했다. 저우 총리는 듣고 난 후 "껑뱌오 동지, 내가 당신에게 세 마디 말만 할게요. 첫째, 사람들이 당신을 어떻게 타도하려고 하던 당신은 혼자 넘어지지 마시오. 둘째, 사람들이 당신을 어떻게 쫓아내려고 해도 당신은 스스로 가지 마시오. 셋째, 사람들이 당신을 어떻게 혼내려고 해도 당신은 혼자 죽지 마시오." 이 몇 마디는 껑뱌오의 마음을 탁 트이게 했다. 사실 이것은 저우 총리 자신의 마음속에 있는 표현이었던 것이다. 나라의 총리, 정치국상무위원과 10차 대회후 부주석으로서 그가 처한 특수위치는 당정군의 일상 업무가 한 몸에 집중되게 됐다는 것이다. 당시 상황에서 그는 반드시 위에 복종하고 여러 역량에 대하여 반드시 균형을 이루어야 했다. 서로 다른 시기에 그는 어떨 때에는 어쩔 수 없이 자신을 낮추고 투쟁해야 했다. 투쟁 중에 무너지지 않기 위하여 어떨 때에는 참아야 하고 그러한 인내 중에 기회를 찾아야 했다. 린뱌오가 도망간 후 '4인방'은 더욱 날뛰며 공개적으로 저우 총리를 어렵게 했다. 이 가운데 당내 일부 다른 마음을 품고 있는 사람들, 예를 들어 캉성(康生) 등은 겉과 속이 달라 그들의 교활함과 비겁함은 더욱 당하기 어려웠다. 당과 인민의 이익과 연관되고 투쟁과 대세의 필요에 따라 그는 교묘하고 책략적으로 움직일 수밖에 없었다. 어떨 때에는 고통스럽지만 본심에 어긋나는 선택을 할 때도 있었다. 이것이 바로 총리가 말할 수 없는 '괴로움(苦)'과 '어려움(難)'이었다. 어떤 사람이 나에게 마오 주석과 저우 총리 그리고 기타 지도자들은 평소에 왕래가 매우 잦으며 매우 편하게 옆집 드나들 듯, 친척집에 가듯 하느냐고 물은 적이 있다. 나는 저우 총리 곁에서 근무하기 시작한 후 마오 주석과 저우 총리 간의 연락과 소통은 대체적으로 아래 몇 가지 방식이 있는 것 같았다. 첫째는 편지였다. 편지가 오가는 것이 제일 주요한 방식이었다. 둘째는 연락원을 통하여 말을 전달하는 것이었다. 이런 방식을 통하는 것도 적지 않았다. 셋째는 저우 총리가 마오 주석에게 먼저 예약하고 전화를 하는 것이다(또는 편지를 통해서). 넷째는 마오 주석을 동반하여 외빈을 접견하는 기회에 일부 업무들을 보고하는 것이다.

다섯째는 마오 주석이 회의를 소집하거나 약속을 먼저 해올 경우이다.

상황을 아는 직원들의 말에 따르면 예전에 마오 주석이 회의를 소집하면 저우 총리는 언제나 미리 도착하고 후에 정치국 위원들이 점차적으로 다 도착하면 총리는 그들과 함께 들어갔다. 이렇게 지도자들 간에는 전쟁시 기처럼 아무 때나 교류를 할 수가 없었다. 물론 도시에 들어온 후 업무환경, 업무분담과 업무방식, 업무시간, 생활습관 등에서 모두 변화가 발생한 것과 관련이 있다고 볼 수 있다. 거기에 후에 몇 년간 마오 주석의 건강도 좋지 않아서 총리는 주석을 만나는 것도 일반사람들이 상상한 것처럼 그렇게 쉬운 것은 아니었다. 1974년 말 중병 중인 총리가 비행기를 타고 창사(長沙)에 가서 마오 주석에게 4기 인민대표대회에 대한 인사 보고를 하러 갔다. 두 사람은 밤늦게까지 얘기를 나누었는데 이는 극히 드문 일이고 쉽지 않은 것이었다. 우리는 듣고 나서 매우 놀라고 흥분했다. 두 노인이 이렇게 무릎을 맞대고 오랜 시간 얘기를 나누니 너무 좋았다. 당시에 우리는 정말 한시름 놓았었다.

우리는 저우 총리도 어떨 때에는 마오 주석의 비평에 대하여 원인을 모를 때가 있음을 느꼈다. 마오 주석은 사전에 총리와 얘기하지도 않았다. "큰 일에 대해서는 토론하지도 않고 작은 일은 매일 보냈다", "정치국에서 정치를 논의하지 않고 군사위원회에서 군사를 논의하지 않았다"하는 것 등은 총리도 처음에는 얼떨떨해 했을 정도였다. 나는 총리도 어떨 때는 어쩔 도리가 없어 어떻게 해야 좋을지 몰라 하는 것을 여러 차례 보았다. 한번은 저우 총리가 주석에게 편지를 한 통 썼다. 편지에 국가원수를 접대할 때 준비를 제대로 못한 일이 있으니 앞으로 주의하자는 등등 종이 한 장에 그냥 몇 마디 한 것으로 완전히 업무절차상의 문제였다. 마오 주석은 위에 빨간 색연필로 "이것은 기술문제요. 정치를 주의하세요."라고 썼다. 나는 총리가 이것을 보고 영문을 알 수 없어함을 느꼈다. 저우 총리의 이런 '괴로움(苦)'과 '어려움(難)'의 처지는 고위층 간부들이 모두 느끼는 것이었다. 다만 누구도 얘기하고 싶지 않고 얘기하기가 불편하여 얘기할 수 없을 뿐이었다.

총리도 당연히 더욱 얘기하지 않았고, 얘기할 데도 없었으며 아무리 어렵고 힘들어도 그는 참을 수밖에 없어 혼자서 감당할 수밖에 없었다. 그런 진퇴양난과 위기상황을 어렵게 버티는 나날들을 직접보고 겪지 않았다면 총리도 정신적으로 육체적으로 얼마나 큰 대가를 치렀는지를, 정치적으로 얼마나 큰 위험을 무릅쓰고 있는지를 상상할 수 없을 것이다. 당을 위해 인내하고 나라를 위해 인내하는 '인(忍)'자의 의미는 무겁고 내포된 뜻이 깊었다. 나는 저우 총리가 마음속의 고민과 어려운 감정을 해소하려는 측면을 우연히 본적이 있었다. 그것은 1970년 여름 루산회의 전인 어느 날 오후 저우 총리는 쉬고 있었고 나는 그의 사무실에서 문서들을 정리하고 있다가 무심결에 책상 위의 종이 한 장에 저우 총리가 연필로 쓴 몇 줄의 시를 보았다.

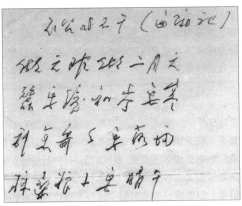

저우언라이가 쓴 "불공정과 불간섭(不公輿不干)"

불공(不公)과 불간(不干)(서상기西廂記)

> 하늘 노릇하기가 어렵다지만 2월 하늘만 하랴
> 누에는 따뜻함을, 삼은 추운 것을 원하니
> 야채 심는 오빠는 비를 바라고
> 뽕을 따는 여자는 맑은 하늘을 원하네

그것을 읽다보니 나의 눈은 참지 못하고 눈물에 젖었다. 그때 홀로 저우 총리의 사무실에 서 있던 심정을 지금도 뚜렷하게 기억한다. 나에게 그것은 마음에 깊이 새겨진 사건이었다.

사실 '문화대혁명'의 특수상황에서 저우 총리는 여러 가지 길을 선택할 수 있었다. 첫째는 무조건 복종하는 것이었다. 완전히 마오 주석의 '문화대혁명'의 지시에 따라 철저히 집행하여 '문혁'을 밀고 나가는 것이다. 둘째는 공개적으로 마오 주석의 지시에 대항하고 저지하여 '문혁'의 발생과 발전과 착오를 막는 것이다. 셋째는 추세에 따라 린뱌오, 장칭 등 두 반혁명집단과 한 패거리가 되는 것이다. 넷째는 소극적인 근무태도로 일을 적게 하여 정신과 육체의 부담을 줄이는 것이다. 다섯째는 멀리 피하여 요양하고 병을 치료하며 만년을 즐기는 것이다. 여섯째는 나를 잊고 이 나라를 큰 재앙에서 건지는 것이다. 앞에서 말한 6가지 길 중에 어떤 길을 선택해도 모두 그 자신의 건강, 지위와 명예를 잘 유지할 수 있었지만 가져오는 것은 더욱 많은 사람들의 악운, 당과 국가의 더욱 심각해질 재난이었다. 수십 년간 당내투쟁의 훈련과 자아에 대한 엄격한 수양으로 형성된 숭고한 인격과 강건한 당성은 총리가 조금도 망설임 없이 뒤도 돌아보지 않고 제일 어려운 길을 택하게 하였다. 저우 총리는 "내가 지옥에 가지 않으면 누가 갈 것인가? 내가 고해에 들어가지 않으면 누가 들어갈 것인가?"라는 말을 했었다. '문혁'기간에 그는 '지옥'과 '고해' 중에서 살얼음을 걷고 구렁텅이에 빠지며 비할 수 없는 시련을 겪었다. 이것을 위하여 그는 온갖 고난을 겪고 지혜를 다 바치고 마음과 힘을 모두 소진하였고 건강도 무너졌다. 불공평한 비난을 받을 때도 마오 주석의 연속 비평과 정치국회의에서의 엄숙한 비판에도 '4인방'의 미친 듯한 공격을 받아야 하는 어려운 시기에도 그는 피하지 않고 뒤로 물러서지 않으며 오히려 치욕을 참아가며 중임을 맡아 투쟁을 했다. 나는 어떤 사람들이 말하는 "'문혁' 중에 다행히 저우 총리가 마오 주석 곁에서 공화국의 역사를 버텨준 것은 중국인민의 행운이다"라고 말하는 것에 동의한다.

저우 총리는 자신에게 엄격하고 자아비평을 하였고, 또한 착오를 시정하는 사람이었다. 그의 자아비평 정신은 그의 당의 사업에 대한 충성에서 온 것이고 인민이익에 대한 높은 책임정신에서 온 것이며, 그의 현실적이고 구체적인 자아수양에서 온 것이다.

나는 저우 총리 곁에서 근무하는 기간에 저우 총리의 자아비판징신의 많은 특징을 우리가 배워야 할 가치가 있다고 느꼈다.

첫째는 국가의 이익을 위하여 친히 사과를 하였다.

1973년 3월 8일 저우 총리가 중련부, 외교부에서 주관한 국 제3.8부녀절 행사에 참가해 회의에 참석한 각 나라 전문가와 그 가족에게 연설을 하였다. '문화대혁명'이래 극 '좌'사상이 범람하여 외국인 전문가는 일을 하는데 많은 방해를 받았고 어떤 전문가와 가족은 불공평한 예의에 어긋나는 뜻이 다른 사람의 대우를 받았다. 저우 총리는 연설 중에 이런 상황에 대하여 예를 들어 설명했다. "이 책임을 우리는 져야 합니다. 정부의 책임자로서 나는 더욱 많은 책임을 질 것입니다"라고 말했다. 그는 그 자리에서 전문가들에게 사과를 했다. 이미 귀국한 전문가들에 대하여 저우 총리는 "만약 그들이 돌아오길 원하면 중국정부는 진심으로 환영하여 예전에 우리가 그들을 잘 보살피지 못한 과실을 메우겠다"고 하였다. 향후 외국전문가의 업무에 대하여 저우 총리는 "마오 주석께서 최근 비평한 외국인과 감히 교제하지 못하는 잘못된 경향에 따라 관련부서들은 보수, 배타적 관념을 극복하고 외국인 친구와 우호교류를 증가토록 하시오"라고 말했다.

큰 대국의 총리가 자기의 지위와 권력을 개의치 않고 많은 사람들 앞에서 사과하자, 자리에 있던 각 나라 전문가들은 모두 깊은 감동을 받았고 이 진심어린 말은 많은 상처받은 사람들의 마음을 따뜻하게 했으며, 따라서 극'좌'사상이 국가에 가져온 안 좋은 영향을 만회할 수 있었다.

둘째는 엄숙한 정치문제 앞에서 과감하게 책임을 지고 구체적인 일을 하는 동지들의 정신적인 부담을 덜어주었다.

1971년 9.13사건 이후 저우 총리는 기회를 잡아 각 영역, 각 전선에서 린뱌오의 극'좌'사상을 비판하는 투쟁을 전개하고 현저한 성과를 얻었다. 그 기간에 우리도 그의 마음과 기분이 유쾌했다는 것을 느꼈다. 하지만 좋은 시절은 오래 가지 못했다. 린뱌오 집단의 극'좌'사상을 비판하는 것이 실질적으로 장칭 반혁명집단을 비판한 것이며, 최종적으로는 마오 주석의 '문화대혁명' 이론과 실천의 부정을 초래하게 되었다. 그래서 저우 총리의 극'좌'사상을 비판하는 행동은 장칭 집단이 극히 반대했을 뿐만 아니라, 마오 주석도 용납하지 않았다. 1972년 말 마오 주석은 "린뱌오 노선의 본질은 극우이며, 린뱌오의 극좌사상을 조금만 비판하라"고 명확히 의견을 표했다. 그 후부터 총리의 악운은 잇달아 왔다.

1973년 6월 16일에서 25일까지 소련공산당중앙총서기 브레즈네프가 미국을 방문하여 미국대통령 닉슨과 회담을 진행하고 쌍방은 많은 협의를 체결했다. 저우 총리는 줄곧 이번 회담을 지켜보았다. 회담이 아직 끝나지 않았을 때 저우 총리는 외교부장 지펑페이에게 이 사건을 잘 연구해 보라고 했다. 지 외교부장의 지시 하에 외교부 미국대사는 〈닉슨-브레즈네프회담에 대한 초보적인 견해〉라는 문장을 써서 6월 25일 출판한 외교부신문사의 내부간행물 제 153기 『뉴 상황』에 실었다.

문장에서는 미소회담은 사기성이 크다고 하면서 "미소 두 나라는 세계 인민을 기만할 수 없으며 세계를 지배하려고 해도 할 수 없다"라고 지적했다. 저우 총리는 이 문장을 보시고 매우 칭찬했다. 외교부에게 "『뉴 상황』 153기의 문장을 잘 썼소"라고 전달했다. 외교부 동지들은 기뻐서 "총리의 이런 칭찬을 받는 일이 많지 않습니다"라고 말했다. 하지만 사태의 발전은 급하게 바뀌었다. 마오 주석은 『뉴 상황』 153기를 본 후 매우 화가 나서 이 문장 속에 있는 "미소회담은 사기성이 크다", "미소가 세계를 지배하려는 분위기가 농후하다"는 관점을 엄하게 비평했다.

마오 주석의 이러한 비평을 한 원인에 대하여 저우 총리는 마음 속으로 잘 알고 있었다. 하지만 그는 여전히 전반적인 국면을 고려하여 참고 양보하며 당을 위해 인내하는 정신에 따라 마오 주석의 의견에 따라 반성을 하고 스스로 이에 대한 책임을 지었다.

7월 3일 저우 총리는 마오 주석의 엄한 비평을 들은 후 외교부에다 "이 잘못의 주요 책임은 나에게 있습니다. 이 관점은 내가 동의한 것입니다. 내가 당신들에게 쓰라고 한 것입니다. 내가 문장을 봤고 내가 동의했습니다. 이 일은 당신들에게 책임이 없습니다. 만약 틀렸다면 이 책임은 내가 감당할 것입니다"라고 편지를 썼다. 이 편지에서는 또 진심으로 "당신들은 이것을 계기로 해서 연구하고 토론하는 적극성을 발양하기를 바랍니다. 어떨 때는 나에게 작은 회의를 소집해 의견교환을 할 것을 요구해도 괜찮습니다. 내가 바쁜 것을 걱정하지 말고 큰일을 위하여 작은 일을 버리는 주석의 업무방식을 배워야 합니다"라고 썼다.

뒤이어 저우 총리는 외교부의 책임자들을 소집하여 "『뉴 상황』 153호의 잘못은 어디 있을까?"라는 문장을 연구하고 초안을 작성하여 마오 주석과 일부 정치국위원들에게 열람하게 하였다. 또한 "착오에 대한 반성은 제가 별도로 보고를 하겠습니다"라고 첨부했다. 마오 주석은 읽고 "반성문은 쓸 필요가 없소"라고 지시했다.

마오 주석의 요구에 따라 저우 총리는 또 『뉴 상황』 153호의 잘못은 어디에 있을까?"라는 문장을 각 주중대사관, 중앙과 각 성, 시, 자치구 당정군기관 등 단위에 보냈다. 이래서 이번 사건은 겨우 막을 내렸다.

그 시기에 마오 주석과 관점이 상반되면 결과는 얘기하지 않아도 알 수 있었다. 오직 저우 총리만이 주동적으로 책임을 지고 반성을 하여 외교부 동지들의 큰 정신적 부담과 무거운 사상적 부담을 줄여 주었다.

셋째는 누가 비준을 했든 틀리면 고쳐야 했다.

저우 총리는 자기가 얘기했던 의견, 견해, 지시에 대하여 완벽하지 않고, 정확하지 않으면 어떠한 상황에서 내린 결정이든 모두 바로 시정했다. 1970년 국방과학위원회에서 총리에게 보고를 한 부 썼다. 어떤 시험생산 프로젝트가 있었는데 국제상의 관련규정과 외계의 반응에 근거하여 멈추려고 했다. 어떤 핵실험을 연구하는 전문회의에서 국방과학위원회의 동지가 총리에게 상황을 보고했다. 저우 총리는 전에 누군가 이미 프로젝트를 비준했던 것을 고려해 그 자리에서 직선적으로 생산을 멈춰야 한다고 말할 수가 없어 이리저리 둘러대다 몇 분이 지나도 명확한 의견을 얘기하지 못했다. 당시에 나는 회의장에 있었다. 처음에 시험생산을 요청하는 그 보고도 내가 저우 총리에게 가져다 준 것이었다. 나는 국방과학위원회의 책임자들의 모순되는 심리를 알아내고 저우 총리 곁에 다가가 귀에 대고 "총리님, 시험생산 이 프로젝트는 총리께서 비준 동의한 것입니다"라고 얘기했다. 총리는 들자마자 바로 국방과학위원회 동지의 의견을 알았다. 그는 엄숙하면서도 친절하게 또한 정중하게 "내 앞에서 당신들이 얘기하고 있는데 계면쩍어 할 필요는 없소이다. 누가 비준을 했든 잘못 됐으면 고쳐야 합니다. 내가 비준했던 것도 틀리면 고쳐야지요!"라고 말했다. 저우 총리는 위대한 사람이며 또한 평범한 사람이다. "그는 위대함과 평범함을 완벽하게 결합한 사람이다." 사람들은 그의 위대함을 자랑스럽게 여기고 또 그의 평범함을 알고는 감동했다. 사람들은 그의 천지를 뒤흔드는 위대한 공적을 기억할 것이며 그가 백성들에 대한 관심과 사랑을 기억할 것이다. 그는 대중들과 함께 버스를 타며 생활을 체험했고, 그는 지진 피해지역에서 친히 차량을 지휘하여 교통을 소통시켰으며, 그는 황허강가에서 사공들과 함께 선부의 외침소리에 맞춰 앞으로 갔다. 그는 항상 자기의 〈수양규칙〉중, "영원히 대중을 떠나지 않으며 대중들에게 배우며 그들을 도와준다!"는 약속을 실천하였다.

물 한 방울은 태양의 빛을 비출 수 있다. 여기에서 얘기한 것은 내가 직접 겪은 몇 가지 작은 일들뿐이다.

저우 총리는 여러 차례 국무원기관의 동지들에게 관아의 기풍이 있으면 안 되며 대중들의 목소리를 잘 듣고 대중들의 고충에 관심을 기울여야 한다고 타일렀다. 또한 "봉건왕조의 관아에도 북이 하나 걸려있어 백성들이 북을 쳐서 억울함을 호소하는데 하물며 우리는 인민의 공무원이요!"라고 말했다. 그는 곁에 있는 직원에게 아래 직원들에게 태도는 자애로워야 하며 거만하게 굴어서는 안 된다고 이야기했다. 그는 전에 봤던

예를 들어 우리를 교육했다. 한번은 내가 스쟈좡 지역에 가서 업무를 시찰하고 있었는데 어느 지역의 벽에 "서기가 순시를 하면 땅이 움직이고 산이 흔들린다"라고 쓰여 있는 것을 보았다. 저우 총리는 얘기하면서 글자의 크기를 손짓하며 "만약 우리 간부의 기풍이 모두 이렇다면 어찌할 것이오!"라고 말했다. 나는 저우 총리의 얘기를 듣고 나서 웃으면서 "이런 논리에 따르면 저우 총리가 순시할 때마다 천지가 흔들리겠어요"라고 말했다. 나는 그냥 저우 총리의 마음을 가볍게 하려고 편하게 농담을 한 것이었다. 하지만 저우 총리는 웃지 않았다. 그는 잠깐 생각에 잠기더니 "간부가 문을 나서면 앞뒤로 호위하니 어떻게 대중들로부터 멀리 가지 않을 수 있겠소?", "이렇게 되면 주인과 공복이 뒤바뀌겠는 걸"하고 걱정하듯 말했다.

　저우 총리는 이렇게 우리를 교육시키고 자신은 더욱 이렇게 했다.

　저우 총리 책상 곁에 있는 탁자에 직접 걸 수 있는 외선전화기가 있었는데, 늘 이름도 모르는 사람들이 번호를 잘못 눌러 전화 올 때가 있었다. 저우 총리는 매번 이런 전화를 받을 때 언제나 매우 자애롭고 인내심 있게 상대방에게 "당신이 전화번호를 잘못 누른 것 아니요?, 혹은 선이 잘못 되었을 것이오. 다시 한 번 해 보시오"라고 알려주고 조용히 수화기를 내려놓고 다시 업무에 집중했다. 우리 비서 당직실에도 외부 직통전화기가 하나 있었다. '문혁' 중에 이 전화는 줄곧 외부로 연락하여 번호가 공개되어 많은 사람들이 이 전화번호를 알고 있었으며 자주 전화를 걸어와 우리에게 저우 총리에게 상황을 말씀드리고 문제를 해결해 달라고 요청했다. 방해를 줄이기 위하여 우리는 번호를 바꾸려고 했다. 저우 총리는 이 사실을 알고 나서는 이렇게 하는 걸 동의하지 않았다. 그러면서 "번호를 바꾸면 대중들이 또 무슨 일이 있을 때 어떻게 나를 찾겠소?"라고 했다. 그래서 이 전화번호는 계속 남기고 번호를 바꾸지 않았다. 대중들의 교통을 편리하게 하고 행인들의 안전을 보장하기 위하여 1969년 12월 28일 저우 총리는 베이징시의 교통관할 기관에 지시를 내렸다. "동서장안거리, 시내순환도로와 주요거리 및 우커송(五棵松)에서 북쪽으로 서쪽 교외공항 교차로까지 모두 차도 표시를 굵게 선명하게 표시하여 눈에 띄게 하시오. 그 외에 횡단보도도 반드시 선명하게 해야 하며 장안거리 중간의 '안전도'도 회복시켜야 합니다." 평소에 관심이 없고 주의 깊게 보지 않았으면 누가 일반 행인들의 편리와 안전을 위하여 이렇게 상세하고 구체적으로 의견을 제기할 수 있을까!

저우 총리의 대중교통안전에 대한 관심은 자신이 차를 탈 때의 구체적인 요구에서도 나타났다. 한번은 내가 저우 총리를 따라 대회당에서 회의를 마치고 종난하이로 돌아가는데 그날 마침 비가 오고 있었다. 그는 기사 양진밍(楊金明)에게 "차를 너무 빨리 운전하지 말게. 행인들이 보면 긴장할 것 아니오. 어떤 도로 구간에는 물이 고여 있으니 자전거를 타는 사람들에게 물이 튀겨 옷을 젖게 해서는 안 되오"라고 했다.

베이징 서쪽 교외 위촨로(玉泉路) 입구 주변에 다섯 그루의 소나무를 심어 유명해진 버스역이 있는데 '우커송(다섯 소나무)'이라고 했다. 어느 날 내가 저우 총리를 따라 서산에서 시화청으로 가는데 위촨루를 지나갈 때 차 속도가 좀 느렸다. 저우 총리는 밖에 소나무를 가리키면서 "저기 보게나. 다섯 그루가 왜 세 그루만 남았소?"라고 물었다.

나는 머리를 흔들면서 "모릅니다"라고 말했다.

저우 총리는 "예전에 여기에 소나무가 다섯 그루 있었소. 두 그루를 보충해야 하오. 여기에 버스역이 있는데 외지 사람들이 베이징에 왔을 때 세 그루만 있는걸 보면 영문을 모를 것이니 두 그루를 더 심어야 이름에 맞아요. 외지 사람들이 보면 여기가 '우쾌송' 버스역이라는 걸 알 수 있겠소?"라고 했다. 후에 관련부서에서는 두 그루를 더 심었다. 이때부터 사람들은 또 다시 쭉 뻗은 푸른 소나무 다섯 그루가 위쾌루 입구에 우뚝 서 있는 것을 볼 수 있었다.

1974년 6월 어느 날 저우 총리는 수술을 금방 마치고 바로 일어나 우리가 그에게 골라준 문건자료들을 보고 있었다. 이 자료에서 저우 총리는 어떤 사람이 보낸 편지 한 통을 보았다. 이 편지에는 산시성 한 산간지역의 소금이 도시보다 1전 비싸다고 했다. "산간지역 농민들의 생활은 원래 매우 어려운데 소금이 도시보다 비싸면 어찌하오?" 저우 총리는 이 1전이 산간지역농민에게 있어서의 무게와 또한 도시물가정책에도 관련이 있음을 잘 알고 있었다. 그는 침대에서 바로 리센넨 부총리에게 "무슨 방법을 써서라도 이 문제를 해결해야 하오. 산간지역의 대중들이 꼭 소금을 먹을 수 있게 해야 하오"라고 전화했다.

이 몇 가지 사건은 모두 매우 평범하고 사소한 일들이지만 모두 백성들의 이익과 긴밀하게 연관되어 있다. 하지만 바로 이런 평범한 작은 일들이 위대한 저우 총리, 위대함이 평범함 속에 내포된 저우 총리를 빛냈다. 마치 그가 말한 "나를 대중들과 갈라놓을 수는 없소", "나는 당신들 중의 한 사람이오"와 같은 것이었다. 이처럼 그는 온 마음의 사랑과 진심을 구체적으로 인민들에게 주었고, 그도 인민들의 마음속에서 우러나는 진심어린 사랑을 받았던 것이다.

저우 총리의 경호를 하던 나날들

한푸위(韓福裕)

(저우언라이 총리의 경호원)

저우 총리의 경호를 하던 나날들

한푸위(韓福裕)
(저우언라이 총리의 경호원)

1949년 여름 정치협상회의 준비회의를 하고 있을 때 나는 당시 중앙 207사에 있었다. 중앙기관이 우리부대에 와서 저우언라이 총리의 경호원 두 명을 뽑았는데 나는 그 두 사람 중 한 명이었다. 나는 당시 부대에서 소대장이었는데 이후 저우 총리의 곁에 가서 경호원이 되었다. 처음에는 난하이(南海) 펑저원(豊澤園)에서 살았다. 지금의 마오 주석 생가 남쪽 방이었는데 송서우재(松壽齋)라고 불렀다. 1949년 11월에 시화청으로 이사했다. 당시 경호원 중에서 경호실장이 있었는데 바로 청웬궁 동지였고, 또 한 명은 장수잉 동지였다. 한 명의 경호실장, 두 명의 경호원이 24시간씩 교대하였다. 물론 다른 경호원들도 있었다.

처음에 저우 총리의 곁에 왔을 때 일반적으로 모두 긴장한다고 하는데 나는 긴장하지 않았다. 나는 부대에 있을 때 신문이랑 책을 즐겨봐서 그러한 저우 총리에 대하여 매우 존경했기 때문이었다. 단지 걱정이라면 임무를 완성하지 못하는 것이 아닐까 하는 것이었다. 당시 나는 목숨을 다해 그의 안전과 건강을 보호하겠다고 결심했다.

그의 곁에서 근무하는 동안 나는 열심히 임무를 다했다. 하지만 매우 안타깝게도 시간은 그리 길지를 않았다. 두 가지 일이 발생했기 때문이었다. 첫 번째 일은 반혁명운동을 진압하기 시작할 때인데, 이때 공교롭게도 갑자기 "매부가 반혁명을 꾀해 체포되었다"는 누님의 편지를 받았던 것이다. 나는 내심 매우 놀랐다. 모두 알다시피 우리는 총을 들고 지도자들 곁에서 저우 총리뿐만 아니라 다른 지도자들을 위해 활동하고 있었다. 내가 생각하기에 처음 우리를 뽑을 때 모두 출신과 성분이 좋고 사회관계가 명확하며 개인사도 깨끗해야 했다. 하지만 이런 일이 발생하자 나는 마음에 준비를 하였다. "전근해야 한다." 나는 이 편지를 받은 후 곧 바로 허첸동지에게 전달했다. 그는 경호비서였다. 나는 상황이 이러하고 더 많은 상황은 알지 못한다고 했다.

어느 날 저우 총리는 저녁 식사를 마친 후 마당에서 산책을 하면서 나에게 "한푸위, 당신의 친척은 어떤 상황이오?" 라고 물었다. 나는 간단하게 그에게 이야기 했다. "매부는 1949년 칭다오가 해방된 이후 소개를 통해 누님을 알게 되어 결혼하였고 당시 그는 철도국의 간부였으며, 또 공산당원이었는데 지금 와서 반혁명분자라고 합니다." 그리고 나는 이 정도밖에는 모른다고 했다. 후에 저우 총리는 "부담을 갖지 말고 마음 편히 근무하시오"라고 했다.

후에 나는 전출되지 않았다. 저우 총리는 그들에게 이렇게 말했다고 했다. "한푸위 동지가 여기서 근무하는데 그 매부가 그에게 영향을 좀 끼치겠지만, 그는 우리당의 간부입니다. 우리당 조직에서 그에 대해 교육할 것이니 우리는 우리의 동지를 믿고 우리당의 영향을 믿어야 합니다." 이렇게 해서 나는 계속 그곳에서 경호원을 했다. 이 일은 나에게 큰 감동을 주었다. 이는 정치적으로 제일 큰 믿음이었다. 계속 지도자 곁에 있을 수 있으니 나는 더욱 온 마음을 다해 노력했다. 중국에는 "선비는 자기를 알아주는 사람을 위해 죽는다.(士爲知己者死)"는 말이 있다. 나는 사람은 신임을 얻은 후에 더욱 배로 노력한다는 것을 확실하게 느꼈다.

다른 한 가지 사건은 1951년 저우 총리가 너무 바빠서 20세 전후의 우리 젊은 두 명이 그의 곁에서 열심히 도와도 일손이 부족했다. 우리는 24시간 일하고 자러 갈 수가 있지만 저우 총리는 그럴 수조차 없었다. 그 때 그는 통상 4, 5시간 또는 5, 6시간 정도만 휴식을 취하고 깨어있었다. 그의 일, 그의 식사, 잠 이라는 이름은 완전히 깨져 있었다. 어느 날 마침 그와 함께 회의장으로 갔다. 그가 회의를 하고 있는데 나는 갑자기 배가 아파서 허리를 펼 수가 없었다. 허첸 동지가 바로 나를 병원에 데려 주었다. 검사해보니 장 폐색증이었다. 뭐가 생긴 것 같아 바로 수술을 해야 했다. 이렇게 복부수술을 하고 장 매듭 부분을 푼 후 다시 봉합했다. 그때는 젊어서 열흘정도 지나서 퇴원했다.

돌아온 후 저우 총리와 덩 큰언니는 나에게 관심을 기울이며 나에게 그들 식당에서 밥을 먹으라고 했다. 우리는 당시에 모두 대식당이어서 일주일에 두 번 정도만 쌀밥을 먹을 수 있었으며 그 외에는 모두 옥수수, 수수 등 잡곡이었다. 위장병은 죽 같이 걸쭉한 것을 먹어야 했다. 덩 큰언니는 자기의 우유를 나에게 주었다. 나는 15일정도 먹고 나니 좋아진 것 같아서 대식당으로 가서 다시 먹었다.

하지만 3, 4개월이 지난 후 장이 또 막혔다. 이번에는 장 협착이었는데 수술 후유증이었다. 수술 후 의사선생님은 이후에 또 도질 수 있으며 이후에 또 막히면 보수적인 치료를 해야 한다고 했다. 이렇게 나는 내가 괜히 자리만 차지하고 있으면서 근무를 제대로 못서는 것 같다고 생각했다. 저우 총리는 자신에 대한 요구가 엄격하여 그의 곁에 있는 직원 수는 제한되어 있었기 때문이었다. 그래서 나는 허첸 동지에게 나를 경비실에서 전근시켜 내가 할 수 있는 일을 하게 해달라고 요구했다. 저우 총리와 이렇게 가다가는 제대로 보살펴 드리지 못할 것 같다고 했다. 허첸 동지는 동의하고 저우 총리에게 보고했다. 그가 돌아와서 한 얘기에 의하면 저우 총리는 그를 꾸짖었다고 했다. "자네는 어떻게 이런 식으로 문제를 생각하나? 한푸위 동지는 여기서 근무하다가 얻은 병인데, 그가 여기서 일을 못하면 다른 곳에 가서도 일을 못하는 것 아니오? 그리고 그가 여기서 병을 얻은 것을 당신들도 다 알지 않소. 그가 불편하여 좀 쉬면 모두들 이해하고 돌봐줄 수 있지만 새로운 곳으로 가면 그 사람들은 모두 상황을 모르지 않나? 환자를 다른 데로 전근시키다니 자네는 어떻게 이런 식으로 문제를 생각하는 건가?"라고 말했다는 것이다. 그리하여 1953년 이후 즉 '3반' 이후 나는 한동안 저우 총리의 주방 일을 맡았다.

저우 총리는 여전히 나의 병세를 걱정했다. 한 번은 저우 총리가 군사위원회 위생부의 푸롄장(傅連暲) 부장과 업무를 얘기하다가 갑자기 "내 곁에 있는 어떤 젊은이가 장협착증에 걸렸는데 치료할 좋은 방법이 있소?"라고 물었다. 푸롄장은 "베이징병원에 소련외과전문의가 와 있습니다"라고 했다. 소련전문의는 나를 검사한 후 별다른 방법이 없다고 하면서 흙 찜질 할 것을 건의했다. 동북 안산(鞍山), 탕강즈(湯崗子) 요양원에서 흙 찜질을 할 수 있다는 것을 듣고 저우 총리는 내가 거기서 2개월 정도 요양하고 병세가 호전되면 계속 곁에서 근무하도록 지시했다.

1954년 총리가 제네바에 회의하러 가고 덩 큰언니는 남방에 요양하러 가서 나는 완전히 할 일이 없었다. 그래서 나는 경호실의 간부에게 나를 경호실로 보내 일을 좀 하게 할 수 없느냐고 제의했다. 간부들이 동의하여 나는 경호실로 다시 돌아왔다. 그래서 내가 총리 곁에서 근무를 한 것은 겨우 5년이었다. 나는 경호실로 가서 시화문(西花門)에서 당직을 섰고 3명이 교대로 근무하였다. 근무를 하자마자 병이 또 다시 도져 병원 응급실로 갔다. 이번에는 수술을 하지 않고 전통 치료를 하여 위와 장을 세척하였다. 후에 또 나를 생각해서 가족 초대소에 가서 근무하게 하였다. 나는 젊었기에 가족을 접대하는 일을 하기 싫어서 또 전근시켜달라고 했다. 1957년 중앙기관에서 인원감축을 하였다. 이때 간부가 나를 불러 얘기를 나누었다. 내가 전근을 요구하였기에 나에게 두 곳을 선택하라고 했다. 한곳은 시뻬이의 란저우(蘭州)이고, 한곳은 둥뻬이의 지린(吉林)이었다. 나는 둥뻬이로 가겠다고 했다. 왜냐하면 나는 둥뻬이에서 참군한 적이 있기 때문에 동북이 춥지는 하지만 두렵지 않았기 때문이었다. 이렇게 해서 그곳으로 가기로 결정했다. 가기 전에 물론 저우 총리와 덩 큰언니에게 인사를 해야 했다. 저우 총리는 별 말을 하지 않았다. 하지만 얼마 후에 경호실에 있던 나를 불러 얘기를 나누었다. "한푸위, 자네 이 병은 현재 완쾌하기 힘든 것이네. 자네가 둥뻬이로 가면 거기 의료조건은 베이징보다 못하다네. 만약 병이 도져 제때에 치료를 못하면 생명에 위험이 있을 수도 있는 것이네. 수리건설부문에 가서 당의 일을 하는 게 어떠하오?"라고 했다. 집에 가서 상의하자 집에서는 모두 조직에서 세심하게 배려해 준 것이라고 하면서 동의했다. 후에 나에게 종난하이 수리건설처의 당서기를 하라고 했다. 후에야 나는 저우 총리가 그들에게 얘기를 했다는 것을 알았다. 나는 총리가 사람들에게 관심을 기울이고 사람들을 사랑하는 것이 정말 세심하다고 느꼈다. 그의 곁에서 근무하는 것은 매우 행복한 일이었다.

나는 저우 총리를 떠났지만 종난하이를 떠나지 않고 줄곧 종난하이 수리건설처에서 총서기를 맡았다. 비록 저우 총리를 자주 가서 만나지는 못했지만 명절 때면 그들을 찾아볼 수가 있어 친척보다 더 가깝게 느껴졌다. 저우 총리 곁에서 근무하면 그의 가르침을 자주 들을 수 있었다. 두 개의 작은 예를 들겠다. 하나는 시화청의 처마 기슭에 원래 그렸던 것은 불교의 만(卍) 자였다. 불교의 만자는 시계 반대방향으로 돌고 히틀러 나치당의 당의 휘장은 시계방향으로 돌았다. 일반 사람들은 주의하지 않았고 우리는 예전에 이런 지식도 없었다. 저우 총리는 그곳에 갔을 때 이를 보고는 "이것은 우리 불교의 만자인데, 여기 시화청에서는 자주 외빈을 접대합니다. 어떤 나라들은 히틀러 나치에 대하여 매우 증오하니 그들이 가끔 오해할 수 있다"고 말했다. 그래서 그는 수리건설부서에 얘기하여 그들에게 지금의 꽃잎모양으로 바꾸게 하였다. 또한 그들이 여기저기 다 고칠까 걱정되어 이곳만 바꾸고 다른 곳은 바꾸지 말라고 특별히 분부했다. 이곳만이 오해받기 쉽기 때문이었던 것이다.

저우 총리의 정면 거실은 외빈을 접대하는 곳이고 후면 거실은 내빈, 친척을 접대하는 곳이었다. 1955년 경에 캐나다의 우호 인사인 원여우장(文幼章)이 방문했다. 그는 총칭에 있을 때 저우 총리와 매우 잘 아는 사이였다. 저우 총리는 친근함을 표하기 위해 오랜 친구이므로 후면거실에서 그를 접대하기로 결정하였다. 정면거실에서 외빈을 접대할 때는 모두 국무원 초대실의 직원들이 찻잔 도구를 완벽하게 가지고 와서 접대했다. 후면거실에서 접대할 때는 우리가 책임졌다. 이때 초대실에 전화해서 찻잔 세트를 가지고 오라고 해서 탁자에 올렸다. 저우 총리는 사무실에서 화장실로 갈 때 잠깐이지만 나는 따라갔다. 저우 총리는 갑자기 멈춰서더니 "아이고, 왜 일본 다기를 사용했는가?" 그 찻잔은 뒤덮여져 있었고 찻잔의 바닥의 영문은 일본제조라고 쓰여 있었다. 우리는 영문을 몰라 확인이 안 되었는데 그는 바로 발견하였던 것이다. 그는 "과장을 불러오시오. 당신들은 중화인민공화국의 총리 집에서 외빈을 접대하는데 일본 다기를 사용하는 걸 부끄럽게 생각하지 않소? 이것이 어떤 영향을 끼치겠소? 중국은 차 생산대국이며 또 다기, 도자기 생산대국이오. 징더전(景德鎭)을 도자기 도시라고 부르고, 또한 중국을 영문으로 CHINA라고 하오. 바로 도자기를 음역한 말이오"라고 말했다. 우리는 바로 우리나라 징더전에서 생산한 다기로 바꾸었다.

그 외에 저우 총리는 보초병이 경호하는 일을 하는데도 매우 관심을 기울였다. 한번은 그가 한밤중에 나와 산책을 했다. 보초병은 마당에서 보초를 서며 가로등 아래에 서 있었다. 저우 총리는 그에게 "'내가 돌아온 후에는 이 등을 끄시오. 당신은 어두운 곳에 서있어야 하오. 당신들은 경호를 할 때 나쁜 사람들이 밖에서 들어올 때 당신이 밝은 곳인 등 아래에 서있으면 그들은 당신을 발견하고 당신을 피할 수 있소. 당신이 만약 어두운 곳에 서있으면, 그들이 담을 넘어올 때 발견할 수 있는 것 아니오?"라고 알려줬다. 그리고 그들의 소대장에게 알려주어 이후부터는 주의하라고 했다. 저우 총리는 매우 세심하고 매우 예리했다. 일반 사람들이 습관이 되어 예사로운 일이 되거나 본체만체하는 일을 그는 모두 문제를 발견하고 제때에 시정했다.

한번은 펑저원에서 저우 총리가 들어오면서 보초병이 검정색 완장 띠를 한 것을 보고 누가 돌아가셨냐고 물었다. 보초병은 아버지가 돌아가셨다고 했다. 저우 총리는 "아 그래! 노인께서 돌아가셨군요. 너무 괴로워하지 마시오. 하지만 당신이 근무 자리에 있을 때는 검정 띠를 하지 마시오. 돌아가서 하시오. 당신이 근무할 때 이를 하면 오해를 살 수도 있기 때문이오. 당신은 돌아가서 이 상황을 당신들 소대장에게 보고하시오"라고 했다. 이처럼 작은 일까지에 저우 총리는 예리한 관찰력과 고도의 지혜를 반영했다. 저우 총리와 덩 큰언니는 모범부부로 전 당에서 모두 인정했다. 그때 덩 큰언니는 전국부녀연합회 부주석을 맡고 있었다. 어떤 간부들은 도시에 들어온 후 조강지처를 버려 많은 사람들이 저우 총리와 덩 큰언니에게 편지를 써서 고발하거나 하소연하기도 하였다. 그러면 그들은 매우 구체적으로 관심을 기울여 주었다. 저우 총리는 남자들과도 얘기를 나누고 여자들과도 얘기를 나눠 이 문제를 해결 하려 했다. 이런 한 부부가 있었다. 그들은 모두 노 간부였고 저우 총리와 덩 큰 언니도 그들과 잘 아는 사이였다. 이 여자 분은 좀 보수적이어서 짧은 머리에 헝겊 신발을 신고 레닌복을 입었으며 단장도 하지 않고 꾸미지도 않았다. 그러한 그녀에게 남편은 불만이 있었던 것이다. 그런 연유를 알고 난 총리는 그녀에게 머리도 기르고 구두도 신는 등 단장을 잘하면서 서로를 돌보는 것이 어떠냐고 권고해 주었고, 그로 인해 두 부부의 관계는 다시 원만해 질 수 있었다. 또 하나의 예가 있다. 저우 총리의 요리사 중에 왕스치우(王世秋) 라는 쓰촨성 광위안(廣元) 사람이 있었는데 홍군이었고 장정 이후에 가족과 연락이 끊겼다. 1950년 중앙에서 해방구 위문단을 조직 하였는데 시화청사무실에서는 한 명이 참가할 수 있게 했다. 저우 총리는 왕스치우를 추천했다.

왕스치우는 먼저 현으로 갔다. 현에서 그의 아내는 이미 다른 남편을 얻고 자녀들을 키우고 있었다. 그는 아들하나, 딸 하나 있었는데 그가 집을 나온 지 오래도록 연락이 되지 않자 혼자 키울 수가 없어서 다른 남자를 집에 불러 같이 살았다는 것이다. 그러자 총리는 그에게 집에 가지 말라고 하고 그의 아내와 아들, 딸을 초대소에 불러서 만나게 했다. 아내는 "당신이 돌아올 수 있으면 현재 남편과 헤어지겠어요. 아니면 내가 당신을 따라 베이징에 가겠어요"라고 했다. 왕씨는 "모두 다 안 되오. 나도 돌아올 수 없고 당신도 베이징으로 갈 수 없소. 나는 당신이 그 사람과 헤어지는 것에 동의하지 않소. 그리고 3명의 애들에게 아빠 엄마가 없게 할 수는 없소. 나는 그 사람에게 매우 고맙고 당신에게도 고맙소"라고 말했다. 베이징에 돌아온 후 왕 씨는 매우 주눅이 들어 있었다. 저우 총리는 나의 아내 휘잉화(霍英華)에게 "왕 씨는 좀 어떠하오?"라고 묻고는 또 "당신들이 그를 도와 배우자를 골라주시오. 그는 나가서 사람들을 만나지도 않으니 당신들이 도와주시오"라고 했다. 1953년 우리는 그를 도와 가정도우미 한 명을 골라서 결혼토록 했다. 저우 총리는 허첸(何謙)에게 "왕 씨가 결혼하려고 하오. 왕 씨의 애인은 가정주부였고 친척이 좀 있으니 당신은 큰 식당주방에 가서 상 두 개를 차리라고 알려주시오"라고 했다. 시화청의 주방은 불편하고 외부사람들이 들어올 수 없기 때문에 큰 식당주방에서 상 두 개를 차려 접대하려고 했던 것이다. 결국 왕 씨의 결혼은 큰 식당에서 치러졌다. 저우 총리의 관심은 매우 세심하고 구체적이었다.

저우 총리가 돌아가실 때 나는 쉰의(順義)에 있었다. 아침에 일어나 라디오로 뉴스를 듣는데 장송곡이 흘러나오면서 '저우언라이'라는 다섯 글자를 듣자 나의 마음은 전기에 접전된 듯 눈물을 멈출 수가 없었다. 나는 공작대의 공사 서기에게 급한 일이 있어 베이징에 일주일 정도 다녀오겠다고 휴가를 냈다. 나는 40분 정도 자전거를 타고 바람을 맞으며 쉰의에서 동즈먼(東直門)의 집까지 왔다. 돌아온 후 나는 급하게 목욕을 하고 이발을 하였다. 저우 총리는 깔끔하고 위생적인 것을 좋아하고 지저분한 것을 싫어하였다. 그리고 나는 저녁에 고별인사를 하러 갔다. 저우 총리가 거기에 누워 있는 것을 보니 도저히 참을 수가 없었다. 저우 총리의 베개수건이 아직도 예전 것임을 보고 나는 또다시 가서 깨우고 싶어졌다. 예전에 우리는 그를 깨울 때마나 언제나 베개를 가볍게 흔들고 그를 부르지 않았기 때문이다. '총리님, 총리님' 그가 깨어난 후 나는 그에게 지금 몇 시며 일어날 시간이라고 알려드렸다. 나는 나 자신에게 참아야 하며 여기서 못 볼꼴을 보여주면 안 된다고 생각했다. 그래서 끊임없이 절만 하였다. 나는 나온 후 진산(金山)과 손신스(孫新世)가 줄을 서 있는 것을 보았다. 진산이 병이 있어 나는 진산을 부축이고 또 한 번 돌면서 다시 한 번 저우 총리와 고별인사를 했다. 이튿날 나는 직원들에게 종난하이 시화청의 직원들이 매우 적으니 무슨 일이 있거나 밖에서 내가 필요한 일이 있으면 나에게 전화를 해서 알려달라고 했다. 그들은 나에게 당신은 잉화와 함께 가족접대를 책임지라고 얘기했다. 타지에 있는 저우 총리의 조카 저우얼후 일행이 와서 시안문의 가족 초대소에 묵고 있었는데 나에게 그들을 책임지라고 했다. 1월 12일 노동인민문화궁에서 조문을 거행했다. 나는 잉화와 함께 그들의 가족들을 동반하여 차를 타고 갔다. 그리고 우리는 저우 총리의 유골함에 천천히 세 번을 절했다. 나는 나와서 경호실의 동팡(東方)을 만났다. 나는 "잉화, 당신이 가족들을 책임지고 모셔다 드리게나. 나는 다시 돌아가서 저우 총리의 영전을 좀 더 지키고 싶네"라고 했다. 허첸도 나도 다시 돌아가고 싶다고 했다. 나는 경호실의 직원에게 가서 동팡을 불러달라고 했다. 그가 나왔다. 그는 경호실의 참모장이고 우리는 아는 사이였다. 나는 우리가 영전을 좀 더 지키고 싶다고 했다. 그는 근무카드를 우리에게 주었고 우리는 다시 들어갔다. 1월 12일, 13일, 14일 3일 동안 우리는 거기서 물도 마시지 않고 움직이지도 않고 계속 서 있었다. 청웬궁은 당시 돌아오지 못하고 1월 13일 이후에 장시에서 돌아왔다. 후에 청웬궁도 함께 했다. 1월 14일 오후 5시쯤 덩 큰언니가 오셨다. 장수잉은 저우 총리의 유골함을 가져와 덩 큰언니에게 드렸다. 덩 큰언니는 유골함을 안고 "내가 품에 안은 것은 저우언라이 동지의 유골이에요. 모든 분들께 감사를 드립니다"라고 말하였다. 모두들 통곡하며 울었다. 후에 덩 큰언니는 유골함을 안고 노동인민문화궁 종묘 계단을 내려와 차를 탔다. 차는 인민대회당으로 갔다. 그는 또 유골함을 안고 계단으로 올라가 타이완청(臺灣廳)에 놓았다. 타이완에 저우 총리 유골함을 놓은 곳에는 수선화 화분이 4개 있었다. 나는 당시에 수선화의 푸른 잎, 쭉 뻗은 줄기, 하얀 꽃잎에 노란 꽃술, 그리고 우아한 향기가 나는 것이 저우 총리의 인격과 너무 비슷하다는 느낌이 들었다. 이후부터 나도 수선화을 사서 길렀다. 저우 총리가 돌아가신 지 20여 년 동안 나는 정성들여 수선화를 길렀다. 가족들도 물을 주면서 우리의 저우 총리에 대한 그리움과 존경심을 표하였다.

석유노동자의 마음의 소리

마더런(馬德仁)
(따칭 석유관리국 전 부국장)

석유노동자의 마음의 소리

마더런(馬德仁)
(따칭 석유관리국 전 부국장)

저우 총리는 따칭에 3번 왔었고 나는 3번 만났는데 이는 나의 일생 중에 제일 큰 행복과 영광이었다.

내가 감회가 제일 깊었던 것은 총리가 따칭에 오면 먼저 노동자들을 만났다는 점이다. 총리가 처음으로 따칭에 온 것은 1962년 6월이었다. 당시는 한창 석유전쟁을 하고 있어 따칭 사람들은 간부든 대중이든 막론하고 모두 죽을힘을 다하고 있었다. 지낼 곳이 없으면 외양간에 담을 쌓고 지냈다. 먹는 것이 매우 적고 매일 5냥의 식량만이 지급되어 나물을 캐서 배를 불려야 했다. 총리는 21일 오전에 따칭에 왔고 오후에 우리 '1202시추작업팀' 현장에 왔다. 차에서 내린 후 총리는 일일이 우리와 악수하며 안부를 물었다. 당시 나는 '1202팀' 대장이었다. 총리는 나에게 이것저것 자세히 물었다. "팀에 간부가 몇 명이 있느냐? 노동자가 몇 명이냐? 제일 나이 많은 사람과 나이 적은 사람은 몇 살이냐? 일 년에 유정을 몇 개 정도 작업하느냐?" 그는 우리가 모두 41명이고 매년 41개의 유정을 목표로 한다는 것을 듣고는 또 "당신들 팀은 유정의 틀을 멈출 수도 없는데 노동자가 집에 가면 어떡하오?"라고 물었다. 나는 "따칭 유전에 집이 있는 사람들은 유정 한 개를 작업 마치면 하루씩 돌아가면서 집에 갑니다. 집이 여기에 없는 사람들은 겨울에 유정시추작업을 할 수 없을 때 한 달 반 정도 휴가를 주어 집에 갑니다"라고 보고했다. 총리는 또 "나라가 현재 매우 어렵고 식량이 부족한데 당신들은 정말 배불리 먹고 있소?"라고 물었다. 나는 "배불리 먹습니다. 우리 시추작업팀은 따칭의 간부들이 우리를 특별히 보살펴 배분하는 식량이 좀 많습니다. 노동자 한 명당 한 달에 28근의 식량이 배급 됩니다"라고 말했다. 총리는 "28근의 식량으로 배불리 먹을 수 있소?"라고 재차 물었다. 나는 "괜찮습니다. 모자라면 우리는 들나물을 캐서 먹습니다. 여기는 원추리도 있고 개자리나물도 있습니다. 우리가 들에 나가 원추리나물을 좀 캐오면 됩니다"라고 말했다. 우리의 보고를 들은 총리는 그 자리에 동행한 간부들에게 석유 시추작업팀의 노동자들에게 야채, 양배추를 보내주라고 분부했다. 총리는 시추작업대에도 올라갔다. 작업 중인 노동자들의 손은 모두 기름과 흙투성이였다. 총리가 자기들과 악수를 하려고 하자 다급히 옷에 닦고 또 닦았다. 총리는 이런 것을 상관하지 않고 앞으로 다가가 노동자의 손을 잡고 "괜찮아요, 괜찮아. 나도 노동자일 때가 있었소"라고 하면서 친절하게 주변에 둘러싼 노동자들과 얘기를 나누었다. 그들에게 "몇 살이오?", "시추작업노동자가 된지 몇 년이나 되었소?", "고향은 어디요?", "겨울에 밖에서 작업할 때 춥지는 않소?", "작업복은 따뜻하오?", "배우자는 데리고 왔소?" 등을 물었다. 그는 전혀 격식을 차리지 않았으며 마치 우리랑 다시 만난 옛 친구 같았다. 한편으로는 물어보고 한편으로는 진지하게 우리의 의견을 들으면서 가끔 만족스럽게 머리를 끄덕이기도 하고 밝은 웃음소리를 내기도 하였다. 국산 시추기 기능이 괜찮다는 얘기를 들었을 때 그는 매우 기뻐했다.

우리에게 더욱 분발하여 유정을 많이 뚫고 잘 뚫으라고 격려했다. 총리는 우리와 얘기를 나눌 때 디젤차 기사 한 사람이 근무자리를 지키느라 오지 못한 것을 발견하고 작업대의 좁은 틈을 비집고 나가서 기름과 굳

은살이 가득한 운전기사의 손을 꼭 잡았다. 나는 총리의 이 악수는 어떤 말보다 대단하며 한 대국의 총리의 보통 노동자에 대한 마음에서 우러나는 관심과 존중을 정확히 반영했다고 생각했다.

우리 작업팀을 떠나 총리는 '1203 시추작업팀', '북2 펌프장' 등 기층조직을 방문하였다. 동행한 직원들이 총리에게 시간이 얼마 남지 않았다고 귀띔을 하였다. 총리는 "한번 오기 쉽지 않으니 많이 봐야 기쁘오"라고 했다. 그리하여 총리는 부근에 있는 직원숙소와 식당도 보았다. 식당에서 총리는 솥뚜껑을 들고 주걱으로 솥 안에 있는 수수죽을 저어보고 또 친히 다른 솥에 있는 원추리국도 맛을 보았다. 총리는 요리사 천위전(陳玉珍)에게 "당신들 수고가 많소"라고 말했다. 천위전이 "괜찮습니다"하고 대답하자 총리는 "어렵다는 건 사실이오. 괜찮다고 하는 건 거짓말이오. 사람들이 우리의 목을 조이면서 빚을 갚으라고 하니 지금은 확실히 어려움이 존재하오. 하지만 우리가 끊임없이 노력하고 자력갱생하면 장래에 꼭 좋아질 것이오"라고 말했다.

따칭 사람들의 주택은 매우 초라했다. 그냥 큰 흙구덩이를 파고 위에다 아무 것이고 덮으면 한 가족이 사는 '지하방'이 되었다. 그때 총리는 식당에서 나오다가 부근에 어떤 가족이 '지하방'에서 나와 쓰레기를 버리는 것을 보고 다가갔다. 모두들 총리에게 '지하방'에 들어가지 말라고 말렸다. 양더췬(楊德群)이라는 가족도 총리에게 안이 어둡고 깜깜하니 들어가지 말라고 했다. 총리는 "당신들이 살 수 있으면 나도 들어갈 수 있소"라고 말했다. 저우 총리는 허리를 굽혀 '지하방'에 들어가 방구들에 누워있는 어린 아이를 보고 감정이 북받쳐 "여러분들은 현재 정말 어려운 생활을 하고 있소. 하지만 장래에는 꼭 좋아질 것이오"라고 말하며 위로 했다. 이번 시찰 중에 총리는 따칭의 간고분투하며 자력갱생하는

창업정신을 충분히 인정하고 따칭의 과학을 중시하는 태도를 인정하였다. 그는 따칭과 같은 광산지역에서 대도시처럼 집중하지 말고, 주민의 임시주거지를 분산 건설하고, 가족 단위로 농촌의 부업생산에 참가하며, 노동자농민의 결합, 도시농촌의 결합을 하게 하여 생산과 생활에 모두 도움이 되도록 하라고 했다. 후에 총리는 또 그것을 "노동자농민 결합, 도시농촌 결합, 생산에 유리, 생활에 편리"라고 개괄하여 따칭 광산지역 건설의 지도방침이 되도록 했다.

따칭 사람들은 총리의 기대를 저버리지 않고 열심히 일하여 1963년 따칭 원유생산량은 430여 만 톤에 달하여 우리나라가 석유 자급을 하는 데 공헌하였다. 총리는 두 번째로 따칭에 왔다. 이번은 총리가 우리의 시추작업팀에 오지는 않았지만 나는 운이 좋게 통지를 받고 많은 동지들과 같이 총리와 함께 사진을 찍을 수 있게 되어 비할 바 없이 소중한 사진을 남기게 되었다. 이번에 '1203 시추작업팀'의 노동자인 리칭밍(李淸明)이 제일 흥분하였다. 왜냐하면 총리가 지난번에 왔을 때 그는 총리를 만났는데 그가 생각지 못한 것은 총리가 이번에 차를 내리자마자 그를 알아보고 성큼성큼 걸어와서 그와 악수를 한데다 심지어 그의 성을 말했기 때문이었다. "당신은 리…뭐더라" 리칭밍은 곧바로 "저는 리칭밍이라고 합니다"라고 대답했다. 총리는 웃으시면서 크게 "리칭밍 동지, 안녕하시오"라고 말했다. 현장에 있던 사람들은 모두 감동했다. 모두들 감동한 원인은 물론 총리가 비상한 기억력이 있었기 때문이 아니었다. 총리는 가벼운 발걸음으로 작업대에 올라가 작업하는 모든 노동자에게 따뜻한 손을 내밀었다. 작업하던 디젤차 운전기사는 무언가를 찾아 손을 닦으려고 하자 총리는 "닦을 필요 없소. 당신들 고생이 너무 많소. 그러나 매일 기름과 흙과 싸우니 이는 당신들의 영광이오"라고 했다.

총리는 가는 곳마다 노동자들과 오랜만에 만나는 옛 친구처럼 친절하게 담소를 나누고 그들의 각종 상황을 물어보았다. 특히 직원들의 생활을 제일 많이 자세히 물어보았다. 이번 시찰 후 얼마 안 되어 많은 문화예술계의 유명 인사들이 총리의 격려를 받고 잇달아 따칭에 와서 생활 속으로 깊게 들어가 창작을 하였다. 유명한 감독 쏜웨이스(孫維世) 등 동지들은 따칭에서 가족정신의 면모를 반영하는 '방금 올라온 태양(初升的太陽)'이라는 연극을 창작했다. 이는 1965년 겨울 국무원 내 작은 강당에서 공연을 하였다. 총리는 연극을 보고 무대 위로 올라가 축하를 해주었으며, 또 친히 모든 관객들을 지휘하여 〈따칭가족이 혁명을 하다(大慶家族鬧革命)〉 등의 노래를 하였다.

1966년 5월 3일 총리가 세 번째 따칭에 올 때는 헬기를 타고 왔다. 총리는 누추한 사무실에서 묵고 수수강냉콩밥, 옥수수죽과 따칭에서 나는 무, 감자 그리고 배추에 당면을 넣은 잡탕으로 식사를 했다. 모두들 총리가 이렇게 간단한 식사를 하는데 불만이 있었다. 간부들은 총리가 미리 "식사마다 잡곡이 있어야 하고 술은 올리지 말며 야채는 따칭에서 나는 걸로 해야 한다"고 말하였다고 설명했다.

이번에 총리는 또 우리 '1202 시추작업팀'을 보러 왔다. 유전 간부들은 총리에게 우리 1202팀과 1205팀이 매년 5만 미터의 작업을 하여 소련의 공훈팀을 초월하기로 결심했다고 보고했다. 총리는 매우 기뻐하며 우리 두 팀의 상황을 자세히 물었다. "그 두 팀이 만약 매년 5만 미터를 작업하면 국무원에서 그들을 장려할 것이오"라고 말했다. 그리고 총리는 작업대에 올라가서 작업 상황을 자세히 물어보았다. 왕진시(王進喜) 동지는 핸드브레이크를 쥐고 총리에게 작업하는 것을 보여주었다. 작업대에서 내려와 총리는 다시 한 번 유전간부들에게 정중하게 "금년에 이 두 팀이

5만 미터를 작업하면 국무원에서 장려 할 것이라고 노동자들에게 얘기하시오"라고 말했다. 현장을 떠날 때 총리는 또 다시 왕진시와 장윈칭(張云淸)등 두 작업대 대장의 손을 잡고 "당신 두 팀이 만약 금년에 5만 미터를 작업하면 나에게 알려주시오"라고 했다. 총리의 관심은 매우 강대한 동력이 되어 이 두 팀은 그해에 정말 5만 미터를 초과하여 두 팀이 도합 10만 미터를 작업하는 기록을 세웠다. 이는 전국기록을 깨는 대기록이었다. 후에 왕진시 대장은 베이징에 가서 총리에게 보고를 하고 천안문 성루에 올라가서 국경절 의식에 참가했다.

믿기 어려운 것은 총리는 일을 할 때 우리보다 더 죽을힘을 다했다는 것이다. 그는 세 번째 따칭에 왔을 때 28시간 머무르면서 겨우 두 시간만 잠을 잤다. 이것은 내가 말한 것이 아니고 당시에 모든 일정을 동행했던 유전의 간부가 세심하게 일정표를 정리하고 총리의 당시 실제 근무상황을 기록했었던 것이다. 그날 총리는 12시 30분에 따칭에 도착한 후 지친 모습임에도 줄곧 바쁘게 움직였다. 우리 작업팀을 떠난 후 저녁 7시 30분에 저녁식사를 하고 조금 쉬었다가 저녁 9시 30분부터 11시 20분까지 석유부 부부장 겸 따칭 당서기와 지휘자인 스첸청(時全程) 동지가 따칭의 전반업무에 대한 보고를 듣고 좌담회를 열었다. 밤 12시가 되었는데도 하루 종일 수고한 총리는 쉬지 않고 또 캉스언(康世恩) 동지를 불러 이야기를 나누었다. 새벽 1시 30분까지 이야기를 나누고도 총리는 쉬지 않고 캉스언, 스첸청의 안내 하에 유전지휘부회의실로 가서 생산모형, 기술혁신 제품과 유전건설도를 보고 유전건설규획보고를 들었다. 새벽 2시 10분이 돼서야 총리는 회의실을 떠났다.

새벽 3시에 총리의 방은 불이 꺼졌다. 그런데 겨우 두 시간이 지난 아침 5시에 총리는 또 일어나서 베이징에서 온 전보, 문서들을 보았다.

그 후에도 따칭을 떠날 때까지 식사 시간 외에는 줄곧 일을 하였다. 총리의 근무시간표를 보고 당시 나는 눈물을 흘렸다.

우리의 존경하는 저우 총리는 따칭에 모두 3번 와서 29개 기층 부서를 시찰하고 수만 명의 노동자, 간부와 가족들을 만나고 많은 사람들과 친절하게 악수를 하고 이야기를 나누었다. 총리가 세 번째 따칭에 왔을 때는 이튿날 16시 30분에 떠났다. 그 후에 따칭은 줄곧 기다리고 또 기다리고 1976년까지 기다렸지만 존경하는 저우 총리는 더 이상 따칭에 오지 못했다. 아마도 총리는 처음 따칭에 온 후 우리들의 마음은 한 번도 그를 떠나지 않았을 것이라 확신한다. 따칭 사람들의 마음속에 총리는 영원히 우리와 함께 하고 총리는 영원히 우리의 마음속에 살아계신다는 것을 나는 알기 때문이다.

그는 응당 영원히
살아있는 것이다

경시우전(耿秀貞)
(전 인민대회당 관리국 처장)

그는 응당 영원히 살아있는 것이다

경시우전(耿秀貞)

(전 인민대회당 관리국 처장)

대회당 푸젠청(福建廳)은 저우언라이 총리가 자주 회의를 하고 일하고 외빈을 접대하는 곳이었다. 총리의 탄생 100주년 전날 밤 나와 대회당의 몇몇 오래된 동지들은 다시 푸젠청에 모여 우리의 존경하는 총리를 추모했다. 세월은 덧없이 흘러 총리는 이미 우리를 떠나갔지만, 모두의 마음에는 총리의 웃는 모습과 목소리가 여전히 눈에 선하고 직접 겪은 옛날 일들도 모두들 손바닥 보듯 환히 꿰뚫고 있었다.

총리는 높은 자리에 있었지만 친근하고 사람들에게 관심을 기울이고 사랑했다. 그의 이런 위대한 인품은 우리와 접촉 중에서의 말 한 마디, 행동 하나에서 자연스럽게 흘러나오고 모든 그의 곁에서 근무한 직원들은 매우 절실하게 느꼈다.

한번은 총리가 사무실에 금방 들어갔는데 신발 끈이 풀렸다. 직원 허우구이전은 재빨리 다가가 허리를 굽히고 "총리님, 신발 끈이 풀렸어요. 제가 도와 드리겠습니다"라고 하자 총리는 사양하고 그를 부축하여 일으켜 세웠다. 그는 끝까지 "총리님, 제가 응당 해드려야 합니다"라고 하자 총리는 "아니오. 내가 혼자 해야 하오"라고 했다. 총리는 또 "나도 심부름꾼이요. 우리는 다만 하는 일이 다를 뿐이오. 당신은 종업원, 나는 총리, 우리는 모두 인민을 위해 봉사하는 것이요. 그러니 내가 혼자 하겠소"라고 했다.

총리는 의치가 하나 있었는데 한번은 식사를 다하고 의치를 꺼내 입을 헹구는 물 컵에 넣었다. 왕잉이 그것을 보고 다가가 총리의 의치를 씻어주려고 했다. 총리는 바로 그를 제지하고 "아니요. 아니요. 내가 하겠소"라고 했다. 그렇게 나이가 많았지만 결국 혼자 컵을 들고 가서 씻었다.

췌이서우차이(崔守財)는 '913'사건 후 발생한 한 사건을 회억했다. 당시 총리는 대회당에서 이미 50여 시간 잠을 자지 못했다. 종업원들도 매우 지쳤지만 교대할 사람이 부족하여 어쩔 수 없이 계속 근무했다. 그날 동쪽 회의장에서 회의를 마치자 추이서우차이는 회의장을 정리하고 소파에 누워서 잠깐 쉬었다. 그런데 너무 힘들어서 눕자마자 골아 떨어졌다. 갑자기 누가 "빨리 일어나, 총리께서 오신다"라고 말하는 소리가 들리자마자, 또 총리의 목소리가 들렸다. "그를 부르지 마시오. 깨우지 마시오. 그에게 좀 더 쉬라고 해요." 추이서우차이는 꿈을 꾸는 것 같기도 하고 현실인 것 같기도 해서 순간적으로 놀라 깨어났다. 둘러보니 4, 5명이 왔고 총리는 잠옷을 입고 있었다. 총리는 그에게 "괜찮소. 쉬시오. 우리는 회의를 잠깐만 하고 갈 것이요"라고 말했다. 그는 마음이 따뜻해지며 더 이상 잘 수가 없자 재빨리 총리에게 차를 따르고 수건을 준비했다. 바로 이때 총리의 잠옷을 볼 수 있었는데, 췌이서우차이는 그의 옷깃이 낡아 기워진 것을 보았고, 그것도 깁는 기술이 안 좋다는 것을 보았다.

총리가 평등하게 사람을 대하는 태도도 국제교류에서 나타났다. 한번은 어떤 아프리카국가가 외국의 침략을 받았다. 총리는 새벽에 그들의 주중판사처 대표를 접견했다. 그는 친히 품질이 좋은 팬더 담배를 준비하라고 했다. 총리는 "당신들은 당연히 제일 좋은 것으로 그들을 접대해야 하오. 왜냐하면 그들은 지금 전쟁을 하고 침략을 받고 있기 때문이오"라고 했다. 평소에 각 나라 외빈을 접대할 때 소파의 자리배치에서 총리는 우리에게 "대국, 소국, 빈국, 부국 모두 똑같이 대해야 하고 그들을 가운데 앉게 하라"고 요구했다. 총리는 여러 번 우리에게 손님을 똑같이 접대하고, 간부에게만 잘하려는 주의가 있어서는 안 되며, 대중적 관점을 지녀야 한다고 가르쳤다. 설령 통역이라 할지라도 총리는 매우 존중했다. 그는 "당신들은 통역을 다르게 보면 안 되오. 그들은 매우 고생하는 사람들이니 평등하게 그들을 대해야 하오"라고 했다. 그래서 우리는 차든 간식이든 무엇이든 통역과 주요 내빈들의 대우를 똑같이 했다. 총리의 가르침 아래 우리는 서비스를 할 때 줄곧 그의 가르침에 따라 누구나 차별 없이 대했다. 허우구이전은 또 총리가 마지막으로 대회당에 왔던 장면을 기억하고 있었다. 1975년 8월 임신 중이던 허우구이전은 총리가 병마에 시달려 매우 마른 것을 보고는 울음을 참지 못했다. 총리께서는 "울지 마시오. 당신이 울면 복중에 있는 아기에게 좋지 않소. 야채와 과일을 많이 먹고 주식을 적게 드세요. 아니면 애기가 커서 낳기 힘들어요"라고 했다. 그는 괴로워하면서 "총리님, 왜 이렇게 되셨어요?"라고 물었다. 총리는 "나는 괜찮소. 잘 있어요. 보시오. 나는 건강하잖소!"라고 말했다. 그는 더욱 속상해서 눈물만 흘렸다. 총리는 "울지 마시오. 애기를 생각해야지요"라고 말했다. 허우구이전은 아이가 철이 든 후 아이에게 "비록 네가 태어나기 전이었지만 총리께서는 너를 알고 관심을 주셨단다. 너는 저우 총리님을 열심히 배워야 한다"고 말했다.

총리의 사람들에 대한 관심과 사랑은 정치에서 뿐만 아니라 우리에게 인민을 위하여 봉사하는 기술을 많이 배우라고 가르쳤다.

예를 들어 우리에게 외국어를 배워 외빈을 접대할 때 외국어를 사용하라고 했다. '안녕하세요', '수건을 쓰세요', '차를 드세요' 등 이런 말들은 꼭 배우라고 했고, 배우면 그는 매우 기뻐했다. 그는 또 우리에게 요리를 배우고 영화를 방영하는 것을 배우며, 운전을 배우고 봉제하는 것 등을 배우라고 했다. 어쨌든 모두의 미래를 위하여 생각했던 것이다. 사회적 지위에서 볼 때 총리와 우리는 천지차이지만 그는 우리에게 자애로운 아버지와 같은 사랑을 느끼도록 해주었고, 우리의 마음에 깊이 남아 영원히 지울 수 없게 해주었다.

대회당에서는 자주 외빈을 접대하고 회의를 하는 등 활동이 많아 전기 소모량도 컸다. 총리는 언제나 우리에게 근검절약하라고 요구했다. 어떨 때에 회의실에 등을 좀 많이 켜면 총리는 그렇게 많이 켜지 말라고 했다. 그렇게 많이 필요하지 않으니 낭비하지 말라는 일깨움이었다. 왕잉(王穎)은 수건에 관한 일을 기억했다. 그때는 어느 여름이었다. 복숭아가 금방 시장에 나와 그들은 총리에게 복숭아를 올렸다. 총리가 복숭아를 다 드시자 왕잉은 수건을 가져와 총리의 손을 닦아주려고 했다. 하지만 총리는 수건을 보고 뜻밖의 얘기를 했다. 총리는 "안 되오. 복숭아 즙을 수건에 닦으면 지워지지 않아요. 나는 화장실에 가서 손을 씻고 나서 수건에 닦을 것이오"라고 말했다.

3년의 고난시기에 총리와 전국인민은 함께 난관을 이겨냈다. 총리는 내빈회의를 할 때 이전의 4가지 반찬과 한 개의 국을 먹으면 안 되고, 야채볶음에 고기를 넣지 말고 당면, 배추, 두부를 넣어 테이블마다 야채요리 한 개만 놓게 했다. 우리는 총리의 개인 식사도 매우 검소하다는 걸 알고 있었다. 일반적으로 고기요리 하나 야채요리 하나이며 야식도 항상 좁쌀죽을 끓여 먹었다. 식사할 때 가끔 반찬을 하나 추가하면 그는 젓가락도 대지 않고 종업원에게 가져가라고 하면서 다음 끼에 드신다고 했다. 총리가 물고기를 드시는 것도 우리에게 깊은 인상을 남겼다. 총리는 식사량이 많지 않았다. 붕어 한 마리를 요리하면 그는 한 끼에 다 먹지 못한다고 생각하면 한쪽 면만 드시고 저녁에 다른 한 면을 드셨다. 어떤 때는 저녁식사 때 물고기를 드시다가 못다 드시면 이튿날 계속해서 드셨다. 총리는 마음이 넓어 너그럽게 사람을 대하고 자기에게는 요즘 사람들이 상상하기 힘들 정도로 엄격하게 요구했다. 그는 나라를 위해 자주 야근을 했지만 그의 야식은 언제나 자기가 돈을 내어 사드셨다. 손님을 접대하고 차를 한 잔 마시는 것도 자신이 지불하려고 했다. 예를 들어 한번은 미국 친구 스노우를 초청하여 차를 마시는데 총리가 직접 돈을 냈다. 비서에게 "대회당에 가서 돈을 내시오!"라는 분부를 우리 모두는 자주 듣는 말이었다. 한동안 월말이 되면 나는 계산서를 총리의 경호비서에게 보냈다. 당시 가격으로 평균 매달 백여 위안을 지불해야 했다. 나는 당시 다른 지도자들도 소비한 차, 담배와 과일을 자기들이 돈을 내는 것을 잘 알고 있었지만, 총리는 면도하는 것까지 모든 것을 자기가 직접 지불했다. 총리는 면도를 한 번 할 때 80전을 내야 했다. 어떤 때에는 우리의 사진을 현상시켜줄 때도 총리는 비서에게 "내가 돈을 낼 것이오" 라고 말했다. 궈청창(郭成倉)은 대회당 주방장으로 여러 차례 총리가 직원식당에 가서 줄을 서서 식사를 하는 것을 보았다. 모두들 총리가 온 것을 보고 재빨리 자리를 비키며 총리에게 먼저 사게 했다. 하지만 총리는 아니라고 하면서 여러분과 함께 줄을 서야 한다고 했다. 직원들은 식사할 때 노트 하나를 만들어 식사할 때마다 주방장이 노트에 기록을 해줬다. 총리도 하나를 만들어 노트를 손에 들고 창구에 가서 밥을 사고는 기록하라고 하여 얼마를 썼는지 월말에 이 노트에 적혀 있는 대로 정산했다. 이 모든 것은 총리에 관한 사소한 일이지만 매번 이런 것을 기억할 때마다 나의 마음 속에는 "한 나라의 총리로서 이렇게 엄격하게 자기에게 요구하는 것은 어떤 마음에서 일까?"라고 생각할 때마다 감정이 물결을 쳤다. 나는 1965년에 처음으로 대회당에서 총리를 보았다. 그 후 십여 년간 줄곧 총리를 위해 봉사했다. 앞의 일들과 비교했을 때 내가 제일 깊이 느낀 것은 바로 총리의 헌신적인 근무정신이었다. 총리는 일이 많을 뿐만 아니라 또한 일을 할 때는 엄청 집중하여 먹고 자는 것을 잊어버렸으며, 어떨 때에는 심지어 화장실 가는 것조차 일깨워줘야 했다. 진정으로 나라를 위하여 죽을 때까지 온힘을 다하여 바쳤던 것이다.

총리의 업무일정은 매우 빡빡하게 연속되어 있어 이번 건도 끝나지 않았는데 벌써 다음 차례에 접견할 외빈이 이미 도착해 있었다. 어떨 때는 식사 때가 되어 "어떻게 할까요?"하고 여쭈면, 총리는 "외빈을 먼저 만나고 밥을 먹지요"라고 했다. 외빈을 만나는 시간을 제한할 수도 없고 어떤 처리하기 힘든 문제들은 오랫동안 얘기를 나누어야 해서 경호원, 비서 등은 모두 조급해했다. "총리께서 오랜 시간 끼니를 굶으셨는데 어떡하죠?" 후에는 한 가지 방법을 상의했다. 바로 총리에게 차를 올릴 때 옥수수죽으로 바꾸어 외빈들은 차를 마시고 총리는 옥수수죽을 드시게 하여 배고픔을 달래게 하는 것이었다. 어떨 때는 총리가 대회당의 활동이 끝나고 다른 곳으로 가야 할 때 우리는 주방에 가서 만두 몇 개를 천에 싸서 경호원에게 주며 총리가 차에서 드시게 했다. 또 어떨 때에는 우리가 그에게 식판에 밥을 담아 주었지만, 너무 바빠서 드시는 것을 잊어버리는 바람에 반찬이 식어 우리는 다시 데우곤 했다. 하지만 반찬을 여러 번 데워 맛이 없었기에 우리는 바꾸자고 했지만 총리는 "안 돼요 이는 '낭비'요"라고 하면서 그냥 드셨다. 그 외에 총리는 문서를 보는 시간이 매우 길었다. 통상 한번 앉으면 7, 8시간이어서, 우리는 도저히 그냥 보고만 있을 수가 없어 그에게 일어나 산책을 좀 하라고 말하곤 했다. 그는 어떨 때에는 우리의 건의를 받아들여 일어나서 소파 주변에서 몇 번을 오가며 피로를 풀었다. 70세가 넘은 노인이 나라와 인민을 위하여 오랜 세월 이렇게 강도 높게 일하는 것은 우리를 탄복하게 했고 또 속상해 했다. 대회당이 건설된 후 총리는 일 년 중 2/3의 시간은 대회당에서 일했다. 총리는 중병을 앓는 기간에도 대회당에서 근무하는 동지들을 매우 그리워했다. 어느 날 비서가 우리에게 총리가 3일간의 시간을 이용해 인민대회당에 와서 그가 다녀갔던 곳을 가보고 그를 위해 봉사했던 동지들을 보고 싶어 한다는 통지가 왔다. 우리는 모두 감동을 받았다. 총리가 중병기간에도 우리 대회당의 근무자들에게 관심을 둘 줄은 생각지도 못했기 때문이었다.

첫째 날 그는 서쪽 회의장에 와서 거기서 근무하는 동지들을 보고 장쑤회의장, 산시회의실, 안훼이회의장, 접대실, 베이징회의장, 상하이회의장, 마지막으로는 시장(西疆)회의장을 들렀다. 그는 관련 책임자들에게 "여기 동지들은 나를 평생 따르며 나를 위해 봉사했소. 오늘 저녁 당신들이 저녁을 간단히 준비해주세요. 내가 식사를 접대하여 감사하다고 해야겠소"라고 말했다. 우리는 곧바로 시장회의장에서 매우 간단한 식사를 준비했다. 총리는 주변의 직원들과 함께 마지막 식사를 하였다. 당시 우리의 마음은 매우 흥분도 되었지만 한편으론 매우 괴로웠다.

우리가 괴로워한 것은 총리가 매우 허약해져서 길을 걸을 때도 흔들리는 모습을 보았기 때문이었다. 발이 부어서 천으로 된 신발을 신고 왔다. 총리는 평소에 언제나 구두를 신었지만, 지금은 발이 부어서 신을 수가 없었기에 헝겊으로 된 신발을 신은 것이었다. 그럼에도 불구하고 총리는 우리가 그가 중병에 걸렸다는 것을 되도록 보이지 않게 하려고 하였다. 사실 당시 우리는 총리가 암에 걸린 줄을 아무도 몰랐다. 이 암은 총리가 돌아가신 후 신문에 보도를 보고서야 알게 되었다. 그렇지만 총리는 언제나 씩씩하게 보여 우리에게 심리적인 부담을 주지 않으려고 하였다. 총리는 중병 중인데 이번에 대회당으로 돌아와 대회당의 모든 곳을 다 둘러보고 모든 근무자들을 다 봤으며, 자리에 없는 동지들은 다른 사람에게 무슨 상황이냐고 자세하게 물었다. 우리는 이번이 총리가 대회당에 다녀가시는 마지막이 될 줄을 몰랐고, 우리도 마지막으로 생전의 총리를 만나보는 것이 될 줄 몰랐다. 총리가 돌아가시기 3일 전에 그의 기사가 췌이서우차이 등 4명의 동지들을 305병원으로 데리고 갔다. 그들은 병실에서 총리를 보았을 때 총리는 이미 말도 하지 못하고 베개에 기대어 산소호흡기에 의존하고 있었다. 그들은 모두 마음이 비통하여 다가가 총리와 말을 하고 싶었지만 기회가 없었다. 모두들 떠나지 않으려고 해서 결국 경호원이 그들을 끌어냈다. 3일 후인 1월 8일 정치국회의를 연다고 해서 우리는 급하게 회의준비를 하면서 총리가 퇴원하고 회의에 참가할 수 있을까 하고 생각했다. 결국 몇 사람이 왔는데 분위기가 심상치 않았다. 경호원들과 비서들의 마음이 모두 무거워 보였다. 우리는 그제서야 저우 총리가 이미 돌아가셨고 이곳에 장례위원회를 설립하여 총리의 후사를 준비한다는 통지를 받았다. 이 소식은 청천벽력 같았고 우리는 전혀 생각지 못한 것이었다. 우리의 마음에 저우 총리 같은 이런 위인은 응당 영원히 살아있어야 했다. 우리는 이 사실을 받아들이기 힘들었다.

하지만 사실은 이렇게 잔혹했다. 후에 상급기관의 지시에 따라 우리는 총리의 유골을 타이완회의장에 모셨다. 타이완회의장에서 우리는 눈물로 얼굴을 씻으며 총리를 위하여 마지막 봉사를 했다. 존경하는 저우 총리시여 우리는 당신을 영원히 그리워할 것입니다!

무정(無情)이 유정(有情)을
이기는 것과 같다.

저우얼쥔(周尒均)
(저우언라이의 조카, 국방대학원 정치부 주임)

무정(無情)이 유정(有情)을
이기는 것과 같다.

저우얼쥔(周尒均)

(저우언라이의 조카, 국방대학원 정치부 주임)

내가 처음으로 백부님과 백모님을 뵌 곳은 상하이였는데, 1946년 여름
이었다. 그때 장쑤까오여우초중(江蘇高郵初中)을 졸업하고 계속 공부할
돈이 없었던 나와 형은 일곱 번째 백부이신 저우언라이 백부님이 난징과
상하이에서 국민당과 담판을 한다는 소식을 듣고 그를 찾아갔었다. 우
리는 상하이 마스난루(馬思南路) 107호 '저우공관(周公館)'에서 그를 만났
는데, 마스난루는 현재 스난루(思南路)로 바뀌었다. 입구에는 간판이 걸
려있었는데 그때의 간판이 지금도 그대로 걸려 있다. 영어로는 "저우언라
이 장군 공관"이라고 되어 있는데, 사실은 중공 대표단의 상하이 사무실
이었다. 이 이름을 사용한 것은 대외활동을 더욱 편리하게 하기 위해서
였다. 그곳에 도착하자 천쟈캉(陳家康) 동지가 우리들을 맞이하면서 우
리가 온 사정을 묻고는 백부님 내외에게 통지하자마자 그분들이 서둘러
내려와서 우리를 맞이해 주었다. 그들은 우리를 보고는 매우 기뻐하면서
상세하게 우리의 상황을 물어보았다. 특히 우리가 경제적 어려움으로 인
해 수뻬이(蘇北)로부터 걸어서 왔고, 배를 타고 오면서 못 먹어서 얼굴에
부스럼이 난 것을 보고, 백모님은 인자하게 "너희들 정말 고생 많이 했
구나!"라면서 안타까워하였다. 그리고는 고약을 꺼내 친히 발라주었는데
이틀도 지나지 않아서 다 나았다.

백모님이 세상을 떠나기 몇 년 전이었다. 한 번은 백모님을 찾아 가서

나와 나의 아내 덩자이쥔(鄧在軍)은 그때의 상황을 이야기한 적이 있었다. 그러자 백모님은 "그 약은 '여의고'라고 하는데 효과가 매우 좋은 수입한 약이었지. 지금은 없단다. 보아하니 이런 약은 수입해야 하는데 말이다"라고 이야기 했다. 50년 전의 일을 그녀는 아주 분명하게 기억하고 있었던 것이다.

그런 후에 백부님 내외는 우리를 그들의 침실로 데리고 가서 우리가 무엇을 했는지 이후 어떤 계획을 갖고 있는지를 물었다. 우리는 계속 학교에 올라가 공부하고 싶기도 하고, 백부님을 따라 혁명을 위해 옌안(延安)에 가고 싶기도 하다고 말씀드렸다. 우리의 의견을 들으신 두 분은 "이런 일은 잘 상의를 하고 생각해서 정해야 한다"고 인자하게 말씀해주셨다. 당시 우리는 임시로 외삼촌댁에 머물렀다. 외삼촌댁은 스가오타로(施高塔路)에 있었는데, 현재는 산인로(山陰路)라고 부른다. 홍커우구(虹口區)에 있다. 다음날, 그 다음날도 그들은 특별히 외삼 촌댁으로 우리를 보러 오셨다. 나는 그때 그들을 매우 젊게 보았는데, 백부님은 서양옷을 입으셨고, 백모님도 옷차림이 매우 아름다웠으며, 상의에 한 송이 꽃을 달고 있었다. 내가 그들을 보면서 "백부님, 백모님! 두 분 모두 매우 활기차 보이고 매우 아름 답습니다"라고 말하자, 백모님이 말씀하셨다. "너희들이 이해를 못하는 것이 있단다. 우리는 여기에서 이렇게 입어야만 해. 그래야 적들의 심장부에서 활동하기 편리하기 때문이지. 적들의 주의를 받지 않을 수 있으니 말이다. 너희 외숙을 힘들지 않게 하기 위해서다. 옌안에 있는 우리 집은 토굴이고, 거기서는 무명옷을 입는데, 이곳과는 상황이 완전히 다르단다."

우리와 오랫동안 함께 이야기를 나눈 뒤에야 백부, 백모님은 가셨다. 후에 그들은 또 우리를 불러 저우 공관에서 특별히 우리들의 바람에 대하여 이야기를 나눴다. 백모님이 말씀하셨다.

"내가 너희들 백부와 상의해 보았는데, 너희들은 학교에 들어가 공부하는 것이 아직은 더 좋을 것 같다고 의견을 같이 했다. 국민당과의 담판 형세가 매우 낙관적이지 못하여 내전이 수시로 일어날 것도 같으니 너희들을 옌안으로 데려가는 것은 아마도 어려울 것 같다. 너희들은 계속 여기에 남아서 공부를 열심히 하고 지식을 쌓은 후에 기회가 되면 혁명에 참가하는 것이 좋겠다."

그러자 백부님이 거들었다.

"어둠은 반드시 일시적인 것이라는 것을 믿어야 한다. 너희들은 미래가 밝단다." 그들은 우리에게 돈을 주고 당신의 옷도 한 벌씩 주었다. 그들은 우리에게 당부하기를 "이 주변은 적지 않은 국민당의 특무(特務, 정보원)들이 감시를 하고 있기 때문에 너희들은 아직 어리지만 경계를 게을리 해서는 안 된다"고 하였다. 특히 특무의 시야에서 벗어나는 방법을 알려 주었다. 우리는 곧 두 분의 생각에 따라 상하이에서 공부를 했고, 학교를 졸업한 후인 1949년 6월 얼예부대(二野部隊)에 입대했다. 나는 당시 만약 백부님 내외분과 함께 옌안에 가서 3년 일찍 혁명에 참가 했다면 스스로의 성장에 더욱 유리했을 것이라고 생각했었다. 그러나 현재 그때를 회상하여 보면 역시 백부님 내외분의 이 일에 대한 고려는 매우 주도면밀했고 먼 미래를 보는 안목을 지니고 있었다고 생각한다.

1950년대 나는 외지를 돌다가 베이징에서 일하게 되었는데, 자주 자이쥔과 함께 시화청(西花廳)에서 백부님 내외를 만나곤 했다. 그리고 때때로 그들의 의녀(義女) 손웨이스(孫維世)와 그의 남편 진산(金山)을 만나 이야기를 나누곤 했다. 어느 날 웨이스가 매우 난처한 얼굴을 하고 있어 물어보았더니 백모님께서 식사를 같이 하자고 하는데 준비 할만한 음식이 없어서 그런다고 했다. 그러나 이런 사정을 잘 아는 백모님은 오늘은 집에서 먹지 말고 자이쥔과 얼쥔의 웃어른으로서 내가 살 것이니 웨이스와 진산도 시단(西單)의 한 스촨 식당에서 함께 식사하자고 하였다. 그때는 먹을 것이 없었던 곤란한 시기였기에, 우리들의 생활형편을 고려한 백모님께서 미리 문제를 해결해 준 것이었다.

이때 우리는 식사를 하면서 각자 당시의 생활, 일에 대하여 이야기도 하고 노래도 불렀다. 중간에 웨이스가 매우 감개무량해 하며 말했다. "너희들이 이전에 상하이에서 백부님 내외분을 만났을 때, 너희들을 옌안으로 데리고 가지를 못하셨다지? 그러나 백부님께서는 일부 열사의 자녀들을 소련으로 보내 공부를 시켜주셨지. 나도 그 중에 한 명이었단다."

이렇듯 당신들 자신의 친속들에 대해서는 진정으로 엄격했던 것이다. 사실 이런 상황을 우리 집안사람들은 모두 알고 있었다. 우리 형제자매들은 백부 내외의 특별한 대우를 받은 적이 없었다. 우리에게 저우얼훼이(周尒輝)라는 동생이 있는데, 베이징강철학원을 졸업하여 일하고 있었다. 조직에서 후에 고향 화이안(淮安)에서 일하던 그의 부인을 베이징으로 전근시키는 것에 동의했는데, 백부님은 이 소식을 듣고는 말씀하셨다. "현재 도시인구를 줄이고 있는 중인데 왜 모두 여자 쪽이 남자 쪽으로 옮겨와야 하냐? 자네는 당연히 앞장서서 부인이 있는 곳으로 전근을 가야겠다고 신청해야만 한다." 얼훼이도 이 말에 수긍을 하고는 자진하여 신청하여 조직의 동의를 얻은 후, 베이징강철학원에서 화이안으로 전근을 갔다. 우리 조카들에 대하여 백부님 내외는 이처럼 모두 똑같이 엄격했으며, 또한 우리가 총리와의 친속관계를 과시하는 것을 허락하지 않았다. 이전에도 백부, 백모님의 친속에 대한 요구가 얼마나 엄격했는지에 대하여 생각한 적이 있었다. 사실 무정(無情)이 유정(有情)을 이겼다고나

할까? 바로 이 말처럼, 그들은 우리 후손들에게 비록 엄격하게 대해 주었지만, 이것은 일종의 진정한 사랑이었으며, 마음속에서 우러나오는 사랑이었던 것이다. 백부님 내외분은 만청(滿淸)의 팔기자제들이 각종 특권을 누리고 생활이 풍족하여 일하지 않고 빈둥거렸기 때문에 모두 몰락했고, 결국 만청왕조의 멸망을 초래하게 되었다고 믿고 있었다. 그들은 이 역사적 교훈을 매우 중요하게 생각했기 때문에 열사의 자녀들에 대해서는 매우 세심하게 보살펴 주었고, 다른 한편으로는 매우 엄격하게 대해주었던 것이다. 당연히 우리 친속에 대해서는 더욱 엄격했다. 동시에 정치적으로는 모두 똑같이 관심을 갖고 소중히 대해주었다. 내가 군대에 들어간 이후 그들에게 편지를 써서 "저는 서남쪽으로 진군하는 도중에 입당 신청을 했다"는 내용의 편지를 보냈었다. 그들은 이 소식을 듣고는 매우 기뻐하면서 바로 답장을 보내 열심히 노력하라고 신신당부하면서 빨리 공산당원이 되기를 바란다고 하였다. 이후에도 끊임없이 안부를 물었고 계속해서 격려의 말을 해주었다. 내가 입당하기 전후로 해서 3통의 편지를 썼는데, 당 조직을 포함하여 나의 부친과 가정상황에 대해서 증명해 주었다. 나는 1953년 12월 입당을 허락받자 그날 그들에게 편지로 말씀을 드렸고, 매우 빠르게 그들의 정이 담뿍 담긴 절절한 답장을 받았다. 백모님은 편지에서 다음과 같이 말씀하셨다. "네가 이미 공산당에 입당했음을 알고 있고 나는 매우 기쁘단다!"하면서 동시에 간곡하게 가르침도 주셨다. "이후 너는 반드시 당성을 단련하는 일을 강화해야 하며, 비 무산계급의 사상을 극복해야 하고, 끊임없이 당원의 8조 표준을 위하여 노력해야 한다. 그리고 영광스런 공산당원의 칭호를 저버려서는 안 되며, 기한 내에 정식 당원이 되도록 노력해야 한다. 너는 반드시 친밀하게 군중과 연계하고, 군중에 대해 관심을 가지고, 군중에 대해 공부해야 한다. 그렇게 함으로써 너는 더욱 인민을 위해 봉사할 수가 있게 된단다. 네 스스로 교만하지 말고 용기를 잃지 말아야 하며, 반드시 사상적으로, 행동적으로 끊임없이 실천을 해야 한다." 백모님은 서신에서 공산당원의 '세 가지 필요'에 대해 언급하였다. 그 글을 지금 읽어도 우리 모두에게는 여전히 현실적으로 중요한 의의가 있음을 알고 늘 마음에 새기고 있다. 그 후 베이징에 도착하였는데, 우리는 당연히 그분들로부터 직접 관심과 가르침을 받았다. 특히 자이쥔이 중앙방송국에서 감독 일을 하고 있을 때, 종종 격려를 해주고 가르침도 주었다. 생활하는 데서도 또한 그러했다. 나는 1988년 301병원에서 수술을 받았는데, 그때 자이쥔이 시화청(西花廳)으로 가서 수술상황을 말씀드리자 백모님께서 특별히 사용하시던 자명종을 자이쥔에게 주면서 "이 자명종은 평상시 사용할 때 매우 정확하고 간편해서 좋으니 얼쥔이 입원하여 정시에 약을 먹을 때 착오가 없도록 하거라"라고 하였다고 했다. 여기서 그들은 정치와 생활을 떠나서 우리를 진정으로 세심하게 보살펴 주었다는 것을 알수가 있었다. 그래서 나는 그분들의 후손과 친속에 대한 사랑은 깊고 풍부하며 멀리 내다보는 사랑이라고 생각하고 있다. 그래서 우리는 친속으로서 당연히 그들의 교육에 따라 그분들의 기대를 저버리지 않으려고 열심히 일해야 한다고 생각하곤 했다. 이후에도 계속해서 끊임없이 노력해야 하며 진정으로 당원에게 필요한 '세 가지'를 실천하고, 그것을 한평생 인간이 해야 할 기준으로 삼아야 한다고 생각했다.

시화청을 언급하니 수많은 어려웠던 일화들이 생각난다.

그 한 가지 일화가 시화청의 수리에 관한 것이다. 처음으로 우리가 시화청에 갔을 때, 1950년대부터 1960년대까지 백부님이 살고 있던 이곳은 매우 낡았는데 이는 일반적인 낡음이 아니었다. 바닥에 깔린 돌은 부서져서 축축했으며, 문과 창문은 갈라져서 바람이 들어왔다. 백부님은 관절이 안 좋았고 백모님은 건강이 항상 좋지 않았다. 이런 환경은 그분들의 건강에 특히 좋지 않았다. 그래서 후에 백부님이 외지로 출타하였을 때를 틈 타 비서 허첸(何謙)이 주도하여 방을 수리했다. 수리라고는 했지만 매우 일반적인 수리에 불과했다. 그러나 백부님은 돌아와서 보고는 매우 화를 내면서 집으로 들어가지 않았다. 임시로 댜오위타이(釣魚臺)에서 머물렀다. 천 사령관이 돌아가시라고 권해도 듣지를 않았다. 후에 우리들은 댜오위타이로 가서 백부님을 만나 그분의 화를 가라앉히기 위해 말씀을 드렸다. "백부님은 평상시 저희에게 국가재산을 아껴야 한다고 교육하셨는데, 시화청은 사실 상당히 낡았습니다. 그곳은 역사적 문물이기 때문에 보호해야 하는 것이며, 이는 곧 국가재산을 보호하는 것입니다. 그런 의미에서 이번에 수리한 것은 큰 잘못이 없습니다. 백부님께서 화를 내셔서는 안 됩니다." 이 말을 들으신 백부님은 기분이 좋아져 나의 말에 고개를 끄덕이면서 엄숙하게 말했다. "너의 말에도 어느 정도 일리는 있다. 나는 결코 간단한 수리를 반대하는 것은 아니다. 문제는 현재 수리한 정도가 지나치다는 것이다. 너는 내가 이 국가의 총리라는 것을 알아야 한다. 만약 이렇게 하는 것에 앞장선다면 아래 사람들도 이를 따라 할 것이다. 부총리, 부장 그리고 하나하나 아래로 내려가면서 어떤 나쁜 결과가 조성될지 모르는 일이다. 시화청은 내가 볼 때 아직은 괜찮다! 현재 우리나라는 아직 가난하지 않느냐? 그리고 수많은 사람들이 아직 방이 없다는 것을 너도 알지 않느냐?" 백부님이 나에게 물었다. "너는 두보의 시 「가을바람에 부서진 집을 노래하다(茅屋爲秋風所破歌)」를 들어본 적이 있느냐?" 내가 본 적이 있다고 하자 다시 "그 내용을 기억하냐?"고 물어 나는 잠시 생각을 한 뒤에 마지막 두 구를 강조했다. "어떻게 천개 만개의 집을 지어(安得廣廈千萬間), 천하의 가난한 선비들을 기쁘게 할 수 있을까?(大庇天下寒士俱歡顔)" 백부님께서 말씀하셨다. "맞다! 너는 이 두보의 시를 잘 생각해 봐라. 그러면 곧 내가 왜 이렇게 화를 냈는지 분명히 알 수 있을 것이다." 후에 비서 허첸이 새로 수리된 부분을 복구했는데, 커텐을 없애고, 샹들리에를 없앴으며, 침대도 원래대로 바꾸고 나서야 백부님이 시화청으로 돌아가는 것에 동의하였다. 이 일은 수십 년이 지난 지금 생각해 봐도 어제 일처럼 느껴진다.

두 번째 일화는 1959년에 나와 자이쥔이 시화청에서 그분들을 만났을 때였다. 백부님이 나에게 물었다. "듣자하니 네가 베이징에 와서 일한다고 들었는데 어느 단위에서 일하느냐?" 나는 "청후근부위생부(總後勤部衛生部)에서 일합니다"라고 말하였다. 그러자 백부님이 또 "너희들의 부장이 누구냐?"고 물었다. 나는 라오정시(饒正錫)라고 대답했다. 그러자 백부님이 "오 그래! 그는 신장에서 온 사람이지, 내가 잘 알지." 마침 내가 전근한 후에 라오정시 동지의 간단한 상황을 숙지할 수 있었기에 나는 말했다. "그는 신장 디화(迪化)시 시위 서기를 맡은 적이 있습니다." 그러자 백부님이 말씀하셨다. "아이고! 너는 아직도 디화라고 하느냐?" 나는 백부님이 왜 그런 말씀을 하시는지 곧 알아챘다. '디화시'는 이미 '우르무치'로 이름을 바꿨기 때문이었다. 나는 '디화'가 현재 이미 '우르무치'로 불린다는 것을 알고 있었지만, 그가 예전에 디화시 시위의 서기였기 때문에 그렇게 말씀드린 것이라고 했다. 내 설명을 들은 백부님은 "그러냐"고 하였다. 그런 연후에 나에게 물었다. "너 '디화'라는 이 두 글자가 무슨 의미인지 알고 있느냐?" " 디화의 '화'는 당연히 동화의 화를 의미합니다"라고 대답했다. 디화는 신장에 있기 때문에 나는 즉시 신장은 소수 민족의 자치구라는 것을 생각해 낼 수 있었다. 그러나 '디(迪)'자에 대해서는 당시 내가 깊게 생각할 여유가 없었다. 그러나 백부님은 내 말을 듣고는 매우 기뻐하면서 나를 격려해주었다. "음, 너의 대답이 틀린 것은 아니다." 백부님은 '디화'의 '디'는 바로 '계발(啓發)'의 의미라고 하였다. 이는 과거 우리 소수민족에 대한 일종의 존중하지 않는 말로써 신장에 대하여 '계발', '동화'해야 한다는 의미였다고 말해주셨다. 백부님은 이어서 이러한 지명이 얼마나 되는지, 즉 소수민족에 대한 차별과 모욕적 성격을 가진 비슷한 예를 들 수 있는지를 물었다. 나와 자이쥔은 생각하면서 대답을 했는데, 백부님은 이런 우리들을 일깨우기라도 하실 양으로 다른 예를 들어주었다. 즉 '수이위안(綏遠)'에는 원래 '수이위안성'이 있었고, 또 '전난관(鎭南關)'은 당시 이미 '무난관(睦南關)'으로 바뀌었으며, 또 '안동(安東)'은 '단동(丹東)'으로, '푸쉰(撫順)', '안사이(安塞)' 등의 경우도 있다고 하였다. 당시 우리는 함께 이런 비슷한 지명을 적지 않게 언급했다. 백부님은 "우리는 과거에 소수민족들을 차별대우 했다. 우리는 현재 이미 그들과 하나의 국가를 이루고 있다. 우리는 항상 각 민족이 모두 일률적으로 평등하다는 것과 각 국가 간에도 모두 일률적으로 평등하다는 것을 잊어서는 안 된다"고 말씀해주셨다. 평상시 우리는 백부님 내외와 함께 터놓고 이야기를 나누곤 했다. 그분들은 모두 이런 평등한 태도로써 우리 후손들을 대하였는데, 늘 현실적 문제에 초점을 맞추어 심오한 내용을 알기 쉽게 풀어 우리들을 교육하시고 일깨워 주었다. 다른 일화를 하나 더 든다면, 백부님은 높은 원칙성을 가지고 있었는데 어떠한 일을 대하고 처리하는데 있어서 그 기준이 매우 분명하였다는 점이다. 백부님과 이야기를 나눌 때 그는 큰일과 작은 일, 공적인 일과 사적인 일을 나누는 것이 매우 분명했다. 그는 우리의 업무에 대해 보고를 들을 때마다 가벼운 태도를 보인 적이 없었다. 특히 우리의 말을

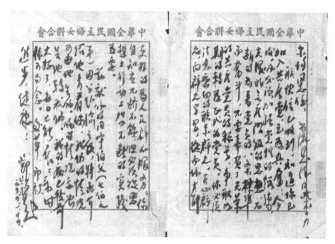

덩잉차오가 저우얼쥔이 입당할 때 그에게 준 서신(1954년 1월)

듣고 하는 말, 즉 그의 의견을 다른 곳에 전달하는 것은 절대 허락하지 않았다. 그것은 원칙이었다. 이 도리를 우리는 분명히 알고 있었기 때문에 백부님의 이야기를 한 번도 전한 적이 없었으며 이는 우리들 대화의 기율이었다. 그러나 예외가 한 번 있었다. 1955년 내가 아직 충칭(重慶)에서 일할 때였다. 한번은 베이징에 도착하여 숙청 반혁명운동의 상황과 관련된 보고를 할 때였다. 당시 숙반(肅反)운동의 전개는 필요한 것이었지만 그것이 미치는 타격의 범위가 넓다는 것이 문제였다. 이 점을 나는 후에 깨닫게 되었다. 그때 베이징에서 보고하는 중간에 시화청에 가서 백부님 내외분을 만났는데, 그때 백부님은 나의 '숙반' 상황에 대한 보고를 듣고는 갑자기 매우 집중하면서 나에게 물었다. "네가 조사하는 단위에서의 운동은 어떠하냐? 어떤 문제점이 있는지를 발견했느냐?" 나는 일부러 이 사정을 총후근부에 보고하러 왔기 때문에 매우 분명하게 대답했다. "저희가 조사한 단위에는 많은 반혁명분자들이 있고, 많은 사람들에게 심각한 정치적 문제가 있다는 것 등을 알아냈습니다." 그러자 백부님은 이를 듣고는 즉시 여기에는 문제가 있다고 말씀하셨다. 그가 우리들에게 어떤 단위냐고 묻자, 나는 군급단위(軍級單位)라고 대답했다.

백부님이 말씀하셨다. "일개 군급단위가 그러한데 하물며 전 부대는 어떠하겠느냐? 이렇게 많은 반혁명 분자들이 있을 수는 없는 일이며, 이렇게 많은 엄중한 정치적 역사적 문제가 있을 수는 없다. 이는 수많은 사람들의 정치 생명과 관련이 있는 큰 문제이다."라고 하면서 그는 계속해서 말했다.

"너는 나의 말을 네가 소속되어 있는 지도자 동지에게 전달하여 '이는 나의 의견'이라고 말해주거라."

나는 총칭으로 돌아가서 즉시 본 단위의 당위서기와 정치위원에게 보고했다. 그 지도자 동지의 이름은 루난차오(盧南樵)로 후에 제2포병 부정치위원을 맡은 적이 있었다. 당시 나는 그에게 저우 총리의 다음과 같은 지시를 전달했다. "총리께서는 우리가 조사해낸 많은 반혁명 분자와 많은 엄중한 정치적 역사적 문제가 있다는 보고를 들으시고는, '그렇게 많을 수는 없다. 타격을 받아야 할 범위가 너무 넓다'고 하셨습니다." 루난차오 동지는 이를 매우 중요하게 생각하여 즉시 당위원회를 열고 저우 총리의 지시를 전달하고 연구하여, 즉시 조치를 취하여 철저하게 그 말을 실현시키고 사실대로 오차를 조정하여 수많은 사람을 보호하도록 하였다. 이 일화는 백부님이 항상 모든 사람에게 관심을 가지고 사랑했음을 설명해 주는 예이다. 마치 우리는 후에 불리운 노래 중에 나오는 "모든 사랑을 그의 마음속에 담는다"는 뜻과 같았다. 후에 일어난 '문화 대혁명' 중에서는 더욱 그러했다. 그분은 중대한 원칙문제에 있어서는 절대로 소홀히 하지 않았던 것이다.

사사로운 정에 치우치지 않는 것은
오직 공(公)을 위해서이다

저우빙더(周秉德)
(저우언라이의 질녀, 전 중국신문사 부사장)

사사로운 정에 치우치지 않는 것은
오직 공(公)을 위해서이다

저우빙더(周秉德)
(저우언라이의 질녀, 전 중국신문사 부사장)

  나의 부친 저우언서우(周恩壽)는 호가 통위(同宇)이며 백부 저우언라이의 친동생이다. 어렸을 때, 일찍이 형을 따라 황포군관학교에 들어갔었는데, 제4학기 학생으로 1926년 북벌전쟁에 참전하였고, 1927년 북벌전쟁 중에 부상을 당하여 부상을 돌보느라 혁명 대열에서 벗어났다. 이후 줄곧 하얼빈과 톈진에서 넷째 백부와 함께 일하면서 상업에 종사했다. 1949년 초에 그는 톈진을 떠나 베이징으로 백부를 찾아가 일을 달라고 부탁했다고 한다. 그러자 백부가 말하길 "너는 오랫동안 혁명하느라 현실 업계를 떠나 있었기 때문에, 너는 아무것도 이해할 수가 없을 것이다. 그러니 어떻게 즉시 일할 수 있겠느냐? 너는 그저 처음부터 다시 배워야 한다." 그러면서 그를 화베이대학(華北)으로 보내 공부를 시켰다. 학습을 마친 후 조직에서는 그를 당시의 강철공업국에 배치했고, 이후 또 내무부로 옮기게 했다. 그곳에서 그는 계속해서 일반적인 일만을 했다. 내무부에 있을 때, 나의 백부는 특별히 당시의 내무부장인 정산(曾 山)에게 당부하였다. "저우통위의 일은 당신이 배치한 것보다 낮아야 하고 봉급도 적어야 합니다. 그는 나의 동생이기 때문입니다." 그래서 그는 매우 일반적인 일에만 배치되었던 것이다. 후에 나의 부친은 건강이 안 좋아졌는데, 심한 위궤양이었다. 자주 쉬어야 했고 휴가를 내야 했으며 때때로 정상적인 출근을 할 수 없었다. 50세가 넘었을 때, 나의 백부는 그가 정상적인 출근을 할 수 없기 때문에 봉급의 전부를 받아서는 안 된다고 여겨 그로 하여금 조기퇴직을 하게 했다.

정산 부장은 백부가 그냥 하는 말이라고 여겨 그 일을 진지하게 생각하지 않았다. 후에 시간이 어느 정도 지난 뒤 백부님이 그에게 당신은 왜 아직도 그 일을 처리하지 않았냐고 하면서 다시 처리하지 않는다면 나는 당신을 조치할 것이라고 했다. 그렇게 해서야 정산 부장이 그 일을 조치했고, 아버지는 조기 퇴직하게 되었다. 퇴직 이후 나의 부친의 봉급은 확실히 감소했다. 그러나 우리 집에는 아이들이 많았는데 모두 6명이나 돼서 부담이 컸다. 그럼에도 백부님은 절대로 그에게 조직에 보조금을 신청하지 못하도록 했다. 그리고는 백부가 자신의 봉급에서 얼마를 빼서 우리 가족을 도와 주었다. 거의 1950년부터 1968년까지 나의 형제자매가 모두 일을 할 때까지 지원해 주었다.

매달 나는 그의 경호대장에게 가서 사인을 하고 돈을 받아서 어머니에게 드렸다. 후에 경호원이 회고하기를 저우 총리가 한번은 사무실에서 일하고 있는데 홀연히 고개를 들어 "퉁위네 이번 달 생활비를 당신들은 잊지 말고 보내게"라고 지시를 내렸다고 한다. 우리 6남매는 어려서부터 어른이 될 때까지 모두 그의 보살핌을 받고 자랐다.

경제적인 것뿐만이 아니라 특히 정신적으로 우리는 그의 은혜를 많이 받았다. 우리는 그때 성숙하지 못했으며 백부의 상황을 이해하지 못했다. 후에 우리는 나이가 들어서야 비로소 백부가 얼마나 검소한지를 알게 되었다. 우리는 그때서야 정말로 그의 그렇게 많은 원조를 받아서는 안 되며 백부의 돈을 그렇게 많이 사용해서는 안 된다고 생각했다. 백부는 당시 자신이 조금 곤란할지언정 어떻게든 자신의 봉급으로 친속들을 도와주려 했다. 그의 원조는 우리 집 뿐만이 아니라 우리의 작은 어머니 (二娘), 후이안의 얼훼이(尒輝) 집 등 많은 친속 그리고 그의 부하직원, 그의 친구인 누군가가 병이 들거나 곤란하거나 할 때는 누구를 가리지 않고 아낌없이 모두를 도와주었다.

그 자신은 매우 검소했고, 친속들을 한 번도 특별하게 대하지 않았으며, 그와의 관계를 이용하여 좋은 자리를 얻을 수도 없었으며, 무엇이든 특수화 할 수가 없었다. 그들은 자신의 조건에 따라 노력해야 했으며, 자신의 길은 자신이 가야 했지 그에게 의지할 수는 없었다. 이 점은 우리들에 대한 교육 중 가장 큰 것이었다. 나는 우리들이 정신적으로도 얻은 것이 매우 크다고 생각했으며 이러한 교육을 한평생 받았다고 생각한다.

나의 부친의 봉급, 수입, 직위가 모두 낮은데다 집도 매우 좁았기 때문에, 우리 6남매 중 큰 3명인 나와 남동생 빙쥔(秉鈞), 여동생 빙이(秉宜)는 시화청에서 살면서 일요일에 부모님을 만나러 갔으며 그 후에 학교로 돌아갔다. 그때 우리는 모두 월요일부터 토요일까지 학교에서 살았다. 다른 집은 모두 차가 있어 데려가곤 했는데, 우리는 그렇지 못해서 매우 서운했다. 그때는 어려서 서운한 나머지 백부, 백모님에게 왜 우리를 차로 데려가지 않느냐고 투덜거리면 백부님은 매우 분명하게 말씀하셨다. "자동차는 내가 인민을 위해 일할 때와 내가 공무적으로 필요할 때만 사용하는 것이다. 너희들은 학생이므로 사용할 수가 없느니라. 너희들은 버스를 타거나 걸어 다니거나 혹은 자전거를 타고 다녀야 한다. 국가가 나를 위해 배정한 차는 사사로이 사용해서는 안 된단다." 이렇게 우리는 어렸을 때부터 가장이 누리는 대우를 누릴 수 없다는 것을 알았다.

백부는 어렸을 때부터 항상 우리에게 매우 엄격했다. 그는 항상 친한 사람에게는 엄했고 친하지 않은 사람에게는 너그러웠다. 동시에 관심을 크게 기울였고, 혈육의 정도 있었다. 예를 들어 내가 성장하여 일하게 된 이후, 자전거를 사고 싶어 백부에게 말하자, 백부님께서 말씀하기를 "좋다, 네가 자전거를 사는 것은 좋은 일이다!"라고 찬성해 주었다. 그래서 나는 그가 당연히 돈을 줄 것이라고 생각하여 "돈을 주셔야지요"하고 말씀드리자 백부님은 말씀하셨다. "그래 나는 너에게 반 만 주겠다. 반은 네가 스스로 책임 지거라." 나는 곧 그렇게 했다. 후에 나는 또 스케이트를 타고 싶어 스케이트 화를 사려고 했다. 그때는 스케이트 화를 사려면 큰돈이 필요했다. 백부님은 여전히 내가 반을 내겠으니 네가 반을 내야 한다고 하였다. 당시 나는 철이 없어서 몰랐지만, 후에 나는 그가 왜 그런 말씀을 하였는지를 이해할 수 있었다. 나는 이 절반의 돈을 받으면서 귀중한 것은 쉽게 오는 것이 아니라 소중하다는 것을 알지 못하면 쉽게 얻어지는 것이 아니라는 것을 알게 되었다.

나는 취직을 한지 얼마 안 돼서 시화청의 인원이 많아지자, 나의 백모님은 종난하이(中南海)의 간부 숙소 안에 작은 방을 마련해 주고 나와 여동생을 거기서 기거하게 하였다. 백모님이 나에게 말씀하셨다. "빙더, 너는 이미 취직을 했지. 이 방의 월세를 나는 내줄 수가 없구나! 그러니 네가 스스로 월세를 부담해야 한다. 이렇게 하는 것은 네가 가족에 의존하는 습관을 들이지 못하게 하기 위해서이다." 나는 옳다고 생각하여 매월 제 때에 방세를 냈다. 이는 나에게 어떤 사정이라도 모두 스스로 처리해야 한다는 것을 알게 해주었다. 이는 당연히 스스로 부담해야 하는 것이고, 나는 그렇게 할 책임이 있었던 것이다. 나는 어려서부터 그렇게 배우면서 성장했다.

경제적으로 백부님 내외는 당연히 우리들에게 지원해 줘야 할 것에 대해서는 분명하게 지원해 주었다. 예를 들면, 여섯째 저우빙젠(周秉建)이

15살이 되던 1968년에 막 초등학교 2학년에 올라갔을 때, 마오 주석이 제창한 '상산하향(上山下鄉)'의 구호에 따라, 그녀는 적극적으로 향촌에 내려가길 희망했는데, 내몽고 대초원의 목장에 내려가 목민들과 생활하기를 희망했다.

백부님 내외는 곧 그녀의 뜻을 지지해주면서 그녀가 마오 주석의 구호인 상산하향에 호응한 것에 대하여 칭찬했다. 그녀가 떠날 때가 되자 밥을 사주고 교육을 시켜주었다. 후에 그녀가 대초원 목장에 있으면서 신문을 잘 보지 못한다는 것을 백모님이 알게 되자, 백모님은 나를 불러 말씀하시기를 "너는 그 애에게 좋은 라디오를 하나 사서 보내 주거라! 내가 돈을 주마"라고 하였다. 내가 말했다. "저도 일한 지 이미 반년이 넘었습니다. 제가 사주겠습니다." 그러자 백모님이 말했다. "안 된다, 이는 우리가 그 애를 지지한다는 뜻으로 주는 것이다. 빙젠이 패기가 있고 일을 잘해서 우리가 그녀를 지지해주고 격려해 주어야 한다는 말이다. 이 돈은 반드시 내가 지불할 것이다." 그래서 나는 당시 가장 좋은 7개의 관이 있는 판다표 라디오를 샀다.

백모님이 보고 좋다고 하면서 다음과 같이 말씀하셨다. "매우 좋구나, 네가 내대신 부쳐 주거라! 부칠 돈도 내가 주마." 백모님의 태도는 매우 분명하였는데, 그녀는 지지하는 일에는 반드시 본인이 처리해야 했다.

우리에 대한 백부님의 교육과 요구는 우리가 보통의 백성, 보통의 노동자가 되기를 요구한 것이라고 생각한다. 나는 그가 옛날의 봉건관념, 봉건적 관계와 결별하고 이런 옛 사상 관념을 뿌리 뽑기를 원했다고 생각한다. 그는 새로운 길을 가고자 했으며, 이는 충심에서 우러나오는 것으로 온 마음을 다해 인민을 위하는 관점으로 단호한 길을 가자는 것이었다. 그는 줄곧 이렇게 걸었으며, 다른 사람에게 보여주려 하는 생각이 추호도 없었다. 그는 바로 단호하게 그렇게 행했던 것이다.

　나의 혼인과 연애에 대해서 백부님과 백모님이 모두 관심을 가져 주었으며 게다가 가르침을 주었다. 그러나 두 분은 각자 특색이 있었다. 백모님은 일리가 있는 방면으로 나를 인도하려 하였지만, 백부님은 오히려 태연하게 자신의 첫사랑을 이야기하곤 하였다. 백모님조차도 마치 당초 유럽에서 온 백부님이 자신에게 '끈기 있게 진공(執著進攻)'해왔던 배경을 갑자기 깨달은 것처럼 보였다. 서로 뜻이 같고 일치하는 것처럼 이는 백부님과 백모님이 반세기 동안 서로 아끼고 사랑하며, 곤경 속에서 서로 도와주었던 가장 단단한 기초였던 것이다.

　나의 결혼과 연애에 대한 그분의 교육은 매우 잊기 어려운 것이었다. 1956년 여름 어느 날 저녁에 나는 두 분과 식사를 했다. 나는 남자친구를 사귀는 것에 대하여 이야기를 했는데, 그들의 의견을 듣고 싶었다. 백모님이 말씀하시길, "젊은 사람은 늘 친구를 사귀어야 한다. 너에게 적합한 반려자를 찾아야 한다. 네가 그 사람을 찾았다면, 먼저 서로 뜻이 같고 일치하는 지를 고려해야 한다. 외면을 고려해서는 안 되고 직위를 고려해서도 안 된다.

　먼저 그와 서로 뜻이 같고 일치하는지를 고려해야 한다." 백부님이 자신의 경험을 예로 들어 말씀하셨다. "젊어서 프랑스에서 유학할 때에도 비교적 가까운 여자 친구가 있었는데, 원래 함께 5·4운동을 함께한 사람으로 이름은 ○○○라 했다. 나는 일찍이 그녀와 함께 쟈오우사(覺悟社)를 창립했단다. 당시 5·4운동 여성지도자 중 한 명이었으며, 그녀와 접촉이 비교적 많았고 게다가 함께 프랑스 유학도 같이 갔단다." 그는 계속해서 말했다. "우리는 왕래가 비교적 많았다. 그때 우리는 당시 봉건제도의 군벌들을 공동으로 반대했으며, 우리는 하나의 민주사회를 희망했기 때문에, 우리는 당시 민주주의자라고 할 수 있었으며 그것을 지키기 위해 나아갔다. 그러나 나는 프랑스, 영국, 유럽에서 다년간 마르크스주의를 접한 후, 나는 나 스스로 사회주의에 투신해야겠다는 생각을 가지게 되었고, 공산주의라는 하나의 목표에 투신을 했다. 나의 이 목표가 무산계급의 해방을 위하여 분투하는 것이었다. 이 때문에 나는 이 여자와 적합하지 않다고 생각했다. 나는 바로 혁명의 고달픔을 고려해야 했고 혁명의 사나운 파도를 견뎌야 했다. 이런 사람을 찾아야 만이 비로소 나와 서로 뜻이 같고 일치하여 혁명을 끝까지 할 수 있다고 생각했던 것이다. 혁명은 한평생 해야 하는 일이다. 그래서 그때 나는 매우 의연하게 그녀와 헤어졌고 너의 백모를 만난 것이다. 나는 너의 백모와 많은 편지를 주고받았다. 그런 후에 우리는 연락을 하면서 관계를 명확히 했다." 그는 이렇게 나에게 그 자신이 반려를 선택한 과정을 이야기 해주면서, 내가 먼저 상대방의 혁명의지를 고려해야 한다고 했는데, 사실상 이는 서로 뜻이 같고 일치하는 지의 문제였다.

이때 백모님이 말했다. "그러게 말이야! 당신이 원래 막 유럽에 갔을 때는 내게 편지를 안 보냈는데 어떻게 후에 또 그렇게 많은 편지를 보냈는지 이제 알겠네요!" 우리는 후에 그들 내외가 그때 주고받은 편지가 250통이 넘었다는 것을 알게 되었다. 당연히 주로 혁명에 대하여 이야기 했는데, 그는 유럽에서 본 약간의 정황, 예를 들면 통신, 그가 신문에 투고한 것, 그가 거기서 느꼈던 것 등에 대해 연락을 주고받은 후 그들의 관계는 확립되었던 것이다. 백모님도 이렇게 말씀하셨다. "원래 그가 톈진고학운동(天津搞學運動)에 참여하였을 때, 그는 온 마음을 다 바쳐 운동을 했는데, 그때 그는 자신이 독신주의자라고 선포했지. 그때 나는 너무 어렸지!" 나의 백모님은 당시 15, 6세였다. 그녀는 계속해서 말했다.

"그때 우리 모두는 그의 이 독신주의를 지지해야 한다고 생각했다." 그녀는 그때, 여인은 결혼하면 끝난다고 생각했었다고 한다.

즉 어떤 것도 할 수 없다고 생각했다는 것이다. 그녀는 그녀의 동창생들이 결혼 이후 봉건적 예교의 속박을 받아 완전히 인신의 자유를 모두 잃는 것을 보았기 때문이라는 것이다. 그래서 그녀는 여인은 결혼해서는 안 된다고 생각했다. 이 때문에 그녀는 텐진에 있을 때 백부가 유럽에 가기 전까지 그들은 아무런 관계도 아니었다고 했다. 그래서 그때의 그들은 매우 순결하고 단순한 혁명동지였다. 함께 학생운동을 하고 반봉건적 운동을 하고 전심전력으로 그 속으로 들어갈 수 있었던 것이다.

이러한 기초 때문에 그들은 1925년에 결혼하여 1976년 백부님이 돌아가시기 전까지 50년 동안 그들의 관계는 매우 긴밀했고 서로를 존경하고 배웠으며, 가정은 매우 화목했다. 그들은 잠시 떨어져 있을 때마다 서신으로 왕래를 하고 전화를 했으며, 사람들에게 서신을 부탁하면서 서로에게 관심을 가지고 서로 이해를 했다.

백부님이 제네바에 갔을 때, 백모님은 그에게 많은 편지를 보냈다. 어느 날 편지를 보내려 할 때, 마침 시화청에 해당화가 피어 있었다. 그녀는 백부가 해당화를 매우 좋아하는 것을 알고 시화청의 해당화를 잘라 눌러 평평하게 한 후 서신에 넣어 보냈다. 백부로 하여금 일종의 정감을 느끼게 하고 집의 해당화를 볼 수 있게 했던 것이다.

정감과 정서가 있고, 서로를 존중하고 서로에게 관심을 가지고 보살피고 의지하여 떨어져 있을 때가 같이 있었던 때보다 많았던 백부, 백모의 반세기 동안의 부부생활을 참되고 온화하게 할 수 있었던 것이다.

그들 사이는 일반적으로 네가 좋고 내가 좋은 것이 아니라 그들은 매우 정감이 있는 사람이라는 것이었다. 두 분의 일과 휴식시간은 서로가 달랐다. 백부님은 매우 바빴는데 대량의 공문자료를 처리하여 상황을 이해해야만 했다. 그는 늘 늦게까지 일을 했고 그날의 일은 그날 열심히 처리하여 끝냈는데 어떤 때는 심야까지 일을 했다. 심지어 이튿날 여명까지 일했다. 어떤 때는 여명에 밖으로 나가 신선한 공기를 마시고 마당을 돌거나 혹은 공원을 걷곤 했다. 어떤 때는 나 혹은 빙쥔, 빙이를 만나 같이 돌기도 했다. 어떤 때는 종산공원에 가서 이른 새벽, 특히 일찍 일어난 노인들이 신체를 단련할 때 그도 산책을 했다. 돌아와서는 백모가 아직 일어나지 않았을 때, 그는 조용히 그의 방으로 들어가 잠을 청했다. 그가 자고 있을 때 백모는 일어나 매우 조심스럽게 직원들과 우리들에게 큰소리를 내서는 안 되고 걸을 때도 조용히 걸어야 한다고 일러주었다. 후에는 백모가 그곳에 '조용히 해주세요'라는 팻말을 세우기까지 했다. 이 팻말이 문에 걸려 있으면 모두 백부가 아직 일어나지 않았다는 것을 알고 조용히 움직였다. 1950년 막 베이징성에 들어왔을 때, 백모님의 건강이 좋지 않았다. 이화원의 청리관(聽鸝館) 뒤에는 당시 매우 평범한 작은 방에 있었는데 그녀는 거기서 요양을 했다. 백부님은 일이 매우 바빴고 어떤 때는 밤이 늦어서야 그곳으로 가 백모님을 보면서 그도 휴식을 취했다. 마침 여름휴가를 맞이하여 나, 빙쥔과 빙이 모두가 있었을 때, 그는 우리들을 데리고 백모님을 만나러 갔다.

이화원에 있을 때는 일반적으로 저녁 때였는데 조용하지는 않았다. 그러나 이화원에 사람들이 많지는 않았다. 우리는 동문으로 들어가 긴 복도를(長廊)을 지나 곧장 청리관에 뒤에 도착했는데 매우 긴 길이었다. 그는 절대 여행객을 통제하지 않도록 하고 또 많은 경호원을 대동하지 않았다. 두 명의 경호원과 경호장을 대동했을 뿐이었다. 어떤 때는 우리들과 같이 누구든지 만났다. 유원(遊園)의 대다수는 근본적으로 우리 일행을 상대하지 않았다. 멀리서 매우 기뻐하는 것을 보았고 인사를 하고 손을 흔드는 등 그런 모습이었다. 특히 감격해 하는 사람도 있었는데 앞으로 뛰어와서는 그와 악수를 했다.

나는 그때 매우 자연스러워 보통 여행객처럼 생각되었다. 백모님을 만나고 한담을 나누거나 산책을 했다. 자주 걸었던 길이 허우호(後湖)였다. 허우호는 사람이 적었고 비교적 조용했으며, 보기 좋았고 한적했다. 우리는 호변을 따라서 걸었는데, 자주 세취원(諧趣園)까지 걸었다. 세취원의 작은 정원은 정원 중의 정원이다. 작고 정교한데 주위에 방갈로와 정자가 있으며 중간에 연못이 있었다. 백부는 항상 그곳에 가는 것을 좋아했는데 우리 3명을 데리고 거기서 사진을 찍었다. 그가 왜 그곳을 좋아했는지는 나도 모른다. 1988년 나는 처음으로 화이안에 가서 화이안의 작은 샤오호(勺湖)를 보았다. 샤오호의 면적은 작았는데 주위에 많은 정자와 방갈로가 있었다. 그 분위기가 세취원과 매우 비슷했다. 그래서 나는 백부가 그렇게 여러 번 세취원에 간 이유가 그가 이전 어렸을 때 고향의 원림을 회고했기 때문이라고 생각하게 되었다. 그러나 그것에 대한 이야기는 하지 않았다. 당신이 그가 화이안을 회상했는지 안 했는지를 떠나서 그는 그의 어렸을 때의 이러한 문화적 분위기를 매우 그리워했다.

같은 이야기로 백모님은 백부님의 각 방면에 대하여 매우 관심을 가졌다. 예를 들어, 백부님은 늘 책상에서 책을 보고 서류를 봐야 했으며, 회의를 해야 해서 운동시간이 매우 적었다. 그래서 백모님은 그가 운동할 수 있는 기회가 있기를 희망했다. 어떤 때는 언제 돌아와야 하는지를 알고는 우리들을 중문으로 보내 중문에서 내려서 걸어 들어오도록 했다. 한 200미터는 걸어야 했다.

백부님의 입장에서는 이것은 일종의 운동이었다. 우리는 산책을 하면서 이야기를 했고, 어떤 때는 노래를 불렀다. 이는 그에게는 사무실 책상에서 벗어나게 하는 한 방법이었다. 바로 차에 타는 것보다 차에서 나와 또 사무실로 걸어 들어가는 것이 긴장을 푸는 그런 시간이었다. 그는 우리와 함께 산책을 할 때, 특히 이야기하는 것과 노래 부르는 것을 좋아했다. 그때 그는 "홍호수, 랑타랑(洪湖水浪打浪)"을 부르며 걸어가면서 손을 저으며 지휘도 하고 박자를 타면서 매우 기뻐했다. 약간의 신가곡, 민족가곡, 민가와 비슷한 『류산지에(劉三姐)』 등 이런 것들은 모두 그가 좋아하는 노래였다. 이밖에 활동이 매우 적은 백부님을 위해 백모님은 그가 토요일에 춤을 추러 가기를 희망했다. 그때 종난하이 즈광각(紫光閣)이나 혹은 베이징 호텔에서 춤을 추곤 했는데, 수요일, 토요일 모두 열렸다. 그러나 그는 토요일에만 갈 수가 있었다. 백모님 자신은 무도회에 참석하지 않고 그에게 가기를 종용했다. 경호팀장에게는 백부님이 토요일에 춤을 추러 갈 수 있도록 계획해 주기를 바랐다. 게다가 춤을 추는 것도 일종의 기층의 정황을 이해할 수 있는 기회이기도 했다.

당시 어떤 단위는 모두 여 동지들이거나 문화선전공단, 문화예술 단체였으며, 또 기관도 있었다. 춤을 출 때 그는 하나하나 그들의 상황을 이해할 수 있었다. 백부님은 춤을 정말 잘 추셨다. 춤사위가 매우 안정되고 매우 정확했다. 스텝이 특히 깨끗했으며 매우 아름다웠다. 백부와 춤을 추면 특히 편했다. 당연히 기회는 매우 적었지만 수많은 사람들이 그와 춤을 추고자 했다. 이는 백부의 생활에 있어서 일종의 휴식이었다. 그만큼 그의 생활은 매우 바빴던 것이다.

백모님의 백부님에 대한 관심과 사랑, 그리고 백부님의 백모님에 대한 관심은 각 방면에서 나타났다.

나에게 보낸 서신에도 그러한 내용이 있다. 예를 들어 1959년 나는 나의 회사인 차오양구위원회(朝陽區委)에 파견되어 미윈수고(密雲水庫)에서 2년 동안 일했다. 그 시기에 백모님이 나에게 편지를 썼는데 모두 백부님의 근황이었다. 편지에는 다음과 같이 적혀 있었다. "기쁜 일을 너에게 알려 주마. 그것은 내가 베이징에 돌아가기 전에 잠시 먼저 너에게 편지를 쓴다는 것이다. 이는 네가 가장 관심을 갖는 일인데, 나의 건강이 확실히 호전되었다. 이후 당과 인민을 위하여 봉사하는 것에 있어 희망이 있고 확실히 가능할 것 같다. 너는 반드시 나를 위하여 기뻐해 줄 수 있겠지? 다시 네가 가장 관심을 갖는 백부는 일이 매우 바쁘고 빠듯하여 잠을 못자서 요즘 야위었다. 그러나 건강은 아직 괜찮으니 너는 안심해도 된다. 그리고 내가 옆에서 열심히 보살피고 있다. 그의 일상생활을 위해 할 수 있는 일은 다하고 있어 많은 도움이 되고 있으니 너는 우리들을 위해 걱정하지 않아도 된다. 너에게 가장 중요한 것은 역시 자신의 일을 잘 하는 것이다. 이미 많이 훌륭한 너이지만 더욱 열심히 해야 한다." 그녀는 그렇게 백부에 대한 관심을 표해주었으며, 우리가 밖에서 안심할 수 있도록 했다. 백부님이 세상을 떠나신 후, 백모님은 나에게 약간의 유품을 주었는데, 그중 하나가 작은 검정색 가죽지갑으로 그 안에는 나의 할아버지 사진이 한 장 들어있었다. 백부님 자신이 친히 사진 뒤에 '아버지 사진'이라고 쓰셨다. 이 밖에 3통의 편지가 있었는데 모두 접혀 있어 매우 작았고 아주 오래된 편지였다. 한 통은 1939년 백부님이 모스크바에서 병을 치료할 때의 것으로 백모님과 떨어져 있을 때였다. 이때 백부님이 그녀에게 편지를 쓴 것으로 그 자신의 치료정황과 오른쪽 어깨의 회복상황을 언급하였다. 또 두 통의 편지는 산뻬이(陝北)를 전전할 때 쓴 것으로 1947년의 것이었다. 두 편지는 모두 매우 간단한 내용인데 단지 백모님에게 안부를 묻는 것으로 현재의 상황이 어떠한지와 백모님의 상황에 대한 관심이 주요 내용이었다. 그 정도로 그들은 서로 관계가 매우 좋았으며 매우 친밀했다. 세상에는 후회에 대한 약이란 없다. 백부님이 병이 위중했을 때 몇 가지 일이 있었다. 그 일을 회상하기만 하면 나는 아직도 자책하고 후회하곤 한다. 1974년 백부님이 입원을 결정했을 때, 백부님이 베이징의원의 의료진에게 물었다. "내가 일 년은 더 살 수 있습니까?" 그런 상황을 알게 된 후 나는 계속해서 전화로 백부가 잘못 말한 것이라고 그 말을 부정했다! 백부에 대한 병을 나는 하나도 듣지를 않았던 것이다. 나는 세상에 백부님을 무너뜨릴만한 중병이 있다고는 한 번도 생각해 본 적이 없었기 때문이었다. 백부님은 1년 반 동안 백모님을 제외하고 기타 친속의 문병을 허락하지 않았는데, 이 규정은 매우 잔인한 것이었다. 그 사이 백부 님이 두 차례나 시화청에 돌아 온 적이 있었는데, 첫 번째 때 나는 그를 보았지만 사진을 찍지는 않았다. 두 번째 때에는 집에 일이 있어 시화청을 가지 못했는데, 결과는 그와의 영원한 이별이 되었다. 백모님의 특별한 배려로 나는 겨우 여섯째 동생과 같이 백부님의 유체와 사진을 찍을 수 있었다. 1974년 나는 외지에서 일하다가 베이징으로 돌아오게 되었다. 5월 31일 특별히 그들을 뵈러 가겠다고 하고 정오에 두 분과 나 이렇게 3명이 함께 식사를 했다. 그때 백부님은 나에게 다음과 같이 말씀하셨다. "나는 내일 입원해야 한다. 이후에는 우리가 만날 기회가 매우 적을 것이다." 나는 백부가 수십 년 동안 바빴으며 일평생 바빴었기 때문에 휴양을 할 기회가 없었다고 생각했는데, 마침 입원을 한다고 해서 나는 매우 기뻐하며 말했다. "백부님, 이제야 아셨군요. 백부님도 입원하실 수 있다는 사실 말입니다. 거기서 푹 쉬시면서 건강을 잘 돌보세요!" 그런 나를 보면서 그는 나에게 두 장의 사진을 주었는데 그와 백모님의 따자이(大寨) 시절에 찍은 독사진이었다.

나는 당시 그가 무슨 병에 걸렸는지를 알지 못했고 여기에 고별의 의미가 있었음을 전혀 몰랐었다.

1975년 5월 12일 그의 간호사가 갑자기 나를 찾아와 나에게 이야기하기를 어제 저우 총리가 베이징병원에 도착했는데, 사전에 원래 시화청에서 일하는 베이징병원의 의사와 간호사에게 통지를 했기에 그래서 그가 베이징병원에 갔을 때 그와 만날 수 있었는데, 모두가 당연히 기뻐하며 그를 만났다고 했다. 그도 우리에게 이것저것 물으면서 함께 한담을 나누었고 그 스스로도 매우 편안해 했다는 것이었다. 그러면서 잠시 걷던 그가 갑자기 고개를 돌려 간호사에게 "내가 아직 일 년은 더 살 수 있겠습니까?"하고 물었다는 것이다. 그가 이렇게 묻자 모두가 멍해졌는데, 의사와 간호사는 당시 그를 치료하던 사람들이 아니었기 때문에 그의 실제 병환을 알기 못했던 것이었다. 그러나 저우 총리가 스스로 이 말을 꺼내자 이것은 간단한 문제가 아니라고 생각한 모두는 매우 불안해했다고 했다. 어떤 사람은 밤새토록 잠을 이루지 못했고, 그중 한 사람이 다음날 나를 찾아 왔던 것이다. 그는 나에게 "그래서는 안 됩니다. 총리의 그런 마음과 정서가 어째서 그렇게 됐습니까? 우리는 초조하고 불안해서 모두 울었습니다. 당신은 방법을 생각하여 총리에게 가서 이에 대하여 이야기를 나누어야 합니다. 그가 그렇게 생각하고 있는 것은 그의 건강과 병을 치료하는 것에 있어 이롭지 않습니다."

나는 당시 듣자마자 긴장되어 계속 울면서 나는 이런 일이 어떻게 일어날 수 있는지를 물었다. 나는 곧바로 시화청으로 가서 백모님을 뵈었다. 그리고 백모님에게 "저는 백부님을 만나야 합니다. 저는 백부님께서 그런 말씀을 하시게 할 수 없습니다. 그런 생각은 그의 치료에 도움이 되질 않습니다." 그러자 백모님이 말씀하셨다. "규정이다. 네가 아무리 그래도 가서는 안 된다." 나는 초초한 나머지 빙빙 돌면서 말했다. "어떻게 그럴 수 있습니까? 나는 반드시 백부님을 만나야 겠습니다."

그러자 백모님이 전화를 걸어주어서 나는 단지 전화상으로만 백부님과 이야기를 나눌 수 있었는데 연결이 되자마자 말했다. "백부님, 아십니까? 백부님이 잘못 말씀하신 것이지요?" 그러자 그가 말했다. "무엇을 말이냐?" 내가 말했다. "백부님은 어떻게 간호사들에게 그런 말씀을 하실 수 있습니까?" 백부님이 매우 편안하게 "그게 뭐 대단한 거라고, 그저 농담을 했을 뿐이다!"라고 하였다. 내가 말했다.

"그런 농담을 해서는 안 됩니다! 게다가 백부님의 그런 생각은 치료에 도움이 전혀 되지 않습니다!" 나는 또 다시 여쭤보았다.

"그럼 백부님 지금 건강은 어떻습니까? 건강이 도대체 어떠냐 이런 말씀입니다" 그가 말했다. "나는 현재 잘 치료하고 있다!" 나는 당시 그의 병을 이해할 수도 없었고, 또한 그때는 기밀을 지키는 것이 매우 엄격했던 시절이었다. 나는 말했다. "백부님 밖으로 나가서 햇볕을 쬐면서 운동을 하실 수는 있습니까?" 그가 말했다. "네가 잘 모르는구나, 현재 이집은 겨울에도 햇볕이 들어온다." 그곳의 밖에는 복도가 있기 때문에 그런 말을 했던 것이다. 내가 말했다. "그래도 백부님, 병원에만 계시지 마세요. 병원 안에는 모두 간호사와 의사뿐입니다. 별로 마음에 좋지 않은 곳입니다. 당연히 집으로 돌아오셔서 요양을 하시는 게 좋지 않겠습니까?" 그가 말했다.

"너는 이해하지 못하고 있구나. 현재 나의 상황은 아직 치료가 필요하단다." 내가 말했다. "그럼 어제 하신 말씀이 모두에게 큰 영향을 미친다는 것은 알고계십니까? 그 말씀이 너무 큰 풍파를 일으켰다는 사실 말입니다. 모두가 백부님의 건강을 매우 걱정하고 있습니다." 그가 말했다.

"너희들은 그렇게 걱정할 필요가 없단다. 너는 공산당원이며 유물주의자이다. 사람은 항상 그러한 날이 있다! 너는 항상 이러한 사상적 준비를 해야 한다." 내가 말했다. "이러한 사상적 준비는 매우 잔인합니다! 백부님은 아직 인민을 위해 좋은 일을 더 하셔야 합니다. 우리나라는 아직 많은 부분에서 백부님을 필요로 하고 있습니다." 그가 말했다. "어떠한 사람이든 모두 그런 날이 있단다. 나도 그런 점에서는 똑같단다." 내가 말했다. "그것은 일 만의 문제가 아닙니다. 저는 친족이라는 입장에서 가족의 입장에서 백부님이 그렇게 하도록 그냥 지나칠 수가 없습니다. 백부님은 반드시 건강을 회복하셔야 합니다." 그가 말했다. "너는 공산당원이지 않느냐? 너는 유물론자이지 않느냐? 너는 당연히 이 현실을 똑바로 봐야 한다. 누구에게도 그런 날은 있는 것이다. 너는 그런 사상적 준비를 해야만 한다." 당시 나는 이를 듣고 매우 괴로웠으며, 또 반나절을 설득했다. 당연히 그도 그의 실제 상황에 대해서는 나에게 알려주지를 못했던 것이다. 5월 20일 그는 병원에서 집으로 돌아왔다. 집에 돌아오기 전에 백모님이 친히 나에게 전화를 걸어 집에서 그를 만날 수 있다고 하였다. 나는 빨리 휴가를 내어 시화청으로 가서 그의 비서도 보기 힘든 그를 만나 함께 얼굴을 보고 이야기를 나누었다. 그가 병원으로 돌아가야 할 때 내가 말했다. "백부님과 함께 사진을 찍고 싶습니다!" 백부님이 말했다. "오늘은 피곤하니 우리 다음에 찍자구나!" 6월 15일에 그가 또 집에 왔는데, 백모님이 또 다시 나에게 전화를 주었다. 그러나 그때는 일요일이라 집에 1년 넘게 보지 못하던 동창이 방문하여 나는 그에게 밥을 해주어야 했다. 나는 그때 생각하기를 1개월 만에 집에 돌아오실 정도면 이후 반드시 자주 집에 오실 수 있을 것이라고 생각했다.

그의 병환이 어떤 건지 정말 몰랐던 한심한 나의 작태였던 것이다. 그래서 나는 다음에 가겠다고 말하고 시화청으로 가지 않았다. 그러나 이후 그는 집으로 돌아올 수 없었고 나는 그때 그를 뵈러 가지 않았던 것이 일생의 한이 되고 있는 것이다.

후기

후 기

덩자이쥔(鄧在軍)

"목소리와 모습이 선하다. 영원한 이별을 잊기 어렵다! 목소리와 모습이 선하다. 영원한 이별을 잊기 어렵다! 목소리와 모습이 선하다. 영원한 이별을 잊기 어렵다!" 연속해서 외친 이 삼창의 깊은 호소는 놀랍게도 이미 기억을 잃은 근 100세 노인의 입에서 나온 말이다. 저우언라이, 덩잉차오의 옛 전우이자 쟈오우사(覺梧社)의 마지막 사원인 관이원(管易文)의 입에서 기적이 발생한 것이다. 쟈오우사는 5·4운동 시기 저우언라이, 덩잉차오 등 20여 명의 학생이 세운 청년진보단체였다. 당년에 그들은 50개의 번호를 만들어서 제비를 뽑는 방식으로 자신들의 번호를 정했는데, 저우언라이가 뽑은 것은 '5호'였다. 이 때문에 음을 빌려 '우하오(伍豪)'라고 이름을 지었던 것이다. 그때 이후 그는 이 필명을 이용하여 수차례 문장을 발표했다. 1932년 2월 국민당 특무가 '우하오'라는 이 필명을 이용하여 상하이의 『시대』, 『신문보』, 『시사신문』과 『신보』에 '우하오 탈당공고'를 게재했다. 이는 저우언라이를 비방하고 공산당을 와해시킬 목적으로 시도한 일이었다. '문혁' 중에는 장청(江青) 등이 이 일을 들춰내 저우언라이를 음해하려고 했다. 이것이 바로 역사적으로 유명한 '우하오사건'이다. 이는 우하오라는 필명의 영향력이 매우 컸다는 것을 의미한다. 덩잉차오는 '1호'를 뽑아서 '이하오(逸豪)'라고 했다. 관이원은 '18호'라서 '스빠(石覇)'라고 했다. 이 일이 발생한 때가 1995년 10월 3일이었다.

내가 저우 총리 탄생 100주년을 기념하기 위해 12회 째 텔레비전 다큐 멘터리『백년은래(百年恩來)』를 찍기 시작한 당일이자 첫 번째 카메라였다. 텐진 저우언라이·덩잉차오 기념관의 리아이화(李愛華) 부관장에게 감사를 드린다. 그녀는 나를 위해 첫 번째로 정보를 제공했고, 직접 나를 베이징에 사시는 관 어르신의 집에 데리고 가는 등 전 과정에서 나를 도와 촬영을 진행했다. 이번 인터뷰를 마치고 50여 일 후에 중환 중인 관 어르신이 세상을 떠났다. 세상의 모든 사물과 기억을 상실한 관이원 어르신은 왜 유독 저우언라이에 대한 사념만은 잊지 않고 가지고 있었을까? 이는 의학계가 깊이 토론해야 할 문제이다. 그러나 나는 2년이 넘는 시간 동안『백년은래』의 촬영을 하면서 300여 명의 각계인사를 인터뷰 한 후 머리 속에 하나의 매우 분명한 답안이 떠올랐다. 이는 저우 총리가 모든 사랑을 인민에게 주었고, 그렇기 때문에 중국 인민들의 마음속에 그에 대한 사랑이 깊이 사무쳐 있었다는 것에서 기인한 것이었다. 저우 총리는 인민의 행복과 안위를 항상 머리와 가슴속에 담고 있었으며, 그것이 인민들에게 전해져 인민이 자연스럽게 그를 영원히 마음속에 새기게 되었던 것이다. 초등학교 여교사 한 분이『백년은래』를 시청한 후 나에게 말했다. "비석은 무너질 수 있고, 나무는 썩을 수 있어도 인민의 마음속에 있는 큰 비석은 영원히 존재할 것입니다." 존경하는 저우 총리는 바로 중국 인민의 마음속에 있는 썩지 않는 비석인 것이다.『백년은래』의 촬영은 내 영혼의 정화과정이었다. 이 기간 동안 나는 가장 진귀한 심리변화의 과정과 인생의 좋은 기회를 얻을 수 있었다. 나는 일찍부터 백부, 백모인 저우 총리와 그의 부인 덩잉차오에 대하여 어느 정도는 접촉해 왔고 이해하고 있었다고 여겼었다. 그러나 이번 취재 후에야 비로소 전정으로 언라이 백부님이 위대한 인격을 가진 분이라는 것을 느끼게 되었고, 그가 우리 민족의 해방과 진흥을 위해 행한 모든 것에 대하여 나는 과거 이해했던 것이 사실은 아주 미미한 것이었다는 것을 깨달았다. 『백년은래』를 찍은 후인 2008년에 나는 또 저우언라이 탄생 110주년을 기념하는 인민대회당에서 거행한 대형 문예연회의 총감독을 맡았다. 계속해서 수많은 총리에 대한 깊은 감정을 가진 각계 인사를 취재했다. 게다가 문서로 증명할 수 있는 내용도 수백만 자나 되었다. 그중 취재를 허락한 수많은 인사들은 이미 세상을 떠났다. 그들이 생존해 있을 때의 가슴으로부터 우러나오는 깊은 기억과 당시 수집한 수많은 잘 알려져 있지 않은 진귀한 사료들은 애석하게도 이미 사라져 없어졌다. 저우 총리의 탄생 115주년을 기념하기 위해 『당신은 이런 사람이었습니다 – 저우언라이 구술실록』이 출판하게 되었다. 인민출판사의 깊은 관심과 정성을 다한 계획에 감사하고, 중앙문헌연구실의 랴오신원(廖心文) 동지의 도움에 감사한다. 상술한 바와 같이 그것은 하나의 신선하고 생동감 있는 고사로 구성된 한 권의 우수한 책이다. 책 제목인 『당신은 이런 이었습니다』는 "백년은래"의 주제가 제목에서 기원한다. 이것은 송샤오밍(宋小明) 작사, 산빠오(三寶) 작곡, 류환(劉歡)이 노래한 가곡이다. 이미 널리 유전되어 쇠하지 않는 유명한 가곡이 되었다. 가사에서는 한 자도 저우언라이를 언급하지는 않았지만 『당신은 이런 사람이었습니다.』의 음악이 들리기만 하면 우리는 즉시 저우언라이를 떠올리게 되었다.

모든 마음을 당신의 마음속에 담아
당신의 가슴으로 씁니다.
당신은 이런 사람이었습니다.

모든 사랑을 당신의 손에 잡고
당신의 눈으로 알려줍니다.
당신은 이런 사람이었습니다.

모든 상처를 당신의 몸에 숨기고
당신의 미소로 대답해줍니다.
당신은 이런 사람이었습니다.

모든 생명을 세계에 돌리고
사람들 마음속에 호소합니다.
당신은 이런 사람이었습니다.

생각할 필요도 없고 물을 필요도 없이
당신은 이런 사람이었습니다.

생각할 필요도 없고 물을 필요도 없이 정은 매우 무겁고 사랑은 매우 깊습니다. 이 때문에 『당신은 이런 사람이었습니다』를 이 책의 제목으로 삼았는데 이는 매우 적절한 제목이라고 생각한다. 친애하는 독자 여러분! 당신들이 '실록'을 읽은 후에는 나와 같은 심령이 울리는 듯한 느낌을 느낄 수 있을 것이라고 믿는다. 그리고 우리는 일찍이 이런 인민의 좋은 총리를 가졌었으며, 중화민족은 이런 매우 귀중한 정신적 재산을 가졌었다. 저우언라이 정신은 비교할 수 없는 자랑이며 기쁨인 것이다.

2013년 8월